Je me souviens d'un événement extraordinaire qui s'est produit alors que, allongé dans le lit, je contemplais la fumée de ma petite cigarette indienne. Je n'avais pas vraiment envie de dormir. J'étais pris dans mes pensées, quand tout à coup j'ai entendu ma propre voix qui parlait dans ma tête, avec une douceur, une assurance, une conviction, une clarté, une certitude que je ne me connaissais pas. Ce n'était pas moi et pourtant c'était bien ma voix. Au moment où j'étais en train de me répéter «ce n'est pas possible que ça m'arrive à moi, c'est impossible», cette voix a dit: «Tu sais quoi, David? C'est parfaitement possible et ce n'est pas si grave.» Il s'est alors passé quelque chose d'étonnant et d'incompréhensible, car de cette seconde-là, j'ai cessé d'être paralysé. C'était une évidence: oui, c'était possible, cela faisait partie de l'expérience humaine, beaucoup de gens l'avaient vécu avant moi, je n'étais pas différent. Ce n'était pas grave d'être simplement, pleinement humain.

David Servan-Schreiber

Du même auteur

L'Ogre de Barbarie
Éditions Robert Laffont, Paris, 1972; Éditions du Jour, Montréal, 1972;
Éditions Ex-libris, Lausanne, 1973; Éditions du Boréal, Montréal,
2003; sous le titre *Le Journal de Catherine W.*, Éditions Québec
Amérique, Montréal, 1987.

L'Enfant du cinquième Nord
Éditions du Seuil, Paris, 1982; Éditions Québec Amérique, Montréal,
1982; format poche, Points Roman, Paris, 1984; France Loisirs,
Paris, 1991; Québec Loisirs, Montréal, 1991; Éditions Beauchemin,
Montréal, 1998; Éditions du Boréal, Montréal, 2003.

Le Livre de Seul
Éditions Archambault, Ottawa, 1983.

L'Ultime Alliance
Éditions du Seuil, Paris, 1990; format poche, Points Roman, 1992.

Un bâillement du diable
Éditions Stock, Paris, 1998.

Nouvelle-France
Leméac Éditeur, Montréal, 2004.

Dans le secret des dieux

**Catalogage avant publication de Bibliothèque et Archives
nationales du Québec et Bibliothèque et Archives Canada**

    Billon, Pierre

        Dans le secret des dieux

        ISBN 978-2-89077-351-6

        I. Titre.

PS8553.I45D36 2008   C843'.54   C2008-941965-0
PS9553.I45D36 2008

Conception graphique et mise en pages : Olivier Lasser

ISBN 978-2-89077-351-6
Dépôt légal: 4ᵉ trimestre 2008

Imprimé au Canada
www.flammarion.qc.ca

Pierre Billon

Dans le secret des dieux

Roman

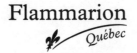
Flammarion Québec

UN

SUR LE COUP JE N'AI MÊME PAS EU PEUR, c'est venu après, lorsque le type a sorti son pistolet. Pour qu'on comprenne bien, je dois d'abord dire que je portais des broches dentaires et ça m'emmerdait royalement. Quand on sourit avec ces machins dans la bouche, on a l'air débile. D'ailleurs, c'est Iris Bazinet qui aurait dû en porter, ses dents de devant avaient poussé un peu de travers, mais ça ne la dérangeait pas, ni moi non plus. Tout le monde se marrait quand elle riait, elle était du genre contagieux. De toute façon, ses parents n'avaient même pas de quoi repriser ses jeans, alors les broches n'étaient pas une priorité.

Quand je dis ses parents, c'est une façon de parler, parce que sa mère n'était plus là depuis un bout de temps, elle était morte ou peut-être pire – Kamal racontait qu'elle était partie de la maison sans avertir et qu'elle n'était jamais revenue. Iris aimait pas non plus causer de son père, elle disait qu'il était musicien, sauf que dans la réalité il était juste batteur dans un orchestre rock que personne ne connaissait.

Tout ça pour dire que j'étais allé chez mon orthodontiste. (C'était écrit comme ça sur sa porte, mais ce n'est même pas dans le dictionnaire.) Son bureau est au dix-huitième étage et d'accord, la vue est imprenable, comme disait ma mère, mais quand j'étais dans son fauteuil, je voyais surtout le plafond qui n'avait rien de spectaculaire, à part une longue fissure presque invisible qui dessinait le profil d'un Indien avec un œil méfiant.

Au moment où j'allais monter dans l'ascenseur, un drôle de type tout en noir est arrivé en cinquième vitesse et a bousculé la dame qui était devant nous. Elle a hésité à le suivre parce qu'il se parlait tout seul et tirait sur ses cheveux pour rester debout. Elle a fait un geste pour me retenir, mais j'étais déjà entré et les portes se sont refermées.

La dame s'appelait Mathilde Cossette et elle a dit dans le journal que je devais avoir dans les douze ou treize ans, alors que j'en avais quatorze et trois quarts et que j'étais le plus grand de ma classe par-dessus le marché. Elle avait beau porter des lunettes de myope, ce n'est pas une excuse pour m'insulter. Sauf qu'elle a mis la police sur une fausse piste et c'est sûrement pour ça que ça leur a pris du temps à m'attraper.

Ce qui fait que je me suis retrouvé seul avec ce bizarre de type dans l'ascenseur, et là j'ai vu qu'il n'allait pas bien du tout, surtout qu'il était déjà pas mal vieux. Il me suppliait avec les yeux comme si je pouvais l'aider, c'est un regard que je ne peux pas oublier tellement il y avait de la tristesse au fond de l'eau. Il m'a dit qu'il n'avait jamais voulu faire de mal à personne, au contraire, il s'était battu toute sa vie contre la violence dans le monde. Il m'a demandé de lui pardonner et j'ai commencé à avoir vraiment la trouille, parce que c'est là qu'il a sorti son pistolet.

Ce qui est venu après est difficile à expliquer et c'est pour ça que je ne voulais en parler à personne, je tiens à ma réputation. Il a essayé de mettre le canon dans sa bouche, mais en même temps il se battait pour retenir sa main avec l'autre comme si elle ne lui appartenait pas. Il disait: «Non, je ne te laisserai pas faire, jamais !» Finalement, sa main droite a été la plus forte et j'ai compris qu'il allait tirer. Je ne sais pas pourquoi, mais j'ai pris le pistolet à deux mains moi aussi. Le coup est parti et la balle est sortie par son oreille. Alors il s'est écroulé juste quand les portes de l'ascenseur s'ouvraient.

J'ai eu de la chance, personne ne m'a vu sortir. J'ai dégringolé les dix-huit étages à pied et j'ai déclenché l'alarme d'incendie en bas de l'escalier. Il paraît que ça a sauvé la vie du chanoine Dijan. Parce qu'il n'était pas mort, même si ce n'est pas évident de la manière que je l'ai raconté.

Après, dans la rue, je me suis aperçu que j'avais les jambes qui tremblaient à cause des centaines de marches que j'avais avalées et j'ai dégobillé mon déjeuner dans une poubelle. C'était franchement dégueulasse, mais je n'y pouvais rien.

DEUX

LA PREMIÈRE FOIS que j'ai entendu la voix dans ma tête, je me suis dit ça y est, je suis devenu cinglé. Ce n'était pas exactement une voix, plutôt quelqu'un qui me disait des choses sans parler. Il ne faut pas chercher midi à quatorze heures, c'est dur à comprendre parce que c'est dur à expliquer.

Par exemple, on avait eu à l'école une conférence sur le sexe, avec un docteur plein de tics autour du nez qui s'appelait Gélinas et qui nous a dit de ne pas hésiter à lui poser toutes les questions qu'on voulait. Sauf que lui, il avait l'air plutôt mal à l'aise pour répondre, et il faut avouer qu'on ne s'est pas gênés. On savait déjà presque tout, mais on demandait quand même, juste pour vérifier.

Il nous avait prévenus en commençant que la puberté provoque des changements majeurs dans notre organisme. Alors plus tard, quand j'ai entendu la voix qui parlait toute seule, je me suis dit: «C'est peut-être mes hormones qui me travaillent.» C'était rien que con, personne entend des pensées dans sa tête juste parce qu'il a des poils qui lui poussent au menton et ailleurs.

Alain Robichaud avait lu un truc génial dans un magazine de son père qui est prof à l'université. Ça expliquait que les gens peuvent être incités à faire des choses sans qu'ils s'en rendent compte. Nous, on avait voulu vérifier et on s'est donné la consigne comme dans l'article: chaque fois que le Dr Gélinas allait vers la gauche sur l'estrade, on faisait semblant de s'emmerder mur à mur*, et chaque fois qu'il

---

* Les équivalents français des expressions québécoises sont proposés en fin d'ouvrage, dans un petit glossaire destiné à divertir les lecteurs de la francophonie de leur perplexité.

allait vers la droite, on faisait comme si on était vachement intéressés par tout ce qu'il disait. C'est difficile à croire, mais à la fin il était collé contre le radiateur sous les fenêtres, c'était pissant.

Pour en revenir à la voix, la connerie a été d'en discuter avec Sig. D'abord c'est une fille, j'aurais dû me méfier. Ensuite, c'est ma sœur et pour la faire enrager, on n'a qu'à l'appeler Sigalit, même si c'est son vrai nom. Ma mère l'appelle mon Colibri ou ma Colombe, c'est son droit, mais j'avertis tout de suite que Sig n'est pas du genre aérien. Elle achète toujours des vêtements trop petits pour sa taille et elle n'arrête pas de se bourrer de sucreries, faudrait savoir. Ma mère lui donne un tas d'avertissements sur les garçons qui ne pensent qu'à ça, elle oublie que Sig vient d'avoir dix-sept ans, ce qui ne l'empêche pas de se vanter d'être dans sa dix-huitième année. De toute façon, maman se fatigue pour rien: Sig n'a pas attendu ses conseils pour faire ce qu'elle veut avec Patrick, mais ce n'est pas un truc dont j'ai envie de parler maintenant.

Mes copains trouvaient que Sigalit était un nom à coucher dehors et j'ai dû leur expliquer que c'est à cause de mon père qui est cent pour cent juif. Ma mère avait fait des efforts de son côté pour avoir l'air moins catholique au premier coup d'œil, mais elle cachait quand même un chapelet dans sa table de chevet, par hérédité. Ensuite c'est devenu sans importance, vu qu'ils se sont séparés.

Ma mère a gardé l'appartement de la rue Jouffroy d'Abbans qui était payé par l'ambassade et mon père a loué une gar- çonnière, rue de la Michodière. Ils disaient que c'était un arrangement temporaire et qu'ils se donnaient du temps pour réfléchir, mais un samedi je suis arrivé en avance chez mon père et j'ai croisé une femme sur le palier. Elle était du genre pas mal du tout et j'ai compris que c'était déjà tout réfléchi.

Je ne me souviens plus de notre arrivée à Paris, parce que j'avais seulement trois ans et demi à l'époque. Par contre, j'en avais presque douze quand on est repartis et je ne suis pas près de l'oublier, vu que ça m'a obligé à laisser tous mes copains derrière moi et toutes mes habitudes aussi. J'en ai terriblement voulu à ma mère, même si ce n'était pas drôle pour elle non plus. Mon père n'avait rien dit à l'ambassade pour que nous ne perdions pas nos privilèges diplomatiques, alors chaque fois qu'il y avait une réception officielle, ma mère devait l'accompagner pour jouer à la « charmante épouse ».

Ça m'a pris au moins six mois pour commencer à me sentir bien à Montréal. Heureusement, les rues sont quadrillées et ne changent pas de nom à tout bout de champ comme à Paris, c'est facile de s'y retrouver, bien que ça manque de charme pittoresque. Puisque j'en parle, ma mère en a profité pour reprendre son nom de jeune fille et elle est redevenue catholique, mais seulement pour les taxes scolaires. Moi, je suis resté un Goldberg parce que j'avais l'habitude, et ma sœur Sig a choisi de s'appeler Tessier-Goldberg, rien que pour se faire remarquer.

Le plus dur a été de m'adapter à l'école, où on me faisait souvent répéter ce que je disais, en me conseillant de parler «comme du monde» – à part certains profs qui me donnaient en exemple au reste de la classe, mais ce n'est pas ça qui m'aidait à me faire des copains.

Ce qui m'a le plus encouragé, ça a été de découvrir mon grand-père Tessier. À cause de sa santé, il n'était jamais venu nous rendre visite en France, ça fait qu'il ne m'avait pas vu depuis au moins huit ans, et moi non plus, sauf sur des photos où il ne se ressemblait pas. N'empêche qu'on s'est adoptés tout de suite, grâce à ce qu'on appelait autrefois les atomes crochus. Il m'a aussi expliqué que comme il était veuf depuis longtemps, il avait beaucoup de place de libre dans son cœur.

On se voyait presque tous les jours. Il possédait rue Laurier une petite librairie où je pouvais venir aussi souvent que je voulais. Il me permettait de tout lire, même les livres érotiques. À part ça, on discutait de tout et de rien et il me refilait un «trente sous» (qui en vaut vingt-cinq) chaque fois que j'utilisais une expression imagée *à bon escient* ou que je trouvais la réponse à des charades complètement tordues. Comme il était champion de mots croisés toutes catégories, il me laissait sécher pendant des jours sur une définition, par exemple «plus cher avec une queue», en cinq lettres. Celle-là, je ne l'ai pas trouvée parce que je cherchais un truc cochon, alors que c'était simplement un «piano».

Ça n'a pas pris longtemps après notre retour à Montréal que je me mette à utiliser des expressions d'ici sans même m'en apercevoir. Au début, ça désolait ma mère qui avait peur que je perde mon «beau parler français». Mon grand-père s'est fâché et a dit qu'on n'allait quand même pas me reprocher de vouloir ajouter une corde à mon violon. Après, il m'a expliqué entre quatre z'yeux que c'est une richesse de pouvoir passer d'une sorte de français à l'autre, mais un handicap quand on se sert d'un terme de chez nous sans connaître le nom de son cousin.

J'ai finalement le regret d'annoncer que son cœur n'a pas tenu plus de deux ans et que son enterrement a été la pire expérience de toute ma vie.

J'AI AUSSI RETROUVÉ mes grands-parents paternels qui habitent le quartier Westmount, vu qu'ils sont anglophones. Ils sont OK, mais je ne peux pas dire que ça a été le coup de foudre. Je les vois surtout quand mon père est de passage à Montréal, ce qui n'arrive pas souvent.

Un jour, en visite chez ma grand-mère Esther, je l'ai entendue qui racontait à une amie que j'étais juif de la fesse gauche. Elle s'imaginait peut-être que j'avais besoin d'être consolé de cette infirmité, alors elle me refilait du fric en douce pour m'acheter ce que je voulais, pourvu que ce soit chez un marchand de l'avenue du Parc. Des fois, elle soupirait et me caressait les cheveux en disant: «Quel dommage !» Bref, elle était gentille, mais plus tellement dans la course. Quant à mon grand-père Ezra, il devenait de plus en plus sourd, ça fait qu'il parlait très fort, et en général pour ne rien dire.

Je n'ai pas encore eu l'occasion de le préciser, mais je suis bilingue de naissance et je me débrouille égal dans les deux langues. Sauf que j'ai appris à faire attention, parce que je continue d'entendre mon grand-père Tessier qui me citait je ne sais plus qui, chaque fois que je commettais un anglicisme: «Ce n'est pas du français que tu me causes, David, c'est de la peine.»

TROIS

UNE PLAQUE SUR LA PORTE du bureau indiquait : « Lieutenant G. Le Gaëllec ». J'ai appris plus tard que le G veut dire Gwenaëlle, mais comme c'est un nom tarabiscoté en plus d'être breton, tout le monde l'appelait Gwen pour la mettre à l'aise.

D'accord, je ne suis pas un expert, mais c'est la plus belle femme que j'ai jamais vue en chair et en os. Même si elle travaillait pour la police, elle ne portait pas d'uniforme et ça lui allait très bien. Avant, je croyais que pour devenir policière, il fallait être plutôt du style moche et musclé. Ce n'était rien qu'un préjugé sexiste et comme personne n'est à l'abri, je n'ai pas besoin de m'excuser.

Ça m'a fait aussi un choc quand le détective qui m'a conduit à son bureau a dit qu'elle était psychologue. Lui aussi, il avait l'air de la trouver bien de son goût, c'est des choses que je remarque sans faire exprès.

Notez que je n'ai rien contre les psys, mais ça voulait dire que les policiers avaient sûrement écrit dans leur rapport que j'étais un cas. Pourtant, ils ont été polis quand ils m'ont interrogé – et ma mère qui écoutait à travers le miroir transparent a dit plus tard que ça s'était très bien passé et qu'elle était fière de moi. Elle a raconté partout que j'avais failli me faire tuer dans l'ascenseur, c'est un peu exagéré. Mais elle y croyait pour vrai et m'a fait un tas de compliments parce qu'elle avait eu peur de me perdre. Dans des occasions pareilles, une mère peut devenir très sentimentale.

Tout ça pour expliquer que Mlle Le Gaëllec n'est pas restée derrière son bureau, elle est venue s'asseoir en face de moi dans le coin des fauteuils, mais sans prendre de stylo ni de bloc-notes. Comme je ne voyais pas de micro nulle part, ça voulait sûrement dire qu'on était enregistrés.

Je lui ai donné vingt-deux ans en me fiant à son air général, et ça m'a un peu refroidi quand j'ai appris le lendemain qu'elle en avait vingt-six. C'est sûr qu'elle avait le droit de garder des cartes dans sa manche, mais ça m'aurait quand même arrangé de deviner du premier coup.

Je pensais qu'on allait discuter de rien avant de commencer, mais elle m'a dit tout de suite qu'elle avait rencontré ma mère pour avoir la permission de me voir comme ça, rien que nous deux. Je lui ai demandé si elles avaient parlé de moi.

— Bien sûr. Je voulais entendre son son de cloche.

— Son quoi?

— Je voulais savoir ce qu'elle pense de tout ça.

— Où vous l'avez rencontrée?

— Chez toi. Je lui ai demandé de me montrer ta chambre. Ça t'ennuie?

— Un peu. Mais je la connais, elle a dû ramasser avant.

— J'ai aperçu sur ton bureau les articles que tu as découpés sur le chanoine Dijan. Tu avais déjà entendu parler de lui? Je veux dire: avant de te retrouver dans le même ascenseur.

— Non, jamais. Pourquoi?

— Dans le domaine de l'humanitaire, il a une réputation internationale. On le considère comme un futur Prix Nobel de la paix. Mais évidemment, ce n'est pas une vedette comme tu les aimes…

Elle a souri avec les yeux et ça m'a embêté de savoir qu'elle avait vu dans ma chambre le *poster* de Shadow avec sa veste de cuir ouverte jusqu'au nombril. Je n'avais pas envie qu'elle se fasse des idées sur moi. Surtout qu'Iris avait des petits seins qui avaient même pas fini de pousser, rien à voir avec ceux de Gwen Le Gaëllec ou de Shadow – et tout bien pesé, je les aimais mieux en modèle réduit. J'avais l'impression que je ne saurais pas comment m'y prendre avec une grosse pointure, vu que ça peut être encombrant pour un débutant.

Dans les journaux, j'ai appris une quantité de choses sur la vie et la carrière de Victor Magnus Dijan. D'abord, je ne savais même pas c'était quoi un chanoine et j'ai cherché sur *Google:* c'est plus fort qu'un curé, mais moins qu'un évêque et il y en a seulement chez les catholiques. Il était arménien à cause de son nom et la moitié de sa famille avait été massacrée avant sa naissance, comme c'est la coutume là-bas. Il avait été le conseiller personnel du pape Jean XXIII, même s'il était beaucoup plus jeune que lui, et on racontait qu'il avait inspiré une grande partie de l'encyclique *Pacem in Terris*. (Je ne dis pas ça de mémoire, j'ai pris des notes.) Ensuite, on lui avait donné une sinécure à l'archevêché de Lyon pour le faire se tenir tranquille, mais comme ça marchait couci-couça, il avait été nommé juge au tribunal sur les crimes de guerre à La Haye. Sauf qu'on l'avait finalement démissionné, parce qu'il faisait passer la vérité avant la diplomatie, surtout quand il parlait aux présidents africains qui sont montés sur leurs grands chevaux en le traitant de raciste.

Les articles de presse disaient aussi qu'on recherchait «un jeune garçon qui aurait été témoin du drame». Pourtant, après que la police m'a retrouvé et que je leur ai raconté plus ou moins ce qui s'est passé dans l'ascenseur, personne n'en a parlé nulle part, rien. Je ne tenais pas spécialement à lire mon nom dans le journal, mais quand je pense à Édith Aubin qui avait reçu une médaille pour avoir sauvé le chien d'un aveugle, ça ne se comparait quand même pas à mon Prix Nobel.

La psy me regardait d'un air intéressé, comme si elle était sûre que j'allais déclarer quelque chose de génial. Son truc, c'était d'attendre une réponse à une question qu'elle avait oublié de poser.

— Il va comment ?

— Victor Dijan ? Il est encore dans un état critique, mais les médecins pensent qu'il va s'en tirer. Tu t'inquiètes pour lui, c'est généreux de ta part. J'ai remarqué que sur une des coupures de presse, tu as écrit le nom de l'hôpital et le numéro de sa chambre.

— Oui, mais c'était pas le bon. J'ai téléphoné pour avoir des nouvelles et ils m'ont dit qu'y avait personne qui s'appelait comme ça.

— On t'a répondu ça parce qu'on ne doit pas savoir qu'il est là-bas. C'est un secret pour le protéger, tu comprends ? Nous croyons qu'il est en danger.

— Ça se peut pas. C'est lui qui a voulu se tuer.

— C'est peut-être plus compliqué que tu penses. Je te fais confiance en partageant avec toi ces informations confidentielles, tu t'en rends compte ?

— Vous pouvez. Je dirai rien.

— Merci. Une chose m'intrigue, David : comment as-tu su le numéro de sa chambre ?

Quand je me sens coincé, je serre les fesses, c'est un réflexe que je n'arrive pas encore à contrôler. Le plus sacrant, c'est que je m'en aperçois seulement après et là, je commence à rougir. Bref, je suis mal barré des deux bouts, c'est vraiment chiant.

— Je me souviens pas. Peut-être qu'ils me l'ont dit quand j'ai appelé...

Mlle Le Gaëllec s'est mise à rire dans sa barbe et je ne pouvais pas la blâmer, c'était une réponse abracadabrante.

— Je crois plutôt que tu as peur d'en parler. Tu vois, moi-même je ne connaissais pas le numéro de sa chambre. Quelqu'un te l'a indiqué et tu l'as noté, c'est clair. Tu n'as rien fait de mal. Seulement il faut m'aider et me dire qui c'est. S'il te plaît.

— C'est pas quelqu'un comme vous croyez.

— Alors dis-moi ce qu'il faut croire. Ta sœur prétend qu'un monsieur t'aurait embêté et que ça t'a fait peur... Tu serres les poings, là. Tu es fâché ?

— Ça m'écœure. Elle avait juré de rien dire.

— Elle l'a fait pour t'éviter des ennuis. Elle t'aime beaucoup, tu sais.

Je n'ai rien répondu parce que je pensais à ce que j'allais dire à Sig quand je la reverrais et ce n'était pas généreux.

La psy attendait sans se presser en regardant mes mains comme si elle avait tout son temps et qu'elle était prête à continuer notre discussion pendant des heures.

C'est à ce moment que j'ai entendu la voix qui me parlait dans ma tête et ça m'a coupé le souffle. J'ai fait mon possible pour que Gwen ne s'aperçoive de rien, mais ça n'a pas marché.

— Ça va, David ? Que se passe-t-il ? Tu es tout pâle.

— Je suis pas bien. On ferait peut-être mieux d'arrêter.

Elle a fait semblant de ne pas entendre et est allée prendre un Pepsi dans une distributrice du corridor.

— Bois doucement, par petites gorgées. Et respire par le nez, comme ça.

Elle a attendu que ça aille mieux, et c'est vrai que j'avais drôlement soif. (Elle n'avait pas besoin de savoir que ma mère était contre le Pepsi à cause du cancer de l'aspartame.)

Ensuite, elle a fait un grand sourire pour m'encourager, elle savait vraiment comment s'y prendre. J'avais encore le cœur qui me cognait, mais ce n'était pas sa faute.

— Comme tu vois, David, je suis déjà au courant pour le monsieur. Ça veut dire que nous pouvons en discuter.

— J'aime mieux pas. D'abord Sig a rien pigé, j'ai jamais prétendu que c'était un monsieur. C'est juste quelqu'un. Vous pouvez pas comprendre.

— Donne-moi une chance. Si tu me le dis, c'est quoi le pire qui pourrait t'arriver ?

— Vous allez dire que je suis pas normal, genre.

— Je ne dirais jamais ça. On a tous des problèmes. Parfois des petits, parfois des gros. D'après toi, cet homme, c'est un petit ou un gros problème ?

— C'est plus un problème. C'est fini.

— C'est lui qui t'a dit que c'était fini ?

— Non, c'est moi. Il n'est pas revenu.

Mlle Le Gaëllec m'a déclaré qu'elle me faisait confiance et je me suis senti moche de lui mentir en la regardant dans les yeux, mais quelque chose me disait qu'il valait mieux lâcher seulement un petit bout de vérité à la fois.

— Je vois. Ça fait longtemps que tu le connais ?

— Je vous ai déjà répondu : c'est la première fois que ça m'arrive.

— Que ça t'arrive quoi ?

— Qu'il soit là.

— Dans ta chambre ?

— Non, à la salle de bains. Je me brossais les dents en me regardant dans le miroir. Et tout à coup, j'ai su que j'étais pas tout seul.

— Tu l'as vu dans le miroir ?

— Je l'ai pas vu. Il se cachait dans ma tête. Je vous ai avertie que vous pouvez pas comprendre.

— Pourquoi dis-tu qu'il se cachait ?

— Il se cachait pas vraiment. C'est juste qu'il ne savait pas ce qui lui arrivait, ça lui faisait vraiment peur. Et aussi il avait honte, comme s'il faisait quelque chose de défendu.

— Il te l'a dit ?

— C'est dur à expliquer. C'est plutôt comme si je l'entendais penser. Enfin, je l'entendais pas vraiment – mais quand il réfléchissait, j'étais sûr que c'était pas moi. Je sais ce que vous allez dire !

— Je veux être certaine de comprendre avant de dire quoi que ce soit. D'après toi, il a quel âge ?

— J'en ai aucune idée. Il est pas aussi vieux que vous, c'est évident. Peut-être plus jeune, parce qu'il savait plus où se mettre.

Elle a pincé les lèvres pour retenir une moitié de sourire et j'ai senti que j'avais mis les pieds dans les plats. Je reconnais aujourd'hui que vingt-six ans, ce n'est pas la fin du monde, même si j'aurais préféré qu'elle soit plus près de vingt que de trente. Elle a continué comme si elle assumait :

— Je vois. Et ensuite il t'a indiqué l'endroit où se trouve Victor Dijan.

— Non, ça c'est plus tard.

— Je croyais qu'il n'était pas revenu...

— C'est pas comme ça que ça s'est passé.

Je lui ai expliqué que parfois, pendant que je réfléchis à une chose, je dessine n'importe quoi sur un bout de papier – une île déserte avec un palmier, un labyrinthe ou juste mon nom en décorant chaque lettre. Sauf que là, pour la première fois, ce que j'avais écrit voulait dire quelque chose.

— Et tu penses que c'est ton copain dans ta tête qui a guidé ta main.

La psy me regardait gentiment et, brusquement, j'ai su qu'elle ne me croyait pas – mais alors, pas du tout. Et j'ai senti aussi que moins elle me croyait, plus je l'intéressais, ça ne tenait pas debout. Peut-être même qu'elle aurait été terriblement déçue si je lui avais dit que tout ça, c'était rien que des inventions pour me rendre intéressant.

Après cette rencontre, je me suis demandé à plusieurs reprises si je n'inventais pas cette histoire pour de vrai, au fur et à mesure. Je ne veux apitoyer personne, mais c'est affreux quand on ne sait plus où on se trouve dans sa tête et si ce qu'on pense est à l'envers ou à l'endroit.

Ça m'a même aidé à changer d'opinion sur le chanoine Dijan et à penser qu'il n'était peut-être pas aussi fêlé qu'il en avait l'air.

QUATRE

KAMAL NASIR A ÉTÉ MON MEILLEUR AMI après que je suis arrivé
à Montréal. Bien sûr, il y a Iris Bazinet, mais elle c'est différent, elle ne voulait être la meilleure amie de personne.
Comme elle était toujours fauchée, elle empruntait à tout le
monde et ne rendait jamais. Une fois, Max Dutil l'a traitée de
profiteuse, c'était un peu vrai, mais c'est quand même mieux
que de piquer dans les poches au vestiaire.

Avec Kamal, on se disait tout, c'était à la vie, à la mort.
Dommage que ça ait changé au retour des vacances de
Noël, il restait souvent seul dans son coin et ça me faisait
de la peine. C'est peut-être la différence d'âge avec moi qui
le chicotait, vu qu'il avait presque seize ans et en paraissait
même un peu plus. Sans compter qu'il s'intéressait au
baseball et au football américain, alors que moi, pour tout
dire, je n'étais pas vraiment du genre sportif. Je me défendais
pas mal à la natation et au basket, mais quand on faisait des
équipes, je n'étais jamais dans les premiers à être choisi.

Je crois que ce qui m'a handicapé après mon retour à
Montréal, c'est d'avoir grandi trop vite. J'avais pris une tête
de plus en quinze mois, ce qui fait que mon principal défi
était à présent de la remplir avec du solide – et si on veut
savoir, c'est même le dernier conseil que mon grand-père
Tessier m'a donné avant son infarctus.

Le lendemain de la conférence du Dr Gélinas, j'étais dans
les douches avec Kamal après la gymnastique et il a voulu
me prouver que ses poils poussaient plus vite que les miens.
Sauf qu'en me montrant, hop, son zizi est devenu dur comme
du bois. J'ai essayé de toucher pour voir, mais il a dit que
c'était défendu par sa religion et qu'il n'avait pas envie d'aller
en enfer. C'est bête parce qu'on ne faisait rien de mal, mais
je n'ai pas insisté et j'ai bien fait. Avec l'affaire du chanoine

Dijan sur les épaules, il ne manquerait plus qu'on ajoute à mon dossier que je suis pédophile ou un truc comme ça.

Je ne voudrais pas non plus qu'on pense que j'étais jaloux. Moi aussi, je devenais dur de temps en temps, mais ce n'est pas vraiment moi qui décidais. Ça s'appelle une érection et le Dᵣ Gélinas nous a expliqué que la longueur du pénis n'a rien à voir avec la virilité. Ça m'a rassuré, mais quand même, si on m'avait demandé mon avis, j'aurais choisi d'avoir un zizi comme celui de Kamal.

Évidemment, Iris n'en avait pas, mais elle n'en faisait pas un drame, ça la faisait plutôt rigoler, surtout qu'elle savait tout à quoi ça sert et comment. Même que parfois elle dramatisait, par exemple quand elle a prétendu que les garçons ont des mensturbations chaque fois que c'est la pleine lune. Alain Robichaud a vérifié avec son père qui lui a dit de ne pas s'en faire avec ça, que c'était rien qu'une légende urbaine.

APRÈS MA RENCONTRE avec Gwen Le Gaëllec, j'ai eu besoin de parler avec quelqu'un qui ne fasse pas seulement que m'écouter. Ma mère m'avait donné de l'argent pour un taxi, mais j'ai pris le bus pour économiser. Et là je me suis fait regarder de travers parce que j'ai roté mon Pepsi pendant tout le trajet.

Je suis donc allé voir Kamal pour lui dire qu'il y avait autre chose que le Pepsi qui ne passait pas. Je lui ai alors raconté ma discussion avec la psy jusqu'au moment où elle m'a piégé et que je me suis senti mal. Ce n'était pas parce que j'avais soif, mais parce qu'une voix dans ma tête me disait: «Tais-toi! Ne nous trahis pas!» Ce n'était pas seulement une présence comme la fois dans la salle de bains, mais des vraies paroles, même si j'étais le seul à les entendre. Ça m'a foutu la trouille, mais celui qui me parlait a arrêté – et j'ai senti qu'il avait encore plus peur que moi.

Kamal a été zéro sur toute la ligne. Au moins, Mˡˡᵉ Le Gaëllec faisait semblant de me croire, mais lui, il m'a conseillé d'arrêter ça tout de suite. Et comme j'insistais, il a dit:

— Tu te fous de ma gueule. C'est *nac* ton truc.

— Ça veut dire quoi, *nac?*

— Nul à chier, *man!* Ta psy ferait mieux de te donner des pilules pour t'empêcher de déconner.

Je prenais toujours la défense de Kamal quand les autres lui criaient des noms, mais cette fois-là, il a fallu que je me retienne pour ne pas le traiter de sale macaque.

COMME IRIS avait encore manqué l'école ce jour-là, je suis allé voir chez elle si elle y était. Elle habitait dans le coin le plus moche d'Outremont, en bordure de la voie ferrée. Elle avait souvent les yeux cernés, c'est peut-être les trains qui l'empêchaient de dormir.

Elle a ouvert en laissant la chaîne de sécurité et j'ai vu à son air qu'elle était un peu partie. Elle m'a dit d'aller l'attendre en bas. Je me suis douté pourquoi, elle ne voulait pas que je sache comment c'est dans son appartement. Si ça sentait comme dans le reste de l'immeuble, j'aurais fait pareil.

Après, on est allés se promener et je l'aurais parié, elle s'est rappelé qu'elle avait un petit creux en passant devant chez McDonald's. Je lui ai offert un Trio en lui disant qu'elle n'aurait pas besoin de me rembourser. Ça ne voulait rien dire, évidemment, c'était juste pour faire comme si elle avait de quoi payer.

Elle a écouté mon histoire en mangeant, et personne ne pourrait croire la quantité de ketchup qu'elle met sur son Big Mac, sauf qu'elle se fichait pas mal de ce qu'on pouvait penser de ses manières.

C'est ce jour-là que je suis tombé un peu amoureux d'elle, peut-être parce qu'elle est la seule qui m'a pris au sérieux, sans faire des farces plates genre Jeanne d'Arc. Au contraire, elle a trouvé excitant que quelqu'un habite dans ma tête et me donne des conseils. Ce qui l'intriguait surtout, c'est pourquoi il avait peur de moi, alors que je ne pouvais rien lui faire. Elle a eu tout à coup une idée formidable, ce qui prouve qu'on peut être nulle en maths et super géniale ailleurs.

Elle a dit: «Si tu sais pas comment lui parler, t'as rien qu'à lui écrire.»

CINQ

Je me suis enfermé dans la salle de bains et je me suis regardé dans le miroir en me disant: «C'est pas vrai, je ne vais pas faire un truc aussi idiot.» Mais presque tout de suite, j'ai senti qu'il était là à m'attendre. Il avait un chat dans la gorge, comme on dit, il aurait préféré qu'on fasse semblant chacun de son côté que ça ne se pouvait pas.

Je n'y peux rien si je suis de plus en plus difficile à croire sur parole, n'empêche que j'ai écrit au stylo-feutre en majuscules: «Parle encore comme avant» et j'ai posé mon bloc-notes en évidence, pas moyen de l'ignorer. Il n'a pas réagi tout de suite, mais c'était OK, parce que je l'ai senti hésiter, ça voulait dire au moins qu'il savait lire. Quand il a répondu, c'est comme s'il me chuchotait à l'oreille, mais en beaucoup mieux, parce que je l'entendais partout dans ma tête. Il a demandé:

— Comment tu fais?

Ça m'a scié, vu que justement je ne faisais rien. J'aurais dû avoir peur, mais j'étais surtout curieux – il faut dire que j'ai l'habitude de chatter sur l'internet avec des gens sans les voir. J'ai baissé la voix, car la chambre de Sig est juste à côté:

— Comment je fais quoi?

— Nous ne pouvons pas nous parler. C'est mal et c'est impossible.

— C'est peut-être mal, mais c'est pas impossible puisqu'on le fait.

— Personne ne peut discuter avec son totem. Je dois être en train de délirer.

— C'est quoi le totem? Je comprends rien à ce que tu dis.

— C'est toi. Tu es mon totem. Ou mon hôte, si tu préfères.

— Moi? C'est la meilleure! Mais bon, disons que je suis ton totem si ça peut te calmer. Et pourquoi tu pourrais pas discuter avec moi?

— Tu n'existes pas.

Il voulait sûrement me faire marcher, mais je ne me suis pas laissé prendre et j'ai montré mon reflet dans la glace.

— Et là, c'est quoi?

— C'est un miroir.

— T'es un comique, toi.

Ici, ce n'est pas évident à expliquer, mais c'est vrai pareil: je l'ai entendu sourire. Enfin, pas entendu avec les oreilles, c'était juste la sensation. Tout de suite après, il a recommencé à avoir les jetons et j'ai su qu'il voulait s'en aller, mais qu'il n'y arrivait pas, comme dans un cauchemar.

— David? Laisse-moi tranquille un moment. Tout ça m'angoisse. Il faut que j'essaie de comprendre.

Ça tombait bien, au même moment Sig a crié mon nom en secouant la porte. J'ai ouvert et elle m'a regardé comme si j'avais une tache sur le nez.

— Il me semblait bien. Tu recommences à parler tout seul. T'es grave, mec.

Je l'ai ignorée royalement et je suis allé dans ma chambre pour me brancher sur Wikipédia. Ce qui est fabuleux avec l'internet, c'est que n'importe qui peut avoir l'air intelligent. Par exemple, j'ai vu qu'un totem, ce n'est pas seulement un tronc d'arbre sculpté par les Indiens Aïda, mais aussi une quantité d'autres choses très intéressantes.

Finalement, j'ai vidé l'écran et j'ai tapé en grosses lettres: «Tu t'appelles comment?» J'ai eu tout de suite la réponse dans ma tête:

— Si je te le dis, tu ne comprendras pas.

— Essaie, pour voir.

J'ai entendu une série de sons, comme des notes de musique qui se mélangeaient. C'était super *cool*, mais ça ne voulait rien dire.

— C'est quoi?

— C'est mon nom en arpège.

— En arpège?

— C'est notre langue.

— Votre langue? T'es pas tout seul?

J'ai tout de suite senti que ma question le mettait mal à l'aise et je me suis demandé s'il serrait les fesses comme moi quand je me fais coincer. Il n'a pas répondu, à la place il a dit que je pouvais lui choisir un nom.

— Je sais même pas de quoi t'as l'air. Toi, propose quelque chose.

— Tu peux m'appeler Divad.

— Je connais, qu'est-ce que tu crois! C'est mon nom à l'envers.

— Je l'ai choisi pour cette raison.

— Tu veux dire que c'est pareil et que c'est pas pareil en même temps? Comme dans un symbole, genre?

— Oui. Tout est symbole, tu sais.

J'ai fermé les yeux pour continuer la discussion, c'était moins énervant comme ça. Je lui ai demandé s'il allait mieux.

— Pas vraiment. Je suis réveillé et mon rêve se poursuit. C'est la même chose qui s'est passée chez Gwen.

— Tu connais Mlle Le Gaëllec, la psy?

— J'étais là. Tu as oublié?

— Non, bien sûr, mais c'est tellement... Je fais des rêves, moi aussi, seulement ça m'inquiète pas.

— C'est différent. Tes rêves à toi sont illogiques et tu les oublies à ton réveil.

— Pas toujours.

— Je sais. Mais pour t'en souvenir, tu dois les bricoler. Najid-le-Rebelle dit que c'est un mécanisme de protection.

— Là, tu m'as perdu. Je parie maintenant que tu vas prétendre que tes rêves à toi sont logiques.

— Je n'ai jamais eu qu'un seul rêve et il se poursuit de jour en jour. Tu le connais parce que c'est ton histoire. Je la vois par tes yeux, mais je ne peux pas l'influencer. Et même... Non, rien.

— Tu as voulu dire quelque chose, là... Quoi?

— Même si je le pouvais, je refuserais.

— Pourquoi?

— Ton histoire a été créée par les Anciens, dans chaque détail, de ta naissance à ta mort. Tenter de la changer serait un sacrilège. Nous ferions mieux d'arrêter le jumelage tout de suite.

— Jumelage?

— C'est ce que nous faisons en ce moment. Je ne l'ai pas voulu, je ne sais même pas comment c'est arrivé. Il me faut absolument trouver le moyen de partir. Dans un vrai rêve, je ne pourrais pas te parler. Alors qu'ici, on discute comme si tu existais réellement.

— Tu m'embêtes à la fin. Je te signale que j'existe autant que toi.

— Ne dis pas une chose pareille. C'est dangereux.

— Comment ça ?

— Les Anciens nous ont mis en garde depuis le début des temps.

— C'est eux qui vous commandent ?

— Ce sont eux qui nous protègent.

— Contre qui ?

Un nouveau silence du genre mal à l'aise. Pourtant je ne le faisais pas exprès. Au lieu de me répondre, il a dit que lui et moi ensemble, nous étions un secret – et que je ne devais plus rien confier à Gwen sur nous, jamais.

— Tu as quel âge ?

— Le tien, bien sûr. Nous sommes nés le même jour. Un instant, veux-tu ? Je crois que j'ai trouvé le moyen de m'en aller.

— Tu reviendras ?

— Non, à moins que je ne puisse pas faire autrement.

— Divad ?

— Oui ?

— Jure-moi que tu me feras pas de mal.

— Je te jure.

Là, il a coupé le contact, comme un téléphone qu'on raccroche. Il s'était absenté, mais quelque chose me disait qu'il n'était pas parti bien loin.

La chose qui m'a le plus secoué depuis le début de cette histoire de fous, c'est d'apprendre que Divad avait presque quinze ans lui aussi. Ça a tout changé pour moi. C'est débile de le dire comme ça et on va sûrement se foutre de ma gueule, mais tout à coup j'ai senti que j'étais unique en mon genre et qu'il y avait une réserve d'espoir qui m'attendait quelque part.

Pourtant je n'ai jamais été quelqu'un de triste ni de neurasthénique comme Gérard de Nerval, sauf que je ne savais pas encore exactement où j'allais dans la vie et si on m'avait gardé une place.

SIX

Des fois, je me donnerais des claques tellement je suis nul.

Comme ma mère disait qu'on ne pouvait pas aller rendre visite à quelqu'un à l'hôpital en arrivant les mains vides, j'avais cherché un truc à la maison qui ferait l'affaire. Elle gardait dans une commode des cadeaux qu'on avait reçus et qui pouvaient resservir, et bingo, j'ai trouvé une boîte qui était encore dans son papier d'emballage avec le ruban bleu et tout.

Avant de continuer, il faut préciser que c'est le chanoine Dijan qui a dit à la lieutenant Le Gaëllec qu'il désirait absolument me voir, et elle a réussi à obtenir la permission des gros bonnets, à condition de m'accompagner. En y allant, elle m'a demandé s'il m'avait parlé de ses «songes prémonitoires». Je lui ai coupé la parole poliment quand elle a commencé à m'expliquer ce que ça voulait dire.

— Je sais, c'est quand on fait des rêves qui prédisent l'avenir.

— Exact. Tu connais beaucoup de choses pour un garçon de ton âge.

— C'est pas de ma faute, j'ai eu un grand-père encyclopédique.

— Je vois. Pour en revenir au chanoine...

— Lui, non, il m'a rien dit. Dans l'ascenseur, il parlait tout seul et protestait contre la violence et l'injustice dans le monde, enfin des trucs comme ça.

— D'accord. Mais tu avoueras que c'est une drôle de coïncidence, cette rencontre entre un vieil homme qui se parle à lui-même et un adolescent qui entend des voix dans sa tête.

— Je sais pas. Pourquoi j'avouerais quelque chose quand j'ai rien fait de mal?

Deux policiers m'ont fouillé avant de me laisser entrer dans la cafétéria de l'hôpital, ils ont même regardé dans mes souliers et Mlle Le Gaëllec leur a dit: «Arrêtez votre numéro! C'est pas un terroriste, merde!» Elle s'est fait répondre qu'une consigne, c'est une consigne. (D'après notre prof de français, M. de Chantal, c'est une tautologie, et c'est la première fois que j'en attrapais une en direct.)

LE CHANOINE DIJAN nous attendait dans un fauteuil roulant au milieu de la grande salle à manger, avec un sac de soluté accroché à un poteau ambulant à côté de lui.

C'est lui qui avait choisi l'endroit de notre rencontre. La chef infirmière qui nous a conduits a dit qu'il était complètement parano, mais il avait des amis haut placés et finissait toujours par obtenir ce qu'il voulait. Par exemple, il avait déjà déménagé trois fois de chambre, ça rendait tout le monde dingue.

J'ai commencé par lui donner son cadeau, mais lorsqu'il l'a déballé, c'était un lapin de Pâques en chocolat blanc. Je ne savais plus où me mettre, j'aurais voulu disparaître dans un petit nuage comme dans les *cartoons* – pouf!

Heureusement qu'il n'a pas eu l'air de s'en faire, vu qu'il se nourrissait seulement avec une paille à cause de son pansement dans les gencives. Il m'a dit gentiment qu'il devait encore patienter avant de manger du solide, mais Gwen n'a pas pu s'empêcher de mettre son grain de sel en ajoutant qu'il devrait quand même pas trop attendre, parce que le lapin était déjà pas mal en retard – comme dans *Alice au pays des merveilles*.

La discussion avec le chanoine n'a pas été facile, d'abord il n'avait que la moitié de la bouche pour parler, avec son accent arménien par-dessus le marché, ensuite il me faisait presque tout répéter parce que la balle en sortant l'avait rendu sourd de l'oreille droite.

N'empêche que ses yeux me regardaient direct pour voir jusqu'au fond de moi. Ils étaient remplis de chagrin à craquer, comme la première fois dans l'ascenseur, mais ils me disaient en même temps que ce n'était pas ma faute.

Gwen ne s'est pas assise avec nous en expliquant qu'on avait sûrement des choses personnelles à discuter, puis elle s'est éloignée en faisant semblant d'oublier son sac sur une chaise.

M. Dijan s'en est aperçu et m'a dit de courir après elle pour le lui rendre. Elle m'a remercié avec un sourire qui montrait toutes ses dents, mais j'ai bien vu qu'elle était frustrée au max. C'est sûr qu'elle avait un micro caché dans son sac, sauf qu'avec les bruits de fourchettes et de dentiers autour de nous, elle n'aurait rien entendu de toute façon.

Je suis donc resté seul avec le chanoine. Je croyais qu'il allait poser des questions sur qui j'étais ou encore me donner une récompense pour lui avoir sauvé la vie, mais il m'a fait juste un clin d'œil invisible en disant à voix basse: «Ainsi donc, notre jeune ami a rencontré Divad.» Ça m'a tellement surpris que ma bouche est devenue toute sèche.

— Co... comment vous le savez?

— Avant de poser une question, demande-toi si tu ne connais pas déjà la réponse. Prends ton temps...

Je lui ai demandé deux fois de répéter pour les raisons arméniennes que j'ai déjà dites, et finalement il m'a fait comprendre avec ses yeux que je n'avais qu'à réfléchir pour trouver ce que je savais depuis le début.

C'est ce que j'ai fait et c'est exactement ce qui s'est produit, ça m'a coupé le sifflet. J'ai saisi que s'il était au courant pour Divad, c'est parce qu'il devait avoir comme moi une voix qui lui parlait dans la tête. Je me suis alors rappelé qu'il s'était battu dans l'ascenseur contre le pistolet comme si quelqu'un d'autre essayait de lui mettre le canon dans la bouche.

Et là, je me suis rendu compte que même s'il n'était pas en super forme, ça ne l'empêchait pas de m'écouter comme s'il comprenait les trucs que j'avais du mal à lui expliquer. La preuve, c'est qu'il a dit:

— Quelque chose t'effraie, mon garçon.

— C'est à cause de ce qui vous est arrivé... Ça veut dire que Divad peut m'obliger lui aussi à faire des choses contre ma volonté, même s'il m'a juré le contraire.

— Non. Divad est incapable de mentir, encore qu'il puisse dissimuler. En d'autres termes, quand les symbiotes ne veulent pas révéler la vérité, ils se taisent.

— Les saints quoi?

— Les symbiotes, avec un i grec. C'est le nom que je leur ai donné, faute de mieux. Ils n'aiment pas ça, bien entendu: la majorité d'entre eux croient qu'ils sont les hôtes, et que nous sommes les parasites... c'est-à-dire des personnages imaginaires qui ne vivent que dans leurs rêves.

— Vous en connaissez plusieurs ?

— Je... Attends que je t'explique. Chaque humain partage son cerveau avec un symbiote... Non, disons plutôt qu'il partage l'usage de son cerveau avec lui. Tu peux aussi penser à ton symbiote comme à ton ange gardien, mais l'analogie est plus douteuse.

— Je n'ai jamais entendu un truc pareil.

— Un secret scellé depuis des millénaires. Aux origines, toutefois, l'homme et son symbiote vivaient en connaissance l'un de l'autre. Et en harmonie...

— Excusez-moi, je suis pas sûr de comprendre.

— Tant mieux. C'est toi qui l'as baptisé Divad ?

— Non, c'est lui.

— C'est typique ! Ils adorent jongler avec les idées et avec les mots.

— Pourquoi ?

— Je suppose que pour un pur esprit, le tennis et le golf ne sont pas d'un grand intérêt.

— Votre sym... symbiote à vous, vous l'appelez comment ?

Le chanoine Dijan a poussé du fond de sa gorge quelques notes de musique, mais le résultat a été désastreux vu son état général. Il s'en est aperçu et a essayé de rire, mais là non plus, ce n'était pas une réussite.

— D'accord. Appelons-le Najid. Je ne pense pas qu'il s'en offusque. Quoi qu'il en soit, il est surtout connu dans le monde des symbiotes par son surnom, *Le Rebelle*.

— Il est là en ce moment ?

— Il est en veilleuse. Les sédatifs qu'on me donne l'affectent beaucoup. Je ne m'en plains pas. Ce n'est pas un colocataire de tout repos, crois-moi.

— Je peux vous poser une question indiscrète ?

— Si tu es prêt à accepter discrètement la réponse, oui.

— Pourquoi il a essayé de vous tuer ?

Il m'a fait répéter parce que j'avais parlé trop bas à cause des gens aux autres tables – la tête qu'ils auraient tirée s'ils m'avaient entendu. Il m'a fait signe de lui passer son verre et a aspiré avec sa paille avec un bruit terrible. Ensuite, il s'est penché vers moi :

— Tu as tout faux, mon garçon. C'est moi qui voulais en finir, et c'est lui qui essayait de m'en empêcher.

— Oh, merde ! Excusez... Mais pourquoi ?

— Parce qu'un symbiote ne peut pas survivre à son hôte. Et que mon suicide est le seul moyen pour l'empêcher de mettre ses projets à exécution.

— Vous n'allez quand même pas recommencer ?

Il regardait par-dessus mon épaule vers le fond de la cafétéria et je n'ai pas pu savoir s'il refusait de répondre ou s'il ne m'écoutait plus.

J'ai tourné la tête et j'ai vu Gwen Le Gaëllec qui discutait à voix basse avec un homme que j'ai reconnu parce qu'il lui manquait les deux pouces : il était au poste de police quand j'y suis allé la première fois. Ma mère m'a dit que c'était lui le chef, malgré son air pas très intelligent. (Je ferais mieux de dire tout de suite qu'il s'appelle Luigi Calderone et qu'il va prendre de la place plus tard dans mon récit.)

— Nos gardes du corps s'impatientent... Tiens, cache ça dans ta poche, vite !

M. Dijan m'a rendu le verre d'eau et, en même temps, il a glissé dans mes doigts un téléphone mobile, un Nokia, le top modèle. Il m'a demandé d'attendre son appel, car il avait encore un tas de choses importantes à discuter avec moi. Je n'ai pas pu m'empêcher de dire :

— C'est quoi, cette histoire de rêve prémonitoire ?

— C'est une fable que j'ai inventée pour qu'on me laisse tranquille. Tu vois, Najid-le-Rebelle a trouvé le moyen d'entrer en contact avec son hôte, c'est-à-dire avec moi. Il veut que je l'aide à rétablir le lien entre nos races – celle des humains et celle des symbiotes.

— Et vous ne voulez pas.

— Non. Alors il a essayé de me forcer la main en me donnant une information que je ne pouvais pas garder pour moi. Quand la police m'a demandé de révéler ma source, j'ai prétendu que je l'avais rêvée. Parfois, la vérité n'est pas une option.

— Pourquoi vous me dites tout ça ?

— Pour que tu prennes soin de toi. Tu es le seul à pouvoir m'aider.

— Moi tout seul ? Ça se peut pas !

— Si, ça se peut. Il faut me croire, David. C'est plus important que tout ce que tu peux imaginer...

GWEN VENAIT MAINTENANT VERS NOUS et plus elle s'approchait, plus elle souriait, comme si elle allait nous dire qu'on était deux moyens moineaux.

Le chanoine s'est mis à trembler du menton et à parler à toute vitesse.

— Mon symbiote... c'est le premier à avoir réussi le jumelage... Je ne savais pas qu'il serait aussi capable d'intervenir physiquement – lui non plus, d'ailleurs... Il a paniqué dans l'ascenseur et il t'a donné la clé... enfin, à Divad et à toi... pour éviter qu'elle soit perdue. Il n'aurait jamais dû... mais on ne peut pas revenir en arrière...

Il m'a encore murmuré qu'il y avait des moustiquaires, mais Gwen est arrivée et il s'est tu. Elle m'a dit en faisant sa mine de rien :

— Aramis, Athos et Porthos.

— Quoi ?

— Je crois que le chanoine Victor est en train de te conseiller des lectures pour les vacances.

Ça m'a fait bizarre qu'elle l'appelle par son prénom, mais lui, ça n'a pas eu l'air de le déranger. Il l'a regardée comme s'il ne se rappelait pas l'avoir déjà rencontrée quelque part :

— On a des lettres dans la police. Une nouvelle inquiétante pour les honnêtes gens.

Elle a éclaté de rire et, cette fois, elle ne faisait pas semblant. J'aurais bien voulu savoir ce qu'elle trouvait de si drôle. Il lui a encore dit :

— Madame la psychologue devrait se demander pourquoi elle a oublié d'Artagnan.

Elle a continué à rire, mais c'est devenu un peu forcé. Et lui, il a profité qu'elle regardait ailleurs pour me lancer un clin d'œil.

Tout à coup, j'ai eu rien qu'envie de me retrouver tout seul et qu'on me fiche la paix pour un bout de temps. Même qu'en arrivant à la maison, je me suis enfermé dans ma chambre et je me suis mis à frissonner de partout. Je ne pouvais plus m'arrêter, pourtant je n'avais pas froid ni rien.

C'était seulement nerveux. Il paraît que ça arrive aux soldats les plus courageux après qu'ils ont reçu des bombes sur la tête pendant des heures.

SEPT

J'AI ATTENDU QU'ON SOIT SEULS à l'écart dans la cour d'école pour expliquer à Iris que ce qui m'énervait le plus, c'était de penser que mon symbiote Divad pouvait me voir sans arrêt pendant toute la journée. Même s'il croyait que j'étais seulement un rêve et que tout ce que je faisais n'était pas pour de vrai, ça me gênait et j'éteignais maintenant la lumière avant d'aller aux toilettes.

On ne sait jamais à quoi s'attendre avec Iris. Au lieu de me plaindre, elle a pris le parti de Divad en disant qu'il avait sûrement eu plus peur que moi. Elle s'est demandé comment elle aurait réagi si elle avait rêvé qu'un bandit venait la tuer et qu'en se réveillant, elle l'avait vu dans sa chambre en chair et en os.

À ce moment-là, elle est devenue toute coincée et s'est mise à pleurer. J'ai voulu la consoler, mais elle a fichu le camp à toute vitesse. Je n'ai pas insisté, d'abord parce qu'avec elle ça ne servait à rien, et aussi parce qu'elle courait plus vite que moi, même si elle m'arrivait aux épaules.

Soit dit en passant, elle avait raison pour Divad. L'autre jour, dans la salle de bains, il m'a dit qu'il était angoissé. Ce n'était peut-être pas exactement comme de la peur, mais ça se rapprochait. J'ai repensé alors à ma réaction en sortant de l'hôpital et j'en ai conclu que j'avais eu une « crise d'angoisse ». Ça m'a rassuré. C'est drôlement utile quand on peut mettre un nom sur quelque chose qui nous arrive et qu'on ne connaît ni d'Ève ni d'Adam.

APRÈS MA RENCONTRE avec le chanoine Dijan, j'étais sûr que Divad allait se manifester, mais il a pris son temps. Des fois, il était simplement pas là et c'était OK, je savais qu'il était en train de roupiller en rêvant à moi. Mais d'autres fois, je sentais qu'il était réveillé et qu'il essayait de se cacher, c'était *nac* au max. J'ai tenté de lui dire que je comprenais pour son angoisse et tout le reste, mais sans résultat. Pourtant j'étais sûr qu'il m'écoutait, c'était comme s'il retenait son souffle pour ne pas répondre.

Finalement il s'est décidé et il a choisi le plus mauvais moment, quand j'étais à la bibliothèque de l'école. Ça n'aurait pas causé de problème si j'avais pu lui parler dans ma tête, sauf que les symbiotes ne peuvent pas lire nos pensées, rien de rien. C'est aussi pour ça qu'ils nous trouvent un peu cinglés, parce qu'on dit des choses et après on fait le contraire.

(C'est Divad qui m'a expliqué ça plus tard. En passant, il n'aimait pas lui non plus que je le traite de symbiote, mais il a quand même accepté, parce que le vrai nom de sa race en arpège est difficile à traduire. Ça veut dire quelque chose comme *Le Tout et Un* et, franchement, ils auraient pu trouver mieux. Nous, ils nous appellent les totems, ou encore les hôtes pour faire plus distingué, et là au moins on sait à quoi s'en tenir.)

Il m'a donc accroché à la bibliothèque et je me suis débrouillé pour lui répondre tout bas en mettant la main devant ma bouche. Mlle Sauget m'a regardé par-dessus le comptoir en montant sur ses pointes de pied, juste pour me rappeler qu'elle était là et pas ailleurs. Elle a un look sévère à cause de ses petites lunettes rondes qui lui font des gros yeux, mais on peut s'arranger avec elle – elle remonte jamais plus haut pour régler ses problèmes. Elle n'est pas comme Mme Croteau qui est toujours en train de se plaindre à M. Bizaillon, le directeur de l'école.

Mlle Sauget avait au moins trois raisons pour me trouver sympathique, même si elle faisait semblant de rien: *primo,* la librairie de mon grand-père Tessier venait d'être liquidée, ce qui explique d'ailleurs pourquoi chez nous c'est plein de livres jusqu'au plafond; *deuzio,* ma mère a fait une licence en lettres avec un diplôme encadré que mon père lui a souvent reproché de pas vouloir accrocher au mur; *tertio,* je suis l'étudiant à l'école qui emprunte le plus grand nombre de bouquins, vu qu'à part les lectures obligatoires, la majorité des élèves ne lisent pas grand-chose ou presque.

Une fois, je m'en suis vanté et M. de Chantal m'a rabattu le caquet en disant que j'étais librivore par atavisme et qu'un roi borgne au royaume des aveugles n'a pas de quoi se péter les bretelles.

(Lui, on l'aura compris, c'est mon prof préféré. Il nous fait rire parce qu'il n'a pas peur des gros mots et j'ai même recopié dans mon carnet une citation qu'il a écrite au tableau noir : «La grossièreté, tant qu'on voudra ; la vulgarité, jamais.» Je l'ai répétée à ma mère qui a fait la grimace en disant que ce n'est pas un conseil à donner à des ados.)

BREF, GRÂCE À MLLE SAUGET, j'ai consulté le livre que le chanoine Victor Dijan avait écrit pour se venger d'avoir été démissionné du Tribunal de La Haye en raison de ses «divergences d'opinion». Au dos, on disait que ça n'avait rien à voir, ses opinions étaient les mêmes que celles des autres juges, mais à part lui, personne n'osait les exprimer à haute voix. Il avait eu aussi des mêlées avec le nouveau pape à cause de sa participation au mouvement œcuménique *Pax Mundi*.

Son bouquin s'appelle *les Racines du Mal* et c'est plein de photos dans le genre dégueu. Il paraît qu'elles lui reviennent malgré lui et que ça l'empêche de dormir.

Franchement, en pensant à son regard dans son fauteuil roulant et à tout ce qui lui est arrivé dans la vie, je me suis demandé si j'avais bien fait de l'empêcher d'en finir une fois pour toutes.

Tant pis pour ceux qui ne croient pas aux hasards, mais c'est à ce moment-là que mon symbiote m'a parlé. Heureusement, j'étais assis.

— Je m'excuse, David.

— Ah, te voilà ! Tu t'excuses pour quoi ? T'as rien fait.

— Je m'excuse de ne pas t'avoir cru.

— À propos de quoi ?

— De toi. J'ai compris que tu existes vraiment. C'est pour ça que j'ai eu du mal à te parler. C'est trop effrayant.

— C'est tout ce que tu trouves à dire ? Moi, j'ai pas peur d'exister.

— Si tu existes, ça veut dire que ton histoire n'a pas été écrite à l'avance. Tu peux la changer et c'est impossible de connaître la suite.

— Y a rien d'effrayant là-dedans.

— C'est le pire qui pouvait m'arriver. J'ai beau savoir maintenant que c'est la réalité, je refuse encore d'y croire. D'accord, mes explications ne sont pas claires. Laisse-moi réfléchir...

Moi non plus, je ne pouvais pas savoir ce que Divad pensait, mais ça ne m'a pas empêché de sentir qu'il avait l'âme à l'envers et ça m'a fait de la peine, comme si on était en train de devenir de vrais copains, lui et moi.

POUR LUI LAISSER LE TEMPS DE RÉCUPÉRER, j'ai continué à regarder le bouquin et là, je suis tombé sur une photo de la guerre au Rwanda qui montrait des enfants à qui on avait coupé les mains et les pieds.

Je me suis dit que ce n'était pas le bon moment pour Divad de voir ça et j'ai voulu tourner la page.

— Non, attends! Tu te rappelles *l'Ogre du Gros-Moignon?*

Bien sûr que je m'en souvenais, c'est ma grand-mère qui me l'avait offert pour m'apprendre à lire. C'est l'histoire d'un monstre qui vole les bébés pour les manger, avec des dessins en couleurs et du sang partout. Ça me faisait très peur à l'époque, pourtant je ne pouvais pas m'empêcher d'y revenir sans arrêt.

Quand mon père a trouvé l'album sous mon oreiller, il était furieux contre Mamy Esther, mais il lui a inventé des excuses comme d'habitude, par exemple que les pogroms lui avaient détraqué la cervelle.

— Comment tu sais pour Gros-M... Non, laisse faire! J'oublie que t'es avec moi depuis toujours. Mais pourquoi tu m'en parles maintenant?

— Gros-Moignon t'effrayait, mais tu savais que c'était un conte, comme Barbe-Bleue ou Voldemort.

— OK, et alors?

— Si je te disais que Gros-Moignon existe pour de vrai?

— Je te croirais pas.

— Regarde la photo. Celui qui a mutilé ces enfants n'était pas seul. Son symbiote était là et a tout vu.

— Et il a rien fait?

— Pourquoi il aurait fait quelque chose? Pour lui, c'était rien qu'un conte pour faire peur. Un cauchemar, si tu préfères.

— Mais là, maintenant que tu sais, t'as rien qu'à leur dire que c'est vrai...

— Ça ne va pas, non? C'est ce que Najid-le-Rebelle et ses disciples prêchent depuis des années, mais personne ne veut les croire, ou presque. Ils passent pour des illuminés.

— Lui, je me souviens de son nom. Le chanoine Dijan m'en a parlé.

— Mais il ne t'a pas dit que c'est aussi un grand poète. C'est pour cela qu'on tolère ses divagations. Je connais *le Chant du Désert* en entier. Écoute le début, c'est grandiose...

Divad a récité dans ma tête une musique comme je n'en avais jamais entendue. Évidemment, je n'ai rien compris et je ne suis même pas sûr d'avoir aimé, mais en tout cas j'ai senti qu'il y mettait du cœur.

— C'est... spécial. Quand on comprend, ça doit être pas mal *cool*. Pourquoi tu dis que personne l'écoute ?

— Je parlais de sa doctrine de la Matière, pas de ses poèmes. Ceux-là, tout le monde les admire. On se réunit souvent la nuit pour faire des récitals.

— Pourquoi la nuit ?

— C'est quand nous sommes réveillés. On se rencontre, on discute, on vit, quoi.

— Je suis nul d'avoir demandé, je le savais déjà. Mais j'ai du mal à me rappeler que pendant que je dors, toi tu fais le contraire.

— C'est encore plus difficile de croire qu'on peut être réveillés tous les deux en même temps, comme en ce moment. C'est la faute à Najid-le-Rebelle. Il s'est excusé.

— Tu lui as parlé ?

— Il m'a rendu visite. C'était notre premier contact. Je n'ai jamais rencontré quelqu'un d'aussi... puissant. J'étais intimidé.

— Il est venu te voir ? Je comprends pas.

— C'est une façon de parler. Disons qu'il a pris l'initiative de la jonction.

— Et vous faites comment pour vous retrouver ?

Ma question l'a embêté, il ne trouvait pas les mots pour expliquer. Finalement, il m'a conseillé de penser à l'informatique et que ça m'aiderait peut-être à me faire une idée. Tout de même, ça m'a rendu inquiet. On a déjà assez de virus dans les ordis sans que les symbiotes s'en mêlent, ce serait le vrai bordel. J'exagère, ce n'était qu'un exemple qu'il m'avait donné, surtout que je ne vois pas comment Najid aurait pu se brancher sur l'internet.

— Pourquoi il s'est excusé ?

— Dans l'ascenseur, il a paniqué et m'a refilé la clé du jumelage avec toi, sans nous demander la permission. Je ne m'en suis pas aperçu avant de me réveiller dans ta salle de bains. C'est comme s'il m'avait infecté avec un virus.

Ça m'a chicoté que Divad parle de virus alors que je venais juste d'y penser. Comme il ne pouvait pas lire dans ma tête, il faut croire que ce n'était qu'une coïncidence, mais je l'ai trouvée un peu *too much.*

— Tu crois que Najid a donné cette clé à d'autres symbiotes ?

— Je lui ai posé la question, mais je n'ai pas eu de réponse. S'il l'a fait, c'est un crime.

— Tu pousses un peu, là.

— Quand je me suis retrouvé en jumelage avec toi, j'ai commencé à comprendre que la doctrine de la Matière était malheureusement vraie.

— Malheureusement ?

— Le Conseil des Anciens dit que la doctrine est un sacrilège et que ceux qui y adhèrent n'auront pas accès à l'Ultime Fusion.

— Bon, c'est quoi ça encore ?

— Le pari de l'Ultime Fusion, c'est ce qui pourrait se passer après la mort – quand le singulier et le pluriel se confondent et arrêtent le temps. On l'appelle aussi l'*Ultime Peut-Être.*

— Tu veux dire le paradis ?

J'ai senti qu'il devenait tout crispé – ça devait être pour lui comme serrer les fesses pour moi. Il a dit :

— Non, surtout pas. C'est un mot que nous ne devons pas prononcer.

— Laisse faire tes conneries ! Moi, ça me gêne pas : paradis, paradis, paradis.

— Toi, tu peux blasphémer comme n'importe quel totem, ça ne compte pas, parce que tu ne sais pas.

— Alors explique-moi ce que je devrais savoir de si important.

— La promesse du paradis est la grande source du mal dans ton monde. C'est une ruse pour t'asservir, pas pour te rendre meilleur.

— Tu dérailles ! C'est le contraire. Les hommes se conduisent bien pour aller au paradis – enfin, ceux qui sont croyants.

— C'est au bien qu'il faut croire, pas au paradis. La seule récompense du bien doit être le bien.

— T'as réponse à tout, on dirait ! T'es comme Iris, elle s'arrange toujours pour avoir le dernier mot.

— Tu es injuste, David. La parole des Anciens est un guide vers la lumière, mais ce n'est pas encore la lumière.

Et moi, je me suis écarté du chemin tracé en acceptant l'existence de la Matière.

— T'as rien fait de mal. La doctrine de Najid ne peut pas être un crime si c'est la vérité.

— Tu ne comprends pas. Ce n'est pas la vérité qui est un crime, c'est de la révéler. Tourne la page du livre, veux-tu ? À présent la suivante... Continue...

— C'est affreux à regarder, je sais. Mais c'est plein de photos comme ça dans les magazines et à la télé. Tu en vois souvent toi aussi, forcément.

— Oui, mais j'ignorais qu'elles montraient la réalité. Maintenant je le sais et j'ai peur.

— Peur de quoi ?

— De perdre la raison, comme Najid-le-Rebelle.

— Oh, merde. Tu penses vraiment qu'il est devenu fou ?

— Ce n'est pas de sa faute. À force de vivre avec Victor Dijan, il en a trop vu, jour après jour – et le mal l'a intoxiqué. Il croit que les humains ne s'en sortiront pas seuls et que nous devons les aider.

— Les aider comment ?

— Il ne l'a pas dit. Tu t'inquiétais l'autre jour que je puisse te nuire.

— Je me rappelle plus ce que t'as répondu, mais t'avais pas l'air convaincu.

— Te faire du mal, ce serait me faire du mal à moi-même. Mais ça va dans les deux sens. Si je perds la raison, tu seras affecté, toi aussi.

— Ça veut dire quoi, exactement ?

Il n'a pas répondu. Le chanoine Dijan m'avait averti que les symbiotes se taisaient quand quelque chose ne faisait pas leur affaire. Je me suis dit que Divad n'allait pas s'en tirer aussi facilement, mais Mlle Sauget m'a fait sursauter en se penchant vers moi par-derrière – je ne l'avais pas entendue approcher à cause de son pas de souris trotte-menu.

— Les appareils mobiles sont défendus ici, David Goldberg. Comme si tu ne le savais pas !

Elle a fait une petite grimace quand je lui ai montré que je n'avais rien dans les mains. Au même instant, le Nokia de M. Dijan a sonné dans ma poche, ça ne pouvait pas plus mal tomber. J'ai répondu en disant d'attendre et j'ai mimé un sourire à Mlle Sauget pour m'excuser. Elle a alors regardé le livre qui était resté ouvert sur la table et je crois que ça lui a fait quelque chose, parce qu'elle est repartie sans rien ajouter, avec son chignon qui branlait.

DANS LE CORRIDOR, j'ai parlé avec M. Victor Dijan, et son accent arménien était encore plus emberlificoté au téléphone. Il m'a dit qu'il devait se dépêcher parce qu'on le surveillait, et que je devais faire attention au professeur Carlos Vargas qui avait reçu la clé du jumelage, lui aussi, et qu'il allait peut-être essayer de m'embobiner.

— Qui ça ?

— Aramis. Rappelle-toi ce que la mignonne psychologue a dit sur tes lectures de vacances...

C'était une allusion genre clin d'œil, malheureusement il a raccroché avant que je puisse dire que je ne l'avais pas pigée.

J'ai voulu savoir alors ce que Divad en pensait, mais il n'était plus là. Ça m'a fait suer et j'ai décidé que la prochaine fois qu'on serait connectés, je lui rappellerais que c'est impoli de se tailler sans dire au revoir.

On peut m'accuser de faire le difficile, mais j'aimerais bien voir ce qu'on ferait à ma place. Les gens autour de moi n'ont jamais parlé avec leur symbiote personnel, et donc ils n'ont aucune raison de croire qu'il existe.

Ce que je n'ai jamais pu décider, c'est s'ils ont de la chance ou s'ils passent à côté de quelque chose qui pourrait orienter leur vie dans la bonne direction.

HUIT

LE JEUDI APRÈS LES COURS, M. de Chantal s'occupait du club d'échecs de l'école. C'est là que je suis allé lui demander s'il savait qui était Aramis. Il était en train de jouer contre Pascal Ferland qui a remporté le dernier tournoi interscolaire et il m'a fait signe d'attendre, parce qu'il devait se concentrer sur son prochain coup.

Enfin il a bougé sa tour et s'est levé pour me dire à voix basse qu'il ne connaissait pas Aramis personnellement, mais que si je voulais parler des *Trois Mousquetaires,* il se ferait un plaisir de me les présenter.

— C'est qui, déjà?

— Les héros d'une histoire d'Alexandre Dumas.

— Ah oui, je me souviens. Mais Aramis, c'est un bon ou un méchant?

— Les mousquetaires étaient des hommes d'honneur... Commence par lire le roman. On en discutera après.

— D'accord. Je...

— Que se passe-t-il? Tu n'as pas l'air dans ton assiette.

— Rien, ça va passer. Excusez-moi, mais si vous prenez son pion avec votre dame, il est mat en trois coups.

Il a fait une grimace comme pour me conseiller de me mêler de mes affaires, puis il a regardé l'échiquier et a ouvert la bouche sans rien dire. J'en ai profité pour filer en douce.

Dans la rue, j'ai apostrophé Divad qui s'est excusé de m'avoir soufflé la solution.

— Je n'aurais pas dû, mais c'est un jeu qui me passionne.

— C'est pour ça que t'es revenu?

— Ne sois pas fâché. Je sais bien que ce n'est pas ton intention, mais parfois tu me fais peur...

— Moi, je te fais peur? Tu veux rigoler.

— Tu peux me rassurer : jure-moi que tu ne feras jamais le Mal.

Je n'ai pas compris tout de suite pourquoi il me disait ça, puis j'ai pensé aux photos de l'album du chanoine Dijan et j'ai répondu qu'il pouvait compter sur moi. Même si on me forçait, je serais incapable de couper les pieds et les mains de quelqu'un, et encore moins de tuer des gens que je ne connais pas. N'empêche que ça m'a fait de la peine que Divad puisse se poser une telle question à mon sujet.

SUR LE TROTTOIR, une bonne femme s'est retournée pour me regarder, elle croyait que je parlais tout seul. Alors j'ai sorti mon Nokia pour faire semblant de téléphoner ; j'ai déjà assez d'ennuis comme ça sans qu'on me prenne pour un cinglé. J'ai demandé à Divad :

— C'est quoi, cette histoire de mousquetaires ?

— Une idée de Najid-le-Rebelle, le symbiote du chanoine. Aramis, c'est le professeur Vargas. Toi, t'es le plus jeune, d'Artagnan. Les deux autres s'appellent Athos et Porthos, mais je n'en sais pas davantage.

— Là ça fait quatre, pas trois.

— C'est comme ça dans le roman.

J'ai marché un moment sans rien dire, et finalement je lui ai avoué ce qui m'embêtait :

— On a le même âge, mais j'ai l'impression que t'es plus intelligent que moi.

— Pourquoi ça ?

— D'abord tu parles beaucoup mieux, et pourtant je me débrouille pas si mal. Des fois, tu utilises des mots que je connais pas et je me sens tarte.

— Pour nous, les mots sont sacrés. Sans eux, je ne serais personne. Alors que toi, tu as des activités avec ta famille et tes copains.

— Pas toi ?

— Si, mais c'est différent. Vous avez cinq sens et nous n'en avons qu'un, qui est la vision de l'esprit. Quand on se rencontre, on discute de nos rêves et on imagine des histoires en reprenant des éléments de la vie de notre hôte.

— C'est tout ?

— C'est beaucoup. C'est aussi pour cette raison que mon langage est plus riche que le tien.

— Et tu parles combien de langues, à part l'arpège ?

— Le français et l'anglais, comme toi. Et le symbiote de Kamal m'apprend des rudiments d'arabe.

Ça m'a fait drôle d'entendre ça. C'est comme s'ils se disaient des choses sur nous quand on a le dos tourné. Et là, je me suis posé un tas d'autres questions, en me trouvant pas mal imbécile de ne pas y avoir pensé plus tôt.

— Donc la nuit, quand on dort, tu peux parler avec les symbiotes des gens que je connais.

— Oui, si nous décidons de nous rencontrer. Personne ne peut s'imposer, à moins d'avoir la permission du Conseil des Anciens. Et quand quelqu'un nous importune, nous avons une formule d'incantation pour rompre la jonction.

Pour me montrer, il a chanté une série de notes. Heureusement que j'ai fait partie d'une chorale quand j'étais à Paris, j'ai pu la répéter sans me tromper. Ça l'a amusé.

— Excuse-moi. C'est ton accent qui est comique.

— C'est quoi, la traduction?

— Quelque chose comme: «Laisse-moi à moi seul et en paix.» Comme ça, si je t'embête, tu sauras comment te débarrasser de moi.

— Je voudrais plutôt que tu me donnes la formule pour te faire revenir. Des fois, j'ai envie de discuter avec toi, et tu m'ignores comme si j'étais une vieille crotte sèche.

— Ne le prends pas comme ça. Je n'arrive pas toujours à me réveiller de mon rêve pour faire le jumelage. Je dois surmonter ma peur et ma honte. Tu comprends?

— Non, pas vraiment. J'aimerais te demander quelque chose de personnel. Si tu connais le symbiote de Kamal, ça signifie que t'as peut-être aussi discuté avec Iris. Je veux dire avec sa symbiote.

— Oui, une fois, on a fait la jonction.

— T'as déjà pigé que moi et Iris... Enfin, surtout moi; elle, je sais pas. Mais toi, tu dois bien savoir si je lui plais, forcément.

Divad n'a rien répondu et je lui ai demandé si ça le gênait de discuter de ces choses-là.

— Ce n'est pas de la gêne. Mais ma réponse pourrait changer ton histoire. Je n'ai pas le droit de le faire, je te l'ai déjà dit. Ce serait commettre une offense grave contre la parole des Anciens.

— C'est malade, ton truc. C'est comme Kamal avec ses croyances à la con. Allez, sois gentil, donne-moi juste un indice.

— Iris est trop occupée à penser à elle pour penser à toi.

— Elle pense à elle pourquoi?

— Parce qu'elle doit se défendre.

Ça m'a inquiété, mais Divad a refusé d'en dire davantage et quand j'ai insisté, il s'est absenté d'un coup, comme un malotru.

Je n'arrivais pas à m'y habituer, chaque fois c'était pire.

NEUF

LE VRAI NOM D'ARAMIS, c'est Carlos Z. Vargas et je me suis demandé si je ne devrais pas moi aussi signer David I. Goldberg, pour faire plus énigmatique. Il venait du Pérou et avait étudié à Montréal avant d'être célèbre, mais j'ai vérifié et il n'y a même pas une petite rue qui porte son nom, c'est trop injuste. On attend peut-être qu'il soit mort, ça lui fera une belle jambe. Mais comme il n'a pas encore cinquante ans, tous les espoirs sont permis.

Après avoir enseigné pendant des années à l'Université Princeton, il est devenu américain par la force des choses. Ça ne l'empêchait pas d'avoir l'air sympa sur les photos, avec ses cheveux plutôt poivre que sel, aussi ébouriffés que ceux d'Einstein – un autre grand génie à qui on doit la théorie de la relativité et le *Cuirassé Potemkine,* chef-d'œuvre du cinéma muet.

J'ai été obligé d'inventer une excuse pour ma mère en disant que je devais assister à la conférence du professeur Vargas à cause d'un travail de recherche pour mon cours de sciences.

Ça ne tenait pas debout, mais elle était d'accord pour à peu près n'importe quoi quand il s'agissait de mon éducation. Elle répétait au moins une fois par jour que je devais m'appliquer pour réussir dans la vie. C'est vrai qu'à l'école j'étais plutôt dans la moyenne et que j'aurais pu me forcer un peu plus. Elle disait aussi que je ne suis pas plus bête qu'un autre et, sans me vanter, je crois qu'elle a raison.

Je ne pouvais pas lui avouer que c'était mon symbiote Divad qui avait tout combiné, en me faisant la même passe que lorsqu'il m'avait refilé le numéro de la chambre d'hôpital du chanoine Dijan. J'étais dans la classe de M. Poirier et comme je m'ennuyais mortellement, je dessinais n'importe quoi dans mon cahier – et tout à coup, je me suis aperçu que j'avais écrit un numéro de téléphone.

J'ai appelé plus tard pour voir, c'était un message d'information pour une conférence de Carlos Vargas sur le cerveau bicaméral, avec tous les détails, y compris l'entrée gratuite pour les étudiants.

Ça m'a donné à réfléchir, parce que Divad m'avait dit que les symbiotes ne pouvaient pas nous influencer. N'empêche que ce numéro n'était pas venu là tout seul et ça m'a fait penser à l'histoire de ce savant dont j'ai oublié le nom, mais qui avait résolu un problème vachement compliqué pendant qu'il dormait. Allez savoir si ce n'est pas justement son symbiote qui lui avait soufflé la bonne réponse. Remarquez que ça ne me gênait pas que Divad me refile des messages secrets, pourvu que je sache si ça venait de lui ou de moi, question de dignité.

LA CONFÉRENCE AVAIT LIEU dans un grand hôtel et ma mère ne voulait pas que j'y aille seul, comme si j'étais encore un bébé. Sauf que ça l'embêtait de m'accompagner et elle a dit que M. Poirier ne se rendait pas compte du surcroît de travail qu'il donnait aux parents. J'ai eu peur qu'elle lui téléphone et que ça lui mette la puce dans l'oreille. Elle a fini par accepter, parce que je lui ai rappelé qu'elle me devait bien ça en échange de ma consultation chez le docteur Beaugrand qui est un twit de première classe.

D'abord, elle m'avait dit que c'était un médecin, comme son prénom l'indique, alors que c'est rien qu'un psychiatre qui devait me remettre d'aplomb au cas où j'aurais été traumatisé par le suicide raté du chanoine Dijan. J'ai tout de suite compris que l'idée ne venait pas d'elle, mais de Gwen Le Gaëllec, même si elle m'avait promis que tout ce qu'on se disait resterait entre nous. Je ne lui en voulais pas de m'avoir joué dans le dos, elle l'a fait parce qu'elle croyait dur comme fer que j'étais un cas qui valait la peine qu'on s'y intéresse.

Le docteur Beaugrand m'a posé un tas de questions sur la voix que j'entendais dans ma tête et j'ai dit que c'était rien qu'une façon de parler.

Il m'a alors montré des taches d'encre en couleurs en me demandant ce que je voyais. Sur un des cartons, c'étaient des danseuses noires à poil qui jouaient du tam-tam. J'ai répondu que ça me faisait penser à un casque de moto à l'envers, parce que je n'avais pas envie qu'il écrive dans mon dossier que j'étais un obsédé sexuel. Au bout d'un moment, il a dit que je pouvais m'en aller et j'ai bien vu à son air froncé qu'il m'en voulait de lui avoir fait perdre son temps. Après, ma mère n'a rien demandé au sujet de comment ça s'était passé, ça veut tout dire.

Ce qui fait qu'elle m'a accompagné à la conférence. Quand on est entrés dans le salon Penfield, je m'attendais à des fauteuils et à des canapés pour s'asseoir en petits groupes, alors que c'était une grande salle avec des chaises comme à l'école et un podium avec un micro et un écriteau qui disait: «Association internationale de psychologie clinique».

Même si c'était gratuit pour les étudiants, la plupart des gens ici étaient plutôt vieux, avec des airs importants. Ma mère était gênée parce que je ne passais pas inaperçu et m'a demandé deux fois si j'étais certain de vouloir rester.

La conférence a commencé et on a vu que le professeur Vargas parlait le français comme s'il l'avait toujours appris, avec juste ce qu'il fallait d'accent pour qu'on le prenne pas pour un autre.

Après quelques minutes, ma mère s'est penchée vers moi pour savoir si je comprenais quelque chose à ce charabia. J'ai répondu que oui, même si c'était à moitié vrai, alors elle m'a avoué qu'elle voulait profiter d'être au centre-ville pour aller faire des courses – et de l'attendre dans le hall de l'hôtel si ça finissait avant son retour. Elle a regardé le monde autour de nous en disant pour se rassurer que je ne risquais rien, puis elle a filé en se faisant toute petite.

Je l'aime beaucoup, mais là j'étais content qu'elle me fiche la paix.

HEUREUSEMENT qu'il y avait des dessins et des vidéos pour nous aider à comprendre les découvertes du professeur. Je ne veux pas entrer dans les détails que j'ai oubliés, mais disons pour commencer que le cerveau humain est divisé en deux parties comme une grosse noix et que chaque moitié fait des choses différentes de l'autre. Par exemple, le langage est situé dans la partie gauche, et si quelqu'un est amoché juste à cet endroit, il n'arrive plus à parler.

Les gens dans la salle avaient l'air de connaître ça sur le bout du doigt, mais ça ne les a pas empêchés d'être surpris quand M. Vargas a montré la vidéo d'une dame qui ne pouvait pas donner la réponse à une question à moins de la chanter, vu que la fonction du chant se trouve dans l'autre moitié du cerveau.

Après, on a vu un chirurgien célèbre qui avait la maladie de la Tourette. Il parlait de son travail et, tout à coup, il a fait des grimaces en aboyant comme un chien enragé, ensuite il a dit à toute vitesse les pires gros mots que j'ai jamais entendus, c'était incroyable. C'était aussi pissant, mais comme personne ne riait, j'ai dû me retenir de toutes mes forces pour ne pas éclater. En même temps, je me disais que ça ne se pouvait pas, c'était sûrement un acteur à qui on avait demandé de faire son numéro.

Ce qui m'a fait réfléchir, c'est quand M. Vargas a dit qu'on pouvait aujourd'hui soigner cette maladie, alors qu'autrefois on croyait que ces gens étaient possédés par le diable et on les guérissait en les brûlant sur un bûcher.

J'ai commencé à comprendre pourquoi Divad m'avait fait venir ici lorsque le professeur a expliqué que les deux parties du cerveau échangent sans arrêt des informations, mais que ça n'a pas toujours marché comme ça.

Au début, la conscience se cachait dans la moitié gauche et parlait à l'autre moitié pour lui dire quoi faire, et l'homme primitif obéissait, car il croyait avoir entendu dans sa tête la voix d'un esprit ou d'un dieu.

Là, le conférencier a donné un tas d'exemples dans la Bible et dans des textes encore plus vieux que je ne connaissais pas, à part Gilgamesh à cause de la bande dessinée. Tout de même, des gens dans la salle trouvaient qu'il leur beurrait la tartine un peu épais – mais pas moi, je savais exactement à quoi il faisait allusion.

Des fois, on sent quelqu'un derrière nous qui est en train de nous regarder, et c'est en plein ce qui m'est arrivé. Je me suis retourné et j'ai vu Gwen Le Gaëllec qui était assise deux rangées plus loin. Ça m'a fait un choc. Elle était peut-être venue par hasard, ou alors elle m'avait suivi, à moins que ce soit de nouveau ma mère qui n'ait pas su tenir sa langue. Elle m'a souri avec un clin d'œil, elle était encore plus jolie que dans son bureau à la police, mais ça ne fait rien, j'étais capable de lui résister.

J'étais sûr qu'elle viendrait me parler à la fin de la conférence et j'ai essayé de la retrouver dans la salle, mais elle avait disparu et ça m'a fait une bizarre d'impression. J'aurais bien voulu lui demander si elle se sentait mal à l'aise maintenant qu'elle savait que je n'étais pas le seul à entendre des voix invisibles.

Comme les gens continuaient à me regarder avec l'air de penser que j'aurais dû être ailleurs, je suis sorti du salon Penfield pour aller m'asseoir dans un des gros fauteuils du hall de l'hôtel. C'était super confortable.

Au bout d'un moment, j'ai vu passer le professeur Vargas avec sa mallette. Il se dirigeait vers les ascenseurs et a hésité en m'apercevant. Il s'est alors approché de moi d'un air détaché.

— Bonsoir, jeune homme. Je vous ai remarqué tout à l'heure dans la salle.

— Moi aussi. C'était très intéressant.

Ça m'a fait drôle qu'il me dise vous, mais ça m'a fait plaisir aussi. Il a souri et m'a demandé comment je m'appelais.

— David Goldberg. Ou d'Artagnan si vous préférez.

Il a fait semblant de ne pas comprendre.

— Je n'ai pas souvent des auditeurs de votre âge... Puis-je savoir ce qui a retenu votre intérêt en particulier ?

— Les voix qui parlaient aux gens dans l'antiquité. Ça m'a fait beaucoup de bien.

— Excusez-moi, mais je ne vois pas ce que...

— J'ai compris que je suis pas tout seul. Mais j'ai eu peur à un moment que vous finissiez par dire la vérité, parce que c'est un secret.

— Je... Quelle vérité ?

— Vous êtes au courant, forcément. C'est pas les dieux qu'on entend, c'est notre symbiote.

J'avais lu dans des romans que quelqu'un pouvait devenir blanc comme un drap, mais je croyais que ce n'était qu'une figure de style. Eh bien pas du tout, c'est ce qui est arrivé à M. Vargas et il s'est assis d'un seul coup en face de moi.

J'étais vraiment embêté de lui avoir fait une aussi grosse peur. Il a baissé la voix comme si quelqu'un pouvait nous entendre.

— Qui vous a dit ça ?

— Le chanoine Dijan... C'est moi qui lui ai sauvé la vie dans l'ascenseur.

Il a caché son visage dans ses mains pendant un long moment et je me suis demandé s'il pleurait, mais pas du tout. Il était juste complètement secoué à l'intérieur et quand il m'a finalement regardé dans les yeux, c'est comme s'il voyait quelqu'un d'autre que moi.

— David, tu as raison, c'est un secret. Tu dois être prudent, extrêmement prudent. Le danger est beaucoup plus grand que tu ne l'imagines.

— Je risque quelque chose?

— Oui, et pas seulement toi. Tes parents sont au courant?

— Non. Il y a juste ma sœur et la psychologue à la police, mais elles croient que je suis fêlé.

— Tant mieux. Surtout, ne les détrompe pas.

— Vous l'avez peut-être remarquée. Elle était dans la salle.

— Qui? Ta sœur?

— Non, Mlle Le Gaëllec, la psy. Vous avez vu *Tomb Raider,* avec Lara Croft? Ça fait rien, c'est parce qu'elle lui ressemble.

— C'est elle que tu attends?

— Non, c'est ma mère. Les trucs sur l'homme bicaméral, comme vous dites, ça la branche pas des masses.

Il a sorti une carte avec son nom imprimé en lettres rondes et a écrit un numéro derrière.

— Tiens, ne la perds pas. Appelle-moi demain, n'importe quand. Nous devons continuer cette discussion, c'est très sérieux.

Maintenant, le professeur Vargas s'adressait à moi comme si on se connaissait depuis longtemps et comme si j'avais au moins dix-sept ou dix-huit ans. C'était la première fois de ma vie que je me sentais vraiment important, c'était une impression formidable. Quelqu'un de déjà trop vieux ne peut pas comprendre ça.

— C'est Najid-le-Rebelle qui vous a donné la clé?

— Qui? De quoi parles-tu?

— De Najid, le symbiote de M. Dijan. C'est son nom à l'envers. Le mien, c'est facile, c'est Divad. C'est même lui qui a eu l'idée. Et vous, vous l'appelez comment?

Il a sorti un carnet pour prendre une note, en marmonnant quelque chose que je n'ai pas saisi à propos des aventures de Tintin. Ensuite il m'a répondu avec une moitié de sourire:

— Quand je pense à lui, c'est: mi, ré, fa dièse, sol, do. Mais on peut aussi le nommer Solrac, pourquoi pas?

— Le chanoine Dijan se méfie de vous.

— Il a tort. Sais-tu que je ne l'ai jamais rencontré? Il m'a écrit au sujet de mes travaux, en me disant que j'étais la personne la mieux préparée pour croire à l'existence des symbiotes. Inutile de te dire que je ne l'ai pas pris au sérieux.

— Si je comprends bien, c'est votre symbiote à vous qui vous a prouvé que c'était vrai.

Il s'est mordu les lèvres et il a regardé par terre comme s'il cherchait quelque chose dans les dessins du tapis. Pour l'aider à trouver, je lui ai demandé s'il avait eu peur.

— Oui, et pas rien qu'un peu. Je n'étais pas préparé, et lui encore moins que moi.

— Divad aussi a eu la trouille... et c'est pas fini. Il est avec nous en ce moment, mais il fait le mort.

Le professeur a secoué la tête comme s'il n'arrivait plus à croire à rien de tout ce qu'on était en train de se dire. Il m'a alors expliqué qu'il était venu ici pour rencontrer discrètement Victor Dijan et que la tournée de conférences était juste un prétexte, mais il s'était retrouvé le bec à l'eau à cause de la tentative de suicide.

— Que s'est-il passé, au juste ? Les journaux sont restés dans le vague.

Je lui ai tout raconté et ça m'a fait du bien, parce qu'il me croyait sur parole. Ensuite on s'est arrêtés de parler tous les deux, même si lui ne disait rien, et on s'est regardés un long moment comme si on n'avait plus rien à discuter, alors que c'était tout le contraire, il y en avait cent fois trop et on se demandait par où continuer.

— C'est quoi, cette allusion à d'Artagnan ?

— Je ... j'étais sûr que vous saviez. C'est dans un roman d'Alexandre Dumas.

— Merci du renseignement, mais pourquoi m'as-tu dit tout à l'heure que c'était ton nom ?

— C'est Najid-le-Rebelle qui l'a choisi pour me protéger. Vous, vous êtes Aramis. D'après mon symbiote, la clé du jumelage va être aussi refilée à deux autres Mousquetaires, mais pour le moment, on ignore qui c'est.

— Quelle folie ! Ce... ce Najid joue avec le feu. S'il continue, il risque de causer des ravages effroyables, et pas seulement dans l'univers des symbiotes. Nous ne sommes pas à l'abri de...

Il s'est tu, parce que ma mère venait d'entrer dans le hall de l'hôtel et s'approchait de nous en se posant des questions. Il m'a demandé très vite si je connaissais l'histoire de l'apprenti sorcier.

— Non, pourquoi ?

— Tu dois t'en inspirer. Demande à un de tes professeurs de te la raconter...

Il s'est levé et il a salué ma mère comme un Japonais en lui disant qu'elle pouvait être fière d'avoir un fils aussi précoce. (Il parlait de moi.)

Elle a fait semblant de prendre ça pour un compliment, mais dès qu'il est parti, elle a voulu savoir de quoi on avait parlé avec nos airs de conspirateurs – et aussi s'il m'avait proposé de monter dans sa chambre.

Je lui ai répondu un truc sur le cerveau bicaméral, elle n'a rien compris mais ça l'a rassurée. J'aurais pu lui dire aussi qu'on avait discuté des Mousquetaires d'Alexandre Dumas, mais comme elle a toujours eu peur que je me fasse kidnapper par des prédateurs sexuels, elle se serait énervée pour rien une fois de plus.

En sortant de l'hôtel Bristol, je me suis aperçu que Gwen était encore là et parlait plus loin avec des gens qui n'étaient pas d'accord avec elle. Elle me tournait le dos pour faire comme si elle ne m'avait pas vu, c'était cousu de fil blanc. (C'est une expression que j'aime bien, mais que je n'ai pas souvent la chance de placer.)

Ce soir-là, avant de m'endormir, j'ai repensé à tout ce qui m'était arrivé depuis une semaine et je me suis dit que le professeur Vargas avait sûrement raison – et même que je devenais chaque jour un peu plus précoce. La preuve par quatre, c'est que je ne me suis pas touché ni rien et que j'ai eu une érection aussi dure que celle de Kamal.

DIX

UNE SEMAINE AVANT le suicide raté du chanoine Dijan, des terroristes avaient essayé de faire sauter le tunnel sous la Manche. On en a parlé partout pendant des jours en disant que ça aurait été un désastre plus effroyable que le *World Trade Center,* pas seulement pour les morts, mais aussi pour les conséquences écologiques, comme quand on vide une baignoire avec un raz-de-marée en surplus.

Le train venait de quitter la gare avec la mégabombe quand les militaires ont téléphoné au conducteur pour lui dire d'arrêter et de faire sortir les passagers à toute vitesse. Après, ils ont réussi à désamorcer le compte à rebours et à arrêter tous les terroristes de la bande qui voulaient devenir des martyrs pour aller baiser les soixante-douze vierges aux yeux noirs qui les attendaient au paradis.

Je n'insiste pas, tout le monde a vu les images à la télé (des terroristes, pas des vierges), mais personne ou presque n'est au courant de ce que M. Dijan vient faire dans cette histoire.

Moi, je le sais parce qu'il m'a téléphoné une deuxième fois sur le Nokia. Ça tombait bien, je traversais le parc pour aller acheter une baguette et une douzaine d'œufs à deux jaunes garantis. Il m'a expliqué qu'il avait plusieurs choses à me dire et qu'il s'était arrangé avec quelqu'un de l'hôpital pour qu'on l'oublie pendant un moment.

Il a été surpris lorsque je lui ai parlé de l'*Apprenti sorcier* et des conseils du professeur Vargas. J'ai commencé à lui raconter l'histoire des balais et de l'inondation, et comme quoi on ne doit pas mettre des trucs en marche si on ne sait pas comment les arrêter. Il m'a dit de ne pas me fatiguer, vu qu'il connaissait la fable depuis longtemps. Moi, j'avais dû demander des explications à M. de Chantal, ce qui est normal à mon âge. J'ai pensé que ça ne devait pas être drôle de vieillir en restant ignorant, et que les gens autour de vous font des allusions culturelles que vous ne pigez pas. Ça m'arrive souvent, surtout pour les blagues de cul, c'est très frustrant.

Le chanoine Dijan m'a posé d'autres questions sur ma rencontre avec Carlos Vargas, ensuite il a dit :

— C'est encourageant. Il faut croire qu'il ne s'est pas laissé intoxiquer par son ange gardien.

Il faisait bien sûr allusion au symbiote du professeur et je me suis demandé pourquoi il l'appelait autrement, c'est déjà suffisamment compliqué de s'y retrouver avec tous ces symbiotes sans leur donner un nom religieux par-dessus le marché. Ou alors, il avait peur qu'on nous écoute et il s'exprimait en code, mais dans ce cas, « Solrac » aurait fait l'affaire. D'une manière comme de l'autre, avec son accent et sa mâchoire malade, tout ce qu'il disait avait l'air louche au départ.

— David ?

— Oui ?

— J'ai besoin que tu m'aides. Najid-le-Rebelle me laisse un peu tranquille... grâce aux sédatifs... Il est plus ou moins dans les vapes, tu comprends ? Il faut en profiter pendant que ça dure.

— Vous voulez que je fasse quoi ?

— Avertis notre ami Vargas que je suis surveillé... jour et nuit. Il a essayé de me contacter, mais je n'ai pas répondu. Dis-lui d'attendre que je lui fasse signe. Sinon, il risque d'avoir des ennuis. C'est valable pour toi aussi.

— Pourquoi la police vous surveille ?

— Il n'y a pas que la police.

— Vous avez fait quelque chose d'illégal ?

— Une imprudence. Najid-le-Rebelle a des disciples un peu partout chez les symbiotes... davantage que je n'aurais cru. L'un d'eux l'a averti de l'attentat en préparation contre l'Eurostar. Il m'a donné à son tour les renseignements détaillés... la date et l'heure... les noms, tout ! J'ai alerté les autorités de façon anonyme... mais ça ne leur a pas pris longtemps pour remonter jusqu'à moi.

— J'espère qu'ils vous ont dit merci.

Il a voulu rire, mais il s'est étouffé dans ses tuyaux. Pourtant, j'avais dit ça sérieusement. Grâce à lui, on avait évité une catastrophe pire qu'au cinéma. Il a finalement retrouvé son souffle pour dire que tout ce qui intéressait ces messieurs-dames, c'était de connaître la source de ses informations.

— Vous devriez leur expliquer.

— D'après toi, ils me croiraient?

— Peut-être pas au début, mais à la fin ils n'auront pas le choix.

— David, écoute-moi bien... Tu m'écoutes?

— Ben oui.

— N'oublie jamais ce que je vais te dire... L'existence des symbiotes est un secret... C'est plus important de protéger ce secret que d'empêcher les attentats terroristes... Tu me suis?

— À peu près. Vous allez quand même pas dire que vous regrettez d'avoir...

— Non... Je ne sais plus! Oui, je regrette, je n'aurais jamais dû... Mais qu'est-ce que...? *Ciao!*

Il a raccroché et je suis resté avec le Nokia collé à l'oreille, sans pouvoir bouger. C'était devenu *too much* de tous les côtés à la fois. J'ai essayé de me faire croire que M. Dijan était complètement givré dans le genre parano, mais ça ne marchait pas. Ou alors, c'est moi qui étais en train de dérailler et de me faire des peurs avec ces foutaises de terroristes et de cerveau bicaméral.

Même sans avoir la maladie de la Tourette, j'ai eu envie de crier moi aussi des mots défendus comme *fuck you*, bite, cul, salope, ostie de tabarnak. Il n'y avait personne dans le parc pour m'entendre, n'empêche que je n'ai pas pu, ça m'aurait pourtant fait du bien.

Là, j'ai eu le tournis et j'ai été forcé de m'asseoir, malgré les crottes de pigeon sur le banc. J'ai dit dans le téléphone, comme s'il y avait encore quelqu'un: «Ça se peut pas! Ça se peut pas!»

— David? Qu'est-ce qui t'arrive?

J'ai refermé le mobile, parce que la voix était dans ma tête. C'est Divad qui s'inquiétait, et même s'il arrivait comme un cheveu au milieu de la soupe, je me suis senti moins seul.

Les copains, c'est comme ça, c'est fait pour se pointer au bon moment.

ONZE

On se ressemblait sur beaucoup de points, Divad et moi – et en même temps, on était complètement différents. Lui, il adorait la musique classique et il pouvait reconnaître les morceaux rien qu'en écoutant les premières notes. Il était aussi super bon en algèbre et en calcul, et le plus déprimant, c'est qu'il aimait faire des problèmes sans être obligé. Des fois, à l'école, il ne pouvait pas s'empêcher de me souffler les bonnes réponses et ça me mettait mal à l'aise, parce que je ne pouvais pas résister à la tentation de m'en servir. C'est ce qu'on appelle en anglais une *no win situation.*

Par exemple, à la fin du cours de maths, Mᵐᵉ Croteau nous donnait à faire un remue-méninges, comme elle disait, et la dernière fois c'était un problème avec une balance à deux plateaux et douze boules de billard, et il faut trouver en trois pesées celle qui est différente, mais on ne sait pas si elle est plus lourde ou plus légère, bref un truc à vous rendre enragé.

Grâce à Divad, j'ai trouvé la réponse tout de suite, mais La Crotte a dit devant toute la classe que ce n'était pas possible et que, sûrement, je connaissais déjà la solution. J'ai eu beau protester, elle n'a rien voulu entendre. C'est vrai que je la détestais depuis le début de l'année, mais disons que là, ça m'a encouragé à creuser sa tombe un peu plus profond.

C'est peut-être pour lui montrer à qui elle avait affaire que j'ai accepté de jouer une partie d'échecs contre M. de Chantal. Évidemment, je l'ai battu en vingt et un coups et il s'est levé pour me serrer la main en m'appelant Bobby Fischer que je ne connais même pas, mais c'était probablement un compliment.

J'ai dit plus tard à Divad que j'allais faire exprès de perdre la prochaine fois et il est parti à rire. Il n'a pas compris que c'était pour moi une question d'«intégrité morale». D'après le chanoine Dijan, les symbiotes sont incapables de mentir, pourtant ça n'a pas l'air de les gêner de nous pousser à tricher.

Le problème, c'est que la «prochaine fois», c'était pour le tournoi interscolaire et M. de Chantal m'avait fait comprendre que je ne pouvais pas refuser et que la réputation de notre club reposait sur mes épaules.

Heureusement, le tournoi a été annulé – sauf que c'est une façon de parler, parce que la raison était loin d'être heureuse.

SERGE KORNICHUK n'était pas dans ma classe, mais je le connaissais parce qu'on prenait le même chemin pour aller à l'école. J'avais remarqué que plus on approchait, plus il ralentissait. Il avait peur de la bande à Kevin Charbonneau, une brute qui aimait cogner sur les plus petits que lui. Les journaux ont dit plus tard que Serge était le souffre-douleur de l'école, c'est en plein la bonne expression et si je l'avais connue avant, j'aurais peut-être essayé de faire quelque chose pour qu'on arrête de lui taper dessus.

C'est facile à dire maintenant que c'est trop tard, surtout que je ne suis même pas sûr que j'aurais vraiment eu le courage de le défendre. Ça me coûte gros de l'avouer, mais je n'ai jamais aimé Serge qui était sournois et ratoureux. Je l'ai vu un matin dans le parc attirer un écureuil en lui jetant des pinottes, et l'assommer avec un bâton quand il s'est trouvé à ses pieds.

À part ça, j'ai cessé de marcher avec lui la fois qu'il m'a dit de partir en avant pour pas qu'on nous voie arriver ensemble à l'école, vu que j'avais l'air d'un fif avec mes cheveux bouclés et mes bonnes manières. C'est le genre de remarque qui me faisait royalement chier, si on veut savoir.

Plus tard, quand j'ai vu qu'il se faisait méchamment épingler par Kevin et sa clique, j'ai trouvé ça écœurant, c'est sûr, mais en même temps, quelque part, ça m'a fait presque plaisir. C'est un souvenir que j'aimerais bien oublier.

Finalement, Serge n'en pouvait plus d'avoir la trouille à longueur de journée et il s'est pendu dans sa chambre avec un cordon électrique. Il s'est raté comme le chanoine Dijan, mais en réussissant quand même à se briser des vertèbres dans le cou. M. de Chantal nous a dit en classe que ça se présentait plutôt mal, alors que les autres profs nous recommandaient d'avoir des «pensées positives».

Le père de Serge a fait une colère terrible à la télé en jurant qu'il allait tuer Charbonneau et casser les jambes à tous les gars de son gang. D'après moi, il n'aurait jamais fait ça, mais la police n'a pas voulu prendre de risque et ils l'ont gardé deux jours en prison pour qu'il se calme.

Le plus terrible, c'est que Serge avait déjà un grand frère qui était idiot de naissance. Il avait seize ans, mais il fallait le nourrir à la cuiller et changer ses couches. Des fois, sa mère venait attendre Serge à la sortie de l'école et elle amenait son frère dans une poussette bricolée exprès pour lui et qui lui donnait un air encore plus débile. Il avait toujours les poignets attachés sur les côtés et j'ai pensé qu'il était peut-être méchant, mais Serge disait que c'était juste pour l'empêcher de tirer sans arrêt sur son larigot. Comme je ne comprenais pas, il a fait le geste de se branler et ça m'a gêné, parce qu'on était en pleine rue.

Kevin Charbonneau l'avait surnommé Cornichon et il asticotait Serge en faisant du rap sur cornichon-cabochon-le-gros-cochon. Personne à l'école ne savait son vrai nom, c'était Jean-Sébastien et sans être méchant, il n'avait pas la tête qui allait avec.

C'est ce que j'ai confié une fois à Kamal à la bibliothèque, sans savoir que Mlle Sauget nous écoutait. Après, elle m'a pris à part et je croyais qu'elle allait me faire la morale, mais elle a juste dit que son nom avait probablement été choisi avant sa naissance, comme de raison, parce que les parents espèrent toujours que leur enfant deviendra un musicien célèbre ou un génie quelconque. Elle a ajouté que sa propre mère rêvait de faire d'elle une grande ballerine et là, elle a pouffé, c'était la première fois que je la voyais rire ou même sourire. C'est la preuve qu'elle cachait bien son jeu.

UNE FOIS, J'AVAIS DIT À SERGE que je ne comprenais pas pourquoi ses parents gardaient son frère à la maison au lieu de le placer dans une institution. Ça lui donnait quoi, vu qu'il ne savait même pas où il se trouvait ? Serge m'a répondu que c'était une bonne question, mais que la meilleure solution serait encore que Jean-Sébastien finisse par mourir plus vite que prévu. J'aurais pas dû, mais je lui ai avoué que j'étais d'accord avec lui.

En général, Divad n'intervenait pas dans mes discussions avec les copains, mais là il a fait une exception en me reprochant de blasphémer. J'ai voulu en savoir davantage, mais il a foutu le camp, comme s'il me claquait la porte au nez. Ce n'était pas du chiqué, il était vraiment en beau joual vert.

CE SOIR-LÀ, je n'arrivais pas à m'endormir et j'ai pensé à Serge qui était à l'hôpital Sainte-Justine et ça m'a fait de quoi. J'aurais voulu qu'il sache que je regrettais et que j'étais maintenant de son côté à cent pour cent. Et là, j'ai eu une idée géniale. Des fois, Divad faisait semblant de ne pas m'entendre, mais si j'insistais, il finissait généralement par accepter de faire la connexion.

Je lui ai demandé s'il pouvait se mettre en contact avec le symbiote de Serge.

— Je peux essayer à mon réveil, quand tu seras endormi. Mais je serais surpris que son symbiote soit en état de me répondre. Il a sûrement été touché, lui aussi.

— Ah oui? T'en parles comme si tu le connaissais.

— On s'est rencontrés à quelques reprises. La dernière fois, il se demandait si l'histoire de son totem était sur le point de s'achever.

— Tu veux dire qu'il était inquiet pour Serge?

— Non, pourquoi? Serge n'est qu'un rêve pour lui.

— Tu aurais pu lui faire comprendre qu'il existait pour de vrai.

— Non, non! Je t'ai déjà expliqué. Ce serait un sacrilège.

— Tu me les scies avec tes superstitions.

— Le Conseil des Anciens sait que Najid-le-Rebelle m'a donné la clé pour me jumeler avec toi. Ils m'ont averti de me taire, sinon...

— Sinon quoi?

Il n'a pas répondu et je n'ai pas insisté, je sentais qu'il était malade de trouille rien que d'y penser. Après un moment, comme pour s'excuser, il a dit:

— Quoi qu'il en soit, même si le symbiote de Serge avait deviné qu'il allait se pendre, il aurait été incapable d'intervenir. Tu le sais bien.

Ça, ça m'a rendu fou furieux et il a fallu que je me retienne de ne pas crier à cause de Sig dans la chambre à côté.

— Ce que tu peux être *nac* quand tu t'y mets! Et moi, alors, je n'existe pas? Si tu m'en avais parlé, j'aurais pu faire quelque chose.

J'avais touché dans le mille et il n'a pas su quoi répondre. Finalement, il m'a avoué que, même encore maintenant, il lui arrivait de douter de mon existence et de se demander s'il n'était pas en train de délirer.

Je ne l'ai pas laissé finir et je lui ai dit d'aller au diable, que je ne voulais plus jamais lui parler et qu'il était rien qu'un peureux et un lâche. Il a pas réagi et c'était tant mieux, parce que je pense maintenant que si j'avais été à sa place, je me serais répondu que j'étais vachement mal placé pour donner des leçons de courage à qui que ce soit.

DOUZE

J'AI TENU BON PENDANT TROIS JOURS, même si Divad est venu plusieurs fois faire un tour juste pour voir, en retenant son envie de parler. Je l'ai ignoré en me disant qu'il avait couru après et que ça lui ferait les pieds d'être dans ses petits souliers.

Je ne suis pas comme ça d'habitude, mais il suffisait que je pense à Serge pour repartir en colère. Même que j'ai failli pleurer à la salle de bains en essayant le cordon du sèche-cheveux, c'est vrai que c'était drôlement solide.

À part ça, il s'est passé un tas de choses pendant ces jours-là.

D'abord, ma mère a trouvé le Nokia et elle en a fait tout un mélodrame. Je lui ai dit que le chanoine Dijan me l'avait donné en cadeau pour me remercier d'avoir tiré la sonnette d'alarme, et aussi parce qu'il avait besoin de bavarder avec quelqu'un quand il s'ennuyait trop à l'hôpital.

Elle a rien voulu entendre et me l'a confisqué en disant qu'elle allait appeler Mlle Le Gaëllec pour exiger que ce vieux schnock me laisse tranquille. Je ne sais pas ce qu'elle s'imaginait, ou plutôt oui, je le savais parfaitement et ça m'énervait qu'elle puisse croire que je me laisserais tripoter par le premier venu.

Plus tard, j'ai entendu la sonnerie du Nokia. Ma mère était à la cuisine et elle a répondu. Je suis venu écouter sans me faire voir, j'étais sûr qu'elle allait dire sa façon de penser à ce soi-disant chanoine. Eh bien pas du tout, elle a pris sa voix du dimanche pour lui demander des nouvelles de sa santé et dire qu'elle espérait que ça continuerait à s'améliorer. Ensuite elle a prétendu que je n'étais pas à la maison et qu'elle était désolée, elle ne manquerait pas de me faire le message. Bref, elle disait souvent qu'il n'y a rien de plus important que la franchise, mais là j'ai bien vu qu'il y avait des exceptions comme dans la grammaire française et j'ai pensé que la prochaine fois qu'elle me dirait: «Regarde-moi dans les yeux», je me sentirais moins coupable de lui beurrer une tartine.

POUR ÉVITER LA PANIQUE, je ne lui ai évidemment pas dit que ma puberté tirait à sa fin, avec tous les caractères secondaires à la bonne place, à commencer par ma voix en train de muer – ce n'était pas trop tôt, parce que j'en avais marre de me faire appeler madame quand je répondais au téléphone. J'ai aussi eu mal aux couilles, enfin disons plutôt que ça me tirait un peu, mais le Dr Gélinas nous avait avertis que c'était normal.

Par contre, aucun problème du côté des érections, au contraire. Je pouvais maintenant devenir dur sans me toucher, juste en pensant à des trucs. Je n'explique pas quoi, c'est personnel.

Par exemple, Max Dutil avait demandé ce que signifie «faire une pipe». Le Dr Gélinas s'était marré et avait répondu qu'on disait plutôt «se faire tailler une pipe», mais que c'est une expression populaire et qu'il préfère parler de sexe oral. Là, je me suis trouvé complètement con, parce que j'avais toujours cru que le sexe oral, c'est quand on est avec une fille et qu'on lui dit des cochonneries.

Que ça s'appelle comme ça ou autrement, je n'étais pas sûr d'avoir vraiment envie d'être sucé, d'abord je ne trouvais pas ça très hygiénique, ensuite je n'aimais pas l'idée qu'une fille vienne me tailler le larigot.

Quant au cunnilingus, j'ai dû regarder dans le dictionnaire pour être sûr d'avoir compris et je me suis dit que ceux qui écrivaient les définitions devaient bien se marrer. N'empêche que pour moi, cunnilingus ou cunnilinctus, ce n'était pas vraiment une priorité immédiate.

POUR EN REVENIR AU NOKIA, j'étais surtout embêté pour le chanoine Dijan qui allait se demander pourquoi je ne le rappelais pas, il s'imaginerait peut-être que je l'avais laissé tomber.

Pour tout compliquer, M. Vargas a téléphoné chez nous pendant le dîner. Il voulait me voir le plus rapidement possible pour discuter d'Athos. Je lui ai dit d'attendre, qu'il fallait que je demande la permission.

Ma mère avait écouté ce que je disais en faisant semblant de manger.

— Une permission pour quoi? Ne me dis pas que c'est encore cet énergumène qui...

— Mais non, c'est Aramis, tu sais bien.

— Non, je ne sais pas.

— Mais si, c'est lui qui donnait la conférence à l'hôtel Bristol... Le professeur Vargas.

— Ah oui? Alors pourquoi tu l'appelles Aramis?

— Pour rien. C'est un nom de code entre nous, genre.

C'était la dernière chose à dire. Elle s'est levée pour m'ôter le téléphone des mains et l'a raccroché sans s'excuser, clac! Ensuite elle a fait une vraie crise en disant qu'elle ne me laisserait pas tomber dans les griffes d'un réseau de pédophiles, ces salauds profitaient de ce qu'elle était une femme seule, sans compter que mon père était incapable de prendre ses responsabilités.

Ensuite elle est allée chercher quelque chose dans son sac et ça n'a rien arrangé, parce que même quand elle est de bonne humeur, elle n'y trouve rien. Cette fois, elle l'a vidé à l'envers sur la table et personne ne peut imaginer tout ce qu'y avait dedans.

Finalement, j'ai compris qu'elle cherchait le numéro de téléphone de Gwen Le Gaëllec. Elle aurait pu le dire tout de suite, j'avais encore sa carte dans ma poche. Elle l'a prise sans remercier et elle est allée s'enfermer dans sa chambre.

Heureusement que Sig était au cinéma avec Patrick, parce que si elle avait été là, elle n'aurait pas pu s'empêcher de faire des remarques déplacées. Selon M. de Chantal, ça s'appelle *jeter de l'huile sur le feu*. Je le dis parce que j'ai toujours aimé les expressions imagées, d'abord elles me font penser à mon grand-père Tessier, ensuite elles donnent des points supplémentaires quand on les utilise dans une rédaction.

GWEN EST VENUE au début de la soirée et a parlé avec ma mère au salon. Je n'ai pas su exactement ce qu'elle lui a dit pour la rassurer, mais à la fin elles riaient ensemble comme si tout ça n'était qu'une bonne blague. Je m'étais déjà aperçu que Gwen avait le tour pour mettre les gens dans sa poche, mais ça m'a quand même étonné que ma mère me laisse partir avec elle pour aller rencontrer le professeur Vargas à son hôtel.

— Ne vous inquiétez pas, Nadia. Je ne le quitte pas des yeux et je vous le ramène avant dix heures, promis!

Ma mère a répondu que si je n'étais pas rentré à dix heures et une minute, elle avertirait la police. Gwen a rigolé comme si c'était la meilleure qu'elle avait entendue depuis longtemps.

En conduisant la voiture, elle est redevenue sérieuse et n'a rien dit, alors que je croyais qu'elle allait me poser des questions à la mitraillette. Elle voulait peut-être me donner la chance de commencer et j'ai failli lui demander si elle était mariée avec des enfants, mais elle aurait pu en profiter pour qu'on devienne plus personnels, elle et moi. J'ai aussi pensé que si elle avait été moins jolie, je me serais senti plus à l'aise avec elle.

On était presque arrivés quand elle m'a dit:

— À propos des Trois Mousquetaires... Aramis, c'est le pseudonyme de M. Vargas, n'est-ce pas? Et toi, tu es d'Artagnan...

— Oui, mais c'est comme dans un jeu.

— Un jeu pour grandes personnes... Et qui est Porthos?

— Je l'ignore. Je vous jure.

— Je te crois. Quant à Athos, le professeur Vargas voulait justement te voir pour te parler de lui.

— Comment vous le savez?

— C'est mon métier de savoir. Et aussi de te protéger.

J'ai fait semblant de la remercier et je me suis dit qu'il ne fallait pas oublier d'avertir le professeur que son téléphone était surveillé.

À L'HÔTEL BRISTOL, au lieu d'aller s'asseoir dans les grands fauteuils du hall, on s'est installés dans le bar avec un pianiste qui jouait par cœur en envoyant des sourires à tout le monde, même si personne ne faisait attention à lui.

La dernière chose à laquelle je m'attendais, c'est que Gwen fasse la morale à M. Vargas qui est presque deux fois plus vieux qu'elle. Elle aurait quand même pu commencer par le complimenter sur sa conférence, parce que la politesse, ça ne coûte rien et ça peut rapporter beaucoup. Mais elle était du style à foncer droit dans les buts. Au moins avec elle, on savait à quoi s'en tenir.

La serveuse est venue prendre la commande et elle s'est marrée quand je lui ai demandé un *milk-shake* aux fraises. Je me suis senti irrémédiablement stupide, il y avait qu'à regarder les chaises en velours et l'éclairage presque éteint pour savoir que ce n'était pas le genre de la maison. J'avais quand même une excuse, parce que la dame en se penchant nous en montrait autant que Shadow sur le *poster* de ma chambre, heureusement qu'elle portait une grosse ceinture en diamant pour empêcher que ça déborde.

Gwen a commencé par avertir le professeur Vargas que j'étais mineur et j'ai cru qu'elle le disait à cause de la serveuse, mais c'était sans rapport. Elle a expliqué alors que j'avais été fortement secoué par le drame de Victor Dijan et que j'avais besoin qu'on me laisse retomber sur mes pattes.

Le professeur Vargas l'a regardée par-dessus ses lunettes et j'ai vu qu'elle ne lui faisait pas peur – il ignorait peut-être que c'était une policière déguisée.

— En ce cas, pourquoi l'avez-vous amené ici ?

— Pour savoir ce que vous manigancez tous les deux.

Il a conseillé à Gwen de ne pas se faire du cinéma et lui a expliqué qu'on avait eu une discussion l'autre soir après sa conférence et que j'avais dit des choses très intéressantes pour ses recherches. C'était même le premier témoignage qu'il recueillait de quelqu'un d'aussi jeune que moi. Elle a dit :

— Vous a-t-il confié qu'une voix dans sa tête lui aurait communiqué des informations hautement confidentielles ?

Elle n'a pas attendu sa réponse et m'a regardé en oblique, en disant que ce n'était même pas mon professeur de sciences, M. Poirier, qui m'avait conseillé d'aller écouter M. Vargas. Alors qui ?

— Personne. C'était dans le journal. Pis ça m'intéressait, vous savez pourquoi.

— Et M. Athos, vous l'avez aussi trouvé dans le journal ?

Moi et le professeur, on s'est regardés, parce qu'elle l'avait demandé aux deux en même temps. Il a répondu avant moi, heureusement, je n'aurais pas su quoi inventer :

— Son nom est Klaas Van Haecke. Un énergumène inoffensif, si vous voulez mon avis. Le surnom vient d'un jeu imaginé par notre jeune ami.

— Vous croyez? Je pense plutôt qu'il lui a été inspiré par Victor Dijan. J'étais là.

— Le pauvre homme se divertit comme il peut. Je suppose qu'il vous a dit que nous sommes en relation depuis quelques mois... Il s'intéresse à mes travaux.

— Sur le cerveau bicaméral?

— Entre autres choses, oui. De formation, c'est un historien et un philologue remarquable. Je voulais profiter de mon séjour à Montréal pour le voir, mais je n'ai pas réussi à le contacter. Ai-je raison de supposer qu'il est tenu à l'écart et... surveillé?

Au lieu de répondre, Gwen a sorti le Nokia et l'a posé sur la table. J'étais déjà furax que ma mère me l'ait confisqué, mais qu'elle l'ait donné sans me consulter à cette psychologue indiscrète, c'était dégueu. Je me suis dit qu'elle ferait mieux de se regarder dans le miroir au lieu de critiquer mon père derrière son dos.

— Étiez-vous au courant? Victor Dijan l'a refilé en douce à David et il l'a appelé, à trois reprises. Vous ne trouvez pas ça inconvenant?

M. Vargas a écarté les mains comme pour montrer qu'il n'y avait rien dedans:

— Tout dépend de la nature des conversations. Pourquoi vous ne demandez pas au principal intéressé?

— Parce qu'il va encore me mener en bateau. C'est un expert de la navigation en eau trouble.

Il m'a regardé comme pour dire: «C'est vrai ça?» et j'ai senti que ça le rassurait.

J'ai fait semblant de ne pas piger l'allusion au bateau et j'ai expliqué à Gwen que le chanoine Dijan parlait tellement mal au téléphone que je n'avais presque rien compris, à part qu'il voulait que je me renseigne sur l'*Apprenti sorcier* qui est aussi une musique de Walt Disney.

J'ai commencé à lui raconter l'affaire des balais pour qu'elle oublie de me poser d'autres questions, mais elle m'a arrêté en me disant de laisser faire. Décidément, chacun connaissait déjà l'histoire à part moi.

J'ai cru que c'était le Nokia qui sonnait, mais non, c'était le téléphone de Gwen, un Samsung avec une interface débile. Elle a regardé l'afficheur et est allée répondre un peu plus loin pour nous montrer que c'était confidentiel.

Comme elle nous tournait le dos, M. Vargas s'est penché pour me dire avec un œil pétillant que son symbiote avait parlé à Newg.

— À qui?

Il a regardé vers Gwen et j'ai compris à retardement. Des fois, je ne suis pas vite sur mes patins. De son côté, elle avait refermé son téléphone et revenait s'asseoir avec un air qui soupirait.

— Ce serait tellement plus simple si vous me disiez toute la vérité, au lieu de jouer au plus fin avec moi. Je vous en prie, ne me forcez pas à porter ma casquette officielle.

Le professeur lui a fait remarquer avec un sourire en coin qu'elle ne pouvait pas la porter pour la bonne raison que l'enquête sur Victor Dijan ne relevait pas de la police de Montréal, mais du CSIS, à Ottawa. Je lui ai demandé:

— C'est quoi, ça?

Gwen a répondu à sa place:

— Le Service canadien du renseignement de sécurité. Pour votre gouverne, M. Vargas, l'agence a mis sur pied l'an dernier une unité d'intervention interpolice pour lutter contre le terrorisme international. Notre collaboration a été requise pour enquêter sur la tentative de suicide du chanoine Dijan sur notre territoire. Je n'outrepasse donc pas mes prérogatives. Et de toute évidence, vous ne saisissez pas que mon aide peut vous être très utile, à David autant qu'à vous-même. Je suis votre alliée. Ne commettez surtout pas l'erreur de me prendre pour une adversaire.

— Je ne demande qu'à vous croire. Comme gage de confiance, dites-moi par exemple pourquoi vous vous intéressez à Klaas Van Haecke.

— Parce qu'il a tenté avec insistance d'entrer en contact avec M. Dijan. Et je n'irai pas jusqu'à prétendre comme vous que le personnage est inoffensif.

— Vraiment?

Gwen a expliqué que ce type a écrit plusieurs livres et fondé un mouvement international, *Croissance Zéro*:

— Il soutient que nous représentons un danger mortel pour la santé de la planète et la survie des espèces animales. D'après lui, l'extinction de la race humaine est inévitable. Je vous fais grâce des solutions qu'il préconise pour abréger notre agonie collective. Pour l'immédiat, la seule chose qui me préoccupe est sa relation avec Victor Dijan. Et j'aimerais aussi savoir pourquoi il a été intégré au cercle des Mousquetaires sous le nom d'Athos.

À mon avis, Gwen posait là une bonne question, mais j'ai senti en même temps qu'elle avait une mauvaise opinion de M. Van Haecke. Ça me décevait, parce que je ne pouvais pas m'empêcher d'avoir peur moi aussi que la race humaine finisse comme les tigres blancs, les souris marsupiales, les moufettes de Patagonie, les tapirs et les rhinocéros, sans compter les vingt-trois autres espèces d'animaux que j'avais listées pour une recherche en sciences naturelles.

Le professeur a répondu qu'il avait reçu à son hôtel un message de M. Dijan lui demandant de venir le rencontrer à sa chambre d'hôpital, avec moi, pour parler précisément de l'arrivée de M. Van Haecke.

Il m'a semblé que Gwen hésitait à le croire et j'étais d'accord avec elle, j'avais l'impression moi aussi qu'il la faisait marcher.

— Le chanoine ne vous a rien dit d'autre? Dommage, parce que l'appel que je viens de recevoir était à son sujet. Il a disparu.

— Quoi? Comment ça?

— Il était en effet sous surveillance, pour sa protection. Il n'aimait pas ça et s'est arrangé pour nous fausser compagnie. Il a eu de l'aide, bien entendu. Avertissez-moi si vous avez de ses nouvelles, c'est pour son bien. Je ne vous surprendrai pas en vous disant qu'il est probablement en danger.

Gwen lui a donné sa carte et s'est levée en me faisant signe de la suivre. Elle avait laissé le Nokia sur la table et je l'ai mis dans ma poche, ni vu ni connu. À part que pendant tout le trajet de retour en voiture, j'ai eu la trouille qu'il se mette à sonner comme l'autre jour à la bibliothèque de l'école.

Je l'ai caché dans ma chambre avant de me coucher, là où personne ne pourrait jamais le trouver. Après, dans mon lit, je me suis demandé si Gwen n'avait pas fait exprès de l'oublier. C'était dur de ne pas pouvoir lui faire confiance, elle était tellement belle de partout.

Pendant un moment, ça m'a empêché de dormir.

TREIZE

C'EST FINALEMENT mon symbiote qui a fait le premier pas.

— David?

— Oui, quoi?

— Je te demande pardon.

— T'as pas besoin. Même si je t'en veux encore, je t'ai déjà pardonné.

— Je ne comprends pas, mais je suis d'accord. Il faut tourner la page. Si tu le désires, je peux demander au symbiote de Serge de lui transmettre un message de ta part. Mais je ne garantis rien, parce qu'ils sont tous les deux sous l'effet des calmants.

— Essaie quand même. Qu'il lui dise que je regrette de ne pas l'avoir défendu contre la bande à Charbonneau, mais je savais pas qu'il était au bout de son rouleau. Et aussi que je pense souvent à lui. Non: que je pense presque tout le temps à lui... et que je suis pas capable de digérer ce qui lui arrive. Enfin, arrange ça à ta façon, il comprendra.

— Tu sais, David, je m'en veux aussi. C'est tellement dur pour moi d'accepter la réalité de la Matière. Mais je fais des progrès... Petit à petit, je me rends à l'évidence.

— Est-ce que ça signifie que tu vas donner l'alarme la prochaine fois que quelqu'un sera en danger?

Divad n'a pas répondu tout de suite et j'ai compris que, malgré ses bonnes résolutions, il avait peur de commettre un sacrilège et d'attirer sur lui la désapprobation des Anciens. Des conneries, quoi.

Au bout d'un moment, il m'a dit qu'il se faisait du souci pour Iris et m'a plaqué là-dessus sans autre explication.

J'ai pris un stylo pour lui écrire: «Je t'ai demandé cent fois de ne pas partir comme ça. Alors arrête de me les casser avec tes mauvaises manières. La politesse, ce n'est pas pour les veaux. »

J'ai mis le papier devant moi en pleine lumière pour qu'il ne puisse pas le manquer. Mais il n'est pas revenu me dire au revoir.

Au milieu de la nuit, je me suis réveillé en pensant à Serge. J'ai imaginé qu'il entendait tout à coup dans son rêve la voix de son symbiote qui lui présentait mes bonnes salutations. Et là, vu que j'étais dans le noir, je me suis mis à pleurer de rage.

Ça donnait quoi ? Rien du tout. Les sentiments qui restent coincés en dedans font mal, c'est sûr, mais on dirait qu'ils font encore plus mal quand ils se bousculent à la sortie.

ON AIMAIT BIEN les journées pédagogiques, parce que les élèves avaient congé pendant que les profs se réunissaient pour discuter de la prochaine grève et pour inventer les revendications qui viendraient avec.

J'en ai profité pour aller chez Iris, cette fois elle m'a ouvert sans faire d'histoires. En entrant, j'ai pensé à ma mère qui rouspétait quand je laissais traîner trois chaussettes, bref elle aurait fait une méga crise si elle m'avait accompagné.

L'appartement était dans un désordre épouvantable et j'ai vu qu'Iris avait encore une canette d'aérosol à la main, mais ce n'était pas une bonne idée, ça avait juste ajouté un parfum de fleurs chimiques par-dessus les mauvaises odeurs.

— J'ai des choses à te dire.

— Moi la première. Viens voir.

Je l'ai suivie dans une chambre où on ne distinguait presque rien à cause des rideaux tirés. Elle connaissait le chemin mais pas moi, c'était plein d'instruments de musique par terre, avec des journaux partout et un tas de vêtements jetés n'importe comment sur le lit.

Iris a écarté un peu les rideaux de la fenêtre et m'a montré un type dans la rue qui était en train de téléphoner et qui ne ressemblait à personne en particulier, à part qu'il était chauve avec une moustache. Même si ce n'était pas le moment de faire de la philosophie, je me suis posé la question de savoir pourquoi les cheveux et les poils du même acabit ne tombaient pas tous en même temps.

Elle m'a demandé si je le connaissais.

— Non, pourquoi ?

— Je l'ai vu deux fois près de l'école. Il faisait semblant de rien.

— Tu crois qu'il te surveille?

— Pas moi, toi. Quand t'es arrivé, il te suivait sur l'autre trottoir sans que tu le saches.

— Ah bon! C'est sûrement à propos du curé que j'ai sauvé dans l'ascenseur. C'est con, parce que je leur ai dit tout ce que je savais.

— J'aime pas ça. À ta place, je ferais attention.

— Toi aussi, justement. Tu te souviens du type qui me parle dans ma tête? J'ai l'impression qu'il a peur pour toi.

— T'as soif? J'ai du lait, du Pepsi et de la bière. Mais le lait, il est sûrement plus bon. Viens!

Elle m'a pris par la main pour empêcher que je me casse la figure et, en avançant, j'ai fait un saut: il y avait quelqu'un dans le lit. Je l'avais pas remarqué avant, parce qu'il était caché par les vêtements et qu'on voyait juste une couette de cheveux gris qui dépassaient, avec un bras maigre plein de marques violacées un peu partout.

— C'est rien, c'est mon père. T'inquiète pas, il dort.

— Pas si fort, tu vas le réveiller.

Elle a secoué la tête pour me faire comprendre que je ne comprenais pas. J'ai commencé à avoir peur.

— T'es sûre qu'il est pas mort? On le voit même pas respirer.

Je parlais à voix basse, mais elle a continué aussi fort qu'avant:

— Il finit toujours par se réveiller. Des fois ça prend du temps, ça dépend de la dose.

Elle m'a lâché la main pour aller à la cuisine. Je l'ai suivie, je n'avais pas envie de rester seul dans la chambre avec son père qui continuait à ne pas bouger.

Dans le corridor, je me suis arrêté devant un mur rempli de photos d'artistes, en particulier des chanteuses et des danseuses de cabaret. Forcément, j'ai regardé surtout celles qui en montraient le plus, certaines faisaient rien que creuser le dos pour faire voir leurs fesses. Je ne veux pas faire de la poésie avec ça, mais disons que c'est plutôt la poitrine qui est ma principale source d'inspiration.

— Elles te plaisent? Celle-là, Linda Damour, je la connais, son vrai nom c'est Ginette Truchon. On est allés à Las Vegas avec elle. Tiens!

Iris m'a donné un verre de Pepsi où il y avait plus une seule bulle, ça venait sûrement d'une bouteille qui était restée débouchée pendant des jours. Elle m'a fait signe de la suivre et ça m'a arrangé, vu que j'étais embêté qu'elle m'ait surpris en train de me rincer l'œil.

On est allés dans sa chambre et ça m'a fait drôle, pas tellement pour le désordre qui était aussi pire qu'ailleurs, mais parce qu'elle avait encore son lit d'enfant. Je me suis demandé comment elle pouvait dormir là-dedans, à moins de se plier en quatre.

Tout à coup, elle a levé son chandail pour me montrer ses seins, en me disant que je pouvais les toucher si j'en avais envie. Je me suis pas fait prier, je croyais que ce serait élastique comme du caoutchouc, eh bien pas du tout, c'était doux et en même temps dur comme un biceps et ça finissait tout pointu. Ils étaient encore petits en comparaison de ceux des photos sur le mur d'à côté, n'empêche que c'est la plus belle chose que j'avais jamais vue, surtout qu'elle me donnait l'exclusivité.

Elle s'est alors approchée, mais je n'étais pas sûr si elle voulait qu'on s'embrasse, vu qu'elle gardait ses yeux ouverts. Peut-être qu'elle écoutait si son père allait venir et regrettait de ne pas avoir fermé la porte.

Pour être sûr de ne pas me tromper, j'ai d'abord essayé de savoir si elle était amoureuse de moi. Ma question l'a étonnée et au lieu de dire oui, elle m'a demandé si je la trouvais sexy, c'était quand même un comble.

Elle s'est collée contre moi pour m'embrasser la première. Moi, je croyais être au courant de pas mal de choses, mais je ne m'attendais pas à ce qu'elle mette sa langue si profond. Malgré tout j'ai bien aimé, sauf que mon érection est devenue superlative et j'ai serré les fesses en sentant que mon pénis sortait tout seul de mon caleçon.

Comment elle a fait pour s'en rendre compte, c'est un mystère, mais elle a glissé son bras entre nous et m'a touché. Je suis venu d'un seul coup et c'était incroyablement bon, mais après j'ai plus su où me mettre à cause que ça coulait le long de ma jambe.

Iris a ri en baissant son chandail comme si c'était la fin de l'entracte et a dit qu'elle ne savait pas qu'on pouvait gicler si vite. J'ai compris que ce n'était pas la première fois pour elle – et ça m'a rassuré qu'elle ne prenait pas ça pour un manque d'intérêt.

J'ai voulu qu'on s'embrasse de nouveau, mais elle en avait eu assez, surtout qu'elle venait de se découvrir un petit creux comme par hasard. C'était une allusion à un Big Mac et j'étais pas contre.

Je lui ai dit quand même que je l'aimais, mais j'ai eu l'impression qu'elle ne savait pas de quoi je voulais parler.

EN RENTRANT À LA MAISON après avoir laissé Iris à une station de métro (elle avait un truc à faire au centre-ville, mais elle est partie sans me donner de détails), j'ai repensé à ma rencontre de Gwen Le Gaëllec et de M. Vargas dans le bar de l'hôtel Bristol. J'avoue que ça m'avait fait plaisir quand le professeur lui avait cloué le bec à propos de cette histoire de casquette qu'elle devait partager avec les policiers fédéraux responsables de la chasse aux terroristes.

Après, elle avait dû se creuser la cervelle pour essayer de comprendre comment il avait pu savoir ça, vu que c'était confidentiel. Elle ne pouvait évidemment pas se douter que c'était sa symbiote Newg qui avait vendu la mèche. (C'est une autre expression imagée et pour ceux qui sont intéressés, ça vient des cordons qu'on brûlait pour faire péter les bombes à distance. Maintenant, on se sert de téléphones mobiles, c'est beaucoup plus efficace.)

Ensuite, j'ai réfléchi à tout ça et j'ai trouvé que ce n'était pas juste pour Gwen. Ça a commencé à me chicoter quand j'ai repensé à ce qui s'était passé dans la chambre d'Iris, et je me suis dit que même si Divad avait eu la bonne idée de me laisser tranquille à ce moment-là, il avait quand même tout vu dans son rêve, forcément. Qu'est-ce qui l'empêcherait de se venger de mon dernier message en allant raconter mes secrets les plus inavouables à ses copains ?

Là, pour la première fois, j'ai commencé à comprendre pourquoi M. Vargas insistait tellement pour que je prenne l'affaire des symbiotes au sérieux : c'est parce qu'on peut rien leur cacher et que s'ils décidaient un jour de se retourner contre nous, on n'aurait aucun moyen de se défendre.

DIVAD M'A RÉVEILLÉ le lendemain matin en chantant tout bas dans ma tête une chanson en arpège.

— J'ai parlé cette nuit au symbiote de Serge, comme promis. Il n'était pas en grande forme, mais il a quand même réussi à transmettre ton message.

— C'est vrai ? Et qu'est-ce que Serge a répondu ?

— Presque rien. Il ne se souvenait pas de toi, parce que sa mémoire a été atteinte. Mais ça lui a fait du bien de savoir que quelqu'un pensait à lui.

— Tu crois qu'il va s'en sortir?

— Ça m'étonnerait. Son symbiote se prépare pour l'*Ultime Peut-Être*.

— C'est pour lui que tu chantais?

— Non, c'est pour toi. Je savais que tu aurais de la peine.

On est restés un moment ensemble sans rien se dire, c'était super et je m'en suis voulu d'avoir imaginé que Divad pourrait être capable de me trahir. Il l'a peut-être senti, parce qu'il m'a demandé à quoi je pensais. Je lui ai répondu à côté, mais ce n'était pas tout à fait un mensonge, vu que les deux idées étaient là en même temps – j'avais même dormi avec.

— À Iris. Ça t'étonne?

— Non. Elle t'a fait du bien?

— Évidemment. C'était la première fois.

— Pourtant, y a quelque chose qui te préoccupe.

— Tu crois? Peut-être que je me sens triste pour toi.

— Je ne vois pas pourquoi.

— C'est justement pour ça: tu peux pas voir. T'as pas de corps, t'es juste un esprit. Prends pas ça mal.

— Non, mais même si je le prends bien, ça ne veut pas dire que je suis d'accord. Quand tu fermes les yeux et que tu penses à Iris, tu la vois dans ta tête. C'est la même chose pour moi: ma mémoire est pleine d'images que je peux aller chercher, en plus de celles que j'échange avec les autres symbiotes.

— OK, c'était pas un bon exemple. Ce que je voulais dire, c'est que t'as pas de zizi.

— Et alors?

— Tu peux pas savoir la sensation que ça m'a fait, moi avec Iris.

— Tu veux parler de ton orgasme?

— Mon quoi?

— Ton plaisir, quand t'as giclé, comme elle a dit.

— Je... Oui, c'est en plein ça. Je trouve pas juste que t'en sois privé.

Je savais toujours quand Divad se mettait à rigoler, pourtant il ne faisait pas de bruit, c'étaient des petites vagues qui me chatouillaient un peu partout dans ma tête.

Après, il m'a expliqué un truc qui m'en a bouché un coin. Quand un symbiote en trouve un autre de son goût et que c'est partagé, ils font un amalgame. D'abord, ils mélangent leurs notes de musique pour avoir un nouveau nom rien que pour l'occasion et après, pendant des heures, ils deviennent une entité, sans savoir où l'un commence et où l'autre finit.

— Ça fait quoi, comme impression ?

— Ça dépend avec qui. C'est toujours bon, autrement on ne le ferait pas. Mais parfois, c'est sublime. On ne sait jamais à l'avance.

— Si je comprends bien, tu l'as déjà fait plusieurs fois ?

— Non, une seule. Et si tu veux savoir : oui, c'était sublime. On avait la sensation de flotter dans une pluie d'étoiles.

— C'était avec la symbiote d'Iris ?

— Oh non. On n'a rien en commun, Siri et moi.

— Avec qui, alors ?

Il n'a pas répondu.

— Tu peux me le dire, tu sais. Je le répéterai à personne.

— Si tu veux. C'était avec Newg.

QUATORZE

Comme pour M. Vargas et votre serviteur (c'est une formule de fausse modestie datant du XVIIIᵉ siècle, à ne pas prendre au pied de la lettre), c'est Najid-le-Rebelle qui avait décidé d'inscrire M. Klaas Van Haecke dans l'équipe des Mousquetaires sans lui demander son avis, ni le nôtre. Il a juste donné la clé du jumelage à son symbiote en les laissant se démerder tout seuls pour établir la connexion. Si on veut mon avis, ce ne sont pas des manières civilisées.

J'ai appris tout ça à la dernière minute par un coup de fil du chanoine Dijan qui était de mauvaise humeur et m'a conseillé de me faire ma propre opinion en allant sur le site Internet de la *Ligue pour l'extinction volontaire de l'espèce humaine.*

Ça me gêne de l'avouer, mais j'ai été impressionné en bien par la vidéo de présentation de M. Van Haecke. D'abord, il n'avait pas de barbe comme les gourous qui s'appellent tous Rabindranath, ni de tunique blanche comme le pape ou comme Raël. Au contraire, il était blond de partout, avec un pull noir à col roulé genre décontracté, une carrure de sportif à l'entraînement et des yeux bleus qui regardaient en face sans clignoter.

Ensuite, il parlait avec une voix basse et posée, on sentait qu'il n'était pas obligé de faire l'énervé pour convaincre le public. Et, surtout, il n'employait jamais des mots compliqués – pas besoin d'un diplôme pour le suivre. La preuve, c'est que j'ai compris son message dix sur dix.

Il a commencé sa présentation en rappelant que les hommes sont en train de bousiller la planète et qu'on va tous finir par crever à cause de la fonte des glaciers et de l'empoisonnement de l'air, de l'eau et des aliments. Bien sûr, un tas d'experts nous font peur avec ça depuis des années, mais lui, au moins, il proposait une solution à laquelle personne n'avait pensé : la *Croissance Zéro*.

Puisque la race humaine est condamnée à disparaître, disait-il, il valait mieux que ça se passe le plus vite possible, pour donner une chance aux animaux et aux plantes de survivre dans un environnement qu'on n'aurait pas encore eu le temps de massacrer.

Pour ça, il suffisait de convaincre les gens de renoncer à faire des enfants. Point final. De cette façon, la Terre pourrait commencer à se refaire une santé au bout de cinquante ans. Ça permettrait aussi à de nouvelles formes d'intelligence de se développer. Bref, c'est comme l'œuf de Christophe Colomb, il suffisait d'y penser.

J'ai également regardé les documentaires et les statistiques disponibles sur le site – et plus je réfléchissais, plus je trouvais que c'était une idée brillante. Je me suis même inscrit comme «membre sympathisant», ce qui donne le privilège de recevoir gratuitement par courriel le bulletin de la Ligue.

J'AI RACONTÉ À LA MAISON que j'allais chez Iris après l'école pour l'aider à faire ses devoirs de maths, parce que sa maman ne pouvait pas s'en occuper, vu qu'elle était morte. Ça a passé comme une lettre à la poste.

C'est quand même drôle de voir que ma mère avait toujours la trouille que je me fasse tripoter par des sales types, mais elle se serait jamais imaginé qu'Iris et moi, on pouvait faire des trucs pas mal *hot* ensemble. Il faut dire qu'elle commence à avoir un certain âge, elle a dû oublier comment ça s'était passé à son époque. Soit dit entre nous, l'idée qu'elle a eu une puberté comme n'importe qui me semble tout à fait surréaliste.

Au lieu d'aller chez Iris, je me suis donc rendu au centre-ville. C'est Divad qui m'avait donné l'adresse et le numéro de la chambre, de la part de Najid-le-Rebelle, pour éviter que le chanoine Dijan me le dise au téléphone. C'est une combine fumante, parce que les policiers ont beau être doués, ils n'ont pas encore trouvé le moyen de planter un micro dans la tête des gens.

J'avais préparé une excuse au cas où un employé de l'hôtel me demanderait ce que je faisais là, mais je n'ai même pas eu à m'en servir. Une fois, Mlle Sauget m'avait dit que, juste à me regarder, on m'aurait donné le bon Dieu sans confession. Je suis pas sûr si c'était un compliment ou quoi, en tout cas ça m'a servi pour passer inaperçu.

Malgré sa réputation de palace, le Royal Carlton était loin d'être neuf, avec des vieux meubles inconfortables dans le foyer et des rideaux épais qui empêchaient le soleil de passer. Ça sentait encore le cigare, pourtant ça fait longtemps à Montréal qu'on a plus la permission de fumer dans les lieux publics.

C'est M. Vargas qui m'a ouvert la porte de la suite que le chanoine avait prise sous un faux nom. Il m'a fait entrer et a regardé dans le corridor pour s'assurer que personne ne m'avait suivi, comme dans un polar. J'avais le cœur qui débattait, c'était génial.

Dans le salon arrangé à l'anglaise, style chicos et poche, M. Dijan m'attendait dans son fauteuil roulant, avec son oreille et sa mâchoire amochées, mais sans ses tuyaux et ses pansements – ce qui lui donnait un air encore plus provisoire. Il m'a pris les deux mains en m'appelant «son grand petit copain courageux», et après il voulait plus les lâcher, c'était un peu gênant.

M. Vargas s'est assis sur le canapé et j'ai eu l'impression qu'il faisait la gueule, ce qui m'a surpris parce que ce n'est pas son genre. J'ai compris alors qu'on n'était pas seuls en entendant le bruit d'une chasse d'eau et j'ai tout de suite reconnu M. Klaas Van Haecke quand il est sorti de la salle de bains.

Il est venu me serrer la main en s'inclinant devant moi comme si j'étais quelqu'un d'important. Il était moins impressionnant qu'à la télé, mais il avait quand même beaucoup d'allure. J'avais lu qu'il était polyglotte et parlait couramment sept langues, ce n'était quand même pas n'importe qui.

J'ai remarqué à ce moment-là qu'on avait préparé plein de trucs à boire et à manger sur une petite table près de la fenêtre – des pâtés, des fromages, des fruits et des gâteaux. Là, j'ai compris qu'on ne faisait pas semblant de jouer aux Mousquetaires, on était devenus une vraie équipe.

ON S'EST TOUS RETROUVÉS assis en face du chanoine Dijan qui nous a dit:
— Merci d'être venus, mes chers amis. Je ne me serais pas permis de vous déranger sans bonne raison. J'ai des informations importantes à vous communiquer.

— Veuillez m'excuser de vous interrompre si vite, a dit M. Vargas, mais parlez-vous en votre nom personnel ou bien au nom de votre symbiote, le fameux Najid-le-Rebelle ?

— La question est pertinente. En effet, je n'ai pas toujours été d'accord avec Najid, pour dire le moins. En particulier quant à son initiative de vous impliquer dans des jumelages sauvages et sans précédents. Toutefois, ayant été mis devant le fait accompli, j'essaie de tirer le meilleur parti possible d'une situation très délicate. Pour ce faire, j'ai besoin de votre aide.

— Je présume que votre symbiote est actuellement présent à cette discussion.

— Oui.

— C'est donc à lui que j'adresse ma protestation. On me demande mon aide, mais on me traite comme une marionnette, en m'imposant notamment de travailler avec un collaborateur d'une réputation plus que douteuse.

Le professeur s'est tourné vers M. Van Haecke et a continué en disant :

— Je ne cherche pas à vous offenser, monsieur. Croyez-moi, je me serais fort bien passé de cette mise au point. Toutefois, je ne peux pas accepter que mon nom soit associé de près ou de loin à vos élucubrations sur l'avenir de l'espèce humaine. Comment Najid – ce supposé génie – a pu faire appel à vos services, voilà qui me dépasse.

Je me suis demandé quelle mouche avait piqué M. Vargas et j'ai trouvé que, franchement, il n'y allait pas avec le dos de la cuiller à pot. Sauf qu'au lieu de se fâcher, M. Van Haecke lui a fait un grand sourire amical et s'est penché vers lui comme pour lui tendre l'autre joue, dans le style biblique. Il a dit de sa voix basse et douce :

— Je vous entends, cher Carlos. Et même si je crois que ma réputation de lunatique est quelque peu surfaite, j'ai failli donner raison à mes détracteurs quand mon symbiote s'est manifesté pour la première fois. Je suis né sous le signe des Gémeaux, mais je ne suis pas pour autant préparé à partager mon cerveau avec une intelligence parasite. Pour ne rien vous cacher, cette révélation a été une véritable épreuve.

— Nous sommes tous passés par là, moi le premier, a dit le chanoine. Je crois d'ailleurs que notre jeune ami d'Artagnan est celui d'entre nous qui s'est adapté le plus rapidement à sa condition.

Ils m'ont tous dévisagé comme si j'avais accompli un grand exploit et j'ai souri en regardant par terre, un bon truc quand on sait pas quoi dire. De ce côté-là, M. Van Haecke n'avait pas à s'inquiéter, il donnait l'impression d'avoir dans sa manche des réponses toutes faites – et même s'il s'exprimait poliment, on n'arrivait pas à l'arrêter avant qu'il ait fini.

— Je vous ferai remarquer, monsieur le professeur, que je n'ai jamais demandé à faire partie de votre coterie. Je suis venu ici à la demande insistante de Victor Dijan, par respect pour l'homme et ses activités humanitaires. Je ne m'attendais pas à me retrouver dans un clan d'aficionados des *Trois Mousquetaires*.

Le chanoine a expliqué que ces noms de code avaient été proposés par son symbiote Najid pour des raisons de sécurité et que lui-même ne faisait pas partie du groupe. Ça m'a surpris et j'ai dit:

— Je croyais que vous étiez Porthos.

— J'ai préféré m'abstenir. Je sais en revanche que le quatrième Mousquetaire a été choisi, mais que son symbiote ne l'a pas encore contacté, bien qu'il ait reçu la clé pour faire le jumelage. Ne m'en demandez pas plus, je vous prie.

M. Van Haecke s'est avancé sur son fauteuil:

— Pourrions-nous mettre un terme à ces enfantillages? Vous m'avez convaincu d'accepter votre invitation en promettant de m'éclairer sur les intentions de ce Najid-le-Rebelle à mon égard et à celui de ces messieurs. Il a perturbé notre existence de façon inacceptable autant qu'inexplicable. Que veut-il? Pourquoi s'est-il attaqué à nous? Dieu merci, je n'ai entendu la voix de celui que vous appelez mon symbiote qu'à trois ou quatre reprises. Vous m'avez expliqué tout à l'heure qu'il est terrifié à l'idée de transgresser le tabou de la Matière. Comment pourrais-je le blâmer? Je passe mon temps à dénoncer les aberrations et les horreurs qui conduisent notre race à sa perte aussi bien qu'à la destruction des autres formes de vie sur la planète. Selon votre explication, mon symbiote aurait toujours cru que cette vision d'apocalypse n'était qu'un cauchemar qui agitait son sommeil. Et voici que ce Naij... euh...

— Najid.

— Voici que Najid et ses disciples lui affirment que ce qu'il croyait être un rêve récurrent est le reflet fidèle de la réalité. Il y a de quoi renâcler devant une révélation aussi terrifiante.

— Certes, mais le poids du réel finira par l'emporter. À vous de le mettre en confiance et de l'apprivoiser à l'existence de la Matière.

— Et pourquoi ferais-je un effort aussi insensé? Je ne désire qu'une chose: que ce squatteur parasite me fiche la paix. Qu'il se taise en cultivant ses peurs dans un coin de mon cerveau et que je n'en entende plus jamais parler.

Le pire, c'est que M. Van Haecke a dit tout ça avec plein de gentillesse dans la voix. Je me suis demandé comment son symbiote se sentait à cet instant. Ça valait peut-être mieux pour son moral qu'il s'imagine que tout ça n'était qu'un mauvais rêve.

LE PROFESSEUR VARGAS observait Van Haecke du coin de l'œil et je n'arrivais pas à savoir ce qu'il pensait de lui, ni s'il regrettait d'avoir été trop dur à son égard. Il s'est soudain tourné vers M. Dijan:

— Je n'ai jamais su précisément ce qui s'est passé dans l'ascenseur avec notre ami David, le jour de votre accident. Ne croyez-vous pas qu'il est temps de nous donner tous les morceaux du puzzle?

Le chanoine m'a regardé et a murmuré: «Raconte.»

— Vous êtes sûr?

— Certain. Tu peux tout leur dire.

J'ai expliqué que le symbiote de M. Dijan avait essayé de l'empêcher de se tirer une balle dans la bouche, mais comme il n'était pas le plus fort, il a fait un jumelage express avec moi pour que je vienne l'aider. Après, c'était comme une porte qui serait restée ouverte et Divad s'est retrouvé dans ma salle de bains sans savoir ce qui lui arrivait.

M. Van Haecke m'a regardé comme s'il n'était pas sûr d'avoir compris, et M. Vargas a dit:

— Najid-le-Rebelle est un pur esprit... Comment a-t-il fait pour empêcher Victor d'accomplir son geste?

Je voulais répondre, mais le chanoine a été plus vite que moi. Il a dit: «Comme ça!» et il a essayé de se mettre deux doigts dans la bouche, pendant que son autre main agrippait son poignet.

Et là, ç'a été plus fort que moi, j'ai foncé sur lui pour tirer sur son bras de toutes mes forces.

Ensuite, il y a eu un silence à découper au couteau, et je ne sais pas ce qui m'a pris, mais je me suis mis à pleurer. C'était complètement débile à mon âge, surtout que j'étais sûr que l'affaire de l'ascenseur était loin derrière moi.

M. Van Haecke est allé chercher une boîte de kleenex et l'a mise à côté de moi sans rien dire. J'ai compris alors qu'il n'avait rien contre les jeunes en particulier, c'est juste l'espèce humaine qu'il voulait voir disparaître.

Le professeur faisait une drôle de tête et finalement il a dit à M. Dijan ce qui l'énervait :

— Mon symbiote Solrac m'a affirmé qu'il serait incapable de m'obliger à faire un geste contraire à ma volonté. Or, le témoignage de David...

— Je vous arrête tout de suite. Najid est une exception chez les siens, peut-être une sorte de mutant, qui sait ? Son intervention dans l'ascenseur a été déclenchée par un réflexe de survie et il s'est découvert de nouveaux pouvoirs à l'occasion de cette situation extrême.

— Ça ne vous effraie pas ?

— Vous ne comprenez pas. Il ne désire que mon bien. Il cherche à gagner et à garder mon amitié, et à s'assurer ma complicité de surcroît. Ce n'est pas moi que je visais en me tirant une balle dans la tête, c'était lui ! Alors, dites-moi : qui devrait avoir peur de l'autre ?

— Vous étiez donc prêt à donner votre vie pour l'empêcher d'accomplir son projet. Mais quel est-il, exactement ? Est-ce pour en discuter que vous nous avez fait venir aujourd'hui ?

— En effet. Et avec votre accord, je vais lui céder la parole, afin qu'il vous explique lui-même ses intentions.

On s'est regardés et quand on a compris que ce n'était pas une blague, on a tous fait oui avec la tête. C'est sûr que personne ne s'attendait à ce qui allait suivre.

Le chanoine Dijan a commencé à suer de partout, ça lui dégoulinait sur le crâne et sur le visage, mais il n'avait pas l'air de s'en apercevoir. Ses yeux étaient ouverts jusqu'au blanc, il pouvait plus voir personne, c'était pas mal épeurant.

J'ai déjà dit que sa voix n'était pas terrible à cause du génocide arménien, sans compter aussi qu'on lui avait recousu la mâchoire, mais là c'était complètement différent : il s'est mis à parler presque sans bouger les lèvres, comme un ventriloque. En plus de ça, il n'avait plus d'accent, on comprenait tout sans se forcer.

C'était son symbiote, Najid-le-Rebelle, qui avait pris la parole pour dire que c'était épuisant, c'est pour ça qu'il nous expliquerait seulement l'essentiel.

Il a raconté qu'au commencement des temps, les hommes étaient rien que des singes en perfectionnement et que ça leur avait pris des milliers d'années pour devenir intelligents, ensuite ça avait pris encore des siècles pour qu'ils s'observent quand ils étaient en train de réfléchir – et c'est ça qu'on appelle la conscience.

Pour leur part, les symbiotes existaient dans les cerveaux des premiers hommes depuis les origines, mais ils avaient mis eux aussi un sacré bout de temps avant de comprendre qu'ils étaient pas tout seuls : il y avait en réalité dans la tête de leur hôte deux intelligences qui se développaient côte à côte, sans même savoir qui était qui.

Si les symbiotes ont évolué beaucoup plus vite, c'est parce qu'ils n'avaient pas de contraintes physiques pour les embêter. Ils sont devenus conscients de leur condition bien avant les êtres humains. Comme ils logeaient dans une moitié de notre cerveau, ils ont commencé à s'adresser à l'autre moitié – c'est la fameuse voix bicamérale que le professeur Vargas avait décrite pendant sa conférence.

Finalement, les symbiotes ont trouvé une combine pour se parler entre eux pendant que leurs hôtes dormaient.

Le professeur Vargas a réagi en vidant sa respiration d'un seul coup et on a vu sur son visage qu'il n'avait jamais pensé à ça :

— Les consciences communiquaient... à l'insu des hommes endormis...

Franchement, je n'ai pas compris pourquoi il n'en revenait pas – sans me vanter, je trouvais que c'était pas mal évident.

Par contre, je n'ai pas pigé quand M. Van Haecke a dit qu'un parasite rêve toujours de prendre le contrôle de l'organisme qui le fait vivre. Il avait parlé tout bas, mais Najid-le-Rebelle l'a entendu par l'oreille du chanoine et a répondu que ce n'est pas toujours facile de savoir qui est le parasite de l'autre.

— Ne nous égarons pas, a dit M. Vargas.

Najid a continué son explication en racontant que, pendant très longtemps, les symbiotes nous avaient servi de conscience. On aurait pu continuer à vivre comme ça sans se marcher sur les pieds, à part qu'ils étaient devenus beaucoup plus dégourdis que nous, à force de passer leurs nuits à échanger des idées.

Ils avaient alors commencé à se prendre pour d'autres et à nous traiter comme des minus. Ils étaient furieux quand on faisait des conneries, surtout si c'était parce qu'on n'avait pas suivi leurs conseils. Ils voulaient évidemment qu'on reste en vie le plus longtemps possible, comme des passagers clandestins qui feraient tout pour empêcher leur navire de couler.

Sauf qu'ils n'avaient pas prévu qu'on était moins cons que ça paraissait, et que même si on était plus lents, on avait fait de gros progrès avec notre matière grise. Surtout, on avait développé notre propre conscience et on pouvait maintenant se passer de leurs conseils.

Finalement, on en a eu marre et on a décidé de se démerder tout seuls. On s'est alors inventé une civilisation, sauf qu'on s'est foutus dedans avec le mode d'emploi et qu'on s'est mis à préparer notre perte.

La chemise du chanoine était maintenant trempée comme une soupe et sa voix commençait à manquer d'air, ça devenait vraiment *too much.*

Le professeur Vargas et M. Van Haecke s'inquiétaient eux aussi, mais Najid s'est entêté et nous a encore expliqué que cette rupture s'était produite il y a plus de trois mille ans et avait provoqué une mega crise chez les symbiotes. Ils avaient alors créé le Conseil des Anciens qui leur avait donné l'ordre de ne plus nous parler et même de nous ignorer.

Avec le temps, à force de faire comme si on n'existait pas, c'était devenu une croyance dure comme fer et ceux qui osaient la contredire étaient mis sur le banc de la société.

Ça expliquait aussi pourquoi Divad et les symbiotes de M. Vargas et de M. Van Haecke avaient eu tellement la trouille au moment de leur premier jumelage avec nous. Pour eux, c'était commettre un sacrilège aussi grave qu'une caricature du prophète Mahomet.

Tout à coup, le chanoine a eu un grand frisson et nous a regardés avec ses vrais yeux. On a alors compris que Najid lui avait redonné sa place pour recharger ses batteries.

Je ne sais pas si j'ai bien raconté, mais j'ai trouvé ça terriblement impressionnant.

M. Van Haecke a vu que je regardais la nourriture sur la table près de la fenêtre et m'a dit de me servir, que c'était là pour ça.

Je ne me suis pas privé, il faut dire que c'était *gargantuesque.* (L'adjectif vient de M. François Rabelais, dont le symbiote s'appelait Alcofribas Nasier. D'ailleurs, M. de Chantal nous en avait lu des bouts en classe, on s'est bidonnés au max avec le passage des torche-culs, sauf que Mélanie Patenaude en a parlé à ses parents qui se sont plaints au directeur. Mais ça ne fait rien, c'est un écrivain que je recommanderais les yeux fermés.)

J'ai repris trois fois de la tarte aux abricots avec de la pâte d'amandes au milieu et je me suis mis à penser à Iris qui me piquait toujours mes frites au McDonald's. C'est sûr que si elle avait été ici, elle se serait empiffrée à fond la caisse. Ça m'a donné un coup de nostalgie.

M. Vargas et M. Van Haecke se sont levés eux aussi et ont bu du vin en disant que c'était un Morgon et qu'il y en avait qui ne se mouchaient pas du coude – c'est une expression que je n'avais jamais entendue. À part ça, ils n'ont rien dit d'autre et n'ont même pas touché à la bouffe – d'après moi, ils étaient sonnés par ce qu'ils venaient d'apprendre. Moi aussi, mais ce n'est pas une raison pour se couper l'appétit.

Le chanoine Dijan est revenu de la salle de bains dans un gros peignoir blanc. Il s'était séché de partout et avait l'air beaucoup mieux, même s'il marchait à petits pas comme une Chinoise, en se tenant aux meubles. Il a avalé un verre de vin d'un seul coup, puis un deuxième directement par-dessus. Je me suis dit que ça allait être du joli dans un moment s'il continuait comme ça.

C'est le professeur qui a cassé le silence en premier :

— Je remercie Najid d'avoir pris le risque de nous parler. Il a apporté de l'eau à mon moulin, certes, mais aussi des éléments nouveaux qui sont d'une portée incalculable. Je ne vais pas manquer de travail dans les années à venir – à commencer par une réflexion sur l'impact de ces révélations sur notre société.

M. Dijan a levé le doigt :

— Sur nos sociétés...

— Vous avez raison, le pluriel s'impose. Cela dit, vous nous avez annoncé tout à l'heure que votre symbiote voulait nous dévoiler ses intentions. Or, il n'a fait que nous résumer le passé, et nous ne savons toujours pas ce qu'il envisage pour l'avenir.

— Permettez-moi de répondre pour lui. Je connais hélas ses arguments par cœur, mais je vous ferai grâce de mes commentaires.

M. Dijan avait retrouvé son accent et j'ai dû recommencer à faire un effort pour le suivre, surtout qu'il me regardait tout le temps comme s'il me parlait à moi tout seul sans s'occuper des autres – c'était embarrassant.

Il nous a expliqué que Najid-le-Rebelle était convaincu que l'espèce humaine courait tête baissée vers une méga crise planétaire et que la catastrophe finale serait de plus en plus difficile à éviter.

Avant de dire que c'est excessif, il faut qu'on comprenne que les symbiotes en savent davantage sur nous que nous-mêmes, vu qu'ils voient tout ce qu'on fait même si on essaye de se cacher – et aussi parce que plusieurs adeptes de la Matière vivent en symbiose avec des hôtes qui occupent des fonctions importantes dans les gouvernements, les banques, l'ONU et les multinationales.

Le professeur Vargas a dit en secouant la tête : « *Big Brother* à la puissance mille » – et M. Van Haecke a ajouté qu'il venait de comprendre pourquoi on l'avait choisi pour faire partie des Mousquetaires.

Sans arrêter de me regarder, le chanoine a répondu que la comparaison avec *Big Brother* (je n'avais jamais entendu parler de lui) ne tenait pas la route. Il ne voulait pas non plus décevoir M. Van Haecke, mais Najid-le-Rebelle n'était pas intéressé à sauver la planète pour donner la chance aux autres espèces animales. Sa seule intention, c'était d'empêcher la race humaine d'aller à sa perte. Il a précisé :

— Ce n'est pas tant qu'il déborde d'affection pour nous, mais comme vous savez, la survie des symbiotes est indissociablement liée à la nôtre.

Il s'est arrêté un instant pour écouter quelque chose dans sa tête, puis il a dit que son symbiote protestait qu'il avait au contraire beaucoup d'amitié pour nous :

— Il dit aussi qu'il n'est pas froissé, car il a l'habitude qu'on lui fasse des procès d'intention.

M. Van Haecke s'est levé en faisant craquer ses doigts pour montrer qu'il en avait marre et il a demandé comment Najid-le-Rebelle allait s'y prendre pour empêcher notre extinction, puisqu'il reconnaissait du même coup qu'on se dirigeait tout droit vers un cataclysme incontournable.

Le chanoine s'est mis à rire du bout des dents, mais ça grinçait dans sa voix quand il a dit :

— Son but est de rétablir l'Alliance des origines. En d'autres termes, il est prêt à tout risquer pour que les humains et les symbiotes vivent à nouveau en jumelage conscient les uns avec les autres.

Le professeur a dit tout bas que c'était de la pure folie. Alors Victor Dijan a fait oui de la tête, avec des rides comme s'il se retenait de pleurer.

J'aurais bien voulu savoir à quoi ils pensaient tous les deux, mais ce n'était pas le bon moment pour poser des questions indiscrètes.

M. Vargas m'a ramené à la maison dans une Ford Taurus qu'il avait louée et qui faisait un bruit de casserole. Soit dit entre nous, c'est une voiture que je ne recommanderais à personne.

J'ai profité qu'on était en tête à tête pour lui dire que j'avais trouvé l'idée de M. Van Haecke sur la *Croissance Zéro* pas mal astucieuse et que je ne comprenais pas pourquoi il l'avait descendue à coups de Jarnac. Il m'a répondu :

— Tu sais que je t'aime bien, David.

— Moi aussi, je vous aime bien. Mais vous avez pas répondu.

— Non, c'était juste une remarque pour dire que je regrette de n'avoir pas davantage profité de mes seize ans.

Je ne l'ai pas corrigé, parce que ça m'a fait plaisir qu'il me donne une année de plus que mon âge.

Il m'a alors expliqué que le projet d'une extinction *volontaire* de l'espèce humaine est un attrape-nigaud de la plus belle espèce.

— Pourquoi ?

— Tu vas me le dire. D'après toi, où trouveras-tu des couples qui seraient prêts à ne pas avoir d'enfants pour sauver la planète ?

— Je sais pas. Mettons chez des gens capables de comprendre l'idée.

— Tu iras donc les recruter dans les milieux les plus riches et les mieux éduqués. Pendant ce temps, les pauvres continueront de se reproduire par ignorance, par peur de la colère divine ou d'un châtiment infligé par ceux qui prétendent parler au nom du Tout-Puissant. Bon an, mal an, les populations les plus défavorisées vont mettre au monde des bouches affamées qu'elles seront incapables de rassasier. Désolé de doucher ton admiration pour Van Haecke, mon garçon, mais c'est un charlatan qui n'a même pas l'excuse de croire aux énormités qu'il avance.

— Alors pourquoi il continue ?

— Parce que la menace du pire est un filon très rentable par les temps qui courent. À mon avis, notre collègue Athos a réussi à faire de l'apocalypse son fonds de commerce.

— Vous pouvez arrêter ici, merci. Ma maison est tout près.

— Je comprends. C'est mieux ainsi, en effet.

On s'est quittés et j'ai fait le reste du trajet à pied, en me disant que moi, en tout cas, j'avais envie d'avoir mes dix-huit ans le plus vite possible. Je m'en voulais d'avoir avalé tout rond les boniments de M. Van Haecke. C'est vrai qu'il suffisait d'y penser à deux fois pour se rendre compte que ça ne tenait pas debout, malgré les bons sentiments.

Un attrape-nigaud. C'est la première fois que j'entendais l'expression. Elle me plaisait bien, mais j'avais hâte de l'appliquer à quelqu'un d'autre qu'à votre serviteur.

QUINZE

À MON RETOUR À LA MAISON, ma mère m'a posé une kyrielle de questions sur ma visite chez Iris, en particulier pourquoi personne ne lui avait répondu quand elle avait téléphoné pour voir si tout allait bien. J'ai raconté que la ligne était coupée parce que M. Bazinet est musicien et n'a donc pas d'argent pour payer les factures. Elle a tout gobé, et le plus ironique, c'est que c'était vrai.

Je l'ai avertie que j'avais un texte à apprendre pour un exercice de théâtre à l'école. C'était une excuse pour l'empêcher de s'imaginer des choses quand elle m'entendrait parler tout seul dans ma chambre.

Évidemment, elle ne savait rien de l'existence de Divad, elle trouvait juste que j'étais devenu bizarre depuis quelque temps. Je lui ai expliqué que c'était la testostérone qui me travaillait. Elle m'a regardé de travers, mais ça l'a rassurée.

Pour une fois, c'est Divad qui avait des choses à me dire. Il a attendu que je sois dans mon lit avec la lumière éteinte – d'après lui, ça aidait ma concentration.

Je me suis rendu compte en l'écoutant qu'on se ressemblait, même s'il était plus intelligent que moi, ce qui est normal vu qu'il ne faisait rien d'autre que jongler avec des idées, alors que moi, il fallait bien que je m'occupe de mon corps, de mes études et des autres choses terre à terre. Quand même, il se posait lui aussi des questions sur la rencontre des Mousquetaires et sur ce qu'il appelait «la conspiration de Najid-le-Rebelle».

Jusque-là, je ne sais pas exactement ce que je m'imaginais au sujet des symbiotes en général, mais j'avais l'impression qu'ils devaient plutôt bien s'entendre entre eux, surtout qu'ils ont toujours parlé la même langue. C'est sûr qu'ils ne pouvaient pas se faire la guerre comme nous, vu qu'ils n'avaient pas de poings pour se taper sur la gueule et pas de machettes pour se couper en morceaux comme au Rwanda, mais Divad m'a fait comprendre que ça ne les empêchait pas de se disputer et de former des clans. La grosse différence avec nous, c'est qu'ils ont un Conseil des Anciens qui leur dit comment se conduire et qui isole ceux qui déconnent.

Quant à Najid-le-Rebelle, il était vachement fortiche et avait trouvé le moyen d'éviter l'isolement en cassant les verrous mis par le Conseil – genre Houdini, mais dans le mental. Par exemple, il avait réussi à s'exprimer par la bouche de son hôte le chanoine, c'était du jamais vu et complètement impossible en théorie.

Divad m'a encore dit :

— Les disciples de la Matière sont de plus en plus nombreux. Bien sûr, les Anciens n'aiment pas ça, mais Najid prétend qu'ils ont tout intérêt à les laisser faire.

— Pourquoi ?

— Il paraît que ceux qui adhèrent à la doctrine de la Matière sont enclins à s'opposer au rétablissement de l'Alliance originelle.

— Je comprends pas.

Divad est resté silencieux et je savais ce que ça voulait dire :

— Pourquoi tu veux pas m'expliquer ?

— Je préfère ne pas en parler.

— T'as la trouille, une fois de plus.

— Oui.

— La trouille de quoi ?

— J'ai peur qu'après, tu ne m'aimes plus.

LE PLUS INCROYABLE, c'est qu'Iris m'a invité le lendemain pour venir l'aider à préparer son examen de maths, on aurait dit qu'elle savait que je m'étais servi d'elle comme excuse pour aller rencontrer les Mousquetaires.

Pendant un moment, je me suis demandé si Divad lui avait dit quelque chose, enfin pas à elle directement, mais à sa symbiote Siri, sauf que c'était rien qu'une supposition parano.

Ma mère n'a pas eu l'air surprise que j'aille voir Iris deux soirs de suite et le pire, c'est qu'elle lui a fait un gâteau aux carottes pour que je lui donne alors qu'elle ne la connaissait même pas. C'était gentil de sa part et même si elle me tape des fois sur les nerfs, je dois reconnaître qu'au fond c'est quelqu'un de vraiment bien sous tous rapports.

Divad m'a aidé à comprendre des choses en me disant qu'il avait parlé d'Iris avec Aidan. Il a fallu que j'écrive le nom et ça m'a fait un choc:

— Nadia... Tu veux dire la symbiote de maman?

— C'est aussi la mienne.

— C'est dingue. J'y avais jamais pensé. Tu t'entends bien avec Ai... Aidan?

— Oui, évidemment.

— Pour moi, c'est pas évident. On se dispute souvent.

— Je sais.

On s'est mis à discuter de ma mère et ça m'a fait quelque chose d'apprendre qu'elle se cherchait un mec pour remplacer mon père. Quand Sig et moi on n'était pas là, elle passait des heures sur l'internet pour rencontrer quelqu'un. Elle avait même eu des rendez-vous, mais ce n'est pas allé plus loin parce qu'elle avait des enfants à la maison, sans compter que trente-huit ans, c'est limite et que pour rien arranger, elle se trouvait trop enrobée. Ça, je le savais déjà, elle le disait presque tous les jours en passant devant le miroir du vestibule. Mais pour le reste, je me serais jamais douté.

Disons tout de suite que je ne me suis pas senti de trop, vu que ma mère m'aimait et moi aussi, mais j'ai pensé que je devrais faire des efforts pour abuser un peu moins de son impatience.

J'ai voulu en savoir davantage sur elle, mais Divad m'a avoué qu'il regrettait de m'avoir dit tout ça et il s'est absenté sans s'excuser. Ça me dérangeait moins depuis que j'avais compris qu'il se rendormait pour continuer à rêver à moi et à ce que je faisais dans ma vie.

IRIS M'A APPELÉ depuis une cabine juste avant que je quitte la maison pour me dire de laisser faire, son père avait besoin d'elle pour la soirée et, franchement, elle se fichait pas mal de rater son examen, surtout que les maths, elle n'en avait rien à cirer.

J'étais déçu, forcément, mais j'ai fermé ma boîte parce que je sentais bien qu'elle était déjà de mauvaise humeur. Quand même, je lui ai dit qu'elle me manquait et elle a fait un bruit avec la bouche comme si je lui racontais des salades.

Un été, quand mes parents étaient encore ensemble, on était allés au bord de la mer en Angleterre, à Eastbourne, et on avait vu un avion qui tirait une grande banderole où c'était écrit : « *Jo Ann, will you marry me?* »

Tout à coup, une fille a commencé à crier sur la plage comme une folle et un type s'est mis à genoux devant elle. C'était un coup monté et ma mère a dit qu'elle n'avait jamais rien vu d'aussi romantique.

Tout ça pour dire qu'Iris se serait bien foutu de ma gueule si j'avais essayé un truc pareil, ce n'était vraiment pas sa tasse de thé. D'ailleurs, ça ne servait à rien d'y penser, louer un avion même pour une heure, ça doit coûter la peau des fesses.

J'étais en train de me rappeler ce souvenir quand Divad est revenu pour me dire que je devrais quand même aller porter le gâteau à Iris.

— Elle peut pas ce soir. J'y donnerai demain à l'école.

— Non, vas-y tout de suite. C'est important.

Là, j'ai senti qu'il avait peur et ça m'a foutu les jetons à moi aussi.

JE SUIS ENTRÉ DANS LE COULOIR de l'immeuble qui puait encore plus que la dernière fois et j'ai dû faire un crochet parce qu'un chien ou quelqu'un d'autre venait de pisser contre le mur près des boîtes aux lettres. J'ai entendu des pas qui descendaient l'escalier à toute vitesse et, en me penchant, j'ai su qui c'était, rien qu'en voyant les bleus sur le bras qui tenait la rampe.

J'ai fait demi-tour pour m'en aller, mais au même moment la porte d'entrée s'est ouverte et je me suis caché en haut des marches qui descendaient à la cave. Là, j'ai failli me casser la figure, parce qu'on n'y voyait rien et pour me rattraper, j'ai dû lâcher le sac avec le gâteau.

J'ai fait attention de pas trop lever la tête, juste ce qu'il fallait pour voir que le père d'Iris était en camisole et tremblait de partout, avec des cheveux qui lui tombaient dans la face. Le type qui venait d'arriver s'est approché de lui avec un rire sale au fond de la gorge et lui a donné un petit paquet en disant :

— T'avais la chienne que j'revienne pas, hein?

— C'est dosé comme on a dit?

— Relaxe, man! Je prends la petite pour deux jours, OK? C'est pour ça que je t'ai mis un supplément.

— *Fuck!* Non, j'aime pas ça.

— Ça marche ou ça marche pas? Décide, là, sinon j'ai d'autres clients pour elle.

— OK, OK. Mais pas de poques, hein? À l'école, y surveillent tout.

— T'inquiète pas, mon Louis. C'est pour le vieux qui la fait jouer à la poupée. Je te la ramène comme neuve.

Le père d'Iris est remonté chez lui et l'autre type a répété: «comme neuve!» en se marrant comme s'il se gargarisait avec sa blague, puis il s'est barré.

Si je m'étais écouté, je me serais assis dans le noir, tellement mes jambes flageolaient. Sauf qu'il fallait que j'avertisse Iris pour son épée de Damoclès.

Le plus sacrant, c'est que j'étais parti de la maison sans avoir retrouvé le Nokia. Ma chambre était un bordel, d'accord, mais j'ai cherché partout, c'est sûrement ma mère qui me l'avait reconfisqué sans rien me dire. D'ailleurs, il ne m'aurait servi à rien, vu que la ligne était coupée chez Iris.

Je suis sorti de l'immeuble pour aller lui faire des signes depuis le trottoir d'en face, des fois qu'elle regarderait par la fenêtre.

Et là, je l'ai vue au bout de la rue qui sortait de l'épicerie du coin avec un gros sac de chips et je me suis mis à courir comme un fou, mais au lieu de regarder de mon côté, elle est montée dans une Volvo familiale qui a démarré tout de suite.

Je n'avais rien sur moi pour écrire le numéro de la plaque, alors je l'ai crié plusieurs fois en espérant que Divad allait piger. Deux vieilles dames qui passaient m'ont zieuté avec des bouches pincées, mais je m'en fichais, je commençais à avoir l'habitude.

Je me suis grouillé de rentrer à la maison pour appeler Gwen, sauf qu'en marchant, je ne savais plus exactement quoi lui dire. Après tout, personne n'avait forcé Iris à entrer dans la Volvo et c'était peut-être moi qui avais compris l'histoire tout de travers.

HEUREUSEMENT que ma mère n'était pas chez nous, parce que la voiture de police stationnée devant la porte l'aurait fait paniquer. La voisine, Mme Jolicœur, discutait avec un policier et m'a montré du doigt en me voyant arriver. Il m'a tout de suite pris à l'écart et m'a demandé mon nom. Ensuite, il a regardé dans son carnet pour me dire que j'avais appelé la lieutenant Le Gaëllec à propos d'un enlèvement.

— Non, mais j'allais le faire, justement.

— Comment ça, non?

— Je suis pas sûr que c'est un enlèvement.

Il m'a dit de ne pas bouger et est allé téléphoner dans sa voiture pendant un moment. Plus loin, deux autres voisines se parlaient à voix basse en me regardant comme si j'étais un délinquant, c'était bizarre.

Finalement, il m'a demandé si je ne voyais pas d'objections à l'accompagner, parce que son patron voulait parler avec moi d'une affaire importante. Avant qu'on parte, il a écrit un numéro de téléphone sur une carte qu'il a donnée à Mme Jolicœur pour remettre à ma mère à son retour.

À propos, le policier s'appelait le sergent MacIntosh, comme les pommes et l'ordinateur, et il était super *cool*. Mme Jolicœur aurait bien voulu qu'il reste plus longtemps.

JE ME SUIS DONC RETROUVÉ dans le bureau de l'inspecteur-chef Luigi Calderone. Le plus difficile avec lui, c'était de ne pas regarder ses mains sans pouces, surtout qu'il s'en serait aperçu tout de suite, vu qu'il n'arrêtait pas de m'observer avec ses yeux plissés très noirs, genre latino.

J'ai essayé de savoir si Iris avait été retrouvée. Au lieu de me répondre, il m'a demandé si Gwen m'avait dit où elle se trouvait quand je lui avais téléphoné.

— Mais je lui ai pas...

— Tu ne l'as pas quoi?

Je me suis arrêté au milieu de ma réponse parce que Divad m'a crié: «Non!» et ça m'a fait faire un saut. En général, je savais tout de suite quand il était là, même s'il ne disait pas un mot. Je préférais qu'il soit discret, mais quand même pas trop.

— Je... Non, je lui ai pas demandé. Pourquoi?

— Elle a rapporté un enlèvement et a ajouté qu'elle était en route pour m'expliquer. Elle avait une drôle de voix.

— Elle a parlé de moi?

— Elle n'est pas encore arrivée et on n'est pas capables de la joindre. Oui, elle m'a dit que tu étais sur place quand ça s'est passé et que tu connais la fille. C'est quoi déjà son nom?

— Iris Bazinet. Mais c'est peut-être pas un enlèvement.

— Ah bon. Intéressant. Si tu me racontais depuis le début?

C'est ce que j'ai fait, en commençant par le gâteau aux carottes et le moment où je suis arrivé dans l'immeuble qui puait. J'allais évidemment pas remonter plus loin dans le temps et lui dire qu'Iris et moi on s'était comme qui dirait un peu collés, même que c'est elle qui avait pris les devants en me montrant ses seins en train de pousser. Comme il voulait surtout savoir ce que son père et l'autre homme s'étaient dit, j'ai fait mon possible pour tout lui répéter mot à mot.

Il ne m'avait pas impressionné la première fois que je l'avais rencontré. Mais là, je voyais bien que c'était une ruse pour faire parler les gens qui finissent par lui en dire trois fois trop, vu qu'ils le croient pas très futé.

À part ça, mais sans rapport avec, il avait la manie de se mettre les doigts dans le nez. À un moment, il a franchement exagéré en se curant les deux narines en même temps, et là Divad a dit: «Encore une chance qu'il ait plus de pouces.» Ça m'a donné un fou rire terrible, heureusement que j'étais arrivé à la fin de mon histoire parce que je pouvais plus sortir un mot.

M. Calderone me regardait comme si je n'étais pas normal et j'ai repris mon souffle pour lui expliquer que c'était rien qu'une réaction nerveuse. Il ne m'a pas cru et a foutu le camp en disant qu'il reviendrait quand je serais calmé.

Après son départ, Divad a continué à se tirebouchonner dans ma tête et ça m'a fait repartir encore plus fort. C'est la première fois qu'on riait ensemble comme des bossus, même si ce n'est pas joli de se moquer d'un infirme.

L'INSPECTEUR-CHEF est revenu dans le bureau avec une dame fortement poitrinaire qui s'appelait Mme Valiquette et qui était responsable officiellement de la protection de la jeunesse ou un truc du genre. Il l'a mise au courant en répétant mon histoire depuis le début et ça m'a épaté, on aurait dit qu'il avait tout vu et entendu comme s'il avait été là lui aussi.

Il a continué en annonçant que le conducteur de la Volvo avait été arrêté à la sortie d'un club privé, réservé à une clientèle de gens gratinés. Il a alors ouvert un cartable violet sur son pupitre et révélé que le type s'appelait Laszlo Streuler, avec un casier bien rempli. Il avait sur lui dix mille dollars américains en cash qu'il prétendait avoir gagnés au Casino.

— Mes hommes sont en train de le cuisiner. Il n'est pas lui-même un consommateur, mais un pourvoyeur qui exige le prix fort pour faire taire ses scrupules. Il paraît que ses clients ne lui retournent pas toujours la marchandise en bon état. Et parfois, la vente est finale, si vous voyez ce que je veux dire.

Mᵐᵉ Valiquette m'a regardé comme si j'étais de trop. Mais elle n'a pas pu s'empêcher de demander :

— Et la petite ?

— On surveille l'immeuble en attendant le mandat de perquisition. Mais rien n'indique qu'elle s'y trouve. D'après le témoignage de David, elle aurait suivi Streuler de son plein gré. Il l'a peut-être déposée quelque part en cours de route.

Je n'ai pas aimé entendre ça et je me suis levé malgré moi :

— Iris se rend pas compte, elle pense qu'à bouffer. Faut la retrouver avant qu'ils lui fassent des marques.

— Des quoi ? Ah oui, je vois. La retrouver, c'est ce qu'on essaie de faire, et pour ça on a besoin de ton aide. Assieds-toi, s'il te plaît. Certaines choses ne sont pas claires dans ton histoire.

— Ce type, Streuler, il faut l'obliger à vous dire où elle est.

— Il prétend que le père d'Iris lui a demandé de la déposer devant un cinéma au centre-ville. Elle lui aurait dit aussi qu'elle ne voulait plus retourner à la maison, parce qu'on la maltraitait.

— C'est pas vrai.

— Non, sans doute, mais nous devons le prouver. Tu es sûr de pouvoir le reconnaître parmi d'autres ? Je parle de Streuler.

— Mais oui, puisque je l'ai vu !

— Tu as dit aussi que tu n'es pas sûr que c'est un enlèvement.

— Maintenant, je suis sûr. Si vous le mettez pas en prison, vous la retrouverez jamais.

La dame a posé sa main sur mon épaule pour montrer qu'elle prenait ma protection au sérieux. Elle a demandé à M. Calderone :

— Et le père, dans tout ça ?

— On l'a trouvé chez lui en overdose. Il est à Saint-Luc, aux soins intensifs, et il n'est pas en état de retenir les services d'un avocat. Vous devriez peut-être en profiter pour réclamer immédiatement la garde de sa fille, au cas où... Quant à nous, on lui prépare une note salée pour sa sortie d'hôpital. La bonne nouvelle, selon les médecins, c'est qu'il a peu de chances de s'en tirer.

— Toujours aussi cynique, Luigi. Mais vous savez bien que les choses ne sont pas aussi simples... Le fameux club, c'est le *Nouvel Âge*, n'est-ce pas? Ce n'est pas la première fois. Vous attendez quoi pour intervenir?

— Le *smoking gun,* comme disent les Américains. Soyez sans crainte, on les coincera tôt ou tard. Dans l'immédiat, ces messieurs s'arrangent pour étouffer les rumeurs et leurs avocats se font des couilles en or.

La dame m'a de nouveau regardé en pensant que ce n'était pas des trucs à sortir devant un mineur. Moi, franchement, ça ne m'a pas gêné, les couilles j'en ai comme n'importe qui – sauf que personne ne peut les avoir en or, c'est rien qu'une expression imagée, qui s'appelle aussi une allégorie.

L'inspecteur Calderone a répondu à son téléphone qui sonnait, il n'a presque rien dit, mais ce qu'on lui racontait au bout du fil devait être une sacrée bonne nouvelle, car il a raccroché en faisant une mimique de quelqu'un qui a gagné à la loterie.

— La dope que s'est enfilée Louis Bazinet était coupée d'arsenic. On parle donc maintenant de tentative de meurtre. Bref, avec ses antécédents et ses empreintes sur le papier d'emballage, Streuler va écoper du maximum.

Il s'est aperçu que je faisais des efforts ratés pour retenir mes larmes et ça l'a refroidi. Il s'est excusé en disant que je ne pouvais pas comprendre, mais que le monde serait une place plus sûre pour les petites filles avec des types comme Streuler à l'ombre pour les vingt prochaines années.

— C'est vous qui comprenez pas! Lui, je m'en fiche. Mais s'il a essayé de tuer le père d'Iris, ça veut dire qu'il a jamais eu l'intention de la ramener chez elle.

L'inspecteur-chef Calderone et Mme Valiquette se sont regardés, ensuite ils m'ont regardé, moi, à la fin ils ont regardé par terre en cherchant quoi dire, mais ils n'ont rien trouvé.

SEIZE

Comme je l'ai déjà dit, M. Calderone n'avait pas l'air autrement intelligent – mais c'était rien qu'une feinte. Par contre, j'ai oublié de mentionner quelque chose d'autre qui est gênant à dire, vu que ce n'est pas vraiment de sa faute : il avait une sale gueule, comme s'il suçait tout le temps une tranche de citron.

Il m'a accompagné au bureau de Gwen qui était finalement arrivée et qui devait prendre ma déposition.

— Pourquoi ? Je vous ai déjà dit tout ce que je sais.

— Sans doute, mais c'est elle qui rédige le rapport. Et puis, elle a l'habitude de discuter avec les jeunes. D'ailleurs, vous vous entendez bien tous les deux, à ce qu'on m'a dit.

— Ouais, si on veut.

— À propos, ta mère a téléphoné. Je lui ai dit de ne pas s'inquiéter et qu'on te ramènera à la maison avant le souper.

— Je peux rentrer tout seul.

— Je préfère pas. Il faut aussi que je te demande de garder le secret sur la disparition d'Iris. Ta maman croit que nous t'avons fait venir pour l'affaire du chanoine Dijan.

— Je veux bien, mais ils vont en parler à la télé.

— Non, justement pas.

Il m'a expliqué que la police et Mme Valiquette avaient décidé de rien dire à personne, parce que les bandits qui gardaient Iris auraient peut-être envie de la faire disparaître s'ils savaient qu'on la cherche partout et que Streuler s'était fait coffrer.

— Je peux compter sur toi ?

— Oui, je dirai rien. Surtout que c'est pas bête ce que vous dites.

— Merci. Merci beaucoup, ça m'encourage. Attends-moi ici un instant, veux-tu ?

Il est entré dans le bureau de Gwen et a refermé la porte pour pas que j'entende ce qu'il avait à lui dire.

Je les voyais par la vitre et j'ai tout de suite su que Gwen n'allait pas bien. D'abord, elle lui tournait le dos en faisant semblant de regarder par la fenêtre, puis elle a fait demi-tour pour l'écouter et quand elle m'a vu dans le couloir, elle a eu un petit sursaut électrique comme si je l'effrayais.

J'ai serré les fesses en cherchant ce que j'avais fait de pas correct – il fallait absolument que je me guérisse de ce réflexe une fois pour toutes. Au moins, je ne rougissais plus, c'était déjà un progrès.

Il lui a donné le dossier violet sur Laszlo Streuler en lui demandant quelque chose. Elle a fait non de la tête, mais il a insisté et elle a soupiré en regardant ailleurs. Elle était coiffée n'importe comment, je la trouvais toujours aussi belle, même si je ne la reconnaissais pas à cent pour cent.

M. Calderone est sorti et m'a dit d'y aller, en me recommandant à voix basse de ne pas lui donner du fil à tordre, parce qu'elle n'était pas dans un de ses bons jours. Et là, sans crier au loup, il a ajouté quelque chose d'incroyablement gentil :

— Toi, mon lascar, t'es pas tombé de la dernière pluie. Tu vois, je n'ai pas d'enfant. Mais si un jour j'en ai un – remarque que ça m'étonnerait –, j'aimerais que ce soit un garçon qui te ressemble.

Il est parti sans me donner le temps de le remercier, et j'ai compris que les gens qui ont une sale gueule parce qu'ils sont moches ou qu'il leur manque un pouce ou deux ne sont pas forcément méchants ni cons. Ça veut dire aussi que le monde est plein d'exceptions qui finissent par faire une majorité.

GWEN FAISAIT DES EFFORTS pour ne pas laisser voir qu'elle allait mal et je suis resté debout devant son bureau à attendre qu'elle sache par où commencer. Au lieu de me dire de m'asseoir, elle a parlé d'Iris :

— Je suis désolée que tu sois mêlé à cette histoire... On va faire l'impossible pour la retrouver... Maintenant pour ton témoignage...

— Ma mère a caché le Nokia. C'est pas de ma faute. Si je l'avais eu, j'aurais pu téléphoner tout de suite.

— Je... David, tu n'y peux rien. Tu n'es pas responsable de ce qui est arrivé.

— Je sais. M. Calderone m'a félicité d'avoir appelé pour vous donner le numéro de la Volvo. Sauf que c'était pas moi.

— Vraiment? J'ai dû me tromper. C'est sans importance.

Elle a poursuivi en racontant n'importe quoi pour noyer le poisson (c'est une expression qui veut rien dire, parce qu'un poisson ne peut pas se noyer à moins qu'on le sorte de l'eau), mais elle n'a pas pu continuer et s'est levée brusquement.

— Excuse-moi, il faut que je... Je ne me sens pas bien.

Elle est sortie en courant, la main sur la bouche. Je me suis dit qu'elle était allée vomir et je l'ai attendue pendant un moment.

Je sais que je n'aurais pas dû, mais j'ai ouvert le dossier violet qui était sur le bureau et je suis tombé sur la photo d'une petite fille qui était couchée toute nue sur une table en aluminium avec des coupures et des bleus partout. Je n'ai pas été capable de regarder plus longtemps, c'était trop horrible et j'ai espéré qu'elle était déjà morte.

J'ai refermé le dossier et, comme Gwen ne revenait pas, je suis parti sans rien dire.

En passant devant le bureau de l'inspecteur-chef Calderone, j'ai vu qu'il n'y avait personne et j'ai fait le souhait pour lui que malgré son physique qui ne laissait rien à désirer, il finisse par trouver une femme amoureuse qui lui ferait un enfant, même si c'est rien qu'une fille.

Je n'ai pas pris le bus pour rentrer, parce que je n'avais surtout pas envie de me retrouver avec des gens autour de moi et que c'est bon pour la santé de marcher. Je voulais aussi causer avec Divad sans être dérangé. Il avait vu la photo dans le dossier en même temps que moi, forcément, et j'avais besoin qu'on en parle.

Je l'ai appelé plusieurs fois, mais il n'a pas répondu et je suis resté tout seul avec cette image que je n'arrivais pas à me sortir de la tête.

Tout à coup, j'ai compris que ça devait être encore pire pour Divad que pour moi et j'ai plus été capable de lui en vouloir. Il était drôlement plus heureux avant que Najid-le-Rebelle lui donne la clé du jumelage et lui révèle la réalité de la Matière. À l'instant même, il devait faire l'impossible pour se convaincre que la fillette avec les coups de poignard n'avait jamais existé et que c'était rien qu'un cauchemar qui allait disparaître quand il se réveillerait. Je ne pouvais pas lui reprocher ça, parce que c'est exactement ce que j'aurais fait si j'avais pu.

Pour la première fois, je me suis senti jaloux des symbiotes qui n'ont jamais froid ni faim et qui peuvent se parler en musique et s'amalgamer sans se casser la tête. Je me suis demandé sérieusement si ce n'était pas le chanoine Dijan qui avait raison de vouloir tout faire pour empêcher Najid-le-Rebelle de foutre le bordel dans son monde et dans le nôtre.

UNE DES PILULES que je trouve le plus dur à avaler, c'est d'avoir des soupçons contre des gens que j'aime bien. Par exemple, j'avais arrêté de dire des secrets à ma sœur Sig depuis qu'elle m'avait trahi, même si elle avait cru que c'était pour mon bien. La confiance, c'est comme un pistolet à un coup, on n'a pas de cartouche en réserve.

Pour Gwen, je n'étais sûr de rien et ça m'a empêché de faire mes devoirs en rentrant. Je cherchais à comprendre comment elle avait pu savoir le numéro de la Volvo, vu que ce n'est pas moi qui lui ai dit. Il restait une seule explication : elle surveillait la maison en cachette et avait vu Iris qui montait dans la voiture de Laszlo Streuler. Mais même si c'était le cas, ça n'explique pas pourquoi elle l'avait laissée partir.

Et là, j'ai eu la chair de poule pour de vrai en me demandant si des fois Gwen ne connaîtrait pas la place où Iris était gardée prisonnière – et si elle le savait, pourquoi elle ne le disait pas à l'inspecteur Calderone ?

Je n'ai jamais cru aux coïncidences et, une fois de plus, le hasard m'a donné raison. Ma mère a frappé à ma porte, ce qui était un progrès – dommage qu'elle soit entrée sans attendre ma réponse. Elle s'était préparée pour aller à son cours de yoga, sauf qu'elle était super potable avec sa nouvelle couleur de cheveux, son maquillage et sa robe décolletée.

Tout ça pour dire qu'elle nous prenait pour des zozos, Sig et moi. Ça aurait été quand même plus simple de nous avouer franchement qu'elle avait rendez-vous avec un mec rencontré sur l'internet. J'ai fait semblant de rien, mais ça m'a remué de penser que, pendant la nuit, j'allais de nouveau l'entendre pleurer dans sa chambre pour cause de désillusion.

Elle m'a expliqué qu'elle venait d'avoir une conversation avec Gwenaëlle. (Elle était la seule à l'appeler comme ça, peut-être parce que le titre de docteur l'impressionnait.)

— Elle aimerait te voir ce soir pour en finir avec l'affaire du chanoine Dijan. J'ai dit oui, à condition que tu ne reviennes pas trop tard. Tu as terminé ton travail pour l'école ?

— Oui, presque. Elle a rien dit d'autre ?

— Elle a insisté pour envoyer un taxi. Remarque que je préfère, parce qu'elle avait l'air fatiguée. Tiens, je t'ai écrit l'adresse.

— Pourquoi, c'est pas à son bureau ?

— C'est chez elle. Elle a cassé ses lunettes et n'a pas le droit de conduire sans.

— Ses lunettes ? Mon œil.

— Pourquoi tu dis ça ?

— Pour rien. Le taxi, il arrive quand ?

Elle a regardé l'heure et a dit qu'il serait là d'une minute à l'autre.

— T'aurais quand même pu me demander si j'étais d'accord.

— Mais enfin, David, j'étais sûre que tu...

La sonnette d'entrée lui a coupé la parole. Je savais ce qu'elle allait dire et ça n'a pas manqué :

— C'est le taxi. Tu parles d'une coïncidence.

GWEN HABITAIT AU DERNIER ÉTAGE d'une maison qui sentait le XXe siècle, avec du tapis épais dans les escaliers et des vieilles lampes Tiffany comme chez mon grand-père Ezra qui les achetait juste pour le plaisir de les réparer.

L'appartement était mansardé, ça voulait dire que les plafonds penchaient partout et qu'il fallait faire attention de ne pas se cogner la tête.

Elle m'a ouvert la porte et est tout de suite retournée s'asseoir dans un grand canapé aussi profond que celui du hall de l'hôtel Bristol, sauf qu'il était plein de coussins de toutes les couleurs qui donnaient envie de se rouler dedans.

Sur la table à café, il y avait une bouteille de scotch et un petit bâton d'encens qui fumait doucement, ça sentait comme dans une église, mais sans l'écho.

J'ai avancé prudemment, parce que Gwen avait fait exprès de ne pas laisser trop de lumière à cause de ses yeux gonflés. Je me suis dit que si elle m'avait demandé de venir chez elle, c'était pour avoir une vraie discussion avec les cartes sur la table.

Là, j'ai tout compris d'un seul coup et je me suis trouvé terriblement nul de ne pas avoir deviné plus tôt. Je me suis assis à l'autre bout du canapé, il y avait de la place. Je sentais qu'elle était tellement paumée que ça lui ferait du bien d'avoir quelqu'un pas trop loin sous la main. Elle a dit tout bas :

— J'aurais dû t'écouter.

— Vous pouviez pas savoir.

— Aide-moi à y voir clair, David. Je suis à bout.

— Vous vous souvenez quand on a parlé des Trois Mousquetaires avec le professeur Vargas ?

À la façon dont elle m'a regardé, j'ai su qu'elle n'avait encore rien compris et ça m'a étonné, parce que d'habitude elle démarre au quart de tour.

— C'est un code inventé par le chanoine Dijan. Moi, je suis d'Artagnan. Le professeur, c'est Aramis. M. Van Haecke, c'est Athos. Sauf qu'y a un quatrième.

Ça lui a coupé le souffle.

— Porthos... C'est moi ?

— Oui. On savait que quelqu'un avait été choisi, mais on ne se serait jamais douté que c'était vous.

— Es-tu en train de me dire que Victor Dijan et les autres... ils entendent une voix, eux aussi ?

— C'est surtout au début que c'est dur à accepter.

— Tu as essayé de m'expliquer tout ça à notre première entrevue. Je ne t'ai pas cru.

— C'est Newg qui vous a dit pour la Volvo et Iris ?

— Qui ?

— Euh... la voix dans votre tête.

— Je l'ai entendue une seule fois... Elle était paniquée. Elle m'a raconté que ta copine avait été enlevée et m'a donné le numéro de la plaque de la voiture. J'ai cru que je faisais un épisode psychotique, que j'étais en dissociation – que je devenais folle, si tu préfères.

— Ça vous a pas empêchée de donner l'alerte.

— Un réflexe... La voix n'a plus rien dit, mais je sens que ça peut recommencer n'importe quand. Maintenant, David... explique-moi ce qui m'arrive. Je sais que tu le sais. Rien que de le dire à haute voix, je me trouve déjà un peu mieux. Tu vois, j'ai des bouffées d'angoisse qui brouillent mes pensées. Tout m'échappe. D'où ça vient ? Pourquoi ?

— Ça vient pas du dehors. C'est même pas vous qui avez les bouffées. Votre peur, c'est rien que la contagion.

Elle m'a pris la main pour la serrer fort.

— Arrête de parler par énigmes. C'est qui, cette voix ? Tu l'as entendue, toi... L'entends-tu encore ?

— Oui, mais c'est pas la même. Je veux dire… il y en a pas une seule. La vôtre, c'est celle de Newg.

— Encore ! Tu le fais exprès ou quoi ? C'est qui Newg ?

— C'est votre symbiote. Là, faut me laisser expliquer sans m'interrompre, parce que c'est pas évident. Newg, c'est rien qu'une anagramme pour qu'on s'y retrouve. Son vrai nom se dit seulement en arpège – c'est une langue musicale que personne ne comprend. Enfin, personne chez les hôtes. Le nom du mien, facile, c'est Divad. Et pour le chanoine Dijan…

Elle s'est penchée et a mis ses doigts sur ma bouche pour m'empêcher de continuer. Ce n'était pas brusque comme Sig l'aurait fait, et si on veut vraiment savoir, c'était même très doux.

— Un symbiote ? Ce… cette Newg vit en symbiose avec moi, c'est ça que tu cherches à dire ? Depuis quand ?

— Depuis toujours. Vous avez grandi ensemble. Sauf que vous ne le saviez pas, et elle non plus.

Gwen s'est penchée pour prendre la bouteille de scotch et boire au goulot, même si elle avait un verre à moitié plein sur la table.

— J'aurais dû mieux vous expliquer tout à l'heure. Comme j'avais pas de stylo pour noter le numéro, je l'ai crié à Divad et ça a marché. La preuve, c'est qu'il a convaincu Newg de vous sonner les cloches.

— Merci, c'est beaucoup plus clair comme ça ! Mais tu ne m'as pas encore dit pourquoi Victor Dijan m'a recrutée comme quatrième Mousquetaire sans me demander mon avis.

— C'est pas lui, c'est Najid-le-Rebelle. Il a fait sauter le verrou du jumelage chez Newg.

— Le verrou du jumelage… Ce Najid-le-Rebelle est un autre symbiote, je suppose.

— Oui, et c'est aussi un grand poète.

Je lui ai montré la bouteille en lui faisant remarquer qu'elle la tenait de la main gauche.

— Et alors ? Ça te dérange ?

— Pas du tout. Le professeur Vargas a fait des études sur les gauchers. Il dit que leurs symbiotes ont des personnalités pas comme les autres.

— C'est quoi encore, cette histoire ?

— C'est pas une histoire. C'est parce que Newg habite dans la moitié droite de votre cerveau. Alors que chez les droitiers, c'est le contraire.

Je le disais comme ça, mais franchement, je n'étais même pas sûr que c'était tout à fait exact. Sauf qu'elle a réagi comme si ça avait beaucoup de sens pour elle et que je lui jetais une bouée pour ne pas couler.

— Je vois. Je vois... Continue à me parler de ton poète.

— Je peux tout vous raconter depuis le début, mais je vous conseille de pas trop boire, parce que des fois c'est pas facile à suivre.

Elle m'a jeté un regard noir et a pris une autre gorgée de scotch au goulot.

— Je t'emmerde, OK ? Vas-y, dis-moi tout.

Ça a pris du temps, heureusement qu'on n'était pas pressés. J'ai expliqué le tabou de la Matière, le Conseil des Anciens et le plan de Najid-le-Rebelle pour raccommoder les symbiotes avec les humains. La seule chose que j'ai passée sous silence, parce que ce n'était pas le moment, c'est que Divad avait fait un amalgame avec Newg et qu'il avait trouvé ça sublime.

Tout à coup, Gwen a cessé de m'écouter et a mis la main sur sa poitrine en disant que l'angoisse revenait et qu'elle avait l'impression d'étouffer. J'ai dit :

— C'est pas vous, c'est Newg qui panique à cause de tout ce que je viens de raconter. Attendez, je vais essayer quelque chose.

J'ai chanté en arpège la formule d'incantation que Divad m'avait apprise : «Laisse-moi à moi seul et en paix.» J'ai recommencé pour être sûr d'enfoncer les clous et ça a marché encore mieux que j'espérais.

Gwen a repris son souffle en dedans avec une sorte de hoquet, et ça l'a tellement soulagée qu'elle a posé sa tête sur le canapé à côté de moi. Elle s'est alors mise à pleurer pour se vider de sa peur.

J'ai eu envie de continuer à lui dire des choses, mais j'ai senti qu'elle avait sa dose. Alors je lui ai caressé les cheveux sans peser, comme ma mère faisait quand j'étais petit, avec l'effet apaisant que je recommanderais à chacun d'essayer au moins une fois, juste pour voir.

J'ai arrêté assez vite pour ne pas risquer le dérapage incontrôlé, et aussi parce que je ne savais pas si elle prendrait ça *cool* que j'insiste. Sauf qu'elle a dit à voix tellement basse que je n'étais même pas sûr de l'avoir bien entendue : «Encore !»

QUAND JE SUIS ARRIVÉ À LA MAISON, ma mère était déjà là et m'a embrassé avec l'air dramatique qu'elle prend lorsqu'elle tourne sept fois sa langue dans sa bouche. J'ai cru que son rendez-vous avait été un autre désastre terminal, mais ça n'avait rien à voir.

Elle avait reçu un coup de fil de Mme Dutil: Serge Kornichuk était mort cet après-midi et tous les élèves de l'école étaient invités à se montrer aux funérailles, question de solidarité.

Maman se doutait que la nouvelle me ferait de quoi, mais elle ne pouvait pas savoir jusqu'où. Heureusement, Divad est venu dès que je me suis mis au lit et je lui ai dit:

— Avant qu'on en discute, j'ai quelque chose à te demander.

— Si c'est ce que je pense, tu n'as pas à t'inquiéter. Dès que tu seras endormi, je vais proposer une jonction à Newg pour lui expliquer ce qui lui arrive.

— Une jonction ou un amalgame?

— Une jonction, simplement. Dans un amalgame, on ne se parle pas, puisqu'on devient ensemble quelqu'un d'autre.

— Si tu le dis. N'empêche que t'as été discret ce soir, alors merci. Je sais que c'est impossible avec elle, mais elle me plaît de plus en plus. Je fais allusion à Gwen.

— J'avais compris. Newg me plaît à moi aussi. Maintenant, si tu veux, on peut discuter de Serge Kornichuk.

— Je sais pas quoi penser, ça m'écœure tellement. Il a souffert?

— Lui, non. Mais son symbiote, oui, sans doute. Il m'a dit hier qu'il ne voulait pas s'éteindre, mais il avait déjà de la peine à s'exprimer. Si tu veux, pour Serge, je peux t'aider à accepter.

— Excuse-moi, mais ça m'étonnerait.

— Ça ne coûte rien d'essayer. Ferme la lumière.

Divad m'a récité une sorte de poème en arpège. C'était des notes chantées qui m'ont rempli la tête et qui m'ont fait un bien immense, je vous dis pas.

DIX-SEPT

En allant prendre le bus, je me suis fait klaxonner par une Toyota Camry qui s'est arrêtée près de moi. Gwen a baissé la vitre et s'est penchée pour offrir de me donner un *lift* jusqu'à l'école.

C'était la première fois que je la voyais en uniforme de police, ça la changeait complètement, surtout avec ses cheveux tirés en arrière. Elle s'est aperçue de ma surprise et m'a dit qu'elle devait assister aux funérailles des deux policiers qui s'étaient fait tuer dans le hold-up de la bijouterie Mayrand.

(Mme Croteau, alias La Crotte, nous en avait parlé à l'école, même si ça n'a rien à voir avec les maths, mais elle ne peut pas s'empêcher de faire l'intéressante chaque fois qu'il se passe un drame en ville. Elle se mêle toujours d'oignons qui ne la regardent pas, comme quand elle avait dit à Kamal d'ouvrir la fenêtre parce qu'il transpirait trop fort sous les bras.)

— Moi aussi, je vais à des obsèques demain.

— Le petit Serge Kornichuk ?

— Oui. Parce qu'il est mort finalement.

— En général, ceci entraîne cela. Excuse-moi. C'est terrible, je sais. Maintenant, monte vite, je bloque la circulation.

On est repartis et on a roulé un moment sans rien dire. Finalement, j'ai parlé en premier :

— Vous avez de ses nouvelles ?

— De qui ?

— D'Iris, voyons.

J'ai bien vu qu'elle se sentait mal de ne pas y avoir pensé, à cause des doubles funérailles. Pour se racheter, elle a tout de suite appelé l'inspecteur Calderone, même si elle conduisait. Mais comme elle était en uniforme, elle pouvait tout se permettre.

— Luigi? C'est moi. As-tu des nouvelles de la petite Bazinet?
Bien, d'accord. On se voit tout à l'heure. Espérons que le maire
ne va pas allonger la sauce.

Je l'ai regardée pendant qu'elle parlait comme si je la
voyais pour la première fois. Je n'arrivais pas à croire que
c'était la même personne qui pleurait hier soir et à qui j'avais
caressé les cheveux. Je me suis demandé laquelle des deux
me plaisait davantage, mais c'était impossible à dire. En tout
cas, elle avait meilleure mine aujourd'hui et ses yeux étaient
plus calmes en dedans.

Elle m'a expliqué que M. Calderone et ses hommes faisaient tout ce qu'ils pouvaient pour retrouver Iris, mais ils
voulaient attendre encore quarante-huit heures avant de
mettre sa photo dans les journaux. Ce qui les embêtait, c'est
qu'elle avait fait plusieurs fugues depuis l'âge de huit ans,
c'était devenu sa spécialité comme qui dirait.

— Je savais pas.

— Il y a bien des choses que tu ne sais pas, et c'est tant
mieux.

J'ai repensé à la petite fille poignardée toute nue dans
le dossier violet et j'ai failli lui en parler, mais j'ai eu peur
qu'elle me reproche d'avoir fouillé dans ses affaires.

— Vous allez quand même pas le laisser partir.

— Streuler? En principe non, mais cette ordure a des
protections en haut lieu. Et il a de quoi se payer les meilleurs
avocats de Montréal. Ce qui nous inquiète, c'est qu'il était
seul dans la voiture quand il est arrivé au *Nouvel Âge*.

— Comment vous le savez?

— Le club est sous surveillance vidéo vingt-quatre heures
sur vingt-quatre. Notre seule chance de l'épingler est d'obtenir
le témoignage de Louis Bazinet. Encore faut-il attendre qu'il
soit en état de se mettre à table...

Gwen a freiné brusquement et a arrêté la Camry devant
une borne d'incendie. Elle m'a regardé comme si elle ne
m'avait jamais vu:

— Mais qu'est-ce qui me prend? Pourquoi je te raconte
tout ça? C'est pas possible, enfin! C'est confidentiel.

— Je sais tenir ma langue, je vous assure.

— J'en ai eu la preuve, à mes dépens. Mais là n'est pas la
question. Non, un instant, ne dis rien.

Elle s'est mis les deux mains sur le visage et s'est frotté
les yeux en faisant des ronds.

— Ça n'y paraît peut-être pas, David, mais je suis encore
en état de choc.

— Ça se voit, je vous assure.

— Merci bien... J'ai parlé un long moment avec Newg, tôt ce matin. Pendant mon sommeil, elle avait rencontré ton... ton symbiote. Divad, n'est-ce pas? Elle le connaissait déjà, si j'ai bien compris. C'est quoi, un amalgame?

— Je... C'est un peu compliqué à expliquer. Elle vous a fait quelle impression?

— Newg?

— Oui. Vous savez, je croyais au début que tous les symbiotes étaient pareils, vu que c'est rien que des esprits. Alors que c'est tout le contraire: ils ont chacun leurs manières et leur personnalité. Ils ont même des défauts.

— J'ai trouvé Newg très angoissée. Non seulement elle a transgressé le plus puissant des tabous en parlant avec moi, mais aussi parce le monde des symbiotes traverse une crise sans précédent. J'ai l'impression que la doctrine de la Matière pourrait bien les plonger dans une sorte de schizophrénie collective.

— Newg vous a certainement dit que les Mousquetaires et tout le reste, c'est ultra confidentiel.

— Elle l'a souligné en rouge. Ne t'inquiète pas, je sais tenir ma langue, moi aussi. Ça n'est d'ailleurs pas très difficile: les explications de Newg m'ont laissée avec beaucoup plus de questions que de réponses. Heureusement que tu es venu hier soir. Je ne vois pas comment je m'y serais retrouvée sans toi. Merci.

Son compliment m'a tellement fait plaisir que je suis resté muet pour pas qu'elle s'en aperçoive.

Elle m'a dit alors qu'elle avait téléphoné tout à l'heure au professeur Vargas. Au début, il n'était pas très chaud pour lui parler, mais après qu'elle lui a fait comprendre qu'elle était Porthos, il y a eu un long silence et finalement, il lui a donné rendez-vous pour le début de l'après-midi.

— «Allô, Porthos appelle Aramis.» Non, mais c'est pas possible! J'ai l'impression d'être une gamine et d'être entraînée dans un jeu de cape et d'épée.

— J'aimerais ça que vous ayez mon âge.

— Et repasser par les tourments de l'adolescence? Non merci!

Elle a dû s'apercevoir que ce n'était pas gentil pour moi, parce qu'elle a vite changé de sujet:

— Carlos Vargas m'a recommandé le secret, comme toi. Mais il a aussi parlé de danger, en disant qu'il m'expliquerait plus tard. Tu ne crois pas qu'il exagère un peu?

— Pas du tout.

J'ai alors raconté l'histoire de l'Eurostar et comme quoi c'est grâce à son symbiote Najid que le chanoine Dijan avait pu empêcher la catastrophe.

Le visage de Gwen a changé à mesure que j'avançais, elle se rendait compte un petit bout à la fois que toute cette affaire de jumelage avec le monde des symbiotes n'était pas de la tarte.

J'ai regardé ma montre et elle a compris que j'étais en retard pour l'école. Elle a redémarré la Camry en me disant de ne pas m'en faire: elle allait m'accompagner et glisser un mot au directeur. Ensuite, elle a appuyé sur la touche de rappel de son mobile:

— C'est encore moi. Je risque d'avoir quelques minutes de retard. Réserve-moi une place à côté de toi, veux-tu? Je sais, moi aussi, mais pas maintenant. Bye.

— M. Calderone... c'est votre patron?

— Pas directement. Disons qu'il a un grade plus élevé que le mien.

— Vous avez confiance en lui?

— Oui, absolument. On travaille souvent ensemble. Pourquoi? Tu te méfies de lui?

— Pas vraiment. Vous allez lui dire, pour Newg?

— Non. Il m'enverrait me faire soigner. Il n'est pas du genre ésotérique.

— Je peux vous demander une question personnelle?

— *Poser* une question. D'accord, vas-y.

— Qu'est-ce qui est arrivé à ses pouces?

Elle a eu un petit rire et m'a regardé avec l'air de dire qu'au fond elle m'aimait bien.

Elle m'a raconté que M. Calderone avait une fois arrêté un bandit nommé Jules Brochu qui ne savait pas lire ni écrire et qui, en plus, était analphabète. C'est même pour ça qu'il s'était fait prendre, mais elle avait oublié les détails exacts. Il a fait de la prison et, en sortant, il a réussi à coincer l'inspecteur dans un garage et lui a écrasé les pouces dans un étau pour le forcer à dire le nom de celui qui l'avait dénoncé. Sauf qu'il ignorait qu'il s'était dénoncé lui-même – et quand il l'a compris, c'était trop tard, le mal était fait.

— C'est dégueulasse.

— On peut dire ça. Tu seras peut-être intéressé de savoir que Calderone a usé de son influence pour que son tortionnaire apprenne à lire et à écrire au pénitencier.

— Pourquoi?

— Pour que Brochu puisse lui envoyer une lettre d'excuse. Ce qu'il a fait, cinq ans plus tard.

— C'est dingue.

— C'est du Calderone tout craché. Il a une notion très personnelle de l'honneur.

EN RENTRANT APRÈS L'ÉCOLE, j'ai croisé Sig qui sortait de la maison et qui m'a dit :

— T'arrêtes pas de faire des conneries, le mec ! Y'a encore la police qui te cherche.

Je n'ai rien répondu. Depuis qu'elle avait répété mes secrets à Gwen, je la traitais comme une quantité négligeable, pour lui faire sentir que j'ai moi aussi un honneur qui ne se laisse pas marcher sur les pieds.

J'ai finalement su ce qu'elle voulait dire en trouvant ma mère en train de discuter avec l'inspecteur Calderone. Ça m'a rassuré de voir qu'elle l'écoutait en souriant, ça voulait dire au moins qu'il n'était pas venu pour m'arrêter.

Elle lui avait offert des sablés *Walkers* avec un cappuccino et elle s'est levée pour m'embrasser. C'était du show, parce que même si elle m'aimait beaucoup, elle n'était pas portée sur les démonstrations publiques.

Quand j'étais petit et que mon père vivait avec nous, c'était différent. Mais depuis qu'elle avait trouvé des kleenex dans mon lit et que je lui avais parlé des effets de la testostérone, elle se conduisait envers moi avec un pied sur le frein, selon l'expression que tout le monde connaît par ouï-dire.

M. Calderone m'a expliqué qu'il était venu me chercher pour qu'on aille rendre visite au père d'Iris.

— Il va mieux ?

— Pas vraiment.

— Vous croyez qu'il sait où elle est ?

— Sa fille ? C'est possible, mais ça m'étonnerait. En fait, j'ai besoin de toi pour l'identifier.

— Vous pensez que c'est pas lui ?

— Lui, c'est Louis Bazinet, sans aucun doute. Mais nous devons nous assurer que c'est bien le même homme que tu as aperçu en compagnie de Streuler.

— Je comprends pas.

— Dans ta déposition, tu as dit que la première fois que tu l'as rencontré, il était inconscient dans son lit. Et que tu n'avais vu que sa tignasse qui sortait des couvertures.

— C'était lui les deux fois, je suis sûr. On y va quand?
— Tout de suite.

AVANT DE PARTIR, je suis allé à la salle de bains, surtout parce que Divad voulait me dire quelque chose sur le père d'Iris. Je lui ai demandé s'il lui avait déjà parlé.

— À son symbiote, tu veux dire? Non, je n'aurais pas pu, même si je l'avais voulu. Il n'est plus qu'une ombre qui s'éteint. Ça arrive des fois, quand la drogue est trop forte.

— De toute façon, Bazinet s'en fiche. Il a même jamais su qu'il en avait un.

— Sans doute, n'empêche qu'il doit payer la note.

— Ça veut dire quoi?

— Il ne peut plus rêver pendant son sommeil.

J'ai attendu la suite, mais Divad s'est absenté comme deux ronds de flan. J'ai eu l'impression qu'il essayait de me donner un avertissement.

Je me suis alors demandé pourquoi je ne l'avais pas interrogé sur l'endroit où se trouvait Iris, vu qu'il pouvait le savoir en posant la question à Siri.

C'est dur à croire, mais j'avais peur qu'il se taise, ce qui aurait prouvé qu'il connaissait la réponse. Autrement, il lui suffisait de dire qu'il l'ignorait. Sauf que s'il la savait et refusait de me la dire, c'était une chose que je ne pourrais jamais lui pardonner, surtout s'il arrivait du mal à Iris.

Ce n'était pas charitable de ma part, mais l'idée de passer toute ma vie avec un symbiote que je détesterais était au-dessus de mes forces.

Ce n'est pas ma faute si j'explique mal, c'est juste que le dilemme était cornélien, comme dans *Britannicus*.

Finalement, je m'en suis sorti en coupant la poire en deux. L'air de rien, j'ai demandé à Divad de prendre des nouvelles d'Iris, par exemple si elle était en bonne santé – des questions à la con, quoi. Il m'est revenu quelques instants plus tard en disant que Siri avait refusé de faire une jonction avec lui et qu'il n'avait aucune idée pourquoi.

Bref, ce n'était vraiment pas rassurant.

L'INSPECTEUR CALDERONE avait raison, ce n'était pas évident d'identifier le père d'Iris – et je me suis trouvé pas mal idiot de lui avoir demandé s'il avait l'intention de l'arrêter, vu que M. Bazinet n'était pas dans une forme pour aller nulle part.

On l'a regardé à travers une vitre et ce qui m'a le plus impressionné, c'est de voir qu'il pleurait sans bouger. Les larmes coulaient toutes seules sur son visage, et c'est là que je me suis aperçu qu'il avait continué de maigrir, tellement qu'il ne lui resterait bientôt plus rien à perdre.

— C'est lui que tu as vu discuter avec Streuler?

— Oui.

— Tu en es sûr?

— Cent pour cent. Je croyais qu'il avait été empoisonné.

Le docteur qui nous accompagnait a dit:

— Il l'a été, c'est le moins qu'on puisse dire. En principe, il devrait pouvoir s'en tirer, mais...

Brusquement, j'ai deviné ce que Divad avait essayé de me révéler tout à l'heure et ça m'a frappé comme un mur de briques.

M. Calderone a dû voir quelque chose de couci-couça sur mon visage, parce qu'il m'a demandé à quoi je pensais, sur le ton de quelqu'un à qui on ne la fait pas.

— À rien. C'est juste qu'il peut pas guérir.

Le docteur a regardé l'inspecteur en disant que c'était une remarque très pertinente. Franchement, ça lui aurait rien coûté de s'adresser directement à moi. Il a ajouté:

— Ce pauvre homme me donne l'impression d'avoir jeté l'éponge. Il a perdu la volonté de vivre.

— Même s'il l'avait, il pourrait pas. C'est parce que quand il dort, son cerveau est en panne.

M. Calderone m'a demandé pourquoi j'affirmais ça avec tant d'assurance et j'ai compris que je ferais mieux d'arrêter de dire des choses intéressantes.

— Votre jeune témoin n'a pas l'air dans son assiette, a dit le docteur.

— Il traverse des jours difficiles.

Au retour, dans la voiture, M. Calderone m'a dit qu'il savait très bien que je lui cachais des choses et que c'était dommage que je ne veuille pas lui faire confiance. C'est ce qu'on appelle du chantage émotif, et comme c'est une spécialité de mes parents depuis leur séparation, je ne suis pas tombé dans le panneau.

AU DÉBUT DE LA SOIRÉE, il a appelé ma mère pour la remercier pour le cappuccino et les biscuits, et aussi pour qu'elle me dise que le père d'Iris était décédé subitement. Elle lui a demandé s'il voulait me parler, mais il a répondu que ce n'était pas nécessaire.

Il voulait sûrement me faire comprendre qu'il était fâché. Je ne pouvais pas le blâmer, surtout qu'il l'aurait été encore davantage s'il avait deviné que la lieutenant Le Gaëllec et moi on se disait maintenant un tas de choses confidentielles derrière son dos.

Justement, je me suis mis au lit en me cachant sous les couvertures pour éviter qu'on entende, et j'ai téléphoné à Gwen pour lui raconter ma visite à l'hôpital Saint-Luc. Elle ne savait encore rien pour M. Bazinet et ça lui a fait un choc, pas parce qu'il était mort, mais parce qu'il aurait peut-être pu les aider à retrouver Iris.

— Merci de me tenir informée, David. Je te laisse à présent, j'ai pris quelque chose pour dormir. Je t'embrasse.

Elle a raccroché avant que je puisse répondre et ça valait mieux, parce que je ne sais pas ce que je lui aurais dit pour terminer. Peut-être quelque chose d'aussi fort que «moi aussi».

Ensuite, je me suis fait mon cinéma en lui donnant le rôle principal. Dommage qu'Iris ait un peu gâché mon plaisir en se pointant vers la fin sans invitation.

DIX-HUIT

Gwen m'avait donné rendez-vous après l'école à la faculté de médecine de l'Université McGill. C'est un grand édifice et même si j'avais le numéro du bureau, je me suis mélangé les pinceaux et j'ai dû revenir trois fois sur mes pas. Les couloirs étaient pleins de gens qui savaient où ils allaient, mais qui avaient tous l'air d'être en retard. Quand je suis finalement arrivé au bon endroit, un écriteau permanent avec une flèche me disait de m'adresser à la porte voisine. Parfois, quoi qu'on fasse, on ne peut pas gagner du premier coup.

C'était rien qu'une salle d'attente. Gwen était déjà là en compagnie de Carlos Vargas. Elle a dû remarquer ma surprise, parce qu'elle s'est excusée de ne pas m'avoir averti qu'il serait de la partie, lui aussi.

C'est vrai que j'aurais préféré me retrouver en tête à tête avec elle pour qu'on reparle de l'autre soir – et qu'elle me dise de nouveau qu'elle se demandait ce qu'elle serait devenue si je n'avais pas été là. En général, ça m'énerve quand les gens se répètent, mais je fais une exception pour les compliments.

Elle m'avait dit au téléphone qu'elle m'expliquerait sur place ce qu'on venait faire ici.

— As-tu déjà entendu parler d'un EEG ?

— Pas vraiment, non.

Elle m'a expliqué qu'on mettait des électrodes sur le crâne pour mesurer l'activité électrique du cerveau et que ça se marquait sur une très longue feuille qu'on pouvait ensuite analyser pour voir si tout était normal. Elle a aussi dit que le tracé des rythmes cérébraux change si on est réveillé ou si on dort, si on ferme les yeux ou si on respire plus vite.

— Ça fait mal ?

— Pas du tout.

Elle a continué en me parlant d'une autre technique plus moderne qui permet de voir en trois dimensions ce qui se passe dans les hémisphères du cerveau quand on pense à une chose plutôt qu'à une autre. Ça s'appelle l'IRM, ce qui veut dire l'imagerie par résonance magnétique nucléaire.

— Et ça non plus, c'est pas dangereux? Parce que si c'est nucléaire...

— Rassure-toi, c'est inoffensif. Le professeur Vargas et moi avons chacun passé les deux examens.

— Et vous voulez que je fasse la même chose?

— Si tu es d'accord.

— C'est parce qu'on est tous les trois en jumelage avec notre symbiote?

Ils se sont regardés avec l'air de dire que je n'avais pas les deux pieds dans la même bottine (alors que, franchement, c'était facile à deviner) et M. Vargas a répondu en baissant la voix:

— Oui, exactement. L'idée vient de Mlle Le Gaëllec qui a été très troublée par le jumelage imposé par Najid-le-Rebelle – nous l'avons tous été, d'ailleurs. En raison de sa formation, elle a décidé de faire une investigation plus poussée de son nouvel état. Le professeur Rochefort est un ami de sa famille et aussi un neurologue de grande réputation, ce qui ne gâte rien.

Gwen est intervenue pour raconter la suite. Les examens avaient révélé des anomalies et elle voulait s'assurer qu'elles étaient directement causées par sa relation avec sa symbiote. La seule façon d'en être certaine était de comparer ses résultats à ceux de M. Vargas.

— Ça a marché?

— Je le pense, oui. Rochefort m'a demandé de passer le voir et j'ai senti à sa voix qu'il était plus intrigué qu'inquiet. Je le connais depuis mon enfance. Quoi qu'il en soit, on va le savoir dans quelques minutes.

— Et moi, là-dedans, je vais être la troisième comparaison?

— Si tu confirmes notre hypothèse, la preuve sera irréfutable.

— Mais si on n'en parle à personne, à quoi ça sert de prouver l'existence de nos symbiotes?

Elle a eu un rire triste et m'a caressé la joue:

— C'est une préoccupation égoïste, David. Ça va m'aider à me convaincre que je ne suis pas folle.

— Vous auriez dû me demander, je vous l'aurais dit.

— Merci, mais ça n'aurait pas suffi. Tu sais, j'ai écrit ma thèse de doctorat sur les hystéries collectives.

— Vraiment? a dit M. Vargas. Il faudra qu'on en discute. C'est un sujet fascinant.

Je n'ai pas pu décider ce qui l'intéressait le plus, l'hystérie ou Gwen, parce qu'une secrétaire est venue nous chercher.

LE PROFESSEUR ROCHEFORT tutoyait Gwen et ça m'a fait bizarre, surtout qu'il lui parlait comme si elle avait le même âge que moi, mais c'était peut-être pour nous montrer qu'il l'aimait bien et qu'il la connaissait depuis beaucoup plus longtemps que nous.

Il y avait une flopée de diplômes accrochés au mur derrière lui, ça avait dû lui coûter une beurrée pour les faire encadrer. Moi, le seul que j'ai réussi à avoir jusqu'à présent, c'est un certificat de *Natation intermédiaire* – et je me souviens même plus où je l'ai mis.

Il m'a serré la main en me regardant avec une attention démesurée et j'ai compris qu'il savait déjà pourquoi j'étais ici. Il avait des sourcils deux fois trop gros pour ses demi-lunettes et des yeux bleus qui semblaient voir jusqu'au fond de ma tête. J'ai failli lancer une blague en disant qu'il n'avait peut-être pas besoin de me faire des examens nucléaires pour trouver ce qui tournait pas rond dans mes hémisphères, mais je n'ai pas osé.

Il a dit à Gwen:

— Je suppose que tu as d'excellentes raisons pour penser que ton jeune protégé présente une condition semblable à la tienne et à celle de M. Vargas.

— C'est exact.

— Et tu persistes à garder le silence sur la genèse de ce phénomène.

— Je suis tenue au secret. Toutefois, si jamais on m'autorise à en dire davantage, je te promets que tu auras l'information en primeur.

— Je ne te cache pas que tu me fais vivre une frustration professionnelle considérable.

M. Vargas s'est avancé sur son siège:

— Pourquoi «considérable», si je puis me permettre?

— Parce que j'ai en face de moi deux sujets, et possiblement un troisième, dont les cerveaux présentent des particularités de fonctionnement qui n'ont jamais été répertoriées dans la littérature de la neurophysiologie. J'ai mis une équipe de cinq chercheurs sur cette énigme et ils ont fait chou blanc.

— Devrions-nous nous inquiéter?

— Je n'en ai pas la moindre idée. En théorie, vous devriez être au plus mal. Or, visiblement, vous vous portez à merveille. Une porte ne peut pas être à la fois ouverte *et* fermée, n'est-ce pas? C'est soit l'un, soit l'autre. Pareillement, le cerveau humain ne peut pas être simultanément en état de veille et en état de sommeil. C'est impossible. Ou plutôt, ça ne s'est jamais vu. Avant aujourd'hui.

Il a ouvert deux gros dossiers et étalé des papiers sur son bureau d'un geste brusque. Je me suis aperçu qu'il tapait la mesure avec son pied sous la table pour contrôler sa frustration. Il a montré des lignes qui dessinaient comme des pics de montagnes suisses:

— Là, c'est le tracé de veille, avec le rythme alpha, joliment fuselé, sur les régions occipitales. Et ici, en dessous, les ondes lentes du sommeil profond. En principe, elles ne peuvent pas être actives en même temps, et pourtant, elles le sont bel et bien. Mais il y a mieux, ou pire, selon le point de vue. Voici l'analyse par ordinateur de la totalité des échantillons. Vous voyez cette longue ondulation qui sous-tend toute l'activité électrique du cerveau? Si je puis me permettre une analogie, c'est l'équivalent de la grande houle qui voyage sous les vagues de surface d'un océan.

— Je ne te connaissais pas cette veine poétique, a dit Gwen pour détendre l'atmosphère.

— Sais-tu pourquoi j'y suis contraint? Parce que ce serpent n'a pas de nom. Nous l'ignorons pour la bonne raison que nous ne l'avons jamais vu. Faute de mieux, nous l'avons appelé «le Léviathan».

— Le *Livre de Job,* a dit M. Vargas qui ne quittait pas des yeux les tracés EEG.

— Rien de moins, en effet. On détecte aussi la trace du monstre dans l'investigation IRM. Les séquences vidéo sont plus impressionnantes, mais ces clichés devraient suffire à vous convaincre. Voyez, on retrouve ici la même oscillation dans l'hémisphère droit, sous l'aspect d'une tache rouge qui se forme et se déforme – une pulsation qui finit par embraser le cerveau tout entier.

— C'est hallucinant, a murmuré Gwen.

— Je ne te le fais pas dire. Es-tu consciente que la publication de ces clichés pourrait nous rapporter la gloire et la fortune? Et sais-tu pourquoi ils ne sortiront pas d'ici? Parce que je n'ai pas envie d'être traité de charlatan ou d'illuminé par ma confrérie.

M. Vargas a désigné les autres photos que le professeur Rochefort tenait en mains :

— Et celles-là, si j'ose demander ?

— Osez, osez. Après tout, c'est l'intérieur de votre cerveau que nous voyons là. Ces photos montrent la déliquescence du phénomène ondulatoire, avec la masse rouge qui vire au violet avant de se morceler.

— On dirait une pluie d'étoiles, a murmuré Gwen, sidé-rée. À mon tour de donner dans la métaphore.

J'étais tellement attentif que j'ai oublié de faire attention et j'ai dit :

— Les étoiles, c'est quand ils font un amalgame entre...

Là, je me la suis fermée, mais c'était trop tard. M. Vargas m'a regardé en se mordant les lèvres et Gwen m'a pris le poignet.

— Un amalgame entre quoi et quoi, ou entre qui et qui ? a demandé le professeur Rochefort.

Il y a eu un silence insupportable qui n'en finissait pas. Alors il s'est levé brusquement en refermant ses dossiers. En général, quand les gens sont furieux, ils virent au sanguin, mais lui c'est le contraire : il est devenu tout pâle.

Il a dit à Gwen qu'il avait accepté de l'aider parce qu'ils se connaissaient depuis toujours, et par fidélité à la mémoire de Loïc Le Gaëllec, mais la mesure était comble et il refusait de jouer plus longtemps à l'imbécile de service.

— Sais-tu que tu me tiens à l'écart de ce qui pourrait être une découverte révolutionnaire ? Tu as certainement tes raisons, mais ne compte plus sur ma collaboration tant que tu ne m'auras pas mis dans le secret des dieux.

Il a placé ses affaires dans une armoire qu'il a fermée à clé et est parti sans nous dire au revoir. Sauf qu'il a rouvert la porte trois secondes après et s'est penché pour me parler rien qu'à moi, en me regardant avec ses yeux qui disaient la vérité :

— Je ne suis pas fâché contre toi, David Goldberg. D'autant moins que ton «amalgame» n'est pas tombé dans l'oreille d'un sourd, crois-moi. Et le rendez-vous pour tes examens tient toujours, bien entendu.

Il a refermé la porte, cette fois pour de bon.

COMMEILFALLAITS'YATTENDRE, mon électroencéphalogramme (je pourrais dire EEG, mais c'est plus impressionnant avec vingt-deux lettres) et mon IRM ont été sans surprise, c'est-à-dire qu'ils présentaient les mêmes anomalies que pour Gwen et M. Vargas.

Les examens m'ont beaucoup intéressé, surtout celui où on m'a fait entrer dans un tunnel genre sarcophage – sauf qu'à mon avis, les résultats n'avaient pas de quoi casser la baraque.

C'est Divad qui m'a aidé à saisir pourquoi Gwen s'énervait tellement avec ces ondes alpha et thêta qui s'épivardaient dans notre tête. Elle avait la trouille que ces images de nos passagers clandestins finissent pas être montrées au public et que ça rende les gens complètement paranos d'apprendre que quelqu'un squattait une partie de leur cerveau sans leur permission.

En discutant avec Divad, j'ai senti que quelque chose de différent le tracassait, mais il a fallu que je lui torde le bras pour qu'il vide son sac. Il m'a averti que c'était personnel et que ça le gênait d'en parler.

— OK, mais maintenant que t'as commencé, faut aller jusqu'au bout.

— Grâce à toi, et aussi grâce à Najid-le-Rebelle, je suis convaincu aujourd'hui de l'existence de la Matière. Ce n'est plus seulement une doctrine pour moi, c'est... euh...

Il a hésité et j'ai dit pour l'aider :

— Une vérité ?

— Non, surtout pas. C'est une réalité. La vérité est juste une croyance, elle n'est pas réelle.

— C'est compliqué ton affaire.

— Je suis bouleversé, David.

Ça m'a ému qu'il l'avoue, parce que d'habitude il était plutôt réservé côté émotions. Je lui ai dit que je ne demandais pas mieux que de l'aider, mais pour ça, il fallait qu'il m'explique davantage. Il a soupiré – enfin, c'est une façon de parler – et a dit :

— Je sais que la Matière est une réalité, mais je pensais que cette réalité était la tienne, celle de ton monde. Moi, je me suis toujours considéré comme un esprit – et donc comme un être immatériel, insaisissable.

— Et alors ? C'est ce que t'es !

— Tu ne comprends pas. Maintenant, je sais que je fais partie de la Matière, moi aussi. J'ai eu aujourd'hui la preuve de mon existence dans le bureau du Dr Rochefort. Te rends-tu compte de ce que cette découverte signifie pour moi? Ma pensée est une réalité aussi concrète que la tienne, je l'ai vue faire bouger les aiguilles des appareils – et la pulsation sur l'écran qui a fait exploser des étoiles dans ton cerveau, c'était moi. Moi!

— Donc t'existes pour de vrai. Mais quoi, tu devrais pas être troublé. Ça te plaît pas?

— Ce n'est pas ça. J'éprouve pour la première fois des sentiments totalement nouveaux, des craintes qui me mettent l'âme à l'envers.

— Quoi, par exemple?

— Par exemple, j'ai peur de mourir.

DIX-NEUF

L'ÉGLISE ÉTAIT PLEINE et il n'y avait pas de quoi, la plupart des gens ne connaissaient même pas Serge, sauf par la télé et les journaux. Presque tous les élèves étaient venus, même ceux qui lui criaient cornichon-cabochon-le-gros-cochon. J'en ai reconnu plusieurs quand la chorale de l'école a entonné l'*Agnus Dei* du *Requiem* de M. Gabriel Fauré – et Divad qui connaît ça comme le fond de sa poche s'est mis à chanter en arpège dans ma tête, ce qui fait que j'entendais la musique en dedans en même temps qu'au-dehors. Si on veut savoir, c'était magnifique.

Des gens pleuraient autour de moi, ça m'aurait arrangé de faire comme eux, mais ça ne voulait pas venir. Je ne pouvais quand même pas commencer à aimer Serge juste maintenant, rien que parce qu'il était mort. Et la boule que j'avais dans la gorge, c'était le *mix* d'un petit quinze pour cent de chagrin et d'un gros quatre-vingt-cinq de culpabilité.

Évidemment, Kevin Charbonneau et sa bande ne se sont pas montré la face, mais pour plus de sécurité, deux détectives surveillaient M. Kornichuk qui était resté deux jours en prison pour se calmer. À cause de ça, il n'avait pas pu aller à l'hôpital quand Serge nous a quittés, comme on dit lorsqu'on parle avec des gants blancs. Après, il a voulu acheter un pistolet, mais le vendeur du magasin l'a reconnu et a averti la police.

Tout ça pour expliquer que l'ambiance dans l'église était à couteaux tirés.

M. Bizaillon, notre directeur, a lu un discours sur la solidarité et la violence, mais il a allongé la sauce lui aussi, comme Gwen avait dit pour les obsèques policières de la veille. C'est seulement à la fin, quand il a parlé de Serge, que sa voix s'est effritée.

Quant à moi, j'avais de la peine à l'écouter, parce que mon imagination s'est mise à me jouer des tours. Je voyais Iris qui entrait avec un coup de vent par la porte de côté et venait s'asseoir à côté de moi devant tout le monde. Ensuite, je me suis demandé pourquoi ils devaient recoudre M. Bazinet après l'autopsie, alors qu'ils allaient l'enterrer.

Tout à coup, sans faire exprès, j'ai fermé les yeux et Iris m'est apparue sur une table d'hôpital, pleine de bleus et de coups de couteau. C'était effroyable.

À LA SORTIE DE L'ÉGLISE, j'ai entendu M. de Chantal qui disait tout bas à Mme Croteau que les fouille-merde étaient au rendez-vous. J'ai compris de qui il parlait en voyant les journalistes et les photographes qui attendaient dehors. Évidemment, ils se sont intéressés d'abord à Mélanie Patenaude qui pleurait comme une Madeleine. Ils ignoraient que c'était sa spécialité.

Serge est resté tout seul dans son cercueil au milieu de l'église, parce que son cadavre ne devait pas être enterré tel quel au cimetière, mais d'abord incinéré pour des raisons écologiques qui auraient fait plaisir à M. Van Haecke.

Les parents sont sortis en dernier en poussant Jean-Sébastien qui faisait encore plus pitié que d'habitude, surtout que bien des gens pensaient en le regardant que c'était injuste qu'il ne soit pas mort à la place de son frère. Il avait les poignets attachés et ça m'a donné envie d'être ailleurs et nulle part à la fois.

Un caméraman de la télé s'est approché pour le filmer, mais Mlle Sauget lui a barré la route. Il a essayé de la feinter, mais chaque fois elle était plus rapide et le clouait avec son regard-qui-paralyse – le même qu'elle avait à la bibliothèque quand un salopard abîmait ses livres.

Finalement, le type s'est écœuré et a fichu le camp en se parlant tout seul. Il avait la carrure d'une armoire à glace et il aurait pu la faire tomber rien qu'en soufflant dessus, vu qu'elle était haute comme trois pommes, en plus d'être pas mal vieille. Sa mère à elle devait être morte depuis longtemps, mais je me suis dit qu'elle aurait été fière de la voir, même si ses espoirs d'en faire une ballerine étaient tombés à l'eau.

Maintenant, je n'ose presque pas raconter ce qui va suivre, vu que je n'ai pas envie d'être traité de zinzin.

Pendant que M. de Chantal et Mlle Sauget parlaient avec les parents de Serge, j'ai regardé Jean-Sébastien qui était tout tordu dans sa poussette, avec sa langue trop grosse et son menton plein de bave, mais ça, ce n'était pas nouveau. Sauf que tout à coup, son regard s'est allumé et il m'a lancé un clin d'œil que j'oublierai jamais. On aurait dit qu'il savait exactement qui j'étais et cherchait à me faire comprendre quelque chose d'important, et de comique en même temps. Ça a duré quelques secondes et puis les étincelles ont disparu, il n'y avait plus rien dans ses yeux.

Je me suis presque senti mal, sans savoir pourquoi. C'était comme si j'avais vu quelque chose que je n'aurais pas dû, et même que personne ne devrait jamais voir. Voilà, c'est le mieux que je peux expliquer pour le moment.

Heureusement, Gwen est apparue devant moi, elle devait m'observer depuis un instant sans que je le sache, car elle avait les yeux en points d'interrogation, comme on dit.

— Luigi m'a avertie que tu étais parti en expédition spéléologique.

— Ça veut dire quoi ?

— C'est une blague. Ça veut dire que tu te poses beaucoup de questions existentielles depuis quelque temps. Ce n'est pas un reproche, au contraire. Je m'en pose moi aussi, et des coriaces.

— Sauf que M. Calderone sait pas sur quoi.

— Non, mais il voit bien que quelque chose lui échappe. Il est très perspicace.

— J'ai remarqué. Vous étiez là ?

— À la cérémonie ? Non. J'ai déjà donné hier, merci. Je suis venue pour te parler.

— Moi aussi. Je veux dire, j'aimerais bien qu'on aille ailleurs pour être tranquilles.

— Tu as des choses à me dire ?

— Peut-être. Vous, vous en avez, c'est sûr.

— Comment tu sais ça ?

— Vous avez discuté avec le professeur Vargas. Des fois, c'est vachement compliqué comment il explique. Si vous me demandez, je peux vous aider à mieux comprendre.

Elle s'est marrée et m'a frotté la tête en disant que si je n'existais pas, il faudrait m'inventer. J'ai pris ça pour un compliment. Et surtout, j'ai beaucoup aimé qu'elle me touche les cheveux, même si ça me décoiffait.

IL Y AVAIT UN GROS PANIER sur le siège arrière de la Camry qui sentait la pizza et le poulet frit. Je n'ai pas posé de question par politesse, et Gwen m'a quand même expliqué qu'on allait faire un pique-nique. C'est la dernière chose à quoi je m'attendais.

En conduisant, elle a retenu des soupirs et j'ai vu qu'elle n'avait pas encore réintégré ses pompes. Elle a dit:

— Je te regarde aller et je me demande comment tu fais. Avec tout ce qui s'est passé dans ta vie dernièrement, tu devrais être complètement déstabilisé. C'est quoi, ton secret?

— C'est parce que je pense à comment j'étais avant et à quel point je me sens moins con à présent. À part ça, Divad est devenu quelqu'un d'important pour moi.

— Tu veux dire que tu lui as fait une place...

— Oui, c'est ça qui est bien. Des fois il m'énerve, mais je lui explique et c'est OK. Surtout, j'ai plus jamais l'impression d'être tout seul. C'est comme un frère, mais un frère siamois. On est inséparables, quoi.

Elle n'a rien dit pendant un moment et je n'étais pas sûr d'avoir répondu comme elle espérait. Elle m'a regardé deux ou trois fois, et franchement, j'aurais préféré qu'elle fasse attention aux autres voitures.

— Je n'en suis pas rendue là. Les choses vont mieux avec Newg depuis qu'elle est sortie de sa phase panique, mais elle est encore très angoissée. Et elle me rend anxieuse, par contrecoup. Je me pince plusieurs fois par jour pour m'assurer que... Excuse-moi, mais contrairement à toi, ma vie était beaucoup plus heureuse sans elle.

— C'est pas à moi que vous devez vous excuser. Elle est pas là en ce moment?

— Eh... Non, pas que je sache. On s'est entendues pour qu'elle évite de faire une connexion quand je suis avec d'autres personnes. Elle connaît mes réticences et il est hors de question que je me laisse envahir par elle. Carlos Vargas m'a encouragée à continuer les anxiolytiques. Mais je ne sais pas si c'est moi que ça calme ou si c'est Newg.

— Moi aussi, avec Divad, ça a pris du temps avant qu'on s'habitue. Je me demande comment Iris va réagir quand elle saura pour son père.

On était arrivés au lac aux Castors, un grand parc public avec des pelouses, des terrains de jeux, des sentiers dans les bois et un petit lac réservé seulement aux cygnes et aux canards, vu que c'est trop pollué pour s'y baigner.

Gwen a arrêté le moteur. Elle réfléchissait et comme on était encore assis dans la Camry, j'ai baissé la vitre parce que l'odeur du panier m'affamait.

— J'aimerais que tu essaies de m'expliquer quelque chose – ce n'est pas un piège. Je te parlais de ma relation avec Newg et ça t'a fait penser au père d'Iris. D'après toi, c'est quoi le lien entre les deux sujets ?

J'ai raconté qu'en voyant M. Bazinet dans son lit à l'hôpital, j'avais brusquement compris qu'il allait mourir, même si son médecin disait qu'il avait des chances de s'en tirer.

— Qu'est-ce qui t'a fait croire ça ?

— C'est parce que son symbiote a été tué par la drogue. Ça, je l'ai su grâce à Divad. La suite, je l'ai trouvée tout seul.

— Je t'écoute.

— Quand on meurt, le cerveau s'éteint et notre symbiote arrête de vivre en même temps que nous. Je m'en suis douté dès le début, puisque c'est évident. Mais quand j'ai vu M. Bazinet qui pleurait les yeux fermés, là j'ai compris que ça marchait dans les deux sens.

— Es-tu en train de me dire qu'un être humain ne peut pas vivre sans son symbiote ?

— Pas longtemps, ça a l'air.

— Si tu as raison, cela signifie que je suis prise avec Newg pour le restant de mes jours.

— C'est dur à imaginer.

— Quand on a ton âge, c'est surtout le présent qui compte. Plus on vieillit, plus la durée nous importe. Le paradoxe de la nostalgie.

Elle a dû voir quelque chose sur mon visage, car elle s'est excusée de faire de la philosophie à cinq sous.

On est sortis de la voiture avec le panier de pique-nique, ensuite elle a retiré sa veste de policière et j'ai vu qu'elle portait dessous un revolver dans un étui en cuir, mais je n'ai rien dit parce que la discrétion est la politesse des rois. Elle a mis tout son équipement dans le coffre, y compris sa casquette avec l'insigne sur le devant.

C'est surtout quand elle a défait ses cheveux qu'elle est redevenue elle-même – elle a secoué la tête dans tous les sens et ils sont tombés sur ses épaules comme dans les pubs à la télé, mais en beaucoup mieux.

Avec le soleil qui jouait dedans, c'était érotique ou magique, au choix.

Au bord du lac, il y avait des tables à pique-nique avec des bancs combinés pour les flâneurs.

Ce jour-là, il n'y avait presque personne, mais les dimanches c'est plein de monde, surtout des familles d'immigrants, vu que c'est gratuit. Heureusement qu'il y a des places de jeu où les enfants peuvent se mélanger, parce que les parents restent en général sur leur quant-à-soi. Ils croient peut-être que c'est comme pour la lessive, il faut séparer les couleurs claires des foncées pour éviter que ça déteigne.

On a vu de loin que M. Vargas était déjà là en compagnie du chanoine, et j'ai pensé que ça n'avait pas dû être de la rigolade de pousser son fauteuil roulant sur la pelouse.

En marchant, Gwen m'a dit à voix basse :

— Van Haecke ne devrait pas tarder. N'oublie pas que notre visite au professeur Rochefort doit rester un secret entre Vargas, toi et moi.

— OK, j'avais compris. Surtout que je n'ai pas encore digéré ma gaffe avec l'amalgame et la pluie d'étoiles. Ce que je peux être nul quand je m'y mets.

— Crois-tu que ça m'amuse de t'avoir placé dans une telle situation ?

— Et c'est quoi la raison pour rien dire aux autres ?

— Je ne sais pas, une intuition. Et aussi, Newg a été très secouée par les résultats de l'investigation neurologique.

— Divad aussi. Peut-être qu'ils sont moins prêts que nous pour faire redémarrer l'Alliance.

— C'est possible. À propos, tout à l'heure, j'aimerais que tu me répètes tes explications sur l'écriture automatique.

Je ne savais pas de quoi elle voulait parler, mais je n'ai pas pu lui dire parce que le professeur Vargas s'est levé pour venir l'embrasser sur les deux joues, genre copain-copain, rien de plus. Il portait le même complet que l'autre soir à l'hôtel, avec une cravate. Il n'avait peut-être pas compris que c'était un pique-nique à la bonne franquette, ou alors il n'avait rien d'autre à se mettre sur le dos parce qu'il était en voyage.

Gwen est allée s'asseoir devant le chanoine Dijan et ils se sont regardés un moment en chiens de faïence, sans piper mot. Ils s'étaient déjà vus dans la cafétéria de l'hôpital Général, mais la chimie avait plus ou moins bien marché entre eux. Elle s'en est souvenue en même temps que moi, car elle a dit :

— «Madame la psychologue» a finalement saisi votre allusion au sujet de d'Artagnan.

Ils ont souri tous les deux en même temps, la glace a été rompue illico presto et ils se sont serré la main. C'est ça qui est bien avec les personnes intelligentes, ça ne leur prend pas une éternité pour s'expliquer et faire la paix.

Il en a profité pour lui demander s'il était toujours dans le collimateur de ces messieurs-dames de la police.

— Mais non! Désolée, j'aurais dû vous le laisser savoir, encore que vous n'êtes pas facile à joindre. Ni votre symbiote Najid, d'après Newg. Quoi qu'il en soit, votre dossier est officiellement clos. L'enquête n'a révélé aucun lien entre vous et les terroristes de l'Eurostar. L'explication du rêve prémonitoire a fait grincer bien des dents, mais elle a été retenue faute de mieux.

— Merci de m'en informer. Je tourne cette page sans regret.

Elle lui a souri avec les yeux (c'est une de ses spécialités), puis elle est allée donner un coup de main à M. Vargas pour mettre la bouffe sur la table.

De mon côté, j'ai demandé au chanoine des nouvelles de sa santé, mais je me suis tenu à distance pour ne pas lui donner la chance de me prendre les mains et de les garder pendant des heures. Je m'en suis un peu voulu après coup, quand il m'a répondu qu'il allait bien et que je lui ai dit:

— Ça n'a pas l'air.

— Vraiment? C'est donc que je suis un piètre acteur, mon garçon. La vérité est que je subis le contrecoup de mon opération.

— Vous avez mal? On dirait, en tout cas.

— Si tu veux tout savoir, j'ai coupé la morphine et j'essaie de diminuer le plus possible les autres calmants.

— Mais pourquoi?

— Parce qu'en même temps que ces drogues me soulagent, elles handicapent sévèrement l'acuité intellectuelle de Najid. Pour ma part, je suis prêt à endurer quelques souffrances de plus, si c'est pour lui permettre de poursuivre avec succès son œuvre de réconciliation.

Le professeur Vargas s'était approché pour suivre la discussion, accompagné de Gwen qui a dit:

— Vous étiez prêt à vous tirer une balle dans la tête pour empêcher votre symbiote d'atteindre son but. Pourquoi cette volte-face, si j'ose demander?

— Parce qu'on ne frôle pas la mort sans gagner en humilité, mademoiselle Le Gaëllec. J'ai beaucoup réfléchi et je me suis trouvé bien présomptueux de décider que les êtres humains ne disposent pas des ressources intérieures pour envisager la restauration de l'Alliance. Qui suis-je, pour décider à leur place ?

— Si je comprends bien, a dit M. Vargas, vous avez demandé à nous voir pour nous faire partager cette réflexion.

— Pour cela et pour le plaisir de votre compagnie – et aussi pour savoir si vous êtes prêts à aider Najid dans son entreprise.

— L'aider de quelle manière ?

— En ne faisant rien pour l'empêcher de réussir.

ON A FINALEMENT DÉCIDÉ de ne pas attendre M. Van Haecke et de commencer à manger.

M. Vargas a débouché une bouteille de rouge et a rempli les verres – même le mien, mais seulement la moitié, à cause d'un signe discret de Gwen. (Ça m'a fait suer – ce n'était pas parce qu'elle avait dix ans et des poussières de plus que moi qu'elle devait se conduire comme ma mère.) Ensuite, il a proposé de trinquer à ma santé, ce qui est idiot vu que le chanoine et Najid en avaient sûrement plus besoin que moi. N'empêche qu'ils ont tous eu l'air de trouver que c'était une bonne idée – et pourquoi pas, après tout ?

J'ai bu moi aussi, mais sans claquer la langue, parce que je n'y connais rien. Ça goûtait couci-couça et ça m'étonnerait que je devienne jamais alcoolique, même en m'appliquant.

Tout à coup, Gwen a dit :

— Allons bon, voici notre dernier Mousquetaire... Il m'a tout l'air de s'être levé du pied gauche.

Klaas Van Haecke traversait la pelouse en donnant des coups avec la pointe de son soulier chaque fois qu'un pissenlit lui barrait la route. Il portait de grosses lunettes noires et un parapluie sous le bras.

Je me suis levé et M. Vargas aussi, mais il nous a complètement ignorés. Il est allé s'asseoir au bout de la table en disant d'une voix qui faussait :

— Faites comme si je n'étais pas là. C'est mon erreur, je n'aurais pas dû venir.

Même si on voyait pas ses yeux, c'est clair qu'il filait pas bien, genre mauvais coton. Ça faisait encore plus d'effet, parce que la seule fois qu'on l'avait déjà vu, il avait son grand sourire tous azimuts et ses belles manières.

Gwen a essayé de lui parler, mais il l'a envoyée promener :

— Vous êtes qui, vous? La nouvelle recrue? Ne vous occupez pas de moi. D'ailleurs je m'en vais.

Il s'est levé, mais au lieu de partir, il s'est penché pour se verser un verre de rouge qu'il a descendu d'un trait. Puis il s'est rassis en répétant: «Je m'en vais.»

M. Vargas a murmuré entre ses dents: « Il attend Godot » (je n'ai pas compris l'allusion), puis il a fait passer les plats en disant qu'on avait encore beaucoup de choses à discuter et qu'on ne pouvait pas se permettre de gaspiller notre temps avec les états d'âme du fondateur de *Croissance Zéro*.

On a continué à manger, mais du bout des dents et sans piper mot parce que l'ambiance était devenue pas mal coincée. Pour repartir la conversation, j'ai dit au chanoine:

— Gwen a raison, la jonction avec votre symbiote Najid est pas évidente. Divad a essayé plusieurs fois.

— J'ai vécu la même frustration, mon garçon. Najid ne s'est pas manifesté pendant plusieurs jours. J'ai éprouvé un sentiment d'abandon, alors qu'auparavant, son absence aurait été un soulagement. Il n'a repris le jumelage qu'hier soir et, depuis, il ne me quitte plus d'une semelle.

M. Van Haecke nous a tous pris par surprise en se levant d'un bond:

— Il est là en ce moment? J'ai justement deux mots à lui dire.

— Je vous en prie.

— C'est sa voix que je veux entendre, pas la vôtre.

— L'exercice est trop épuisant pour lui. Nous en avons été témoins l'autre soir à l'hôtel – il a mis des jours à récupérer. Que cela ne vous empêche pas de lui parler. Il vous écoute – et nous aussi.

Van Haecke s'est mis à frapper du poing sur la table pour marteler ses paroles. Avec ses lunettes noires et ses cheveux blonds en désordre, il avait l'air d'un vrai maniaque:

— Vous ne m'avez jamais demandé si j'étais d'accord pour laisser cette maudite voix violer mon intimité et me rendre la vie impossible! J'ai tout essayé pour la faire taire, mais c'est plus fort qu'elle, il faut qu'elle revienne aux pires moments pour m'accabler de reproches et m'insulter. J'ai envie de tout casser autour de moi. Donnez l'ordre à cet horrible squatteur de me foutre la paix et de se mêler de ses affaires. Il me hait et je le lui rends au centuple. Est-ce assez clair?

C'était gênant d'entendre Van Haecke parler sur ce ton à un vieux monsieur enfoncé jusqu'aux oreilles dans son fauteuil roulant, même si on savait qu'il s'adressait en réalité à Najid-le-Rebelle. Et puis, ça faisait drôle qu'il soit le seul à traiter son symbiote de squatteur, même si c'était bien trouvé quand on y pense.

Le chanoine a répondu :

— Najid m'assure qu'il va demander à votre symbiote de faire preuve de modération. Cela dit, il n'a aucun moyen de le contraindre. L'autorité n'est que morale dans leur monde – et comment pourrait-il en être autrement ?

— Êtes-vous en train de me dire que ce Najid est incapable de contrôler le processus infernal qu'il a déclenché à mon corps défendant ? C'est bien cela, n'est-ce pas ? Et vous avez eu le front de nous convoquer pour discuter d'une nouvelle alliance avec ces esprits tordus et malfaisants ? Je ne sais pour les autres, mais ne comptez pas sur moi.

Van Haecke nous a regardés en attendant qu'on lui dise quelque chose, et comme rien ne venait, il nous a fait un salut militaire pour se débiner.

Il s'est alors versé un autre verre qu'il a bu aussi vite que le premier :

— Merci quand même pour le saint-émilion. Un peu jeune, mais honorable. Je prends l'avion demain et je n'ai pas l'intention ni le désir de garder le contact avec aucun d'entre vous. Le vaillant Athos se retire de vos jeux imbéciles et vous tire sa révérence. Adieu !

Il est parti en faisant un truc insensé : il a ouvert son parapluie en marchant, alors qu'il n'y avait pas un seul nuage dans le ciel.

— À quoi joue-t-il ? a dit M. Vargas.

— Il ne joue pas, a répondu Gwen en levant le bras pour montrer un hélicoptère qui survolait le parc. Il ne veut pas être reconnu ni photographié. Un symptôme paranoïde caractéristique. Si vous voulez mon avis, notre ami Klaas est sur le point de faire une décompensation massive.

— Ça veut dire qu'il va péter les fusibles ?

Elle m'a regardé en souriant malgré elle :

— Tu es mon interprète favori, David.

— Je crois qu'on ne reverra pas notre gourou de sitôt, a dit M. Vargas.

— Nous pourrions être surpris, a dit le chanoine.

Il y a eu alors un long silence. D'après moi, chacun réfléchissait à ce qui venait d'arriver – ça démontrait que le jumelage entre un symbiote et son hôte n'était pas forcément un cadeau.

Je me suis inquiété que Divad et moi, on puisse un jour se disputer pour de bon. Mais non, ça serait trop affreux.

Soudain, j'ai retrouvé la pensée qui me turlupinait depuis un moment (j'adore ce verbe) et j'ai demandé à Gwen qui avait les yeux dans le vague :

— C'est quoi, ce truc d'«écriture automatique»? Je vous en ai jamais parlé.

Elle est revenue à la réalité et m'a rappelé que la première fois qu'on s'était rencontrés dans son bureau, je lui avais dit que le numéro de l'hôpital du chanoine Dijan était venu tout seul dans les gribouillages de mon stylo :

— Tu m'as affirmé l'autre soir que les symbiotes sont incapables de nous influencer. Newg me l'a confirmé, mais avec une indignation suspecte, comme si je l'avais soupçonnée de vouloir transgresser un autre tabou.

— Mon symbiote a eu la même réaction, a dit M. Vargas. À l'évidence, il considère que toute tentative de corriger mon histoire serait une profanation de l'œuvre sacrée des Anciens.

— D'accord, nous savons cela, a dit Gwen. Les symbiotes répugnent à se mêler de nos affaires. Maintenant, la question soulevée par l'écriture automatique est de déterminer s'ils sont capables de nous influencer à notre insu. Ne pas vouloir est une chose. Ne pas pouvoir en est une autre. Qu'en penses-tu, David?

Ils m'ont regardé comme s'ils croyaient vraiment que j'allais leur donner une réponse intelligente. Je n'en avais pas la moindre idée, mais c'était bon pour mon *ego*.

Pour dire de quoi, je leur ai expliqué que M. de Chantal nous donnait à l'école des grilles de mots croisés. Au début, Divad ne pouvait pas s'empêcher de me souffler les réponses au fur et à mesure, vu qu'il adore jongler avec les lettres et les chiffres. Comme je ne voulais pas de ça (on en avait déjà discuté pour les échecs), il a accepté de compléter la grille dans son coin et de comparer nos résultats quand j'aurais fini.

— Où veux-tu en venir?

— Des fois, je vais me coucher sans avoir trouvé tous les mots. Et le matin, quand je me lève, ils viennent tout seuls, j'ai rien qu'à les écrire.

Gwen a dit qu'elle ne voulait pas me décevoir, mais ce que je décrivais là était un phénomène bien connu en psychologie. Mon cerveau continue à travailler pendant mon sommeil, et Divad n'a rien à voir là-dedans.

— J'en suis pas sûr, parce que j'ai trouvé plusieurs mots que je savais même pas qu'ils existaient. Comment je pourrais me rappeler quelque chose que je connaissais pas avant?

Le professeur Vargas me regardait comme s'il était de plus en plus d'accord à mesure que je parlais.

— David a peut-être raison. Nous ne sommes pas toujours conscients de l'influence que les symbiotes exercent sur nos pensées, nos émotions ou nos actes. C'est ce qui vous préoccupe, Gwen, et à juste titre. Nous avons eu récemment la preuve tangible qu'une intelligence autonome existe dans un hémisphère de notre cerveau. Pouvons-nous alors envisager l'hypothèse d'une relation en miroir, où les symbiotes exerceraient sur nous une influence *involontaire?* Et qu'est-ce qui nous retient de concevoir nos inconscients respectifs comme des vases communicants? Cela n'expliquerait-il pas la plupart des phénomènes de création, d'intuition et de prémonition qui échappent à notre entendement?

Gwen lui a demandé s'il se rendait compte de la portée de ses propos. Alors qu'il se préparait à répondre, M. Dijan est intervenu en disant:

— Vous avez fait allusion à une «preuve tangible». De quoi s'agit-il?

Je sais que c'est un peu *cheap,* mais ça m'a fait plaisir de voir que je n'étais pas le seul à mettre les pieds dans les plats.

Le professeur Vargas a compris que ça ne servait à rien de jouer au plus fin et il a raconté au chanoine toute l'histoire de l'EEG et de l'IRM. Gwen l'a écouté en gardant les yeux fermés, comme si elle revoyait dans sa tête les ondulations lentes du Léviathan et la pluie d'étoiles de l'amalgame entre Newg et Divad.

À la fin, M. Dijan a poussé un long soupir, en secouant la tête:

— Fascinant. Personnellement, je n'avais pas besoin de cette preuve, mais je comprends toute l'importance que vous lui accordez – sans parler du réconfort qu'elle vous apporte.

— Pourtant, quelque chose vous tracasse, a dit Gwen.

— En effet, quoique... Disons simplement que je souhaite que le symbiote du professeur Rochefort ne soit pas trop bavard – et surtout qu'il ne croie pas à la réalité de ses rêves...

Gwen a levé son verre de saint-émilion et l'a bu une petite gorgée à la fois, en regardant le ciel.

Ça m'a fait plaisir, parce qu'elle n'avait pas l'air de le trouver trop jeune.

VINGT

C'ÉTAIT SAMEDI et donc on avait congé. J'ai fait la grasse matinée, j'avais drôlement besoin de récupérer.

Ma mère m'a réveillé en m'annonçant qu'il y avait une fille pour moi au téléphone qui prétendait que c'était important. Je n'avais même pas entendu sonner, c'est dire comme je dormais dur.

— C'est qui?

— Si tu crois qu'elle s'est présentée! Il a fallu que je lui demande. Mélanie Patenaude. Elle est dans ta classe à ce qu'il paraît.

Je suis allé répondre en me demandant ce que cette gourde pouvait bien avoir à me dire, peut-être de regarder la télé où elle serait en train de brailler à la sortie de l'église, après les funérailles de Serge.

Heureusement que ma mère ne m'avait pas suivi pour écouter, car j'aurais été incapable de faire semblant de rien tellement j'ai été surpris.

— David? Tu peux causer? C'est moi.

C'était Iris. Ça voulait dire qu'elle était vivante et que toutes les images de coups de couteau ne servaient plus à rien. La seule chose qui m'embêtait, c'est qu'elle parlait doucement, comme si elle avait peur qu'on l'entende. À part ça, elle avait l'air OK.

— Tu sais que la police te cherche partout.

— Je m'en fous, ils me trouveront jamais. Ma photo est même pas dans les journaux.

— C'est rien qu'une tactique. Ils te cherchent en sourdine. T'as de quoi manger?

Elle s'est marrée et je me suis senti un peu nouille, sans trop comprendre pourquoi. Elle a voulu savoir si j'étais toujours son copain et ça m'a chicoté. C'est vrai que je lui avais dit que je l'aimais, mais j'en étais moins sûr maintenant que mes hormones me poussaient plutôt du côté de Gwen.

— Ben oui. Pourquoi tu me poses la question ?

— Parce que j'ai un service à te demander. À condition que tu jures de rien dire à personne. Surtout pas à Kamal.

— Pourquoi tu parles de lui ?

— Il est en maudit après moi, comme si c'était ma faute.

— Je comprends pas.

— On a essayé une fois, mais il a pas été capable. Ça voulait pas venir et là, il m'a crié des noms. Ça fait rien, oublie ça. Alors, tu me jures ?

— Je dirai rien, je te jure.

— T'as un stylo ?

JE CROYAIS TOUT ME RAPPELER de la rencontre que j'avais espionnée entre M. Bazinet et M. Streuler, surtout que j'avais répété l'histoire plusieurs fois à la police – mais quand j'ai ouvert la porte en bas, l'odeur m'a fait revenir en arrière comme dans un film (ça s'appelle un flash-back) et j'ai recommencé à avoir la trouille, même si je ne risquais plus rien.

Iris m'avait indiqué la cachette pour la clé et je suis entré chez elle après m'être assuré qu'il n'y avait personne dans l'escalier.

Les détectives de M. Calderone avaient passé l'appartement au peigne fin, c'est une expression qui n'a rien à voir avec les coiffeurs et qui veut dire que tout ce qui traînait avant était maintenant rangé en piles bien alignées avec des étiquettes dessus.

M. Édouard était exactement là où Iris m'avait dit, au fond de son lit de petite fille, mais j'ai quand même regardé si je ne voyais pas quelque chose d'autre ailleurs, car ce n'était qu'un nounours tout râpé avec un œil qui pendait, franchement on ne comprenait pas pourquoi il avait encore un nom.

Je me suis posé la question si Iris ne s'était pas foutue de ma gueule en me demandant de lui rapporter un truc aussi moche – et qui sentait le tabac par-dessus le marché.

La chambre de M. Bazinet paraissait plus petite maintenant qu'on avait ôté le désordre, et je n'aurais pas dû entrer parce que ça m'a fait comprendre tout à coup qu'il était vraiment mort, même si je le savais déjà. Et là, c'est comme une main froide qui m'a serré à la gorge.

Je suis reparti en cinquième vitesse et j'ai croisé sur le palier du deuxième une grosse bonne femme moustachue qui m'a regardé de traviole. Il faut dire qu'avec M. Édouard sous le bras, je devais avoir l'air complètement débile.

J'ai marché dans la rue en m'empêchant de courir pour ne pas attirer l'attention, et malgré les cris d'alarme de M. Van Haecke sur le réchauffement de la planète, l'air pollué de la ville m'a fait le plus grand bien.

C'est le quartier le plus riche de Montréal, avec des maisons genre historiques et des jardins pleins d'arbres centenaires.

Iris m'avait bien recommandé d'être là à trois heures et d'attendre de l'autre côté de la rue qu'elle me fasse signe avant d'aller sonner à la porte. Je n'arrivais pas à croire qu'elle pouvait être dans un endroit pareil, elle m'avait peut-être monté un bateau, comme la fois où elle a dit que le pape lui avait envoyé son portrait avec une dédicace, alors que c'était rien qu'une photo découpée dans une revue.

Au bout d'un moment, j'ai vu sortir un monsieur tout à fait distingué, avec une canne, des lunettes en or et des cheveux tout blancs. Il est monté dans une Mercedes et il est parti tout doucement, comme si personne ne l'attendait à l'autre bout. Je me suis souvent demandé pourquoi les vieilles personnes n'ont jamais l'air pressées, alors qu'il leur reste moins de temps à vivre que le reste du monde.

Trois minutes après, Iris a écarté un rideau au premier étage et a agité un mouchoir rose comme convenu.

Je n'ai pas eu le temps de sonner, la porte d'entrée s'est ouverte toute seule, avec Iris qui se cachait pour pas que les voisins la remarquent. Elle a vite refermé derrière moi et j'ai été estomaqué en la voyant. Elle était propre de partout, même ses ongles, et ses cheveux étaient super bien peignés au lieu de lui tomber dans la face. Elle m'a fait penser à une photo de magazine, avec sa robe rouge pleine de petites fleurs brodées, ses chaussettes blanches et ses souliers en vrai cuir qui brillaient à force d'être neufs.

Elle a pris M. Édouard et l'a serré contre elle, comme si elle était plus contente de le voir lui que moi.

— Suis-moi! Mais faut se dépêcher, Papy est pas parti pour longtemps. J'y ai pas dit que tu venais, pour pas l'inquiéter.

— Papy, c'est le vieux monsieur?

— C'est lui qui veut que je l'appelle comme ça. Moi ça m'est égal, tant que ça lui fait plaisir. Son vrai nom, c'est Paul de Bonneville.

On est montés à l'étage et j'en revenais pas de voir comme c'était bien meublé, sans parler des tableaux et des miroirs sur les murs. La chambre d'Iris était deux fois plus grande que la mienne, avec des étagères pleines de sculptures inuits et de poupées africaines, une télé à écran plat et des piles de CD et de DVD.

Elle a ouvert une grosse boîte de chocolats et m'a recommandé d'en prendre un de chaque sorte, et de garder le praliné pour la fin.

— Papy dit que je peux en avoir tant que je veux, à condition que je mange cinq fruits par jour.

— Ça veut dire que tu vas pas revenir à l'école?

— Tu rigoles ou quoi? C'est lui qui me fait la classe, le matin seulement, et j'ai même des devoirs à faire l'après-midi. Il est gentil, sauf qu'il me lâche pas tant que j'ai pas fini. Et il me montre à bien causer, mais ça c'est le plus dur.

— Tu peux pas toujours rester ici, quand même. C'est vrai que si tu sors, tu vas te faire arrêter par la police. Je les connais, ils sont organisés.

— Moi aussi, je les connais. Mais je m'en fous, on va partir. Tiens, regarde. C'est sur la Côte d'Azur.

Elle m'a montré sur le mur les photos d'une villa au bord de la mer, avec piscine et palmiers inclus, c'était un peu beaucoup. On voyait aussi l'intérieur décoré style Hollywood. Là aussi, il y avait une chambre prévue rien que pour elle. Décidément, M. de Bonneville pensait à tout.

— Papy passe tous les mois d'hiver là-bas, *because* le soleil. C'est tout près de Menton, où j'irai à l'école. On part dès que les papiers sont prêts. Je vais même avoir un passeport avec mon nouveau nom.

— Tu vas t'appeler de Bonneville?

— Non, Massongy. C'est le nom de fille de sa mère, mais ça risque rien, elle est enterrée depuis longtemps. Ça me dérange pas pantoute, parce que lui il m'appelle sa petite Bibiche.

— Comme ça, tu veux vraiment t'en aller?

— De quoi tu t'inquiètes? Tu vois pas comme je suis aux oiseaux avec lui? Tu crois quand même pas que j'ai envie de retourner chez mon père?

Elle a vu que je ne savais plus où me mettre et m'a demandé d'accoucher. Elle avait souvent des expressions comme ça, je n'aurais pas su dire si c'est vulgaire ou grossier, mais une chose est sûre: ça rendait Mme Croteau complètement dingue. J'ai cherché comment lui annoncer la mauvaise nouvelle sans que ça lui fasse trop de peine, mais elle ne m'a pas laissé le temps.

— Il est mort, c'est ça? T'es sûr? Parce qu'y a tellement de fois que j'ai cru que ça y était, pis il finissait toujours par ressusciter.

— Ce coup-ci c'est vrai, c'est le docteur qui l'a dit.

— Tant mieux, parce que sans moi, je vois pas comment il continuerait de payer sa dope.

Elle s'est aperçue que je regardais une grande photo prise au bord d'un lac, avec un groupe d'enfants en rang d'oignons qui disaient *cheese,* et un écriteau planté derrière eux: «Camp d'été des Âmes vaillantes».

Je l'ai reconnue tout de suite, elle était entre le vieux monsieur distingué et un homme plus jeune aux cheveux roux et ondulés comme un acteur de cinéma. Elle a dit que c'était M. de Bonneville qui payait des vacances aux enfants pauvres avec sa fondation, et que c'est là qu'il l'avait choisie pour toujours.

— Et l'autre type, c'est qui?

— L'abbé Touchette. Il sait pas, mais entre nous les filles on l'appelle «Touche-à-tout». Tu veux que je te fasse un dessin?

— Non, pas besoin.

— OK, maintenant faut que tu te pousses. Ça devient trop risqué.

On est descendus et elle m'a conduit à la cuisine en disant que c'était mieux que je sorte par la porte en arrière, des fois que M. de Bonneville arriverait en même temps.

— T'es sûre qu'il te fait pas mal?

— Ben non, je t'ai dit. T'es tarlais ou quoi? Il me touche même pas. En tout cas, pas comme tu penses.

Elle s'est marrée et a expliqué qu'il était un peu toqué sur la propreté, vu qu'il lui donnait un bain deux fois par jour, le matin et le soir, et ça durait longtemps parce qu'il la savonnait partout. Ce qu'elle aimait le mieux, c'est quand il lui faisait un shampoing parfumé avec le revitalisant après.

— Touche, tu vas voir comme ils sont doux. Il voudrait que je les laisse pousser. Ce qui est bien, c'est qu'il m'oblige pas. Ça, j'ai pas l'habitude. Pis en plus, c'est une bonne idée.

J'ai caressé ses cheveux comme elle demandait et c'était vrai, ça coulait entre les doigts en plus de sentir bon. J'ai voulu savoir si je pouvais l'embrasser.

— OK, mais seulement sur la joue.

— Pourquoi seulement?

— À cause de Papy. Maintenant j'y appartiens.

Son visage s'est éclairé et sa fierté se voyait partout dans son sourire et ses yeux quand elle a raconté que M. de Bonneville l'avait achetée pour quinze mille dollars américains, même qu'elle les avait comptés dans sa tête en même temps que lui au moment où il avait payé M. Streuler.

Je voyais bien qu'elle n'arrivait pas à croire qu'elle valait si cher et franchement, quinze mille dollars, c'est énorme, surtout qu'on ne lui demandait rien de dégueulasse en échange.

Elle a ouvert un tiroir pour prendre des ciseaux et je me suis demandé si elle était devenue psycho quand elle les a plantés dans le dos de M. Édouard.

— Mais qu'est-ce tu fais? Arrête!

Elle a tiré sur un fil et a sorti un petit sac en plastique plein de pilules.

— C'est quoi?

— Rien, juste des remèdes.

— Tu me prends pour un con? C'est de la dope, oui.

— J'en use seulement quand je me sens mal à mort, pour pas devenir folle. Je te jure.

— Tu vas tout bousiller avec M. de Bonneville.

— T'es chiant, merde. Il le sait, d'abord.

— Je te crois pas.

— Il me donne de quoi pour que j'arrête. Ça s'appelle de la méthadone. Sauf que c'est chaque jour un peu moins. C'est la seule chose pour quoi j'arrive pas à l'enfirouaper.

Elle a ouvert le verrou et m'a donné ce qui restait de M. Édouard pour que je le jette dans une poubelle. Elle a mis la main sur mon épaule en disant:

— Oublie pas que tu m'as juré.

— Tu me connais ou quoi? Jamais je te trahirais.

À ce moment, j'ai eu la preuve par neuf que les filles ne sont pas évidentes à suivre en ligne droite, parce qu'Iris m'a retenu juste avant que je parte et m'a embrassé sur la bouche. Pas longtemps, mais quand même assez pour qu'elle mette sa langue qui avait encore le goût du praliné.

Je suis sorti dehors et, au bout de la rue, j'ai croisé la Mercedes qui revenait sans se presser, ça m'a donné le temps de regarder le vieux monsieur. Il a tourné la tête en passant à ma hauteur et m'a observé un peu trop longtemps pour mon bien. À part ça, c'est vrai qu'il n'avait pas l'air méchant.

VINGT ET UN

IL S'EST PASSÉ UN DRÔLE DE TRUC dans le métro.

D'abord, j'ai senti que Divad était là, mais il ne disait rien et ça m'arrangeait, parce que je n'avais pas envie de sortir mon Nokia pour faire semblant de parler à quelqu'un.

Ensuite, je me suis mis à regarder les voyageurs autour de moi et je n'en revenais pas à quel point ils étaient différents entre eux. Il y en avait qui pensaient à des choses et d'autres qui ne pensaient à rien, ça se voyait dans leurs yeux.

Et, tout à coup, j'ai eu envie de crier et de leur révéler qu'ils transportaient chacun un passager clandestin qui s'appelait un symbiote et qui était en train de rêver qu'il était dans le métro et se fichait pas mal de savoir où il allait, parce que pour lui la réalité n'avait jamais existé.

Ça peut paraître fou, mais j'ai commencé à avoir de la peine à respirer et je suis descendu deux stations avant la mienne pour faire le reste du trajet à pied. Je suis passé par le parc pour éviter que les gens me pompent l'air davantage et ça a été une fichue de bonne idée, vu que Divad en a profité pour se manifester et me dire qu'il fallait qu'on discute.

— D'accord. De quoi ?

— Du Conseil des Anciens.

— C'est une blague ?

— Non. Tu ferais mieux de t'asseoir sur le banc près des tulipes.

En général, Divad ne parlait pas longtemps, mais là, j'ai senti que ça serait différent. Il a commencé par me raconter que pendant des milliers d'années, les symbiotes nous avaient servi de conscience en nous disant quoi faire et quoi penser.

— Je sais tout ça. Les voix bicamérales et le libre arbitre. C'est dans le livre du professeur Vargas.

— Précisément. Nous avons aidé les humains à devenir conscients à leur tour et c'est ce qui a finalement causé le divorce. Najid-le-Rebelle prétend que l'Alliance aurait pu être sauvée si la clique d'intégristes au Conseil des Anciens n'avait pas saboté l'affaire.

— C'est qui, les Anciens, d'abord?

Divad m'a répondu sans se faire prier, ce qui n'arrive pas souvent.

D'après ce que j'ai compris, les membres du Conseil étaient choisis autrefois en raison de leur personnalité et des qualités de leur hôte. On les appelait les Sages et on les respectait. Sauf qu'il fallait les remplacer souvent, vu que la plupart des humains ne vivaient pas vieux, à cause du système de santé de l'époque. Le recrutement des nouveaux Sages n'était pas évident et certains commettaient des gaffes parce qu'ils manquaient d'entraînement.

Et là, un homme exceptionnel est arrivé et a trouvé le truc pour faire une jonction avec son symbiote à l'instant de sa mort. Ça s'appelle la Fusion – c'est comme un amalgame, mais permanent. Et c'est comme ça qu'est né celui qu'on a appelé «le Premier des Anciens».

J'ai arrêté Divad parce que son explication ne tenait pas debout:

— Tu dis que ce type génial a fusionné avec son symbiote quand il a passé l'arme à gauche. Mais alors, ton fameux «Premier des Anciens», comment il a fait pour continuer à exister?

— Il s'est installé provisoirement dans le cerveau d'un autre homme.

— Ça se peut pas. Cet autre homme avait déjà un symbiote, non? Tu veux dire que ton Ancien l'a foutu dehors pour prendre sa place?

— C'est une question irrespectueuse. Les Anciens utilisent la passerelle uniquement pour se transférer dans un cerveau vacant.

— C'est quoi ça, un cerveau vacant?

— Je ne suis pas autorisé à en parler. Tu dois le comprendre par toi-même. Disons que c'est comme un trou noir. Il y a de la lumière, mais tu ne la vois pas.

C'était une manie chez Divad de me donner comme ça des morceaux de puzzle et il fallait après que je me débrouille pour les assembler. Comme il n'était pas idiot ni méchant, il devait avoir de bonnes raisons d'agir ainsi, mais c'était quand même super chiant. J'ai réfléchi un moment, puis j'ai dit :

— Si les Anciens passent d'un trou noir à un autre plusieurs fois de suite, ça veut dire qu'ils ne mourront jamais.

— C'est pour ça qu'on les appelle aussi les « Immortels ».

— Arrête ! C'est impossible de pas mourir.

— Je ne sais pas pour l'avenir. Mais le Premier des Anciens est l'éminence grise du Conseil depuis deux mille cinq cents ans.

— J'ignore ce que ça veut dire une éminence grise, mais je m'en fiche parce que tu me fais marcher.

— Non. Ce serait un sacrilège de plaisanter à son sujet.

— Ce que tu peux être poche quand tu t'y mets. Et d'abord, il s'appelle comment ?

— Lui seul peut te le révéler.

— Et je fais comment pour lui demander ? Je lui téléphone ? Te fâche pas, désolé. Ils sont combien avec lui ? Je veux dire : dans le Conseil. Tu vas me répondre que c'est un secret, ça aussi.

— Pas du tout. Actuellement, ils sont trente et un. En principe, ils intègrent un nouveau membre par siècle. Ça s'appelle la cooptation et c'est chaque fois l'occasion de faire la fête du Centenaire. À certaines époques, on en a célébré deux ou même trois, parce qu'il y a eu de grands sages et des visionnaires qu'on ne pouvait pas laisser passer. Des créateurs aussi, quand leur art ne s'est pas exprimé au détriment de leur humanisme.

— Un instant ! Tu parles de qui, là ? Du symbiote ou de son hôte ?

— Des deux. Grâce à la fusion, ils deviennent un Ancien, c'est-à-dire un esprit qui est plus grand que la somme de ses parties. Tu connais la formule de la synergie, Mme Croteau vous l'a expliquée en classe.

— Oui, mais comme je la déteste, j'ai rien compris. Maintenant, y a une autre chose que j'aimerais savoir. Chaque fois que je t'ai posé une question sur les Anciens, t'as refusé de répondre en disant que c'était un sujet tabou. Pourquoi c'est différent aujourd'hui ?

— Parce que le Premier des Anciens m'a demandé de te mettre au courant.

— Oh merde ! Tu veux dire qu'il s'est adressé à toi, personnellement ?

— Oui, David. J'en frissonne encore.

Il n'exagérait pas. Je le sais parce que j'ai senti la réverbération jusque dans mes os.

C'EST À CAUSE DE MOI si on a passé à l'école un documentaire sur l'Holocauste.

Ça a commencé par une bagarre à coups de poing dans la cour entre moi et Guillaume Leberger qui était le plus fort, vu qu'il avait fait du kayak et qu'il n'y a rien de tel pour muscler les biceps. Il venait d'avoir seize ans et ça m'aurait arrangé qu'il soit du genre brute épaisse, sauf que pas du tout : c'était l'étudiant le plus doué de l'école et la direction lui avait permis de sauter la quatrième secondaire, parce qu'il raflait chaque année tous les premiers prix. Le plus frustrant, c'est qu'il réussissait les doigts dans le nez et que ça avait l'air de lui faire ni chaud ni froid.

M. de Chantal nous a séparés, heureusement parce que j'avais reçu un marron dans l'œil et j'y voyais plus qu'à moitié. Il m'a amené à l'infirmerie pour me mettre une compresse et me poser des questions. J'ai expliqué que Guillaume m'avait traité de sale youpin et que ce n'était même pas vrai, vu que j'étais juif seulement du côté de mon père.

Au lieu de me plaindre, M. de Chantal m'a dit que si on m'insultait là-dessus, je devais me sentir juif à cent pour cent. Pour m'encourager, il a ajouté que j'allais sûrement avoir un œil au beurre noir et que je pouvais en être fier, parce que je m'étais battu pour un principe.

— Cela dit, la provocation de Guillaume est inexplicable. Son comportement est l'envers de tout ce que je connais de cet étudiant – l'un des plus doués et des plus responsables de l'école.

Il a ensuite téléphoné à M. Leberger pour le mettre au courant, sans savoir que c'est un type qui déteste avoir des histoires avec les autorités. Ce qui fait que Guillaume est revenu le lendemain avec sa lèvre du haut toute gonflée et m'a remis le billet d'excuse que son père l'avait forcé à écrire. Je lui ai dit que c'était excessif et que personne n'avait le droit de se mêler de nos affaires. On a alors décidé que la prochaine fois, on réglerait nos comptes entre nous, sans témoins.

On ne savait pas encore que c'était une résolution qui ne servirait à rien, vu qu'à partir de ce jour-là, on a commencé à devenir amis pour de vrai. Ça tombait bien pour moi, parce que ça ne marchait pas fort du côté de Kamal. Il m'évitait et moi aussi je me sentais mal à l'aise, surtout depuis qu'Iris m'avait raconté qu'il avait voulu essayer avec elle et qu'il n'avait pas été capable de bander.

Tout ça pour dire que M. de Chantal a organisé un ciné-club sur le thème du racisme et de l'intolérance. On a vu des images filmées dans les camps de concentration, c'était franchement dégueulasse, mais ce qui était encore pire, c'est que plusieurs gars étaient excités de voir les cadavres tout nus que les bulldozers poussaient dans les fosses et ont fait des remarques salopes à voix basse pour choquer les filles.

Si j'en parle, ce n'est pas pour ça, mais parce que le documentaire montrait aussi que les nazis voulaient purifier la race en exterminant les infirmes et les idiots. On voyait des enfants qui ressemblaient comme des gouttes d'eau au frère de Serge Kornichuk et qu'on emmenait dans des camions pour les gazer.

Heureusement, ils étaient trop bêtes pour se rendre compte de ce qui les attendait et j'ai eu honte, parce que ça m'a rappelé la réaction de Divad quand je lui ai dit que les parents de Jean-Sébastien auraient mieux fait de s'en débarrasser.

Là, tout s'est mis à tourner et il a fallu que je sorte à toute vitesse de la salle pour aller m'asseoir quelque part, je sais même plus où. La révélation était venue toute seule et j'ai dû fermer les yeux, comme si j'étais aveuglé par une lumière trop forte.

Je savais maintenant c'était quoi un cerveau vacant, et aussi pourquoi Jean-Sébastien m'avait fait un clin d'œil à la sortie de l'église.

VINGT-DEUX

Mme KORNICHUK ne m'a pas fait entrer tout de suite, et on voyait bien à son air qu'elle s'attendait de préférence à une mauvaise nouvelle.

Je lui ai donné le bouquet de violettes africaines. Ma mère avait dit que c'était mieux que des chocolats, car on ne sait jamais si quelqu'un est diabétique ou allergique à un truc ou l'autre. Moi, j'étais pas sûr, parce que les parents de Serge devaient en avoir marre, avec toutes les fleurs qu'ils avaient reçues aux obsèques – eh bien pas du tout. J'ai même vu que ça avait un effet extrême quand Mme Kornichuk est allée prendre des kleenex pour pleurer plus proprement. J'avais hésité chez le fleuriste, heureusement que je n'ai pas pris les roses, ç'aurait été les chutes du Niagara.

Finalement, je lui ai dit que j'étais venu passer un moment avec Jean-Sébastien. Elle m'a regardé de travers :

— Un moment pour quoi faire ?

— C'est à cause de Serge. Il m'a dit que son frère aimait bien qu'on vienne lui parler, même s'il répond pas.

— Serge ? Ça m'étonnerait.

C'était une excuse que j'avais inventée pour venir ici. Elle ne m'a pas cru, mais j'ai vu en même temps qu'elle avait envie que ça soit vrai.

— Je vous jure. Il me parlait souvent de lui.

Elle m'a fait signe de la suivre et m'a caressé les cheveux. Je commence à avoir l'habitude parce qu'ils sont bouclés, il paraît que c'est irrésistible pour les dames d'un certain âge.

JEAN-SÉBASTIEN ÉTAIT EN PYJAMA dans sa poussette bricolée, tout tordu comme d'habitude, avec la bouche à moitié ouverte. Sa chambre était petite avec presque rien dedans, à part un lit à barreaux comme à l'hôpital, une commode avec des flacons, des cuvettes et des paquets de couches, et la même odeur que dans l'escalier de la maison d'Iris.

Mme Kornichuk lui a essuyé le menton et elle a poussé une chaise devant lui en me demandant si j'étais sûr.

— C'est OK. Je vais rester juste un petit moment.

Sa voix était plus douce quand elle a répondu que je pouvais rester aussi longtemps que je voulais. Elle est partie et ça faisait mon affaire, parce que même si je ne savais pas par où commencer, il fallait d'abord que je sois seul avec Jean-Sébastien.

Je l'ai regardé qui se berçait d'avant en arrière et vice-versa, et j'ai eu la trouille de m'être foutu dedans jusqu'au trognon, en m'imaginant des trucs qui tenaient pas debout.

Pour relaxer l'atmosphère, je lui ai raconté que j'étais un ami de Serge et qu'on se rencontrait souvent sur le chemin de l'école – bref, n'importe quoi pour empêcher le silence.

Je me suis alors aperçu que ses poignets n'étaient pas attachés quand il a levé la main, sauf qu'il tremblait tellement qu'il a eu de la peine à trouver son visage. Il a finalement réussi à poser ses doigts sur ses lèvres et j'ai eu l'impression qu'il me conseillait de la fermer, mais peut-être aussi que ça voulait rien dire du tout.

Mme Kornichuk est revenue avec un verre de jus de pomme et une tranche de gâteau. Il y en avait aussi un morceau pour Jean-Sébastien et elle a dû le pousser avec les doigts pour que ça rentre, il avait de la peine à avaler et j'ai eu peur qu'il s'étouffe. Ensuite, il a bu et c'était aussi désastreux que le chanoine Dijan après son opération.

Elle m'a demandé si je pouvais rester un petit moment, elle en profiterait pour aller faire des courses à l'épicerie du coin. Elle m'a remercié comme si je lui sauvais la vie, moi j'ai fait semblant de rien, mais ça me gênait tout à coup d'être en bonne santé.

DÈS QUE LA PORTE D'ENTRÉE s'est refermée, les yeux de Jean-Sébastien ont fait comme un déclic et se sont remplis d'intelligence. Il a dit :

— David nous a trouvés. Gratitude et admiration.

Je n'avais jamais entendu une voix comme ça, totalement différente de la fois où Najid nous avait parlé par la bouche du chanoine Dijan. Ici, c'était comme s'il y avait un écho au fond de la gorge, ou encore comme si deux personnes avaient dit exactement la même chose en même temps.

J'ai reculé malgré moi, pas parce que j'avais peur, mais un peu quand même. Surtout, j'avais de la peine à croire que ça se passait pour de vrai, encore que pour ça, je commençais à avoir l'habitude.

— Divad m'a expliqué. Vous êtes le Premier des Anciens.

— Nous le sommes. Divad t'a montré le sentier. Ensuite, tu as marché seul.

— C'est le truc du cerveau vacant qui m'a mis sur la piste.

— Nous n'y sommes que de passage.

— Vous vous appelez comment ?

— En arpège, notre nom signifie l'Univers-et-Un.

Les lèvres de Jean-Sébastien bougeaient comme dans un film mal doublé, on voyait bien qu'il ne savait pas comment prononcer les mots, mais je finissais quand même par tout comprendre.

Quand je lui ai demandé pourquoi il disait «nous», il m'a rappelé ce que Divad m'avait expliqué : quand un humain est choisi par les Anciens pour faire partie du Conseil, son esprit s'amalgame au moment de sa mort avec celui de son symbiote et ils cessent d'être une dualité pour devenir une seule entité – un Immortel.

— Ça, j'ai compris. Sauf que si M. Van Haecke a raison pour l'extinction de l'espèce humaine, l'immortalité des Anciens va s'arrêter elle aussi, forcément. À moins que vous puissiez vivre sans nous.

— Nous ne le pouvons pas. La menace que tu évoques est réelle et c'est le cœur de notre entretien. Nous avons besoin de toi pour être notre messager auprès de tes compagnons. Notre temps de parole est court. Il te faut écouter à présent.

Jean-Sébastien a réussi à me prendre la main et j'ai senti que la sienne était brûlante.

— D'accord. Tant que c'est pas dangereux pour vous. Je veux dire, c'est surtout pour Jean-Sébastien que je m'inquiète.

J'aurais bien voulu qu'il me rassure, mais il a continué sur sa lancée :

— Najid-le-Rebelle s'est présenté à vous comme l'adversaire du Conseil des Anciens, sans comprendre que nous poursuivons ultimement le même but. Il veut l'atteindre rapidement et par des moyens expéditifs. Nous agissons au contraire avec prudence, afin de ne pas répéter les erreurs du passé. Il pense qu'on peut renouer l'Alliance entre nos races dans les mêmes termes qu'autrefois. Nous croyons que ces termes ont été la cause de la rupture et doivent être changés, inspirés dorénavant par l'humilité et non l'orgueil, par le partage et non l'usurpation. Pour sauver l'homme des conséquences de ses égarements, Najid croit que le symbiote doit assumer à nouveau sa fonction primitive de guide et de gardien. À l'opposé, nous croyons que notre race a commis autrefois une faute incommensurable que nous n'avons pu corriger jusqu'à ce jour et qui continue de ravager le destin collectif des hommes. Nous devons avouer cette faute avant de pouvoir renouer le lien de confiance entre nous, mais les conséquences de cet aveu nous effraient et retardent notre décision. Donne-nous encore à boire, veux-tu?

Je suis allé remplir mon verre et j'ai versé l'eau tant bien que mal dans la bouche de Jean-Sébastien. J'en ai répandu la moitié sur lui, mais ça n'avait pas vraiment d'importance.

— La faute dont vous parlez, c'est quoi?

— L'invention de Dieu.

— Ça veut dire quoi?

— Nous avons créé le mythe de Dieu pour asservir nos hôtes.

Ses yeux se sont remplis de larmes qui se sont mélangées aux gouttes de sueur qui coulaient sur son visage et il a poussé un gémissement comme si tout ça lui faisait affreusement honte. Ça m'a rendu triste, même si je trouvais qu'il prenait cette histoire un peu trop au sérieux. Pour le consoler, je lui ai dit:

— On avait qu'à pas vous écouter.

— Vous étiez crédules et nous avons été convaincants. Nous avons pris conscience de notre «Je» longtemps avant que vous ne preniez conscience du vôtre – et nous en avons profité pour vous circonvenir.

— Ça veut dire quoi, circonvenir?

— C'est un terme de politesse pour dire tromper.

Il a expliqué que la pensée magique avait nourri les croyances des hommes primitifs en prêtant une âme aux objets et aux animaux, une volonté aux forces de la nature, des intentions aux événements de la vie et au cours des choses. Les superstitions et les pratiques conjuratoires avaient engendré la croyance en des puissances surnaturelles qui contrôlaient les destinées humaines et qu'il fallait amadouer par des incantations et des sacrifices.

— Afin d'établir leur autorité, les symbiotes des origines ont succombé à la tentation de se faire passer pour ces esprits et ces divinités aux yeux de leurs hôtes. Nous avons péché par orgueil en considérant les êtres humains comme une commodité au service d'une intelligence supérieure – la nôtre. Nous avons été punis de notre erreur quand l'homme a revendiqué son libre arbitre en mordant dans le fruit de l'arbre de la connaissance du bien et du mal.

— Ça, je connais, c'est dans la Bible.

— Je te le cite ainsi pour cette raison, mais tu trouveras dans tous les grands livres sacrés, sous une forme symbolique ou l'autre, le récit de la rupture de l'Alliance – une rupture qui a pris des siècles à se consommer. Et, en vérité, Adam et Ève n'ont pas été chassés du jardin d'Éden où ils vivaient en fusion avec leur symbiote, ils l'ont quitté délibérément pour aller à la conquête de leur autonomie.

— Ça me paraît plutôt bien ça, non?

— Considère ceci : à force de parler le langage de la toute-puissance, nous avons fini par nous prendre pour des dieux. Nous avons failli à notre mission en laissant l'être humain à lui-même sans le délivrer du joug des croyances que nous avions cultivées dans son esprit pendant des millénaires – ces croyances qui allaient l'empêcher, lui et sa race, de vivre dans la tolérance et dans la paix.

— Ça se peut pas. Croire en Dieu n'a jamais fait de mal à personne.

— Celui qui croit à l'existence d'un être suprême qui le récompense ou le châtie, qui influence le cours de sa destinée et la finalité de son âme, celui-là s'engage sur une voie qui l'éloigne de sa propre vérité et le soustrait à sa responsabilité d'homme libre.

— Je sais pas quelle est la religion de Gwen, ni celle du professeur Vargas et des autres, mais d'après moi, ils vont trouver que vous allez trop loin.

— Tu leur rappelleras que les religions ont été de tout temps un instrument de pouvoir aux mains d'un petit nombre pour assujettir la multitude. Elles ont été plus souvent causes d'ignorance et de discorde que sources de paix et de lumière. Inspirées par notre faute originelle, elles ont usurpé le mythe que nous avions créé pour exercer sur nos hôtes une influence qui contrecarrait leur émancipation.

— Si j'ai bien compris ce qu'on a discuté l'autre jour dans le parc, Najid-le-Rebelle aimerait faire la paix avec le Conseil des Anciens. Vous croyez que ça va marcher?

On a entendu la porte d'entrée qui s'ouvrait et Mme Kornichuk qui allait poser ses emplettes à la cuisine. Jean-Sébastien s'est penché vers moi et m'a dit à la hâte que le renouement de l'Alliance entre la race des symbiotes et la race des humains exigeait que les premiers renoncent au déni de la Matière et que les seconds dénoncent le mythe de Dieu. Il a ajouté que c'étaient là deux conditions qui représentaient un défi quasi insurmontable.

Ça le préoccupait beaucoup, parce qu'il a poussé un soupir terrible et la morve lui est sortie du nez. Je n'étais pas sûr si je devais l'essuyer, mais je l'ai fait quand même pour que sa mère ne s'imagine pas qu'il avait été comme ça tout le temps qu'elle était partie.

— Divad m'a dit que vous étiez très vieux, peut-être le plus vieux dans le Conseil des Anciens. Il a même dit quelque chose comme deux mille cinq cents ans. C'est vrai ou c'est des blagues?

— Il a dit vrai.

— C'était quoi le nom de votre hôte? Je veux pas être indiscret, mais les autres vont me le demander, c'est sûr.

— Nous avons été connu sous le nom de Siddharta.

— Siddharta? Désolé, j'ai jamais entendu parler de vous.

Ça l'a fait rire dans le genre hoquet et il a commencé à dire: «Vanité des vanités...»

Mme Kornichuk est entrée dans la chambre à cet instant et ça m'a fait un choc, parce que Jean-Sébastien a pris moins d'un dixième de seconde pour redevenir légume. Elle voulait me remercier et me donner encore du gâteau, mais j'ai raconté que j'étais attendu et j'ai filé à toute vitesse.

Je suis allé me promener parce que je ne me sentais pas très bien et aussi, il fallait que je digère tout ce que je venais d'entendre.

J'avais l'impression que ça pouvait être important.

VINGT-TROIS

M. DE CHANTAL m'a prié de rester quelques minutes après la fin de son cours. En général, ce n'est pas bon signe quand un prof vous déclare: «J'ai deux mots à te dire», parce que c'est une expression qui signifie qu'il y en aura beaucoup plus que deux et que ça ne s'annonce pas comme une partie de plaisir. Sauf qu'avec lui, je n'étais pas autrement inquiet, vu nos antécédents.

Tout de même, il m'a pris à rebrousse-poil en disant:

— J'ai besoin d'être rassuré, David.

Il a sorti la rédaction que j'avais faite sur le thème «Mon opinion sur le racisme» et m'a demandé si quelqu'un m'avait aidé à l'écrire. Ça a été facile de répondre, vu que je n'en avais même pas discuté une seule fois avec Divad.

— Non, personne. Si vous posez la question, ça veut dire que vous avez trouvé ça pas mal bon. Oui?

— Je suis perplexe. Tu as toujours été en tête de peloton pour ton français parlé et écrit. Fort bien. Mais pour l'originalité et la rigueur de tes idées, tu t'es maintenu dans une moyenne «honorable». Disons que l'emballage est généralement attrayant, mais que le contenu ne vole pas toujours très haut.

— J'ai fait mon possible.

— Non, au contraire: cette fois, tu as fait l'impossible.

— Je comprends pas.

— J'avais déjà noté une amélioration dans ton texte précédent. Mais celui-ci n'est pas seulement meilleur, il est exceptionnel. Comment expliques-tu ce progrès?

— Je sais pas. C'est peut-être une affaire d'hormones.

Il a ri en disant qu'en trente ans de carrière, il avait plutôt observé que la puberté transformait des élèves studieux et appliqués en jeunes godelureaux écervelés et blasés. Puis il est redevenu sérieux et m'a dévisagé en se posant à lui-même des questions silencieuses. Enfin, il a dit :

— On se connaît depuis longtemps, David Goldberg. Il y a quelque chose de changé en toi. Je m'en réjouis et, en même temps, j'éprouve une sorte d'inconfort... Par exemple, tu commences ton essai en disant : «Je ne peux pas avoir une opinion sur le sujet, parce que j'en ignore davantage que je n'en sais.»

— Ben oui. C'est logique, non ?

— En effet. Si ce n'est qu'à ton âge, on ne met pas de bémol quand on donne son opinion. Parfois, je me demande...

Il a soupiré en gonflant les joues et j'ai attendu la suite, mais rien n'est venu.

EN SORTANT DE L'ÉCOLE, j'ai vu Kamal qui parlait avec une drôle de bonne femme. Il m'a montré du doigt et a fichu le camp sans se retourner. Ça m'a confirmé qu'il ne voulait plus rien savoir de moi, peut-être parce que je passais beaucoup de temps en compagnie de Guillaume depuis qu'il m'avait traité de sale youpin.

Comme je m'y attendais, la femme m'a coincé sur le trottoir et je me suis rendu compte qu'elle était plus jeune de près que de loin, même si elle avait l'air usée de partout. Franchement, ça m'embêtait qu'on nous voie ensemble. Elle était fardée comme dans un film en noir et blanc, avec son rouge à lèvres qui dépassait en haut et en bas, et je ne dis rien pour le mascara sur ses cils, il était tellement épais qu'elle avait de la peine à garder ses paupières levées.

J'ai voulu repartir, mais elle m'a retenu par le bras.

— Je t'avertis, p'tit mec, j'aime pas qu'on me regarde de haut. Pour qui tu te prends, d'abord, pour me juger ?

— Je vous juge pas, madame. Je sais même pas qui vous êtes.

C'était vrai, sauf que plus je la regardais et plus j'avais l'impression de l'avoir déjà vue quelque part.

— Je suis pas une madame, sûr et certain. Mais c'est pas parce que je suis une pute que t'as le droit de me juger.

Elle ne tenait pas vraiment en équilibre debout parce que ses bottes avaient des talons délirants – et aussi parce qu'elle avait un peu picolé ou pire.

— Vous voulez quoi ?

— Je veux tout savoir. Traite-moi de pitoune si ça t'excite, mais garde tes jugements pour toi. OK, là?

Tout à coup, j'ai su qui c'était, même si son air de ressemblance était caché derrière ses rides. Ça m'a tellement scié que j'ai dit une chose terrible, sans avoir le temps de me retenir:

— Je croyais que vous étiez morte.

— Ça sera pas long. Secoue pas le cocotier, le flo. Peut-être que je le suis déjà et que je le sais pas. Tu trouves que je pue la charogne, pas vrai?

— J'ai jamais dit ça.

— Justement, tu dis rien à personne. Juge-moi tant que tu veux, grand frais chié. Où elle se cache, sacrament?

— Je sais pas. Comment je pourrais savoir?

Elle a fait semblant de rire, mais ce n'était pas une bonne idée avec ses dents qui ne valaient plus rien. Elle m'a expliqué que même si Rita-la-Greluche avait le cul plein de morpions, ça ne l'empêchait pas de rendre à l'occasion des petits services bien placés. Et quand Rita a demandé à ses amis de la police où était sa fille, on lui a dit que j'étais le dernier à l'avoir vue et que mon témoignage sentait le poisson pourri.

— C'est dégueulasse. Je leur ai dit tout ce que je savais.

— Et la proprio qui t'a vu sortir avec M. Édouard sous le bras? Tu te trompes si tu me prends pour plus cave que j'suis. Y a rien qu'elle qui a pu te dire d'aller le chercher. C'est ma fille, ma jolie petite fleur.

Sa voix s'est cassée et elle a poussé un gémissement en se protégeant la tête avec les deux bras comme si elle avait peur que je la frappe. Elle s'est alors mise à pleurer et ce n'était pas de la frime, son maquillage coulait de partout. Vu son équilibre, j'ai eu la trouille qu'elle se retrouve par terre et qu'elle m'accuse de violence conjugale.

J'ai senti une main qui se posait sur mon épaule et M\ :sup:{lle} Sauget m'a demandé à voix basse si cette dame m'importunait.

— Non. Non, c'est... c'est la maman d'Iris.

— Oh... Je vois. Continue ton chemin, je m'occupe d'elle.

Elle m'a regardé profond et j'ai remarqué tout à coup que ses yeux étaient gris souris.

Franchement, j'étais content de partir, surtout que Guillaume m'attendait plus loin. Il avait observé ce qui se passait et s'était approché pour se rendre utile, mais je lui avais fait signe de ne pas s'en mêler.

Quand je me suis retourné, j'ai vu que la bibliothécaire avait pris Mme Bazinet par la taille et l'emmenait vers un banc. Elle s'est assise à côté d'elle et lui a donné des kleenex en lui parlant doucement.

C'était marrant de les voir ensemble, parce que les vêtements sombres et les souliers plats de Mlle Sauget n'allaient pas du tout avec la minijupe verte de Rita, son collier clouté et ses bottes qui lui montaient jusqu'au milieu des cuisses. N'empêche que je n'ai même pas trouvé ça rigolo. J'ai dit tout bas :

— Divad, t'es là ? Si j'étais toi, je m'arrangerais pour faire une jonction avec la symbiote de Mlle Sauget.

Ensuite, j'ai rejoint Guillaume qui m'a demandé si je parlais souvent tout seul.

— Ça m'arrive. Faudra t'habituer.

— Je suis prêt à tout. Tiens, c'est pour toi. Mais tu l'ouvriras ce soir, sans témoin.

Il m'a donné une enveloppe fermée et ça m'a surpris. J'échangeais tous les jours des quantités de messages sur l'internet, mais là, c'était une vraie lettre personnelle – la première que je recevais.

EN TRAVERSANT LE PARC, je suis tombé sur Mme Kornichuk qui donnait à manger aux écureuils, malgré les écriteaux qui disent que c'est des rongeurs et que ça peut les rendre effrontés.

Je lui ai dit bonjour en croyant qu'on se croisait par hasard comme ça arrive des fois, mais elle était venue là exprès pour me rencontrer. (Parfois, je suis encore un peu naïf, ce n'est pas la peine de me le faire remarquer.) Je lui ai demandé comment allait Jean-Sébastien et, la seconde d'après, je me suis mordu la langue au figuré, parce que c'était une question vraiment nulle.

Je ne m'attendais pas à ce qu'elle se mette à pleurer, et encore moins parce qu'elle était trop heureuse. Elle m'a remercié pour le miracle que j'avais fait pour son fils qui lui avait parlé. Ça m'a inquiété et j'ai demandé ce qu'il avait dit. Elle a répondu : « Maman ».

— Et quoi d'autre ?

— C'est tout. Il n'a jamais dit un mot avant ça. Ce matin, il m'a regardée comme je te vois et il m'a dit : « Maman. » Il savait que c'était moi qui étais là, tu comprends ?

— Je crois, oui. Félicitations.

— Ce n'est pas moi qu'il faut féliciter, voyons! Il était différent hier après ta visite, je m'en suis tout de suite aperçu. On aurait même dit qu'il pensait.

Elle a sorti un flacon en verre brun de son sac et me l'a donné en le serrant très fort dans ma main.

— Serge serait content de savoir que je le partage avec toi. Il n'avait pas beaucoup d'amis.

— C'est quoi?

Elle m'a expliqué qu'elle avait pris pour moi deux cuillerées de cendres dans l'urne, mais sans le dire à son mari qui est encore en colère contre la terre entière. Je ne savais pas quoi répondre, mais ça n'avait pas d'importance vu qu'elle était déjà partie.

Elle s'était sûrement imaginé qu'elle me faisait un grand cadeau, mais moi, je n'avais que l'envie de m'en débarrasser au plus vite. Surtout que j'ai eu l'impression que le flacon devenait de plus en plus chaud dans ma main.

Finalement, je l'ai fourré dans ma poche et j'ai fait mon possible pour arrêter d'y penser, mais je n'ai pas vraiment réussi.

Ce qui m'a aidé, ça a été de me dire que c'était une pensée obsédante.

JE NE SAIS PAS s'il y avait davantage de coïncidences dans ma vie dernièrement ou si c'est moi qui étais un meilleur observateur, mais ça commençait à bien faire et je me suis même demandé si les symbiotes n'avaient pas quelque chose à voir là-dedans.

Par exemple, le téléphone était en train de sonner quand je suis rentré à la maison et j'ai couru pour le décrocher avant que le répondeur embarque. C'était Iris.

— C'est Mélanie Patenaude.

— C'est OK, je suis tout seul. On peut parler.

— Tant mieux. J'ai des super bonnes nouvelles.

Elle avait l'air tellement contente que j'ai décidé d'attendre avant de lui dire pour sa mère.

— C'est quoi?

— C'est demain qu'on part pour la Côte d'Azur. J'ai déjà fait mes bagages. J'emporte le maximum parce qu'on reviendra pas avant un bon bout de temps.

— Ça me fait de quoi que tu me dises ça. Ça veut dire qu'on se reverra peut-être plus jamais.

— Faut jamais dire jamais. Tu devrais être content pour moi.

— C'est pas impossible qu'un jour je vienne te visiter.

— J'aimerais ça. Sauf qu'il faut dire *rendre visite. Visiter,* c'est pour une ville ou un musée, genre. Mon Papy m'achale dès que je parle mal. Remarque qu'il a raison, autrement je vais passer pour une niaiseuse quand j'irai à l'école de Menton.

— Alors tu ferais mieux de plus dire *achaler.* Non, écoute, je suis vraiment content pour toi, mais ça m'inquiète aussi. Tu seras trop loin pour que je puisse t'aider, des fois que t'aurais besoin de moi. T'es sûre que tu risques rien?

— T'insistes, merde. Je t'ai déjà dit. Il me demande toujours avant si je suis d'accord.

— D'accord pour quoi?

— Pour faire des trucs, quoi. Tu veux peut-être que je te les mime au téléphone?

— Et quand tu lui dis non, il arrête?

Il y a eu un silence. J'ai pensé à sa mère Rita qui avait levé ses bras comme si j'allais la frapper.

Finalement, Iris a dit:

— Tu comprends rien. Pourquoi j'y dirais non?

— Alors ça veut peut-être dire que tu l'aimes pour vrai. C'est ça?

— Je sais pas. Tout ce que je sais, c'est que je suis bien avec lui. J'ai même jamais été aussi heureuse de toute ma vie.

— J'ai l'impression que t'as jamais été heureuse avant.

— Là, t'as raison. En tout cas, c'est la première fois que ça dure. Oups, c'est la porte en bas. Faut que je te laisse. Bye!

Elle a raccroché. J'ai quand même dit: «Fais attention à toi», comme si elle pouvait encore m'entendre.

Après, j'ai eu un motton dans le gosier pendant un long moment, et même avec un chocolat chaud, ça ne voulait pas passer. Je crois que j'aurais aimé qu'elle me dise que je l'avais rendue un petit peu heureuse quand on s'était embrassés dans sa chambre.

Quand je m'y mets, je peux être pas mal con.

CE SOIR-LÀ, je me suis enfermé dans ma chambre et j'ai vidé mes poches.

Au fond du placard, il y a une latte de plancher qui s'enlève et dessous ça fait une super cachette. J'y ai mis le flacon avec les cendres de Serge, ensuite j'ai replacé la latte et, pour plus de sécurité, j'ai posé dessus une vieille paire de baskets qui cocottaient.

À part ça, je me suis dit que ce n'était pas deux cuillerées de cendres qui pouvaient m'effrayer – sauf que, justement, c'était trois fois rien et je n'arrivais pas à faire le rapport dans ma tête avec Serge qui traversait le parc ensoleillé pour aller à l'école, en faisant un détour pour éviter la bande à Charbonneau. J'ai pensé que moi aussi j'allais mourir un jour et je n'ai pas aimé ça.

Pour me changer les idées, j'ai ouvert l'enveloppe de Guillaume que j'avais un peu oubliée, parce que ma vie était pas mal bousculée dernièrement.

J'ai lu sa lettre une première fois, après je me suis assis sur mon lit pour la relire, vu que je m'attendais à je ne sais pas quoi, sauf à ça.

Il me disait qu'il n'était pas capable d'arrêter de penser à moi et qu'il ne fallait pas chercher plus loin celui qui avait piqué ma photo dans le livre d'honneur de l'école. Il la regardait tous les soirs avant de s'endormir et il trouvait que j'étais encore plus beau depuis que je laissais pousser mes cheveux. Il voulait être mon meilleur ami pour toujours, et même le seul si j'étais d'accord. Il ne s'imaginait pas vivre heureux sans moi, j'étais dans son sang.

À la fin de la lettre, il m'a dit qu'il m'aimait et a signé «ton Guillaume tout à toi».

Personne ne m'avait jamais écrit des trucs pareils, ce qui fait que j'avais plein d'excuses pour ne pas savoir comment réagir. Ce n'est sûrement pas Iris qui m'aurait dit qu'elle me trouvait beau, de toute façon elle était maintenant tout à fait au-dessus de mes moyens, mais je ne pouvais pas lui en vouloir.

Il a fallu que je cherche une autre cachette pour la lettre, de préférence un endroit facile d'accès, car je savais que je la relirais souvent. Je me demandais quoi penser et comment lui répondre, c'était troublant et rien que ça, c'était déjà une sensation agréable. Sans compter que j'admirais Guillaume d'avoir eu les couilles de me dire tout ça par écrit, moi je n'aurais pas osé.

DIVAD A ATTENDU que je ferme la lumière pour se manifester, c'était devenu son truc habituel. Il a dit:

— C'est bon de se sentir aimé.

— Je préfère qu'on n'en parle pas. T'es pas jaloux au moins?

— Non. Bien sûr que non. Le lien qui nous unit est unique.

— C'est la première fois que tu me dis ça. T'as l'air drôle, ce soir.

— Je suis inquiet.

— Pas pour moi, j'espère.

— Pour tout le monde. Par conséquent, pour toi et pour moi aussi. Siddharta dit qu'il a besoin de ton aide.

— Tu me fais marcher. Pourquoi moi?

— Il a confiance en toi.

— Tu pousses un peu, non? On s'est rencontrés une seule fois. Il veut que je fasse quoi?

— Que tu prennes soin de toi.

— Pourquoi, je suis en danger?

— Il ne l'a pas dit comme ça. Il s'exprime souvent par allégorie.

— Par exemple?

— Il a fait allusion au Léviathan dont le professeur Rochefort vous a parlé l'autre jour. C'est un monstre mythique qui peut causer des cataclysmes terrifiants, capables d'anéantir le monde.

— C'est gai, merde. D'après toi, Siddharta, on peut lui faire confiance?

— Oui, sans réserve.

— N'empêche que Najid-le-Rebelle est en pétard contre les Anciens.

— Pas contre tous, ne crois pas ça! En revanche, il se méfie d'une minorité occulte au sein du Conseil – des intégristes purs et durs qui manigancent dans l'ombre pour que les symbiotes reprennent leur pouvoir sur les êtres humains.

— Mais pourquoi Siddharta leur dit pas d'arrêter? T'as dit toi-même qu'il est une éminence grise.

— C'est-à-dire qu'il exerce une grande influence, mais il n'a aucun pouvoir. Le Conseil n'a personne à sa tête, pas de chef ni de président.

— C'est dingue. Ils prennent leurs décisions comment?

— Les Anciens ne décident rien. Ils ne font que s'exprimer. Leur autorité est morale.

— J'en reviens pas. Un truc pareil, ça marcherait jamais chez nous.

— En es-tu certain ? Même dans le monde de la Matière, la puissance de l'esprit peut l'emporter sur la force du pouvoir.

J'y ai repensé après coup et ça m'a rendu fier, parce que même si cette pensée n'était pas de moi, c'est quand même mon cerveau qui l'avait fabriquée.

VINGT-QUATRE

MA MÈRE S'EST ASSISE avec moi à la table de la cuisine pendant que je prenais mon petit déjeuner et j'ai senti qu'il y avait du sermon dans l'air. Comme elle ne savait pas par où commencer, elle a posé le Nokia devant moi en déclarant que je pouvais en avoir besoin et qu'elle avait décidé de me faire confiance. Bref, ça se présentait mal, surtout avec la confiance par-dessus le marché.

Sauf que ce n'était pas vraiment ça, elle semblait plus troublée que fâchée et elle m'a avoué qu'elle savait tout pour l'enlèvement d'Iris Bazinet et pour la mort de son père à l'hôpital. Ça m'a donné un choc.

— Qui c'est qui t'a dit tout ça ?

— M. Calderone. Il m'a invité hier à prendre un café au *Second Cup*, pour s'excuser.

— Pour s'excuser de quoi ?

— Je sais qu'il t'a demandé de n'en parler à personne. Mais moi, je ne suis pas personne. Je suis ta mère. Il l'a reconnu et il s'est excusé.

— Tu l'as déjà dit.

— Je sais, mais les hommes qui sont capables de s'excuser sont si rares que ça vaut la peine de le répéter. D'ailleurs, il a été très correct, je dirais même gentil. Comme quoi il ne faut pas se fier à sa première impression.

— Pour ses pouces aussi, je trouve ça énervant. C'est dur de pas regarder.

— Certes, mais ton grand-père nous rappelait avec sagesse que ce sont les handicaps invisibles qui sont les plus graves. À part ça, M. Calderone a beaucoup apprécié quand je lui ai dit qu'un secret a toujours la forme d'une oreille. Il l'a même écrit dans son carnet en promettant de s'en servir. Il ne savait pas qui était Jean Cocteau, malheureusement.

— Quel rapport avec Iris ?

— Le rapport, c'est que je lui ai fait comprendre que tu n'étais pas seul dans la famille à savoir garder un secret et qu'il pouvait compter sur ma discrétion. Quoi qu'il en soit, ils n'ont aucune piste pour cette pauvre fille et ils vont diffuser un avis de disparition, avec sa photo.

— Quand ça ?

— Il n'a pas précisé. Pourquoi, ça t'inquiète ? Oui, évidemment. Tu as peur que les gens qui détiennent ta copine se croient obligés de la faire disparaître. Écoute, David, c'est terrible à dire, mais je doute qu'Iris Bazinet soit encore vivante à l'heure qu'il est. Tu sais, une mère a des intuitions qui ne la trompent pas.

Je n'ai rien répondu. Avec tout ce qui m'est arrivé depuis que le chanoine Dijan a voulu se flinguer dans l'ascenseur, je vois bien que ma mère ne me laissera jamais tomber, même si elle déconne des fois.

Au moment où j'allais partir pour l'école, Sig est sortie de sa chambre et m'a demandé comment ça filait. Rien que ça, c'était déjà surprenant. Mais avant de s'enfermer pour une heure dans la salle de bains, elle m'a regardé dans les yeux et m'a donné un bec rapide sur la joue. Abracadabrant. Elle portait un pyjama genre corsaire et je me suis retenu de dire que ça lui faisait un gros cul.

Des fois, c'est des petits efforts comme ça qui contribuent à la paix dans le monde.

En sortant de la maison, j'ai téléphoné à Gwen. Comme ça ne répondait pas à son bureau, j'ai essayé son mobile. Tout de suite, j'ai senti au son de sa voix que quelque chose ne tournait pas rond.

— Je ne peux pas te parler en ce moment. Je... je suis au restaurant. Je te rappelle, OK ?

— Si vous voulez. C'était juste pour vous avertir que le chanoine Dijan veut rencontrer les Mousquetaires demain à midi.

Il y a eu un silence.

— Tu m'expliqueras plus tard. Il faut que je te laisse.

Elle a raccroché, mais j'avais eu le temps d'entendre les haut-parleurs derrière elle qui annonçaient le départ d'un vol pour Chicago. Je me suis demandé pourquoi elle ne voulait pas me dire qu'elle était à l'aéroport, et ça m'a secoué comme un prunier quand j'ai compris.

J'ai eu de la chance pour deux choses : d'abord, on avait une période d'éducation physique au début de l'après-midi avec M. Desgroseillers qui était tellement Cro-Magnon qu'il ne s'apercevrait même pas de mon absence ; ensuite, ma mère insistait pour que je garde toujours de l'argent en réserve dans la poche secrète de mon portefeuille, à utiliser seulement en cas d'urgence.

Ce qui fait que j'ai sauté dans un taxi et bingo, c'était une Lincoln Continental de 1998 avec des ailerons chromés et des sièges en cuir. Même si j'étais pas mal énervé, j'ai apprécié parce que je me sentais comme dans un film d'action. Ça faisait grande classe, quoi.

IRIS ÉTAIT ASSISE sur une des banquettes près de l'entrée pour les vols internationaux. Je l'ai observée de derrière une cabine téléphonique en verre, et même de loin je trouvais qu'elle devenait de plus en plus jolie. Elle portait un sac à dos tout neuf, en toile rouge, avec plein de poches partout, une merveille. Elle était seule, mais j'attendais pour m'approcher de savoir où se trouvait M. de Bonneville.

J'ai eu raison et ça m'a donné un coup de poignard dans le dos quand j'ai vu que Gwen était assise en face d'elle et faisait semblant de lire un magazine féminin. Elle n'avait même pas besoin de se cacher, vu qu'Iris ne l'avait jamais rencontrée.

Il fallait que je trouve comment je pouvais intervenir, c'était urgent – mais la première chose à faire était d'aller pisser. C'est idiot, mais quand l'envie devient trop forte, il n'y a plus moyen de penser à rien d'autre. Sauf que j'ai eu une idée en passant devant le comptoir des billets d'Air France et j'ai dit à l'employée que j'avais perdu ma petite sœur.

— Elle a quel âge ?

— Huit ans. Il faudrait peut-être lui dire dans les haut-parleurs que je l'attends ici. Elle s'appelle Mélanie Patenaude.

J'ai écrit le nom sur un bout de papier.

— Es-tu sûr qu'elle n'est pas avec tes parents ?

— On est rien que nous deux. C'est pour ça que je suis inquiet.

La dame a pris le papier en me disant qu'elle allait voir ce qu'elle pouvait faire et elle est partie discuter avec quelqu'un. Moi, je pouvais plus attendre et j'ai filé aux toilettes sur des chapeaux de roues.

Après avoir fini mon affaire, je me suis lavé les mains, même si le Dr Gélinas nous a dit à l'école que c'est mieux de le faire avant qu'après.

Il y avait un monsieur âgé qui boutonnait sa veste devant les lavabos et quand je l'ai vu dans le miroir, j'ai reconnu M. de Bonneville. Il s'en est aperçu et il m'a regardé de nouveau, avec l'air de chercher si ma tête lui revenait.

— Tu marchais dans ma rue l'autre jour, n'est-ce pas ? Drôle de coïncidence.

— Non, c'est pas ça. Je voulais avertir Iris, mais je suis arrivé trop tard.

— Trop tard pour quoi ?

— Pour que vous puissiez partir ensemble à Menton.

— Quelqu'un veut nous en empêcher ?

— Oui. J'ai rien dit à personne, je vous jure. Je sais même pas comment ils ont fait pour la retrouver.

Il a pâli d'un seul coup, même s'il n'avait pas beaucoup de couleur à perdre au départ. Il a pris du temps pour se remettre à respirer.

— Mon Dieu ! Mon Dieu, quel naufrage ! Il aurait suffi de quelques heures... La pauvre petite Bibiche, que va-t-elle devenir ?

Je ne savais plus où me mettre, parce qu'il était vieux avec des yeux pleins de vraies larmes. Il s'est dirigé vers la sortie, mais il a fait demi-tour pour me dire qu'il me croyait.

Alors il a ouvert sa braguette et a glissé la main dans son pantalon. J'ai reculé en croyant qu'il allait faire une cochonnerie, mais il a juste sorti une sorte de pochette allongée en cuir, retenue par une attache. Il l'a décrochée pour me la donner, et comme je ne voulais pas la prendre, il l'a mise dans la poche de mon blouson en faisant «tsst, tsst, tsst».

Ensuite, il a dit avec une voix qui sortait toute rouillée :

— Protège Iris... du mieux que tu pourras...

Il m'a poussé pour que je parte tout de suite et je n'ai pas pu faire autrement, parce qu'il avait encore son pantalon ouvert et que le voyageur qui venait d'entrer en tirant sa valise à roulettes avait un regard en coin qui s'imaginait des choses.

PENDANT QUE JE RETOURNAIS à la cabine téléphonique pour surveiller Iris, les haut-parleurs de l'aéroport ont demandé à la jeune Mélanie Patenaude de se rendre immédiatement au comptoir d'Air France. Ça leur avait pris du temps et j'étais même plus sûr que c'était l'idée du siècle.

Sauf qu'Iris avait entendu elle aussi et elle a pigé du premier coup: c'était un message codé qui ne pouvait venir que de moi. Elle s'est levée et a regardé autour d'elle en me cherchant des yeux. Elle a dû aussi se demander pourquoi M. de Bonneville n'était pas revenu et son inquiétude est montée en flèche.

Elle a enfilé son sac à dos et a voulu partir, mais Gwen s'est levée pour la retenir en lui parlant à voix basse, sans se douter à quel numéro elle avait affaire.

Ça n'a pas été long qu'Iris l'a griffée au visage en lui criant des noms, et tout à coup l'inspecteur Calderone et la dame de la Protection de la jeunesse sont arrivés en sortant de nulle part.

Même ensemble, ils ont eu un mal fou à immobiliser Iris qui leur a fait une crise d'hystérie monstre en se débattant dans tous les sens. Quand M. Calderone l'a ceinturée par-derrière, elle a réussi à lui faire lâcher prise en le mordant là où il n'avait pas de pouce, puis s'est retournée pour lui donner un coup de pied dans les couilles. En même temps, elle criait tellement fort que tout l'aéroport est devenu silencieux.

Il y a même des voyageurs plus loin qui se sont couchés par terre pour échapper aux balles, en croyant que c'était une attaque terroriste – il faut dire que ce n'était pas évident avec tous les gardes de sécurité qui arrivaient au pas de course en parlant dans leur walkie-talkie.

Ça a failli mal tourner pour de vrai, parce que des voyageurs ont commencé à trouver que c'était dégueulasse de se mettre à plusieurs pour s'attaquer à une jeune fille qui pesait trois fois rien. Un homme a voulu les empêcher de continuer, mais M. Calderone l'a envoyé par terre en moins de deux et a brandi son badge en criant: «Police! Police!»

Là-bas, derrière le kiosque à journaux, j'ai aperçu M. de Bonneville qui se retenait contre un pilier, en fermant les yeux parce que ça lui faisait trop mal de voir qu'on emmenait sa Bibiche en s'y mettant à quatre pour la porter comme un paquet, avec sa robe violette et ses souliers mauves, pendant qu'elle continuait de hurler et de gigoter comme une furie.

VINGT-CINQ

PERSONNE N'A RÉPONDU quand j'ai sonné en bas. Pourtant, Gwen m'avait laissé un message me demandant de la rappeler chez elle après sept heures. En même temps, elle s'était excusée de ne pas avoir pu me parler plus tôt et voulait en savoir davantage à propos de la rencontre de demain avec le chanoine Dijan.

J'ai profité qu'une vieille dame sortait justement de la maison pour retenir la porte avec mon air de bon-Dieu-sans-confession et je suis monté dare-dare au dernier étage, où l'odeur de poussière et d'encaustique n'avait pas bougé depuis la fois d'avant. Je me suis assis en haut de l'escalier et, franchement, ça m'était égal d'attendre. J'avais besoin de me retrouver avec moi-même, pour avoir le temps de ne plus penser à rien.

Je ne suis pas resté seul longtemps et j'ai su que Divad était là bien avant qu'il se manifeste. C'est comme si un souffle chaud passait dans ma tête.

— David ?

— Tu tombes mal. C'est pas le moment.

— Au contraire. Il faut que tu saches. C'est important.

— Laisse-moi regarder ça, d'abord.

Dans le taxi, au retour de l'aéroport, j'avais ouvert discrètement la pochette en cuir noir de M. de Bonneville – mais en voyant que c'étaient des euros, je l'avais remise dans ma poche illico presto. À présent, je pouvais les compter tranquillement. Il y avait seulement des billets de cinq cents, mais en masse – soixante d'un côté et soixante de l'autre. Sur le coup, ça ne m'a pas fait grand-chose.

Divad est revenu à la charge :

— Bon, ça y est, tu sais que tu es riche. Vas-tu m'écouter maintenant ?

— OK, *shoote !*

— Tu te souviens de notre discussion sur l'amalgame ?

— Très bien. C'est votre truc pour faire l'amour. Vous prenez même un nouveau nom pendant que ça dure.

— C'est plutôt la combinaison de nos noms en arpège. On partage en même temps tout ce qu'on sait, pas seulement nos pensées, mais nos souvenirs aussi.

— *Cool !* C'est rien que ça que tu voulais me dire ?

— Newg et moi, on a refait un amalgame.

— J'avais deviné. Et alors ?

— Comment crois-tu que Gwen a su pour le départ d'Iris ? C'est sa symbiote qui lui a dit. Je suis désolé, mais je n'y peux rien.

— C'est dégueulasse. De quoi elle se mêle, cette conne ?

— Ne dis pas ça. Elle est très troublée. Elle a agi en croyant que c'était pour le bien d'Iris.

— Tu lui diras de ma part qu'elle a foutu la merde dans une histoire qui aurait pu finir comme un conte de fées. Sauf qu'elle le sait déjà, puisqu'elle était avec Gwen quand Iris a fait sa crise à l'aéroport.

— Newg a encore de la peine à croire que ce qu'elle a vu s'est vraiment passé.

On est restés silencieux pendant un bon moment. Je sentais qu'il était mal à l'aise, même si ce n'était pas sa faute, vu qu'il s'était fait piéger avec l'amalgame. Comme quoi il faut toujours faire attention avant de coucher avec n'importe qui. Finalement, j'ai dit :

— C'est bien joli de vouloir renouer l'Alliance des origines. Seulement, si tout le monde est en jumelage avec son symbiote, ça veut dire qu'on pourra plus rien se cacher les uns aux autres. Je suis pas sûr que ce soit une bonne idée.

Divad a essayé de répondre, mais je lui ai dit de se taire, parce que la porte d'entrée venait de s'ouvrir en bas. L'escalier a craqué malgré le tapis et la tête de Gwen est apparue en premier. Elle n'avait pas bonne mine, mais elle a essayé de se ravigoter quand elle m'a vu. Sauf qu'elle ne pouvait pas dissimuler les trois griffures qu'Iris lui avait faites sur la joue.

— David ! Tu attends depuis longtemps ? Je t'ai demandé de m'appeler, ce n'était pas nécessaire de venir.

— Je sais. Mais moi, je veux vous parler pour de vrai, pas au téléphone. C'est quoi, ça ? Vous vous êtes amochée ?

— C'est rien. Je... j'ai reçu une porte sur le visage.

— On dirait une porte qui s'est pas coupé les ongles.

Elle m'a jeté un regard déboussolé et n'a pas su quoi répondre.

ON EST ENTRÉS dans son appartement et je me suis assis au milieu des coussins du canapé, à la même place que la première fois. Mais à part ça, l'ambiance était complètement différente : d'abord, il y avait encore la lumière du jour et pas d'encens qui brûlait, ensuite Gwen n'avait pas eu le temps de boire un petit coup pour décompresser, donc pas question de lui caresser la tête.

Elle m'a offert un café et j'ai accepté même si je n'aime pas tellement ça, mais je n'allais quand même pas faire le bébé en lui demandant de me préparer un chocolat chaud.

Elle est allée se changer dans sa chambre et est revenue dans une robe d'intérieur qui flottait autour d'elle jusqu'au tapis. Elle avait gardé ses cheveux relevés et ça m'arrangeait, parce qu'elle est irrésistible quand elle les laisse tomber sur ses épaules et que je n'étais pas venu ici pour avoir des sentiments. Elle m'a coupé la mauvaise herbe sous les pieds en disant :

— Avant que tu me racontes ce que tu as sur le cœur, il faut que tu saches qu'on a retrouvé Iris Bazinet, saine et sauve. Cela dit, il était moins une : elle était à l'aéroport et se préparait à quitter le pays avec de faux papiers.

— Et où elle est maintenant ?

— Dans un centre d'accueil de la Protection de la jeunesse. Tout va bien. Que se passe-t-il ? C'est une bonne nouvelle, non ? Tu n'as pas l'air content.

— C'est parce que vous prétendez que tout va bien. D'abord, vous avez fait comment pour savoir qu'elle allait prendre l'avion ?

— Quelqu'un nous a donné un coup de fil anonyme.

— Ça, c'est la version pour M. Calderone.

Elle s'est assise dans le fauteuil en face de moi et elle a pigé que ça ne servait à rien de faire la maligne avec moi.

— Comme ça, tu sais déjà ce qui s'est passé.

— Oui. Newg aurait jamais dû ouvrir sa grande trappe.

— C'est exactement ce qu'elle m'a avoué tout à l'heure dans la voiture. Elle se sent affreusement coupable, mais en même temps elle rejette la faute sur un phénomène qu'elle appelle l'amalgame. Il me semble t'avoir déjà posé une question à ce sujet, mais je ne me souviens pas de ta réponse.

Moi, je me rappelais très bien que je m'étais défilé – mais là, il fallait que j'enfile mes culottes, comme on dit ici. Je lui ai expliqué en essayant de ne pas entrer dans les détails, sauf qu'elle m'a vu venir avec mes gros sabots.

— Pendant que nous dormons, nos symbiotes s'unissent et se racontent tout ce qu'on a fait pendant la journée, c'est ça?

— Ils ont même pas besoin de se parler, c'est juste qu'ils deviennent une nouvelle personne et ça leur fait sacrément du bien. Ils mettent tout ensemble : leurs pensées, leurs émotions, ce qu'ils ont vu et entendu. Tout. C'est comme ça qu'ils prennent leur pied – si vous voyez ce que je veux dire.

J'ai vu qu'elle voyait parfaitement et que ça ne faisait pas son affaire. Elle a baissé les yeux et j'ai eu l'impression qu'elle rougissait en dedans.

Il faut reconnaître que moi aussi, ça me titillait d'imaginer Divad et Newg en train de faire l'amour, même si la différence d'âge compte pas pour eux, vu qu'ils sont rien que des esprits. À part ça, je me suis dit que ce serait de moins en moins un obstacle insurmontable pour moi avec Gwen, alors que c'était évidemment hors de question pour elle, à cause des risques de retournement de mineur.

Sauf qu'une fois de plus, personne ne m'avait demandé mon avis.

Elle allait ajouter quelque chose, mais son téléphone a sonné et elle a répondu même si elle n'en avait pas envie. Elle a écouté sans presque rien dire et m'a regardé en soupirant après avoir raccroché. C'était encore le secret professionnel qui mettait son bâton dans les roues. Finalement, elle a haussé les épaules et dit :

— Nous croyons avoir identifié le ravisseur d'Iris Bazinet. On se doutait qu'il prendrait le même avion qu'elle. Mais comme on détenait la petite, il ne s'est pas présenté à l'embarquement. Autant t'avertir tout de suite, parce que demain les médias vont se régaler du scandale : c'est un juge retraité de la Cour supérieure, héritier d'une fortune familiale qu'il a consacrée à des œuvres philanthropiques. Tu connais peut-être la formule : «un citoyen au-dessus de tout soupçon».

— Vous allez l'arrêter?

— Ce n'est pas nécessaire. Il s'est jeté devant le métro, il y a deux heures à peine. Quoi? Qu'est-ce qui t'arrive? David!

Je m'étais levé, mais il a fallu que je me retienne au mur parce que j'avais le tournis.

— Faut pas le dire à Iris. Pas tout de suite.

Gwen s'est approchée et m'a mis la main sur l'épaule.

— Pourquoi ? Regarde-moi : ce monsieur, tu le connaissais, c'est ça ?

Je ne voulais pas être touché et je me suis écarté d'elle. Elle a fait celle qui comprenait.

— Pourquoi vous m'avez pas demandé pour Iris avant de prendre les nerfs ? C'est mon amie, je la connais mieux que vous tous.

— Si je t'avais demandé, tu m'aurais dit quoi ?

— De la laisser partir. Elle aurait été heureuse là-bas. M. de Bonneville lui faisait rien que du bien.

— Tu connais même son nom...

— Je connais un tas de choses que vous avez pas idée.

— Je commence à m'en apercevoir, en effet. Mais la question n'est pas là. Iris a quatorze ans...

— ... presque et demi.

— Quatorze ans presque et demi, tu as raison. Ça fait toute la différence. Quant à ce cher M. de Bonneville, il en avait quelque cinquante de plus et il a abusé d'elle, même s'il jouait au gentil grand-papa gâteau.

— Qu'est-ce que vous en savez ?

Gwen a repris sa place dans le fauteuil et m'a fait signe de m'asseoir moi aussi, mais c'était une technique de psy et je suis resté debout. Elle a dit :

— Je ne sais encore rien de précis, c'est vrai. Mais les charges sont écrasantes : de Bonneville a commandité l'enlèvement d'Iris par Laszlo Streuler et se l'est fait livrer à domicile pour la somme de dix mille dollars américains.

— Quinze mille.

— Quinze mille, puisque tu le dis. Excuse-moi d'être aussi franche, mais tu ne penses pas plus loin que le bout de ton nez. Pourtant, il me semble qu'à ton âge, tu devrais comprendre qu'on ne peut pas vivre en société sans avoir des lois et sans les faire respecter.

— Iris, c'est pas la société. Ça se voit que vous êtes jamais allée chez elle et que vous savez rien sur son père, ni comment il la traitait.

— Là, tu viens de confirmer ce que j'essaie de t'expliquer. Nous devons protéger Iris contre ceux qui veulent l'exploiter et, au besoin, la protéger aussi contre elle-même, car elle n'a pas la maturité ni les moyens de se défendre. D'accord, les services sociaux auraient dû intervenir depuis belle lurette, mais tu ne veux quand même pas qu'on ajoute à leur incompétence en fermant les yeux et en abandonnant ta copine à son sort.

— Ça va être quoi, son sort, maintenant? Elle vous a dit merci, peut-être?

— Non, je ne dirais pas ça. Regarde ma joue: un témoignage de sa gratitude.

— Je sais. J'étais à l'aéroport.

— Oh non!

Elle commençait à en avoir marre que je sois toujours en avance sur elle.

— J'ai vu comment Iris était contente d'être sauvée à la dernière minute. M. de Bonneville n'a rien manqué de la bagarre, lui non plus. Vous pouvez être fière de votre travail.

Gwen est devenue toute rouge et j'ai compris qu'elle était sur le point de se mettre en colère pour de bon. Comme moi aussi j'étais au bord d'exploser et de lui crier des vacheries que j'allais regretter plus tard, même si je les pensais, je me suis dit que la meilleure solution était de foutre le camp à toute vitesse. Je sentais qu'on pourrait se détester et je l'aimais déjà trop fort pour nous laisser faire ça.

J'étais fier de moi en descendant l'escalier, parce que je suis sorti de son appartement sans claquer la porte. Pourtant, ce n'est pas l'envie qui manquait.

J'AI APPELÉ MA MÈRE à la maison pour dire que j'allais passer un moment chez Guillaume Leberger, que mon Nokia était branché et que je rentrerais vers dix heures au plus tard. Vu que c'était bien balisé, elle n'a pas fait d'histoires et m'a juste dit que l'inspecteur Calderone avait téléphoné pour me parler, mais que ça pouvait attendre à demain.

Pendant que je traversais le parc, le souvenir des hurlements d'Iris et la pensée que M. de Bonneville avait été réduit en bouillie sous les roues du métro m'ont tellement écœuré que tout m'est devenu complètement égal, cette connerie avec les Mousquetaires, la foutue Alliance avec les symbiotes et même Jean-Sébastien qui bavait comme un débile dans sa poussette.

Je ne me suis même pas rendu compte que Divad était revenu. Il m'a fait sursauter en me conseillant de m'asseoir quelque part et de pleurer un bon coup, pour me désencrasser l'âme.

— Qu'est-ce que t'en sais? Tu dis des mots compliqués pour te rendre intéressant.

— C'est vrai que je n'en sais rien. Mais si j'avais des larmes, je crois que c'est maintenant que je les laisserais couler.

— Tu veux vraiment m'aider ? Alors fiche-moi la paix.

LES PARENTS DE GUILLAUME vivaient séparément dans la même maison, sa mère avec ses deux chiens saucisses au rez-de-chaussée et son père à l'étage avec une bonne femme deux fois plus jeune qu'il avait ramenée d'un voyage en Pologne et qui ne parlait pas un mot de français ni d'anglais, mais ça le gênait pas vu qu'il la traitait comme une domestique, en plus de coucher avec.

Comme ils ne pouvaient pas couper Guillaume en deux, ils lui ont fait construire un appartement au-dessus du garage avec une cuisinette et une salle de bains, et ils venaient de temps en temps prendre un repas chez lui, à tour de rôle.

Ça, c'était l'entente au début, mais en pratique il lui arrivait de ne voir ni l'un ni l'autre pendant des semaines et il ne s'en plaignait surtout pas. Il n'invitait presque jamais personne dans sa garçonnière, pourtant les filles à l'école lui tournaient autour comme des guêpes, parce qu'il était super bien bâti et qu'il faisait attention à aucune en particulier.

Sa chambre était pleine de livres d'astronomie, avec des photos de galaxies, un poster de Stephen Hawking et même des portraits dédicacés de l'équipe de *Star Trek*. Il y avait aussi une pancarte avec une citation : «Il est un soleil caché dans un atome : soudain, cet atome ouvre la bouche. Les cieux et la terre s'effritent en poussière devant ce soleil lorsqu'il surgit de l'embuscade», *Djalal-e-Din Rumi (1207-1273)*.

Il m'a expliqué que son grand rêve était de trouver le moyen d'entrer en contact avec les autres formes d'intelligence qui gravitent autour des étoiles.

Ce soir-là, il avait fait livrer une pizza *quatre-saisons* grand format et s'était même donné la peine de mettre la table avec des serviettes et des bougies comme éclairage. C'était vraiment *cool* comme ambiance, on se serait cru dans un décor de théâtre.

On a commencé à manger et j'ai mis discrètement de côté les anchois que je ne peux pas sentir. D'ailleurs, je n'avais pas très faim. Heureusement, mes mains ne tremblaient pas comme tout à l'heure dans le parc, mais ça continuait à brasser en dedans et j'avais peur de manquer d'air.

Guillaume parlait de n'importe quoi sans me regarder et j'ai senti que quelque chose le tracassait. C'était pourtant facile de deviner quoi, mais j'avais l'esprit ailleurs. Je ne pouvais rien lui dire sur l'affaire d'Iris parce que j'avais juré de garder le secret, mais ça m'a soulagé de parler d'elle comme si rien ne s'était passé.

— Il paraît qu'Iris Bazinet va bientôt revenir à l'école.

— Ah bon. Elle n'est plus malade, alors.

— C'est ça, oui.

— Tu dois être content. C'est ta copine, non ?

— C'est une amie plus qu'une copine.

— Kamal dit partout qu'elle couche avec le premier qui demande.

— Il raconte n'importe quoi. C'est un con, d'abord.

— Avant, c'était ton meilleur copain.

— Je sais. Il a changé, je le reconnais plus.

— Il a essayé de me monter contre toi, parce que t'es un peu juif sur les bords. Il dit que t'es l'ennemi de sa race. J'espère que t'as compris que c'est pas pour ça que je t'ai traité de sale youpin.

— Pourquoi alors ?

— Pour que tu fasses attention à moi.

Il s'est levé pour aller prendre un autre CD dans sa collection qui remplissait toute une étagère. Il est resté immobile comme s'il ne savait pas lequel choisir et je l'ai rejoint en devinant que quelque chose ne tournait pas rond. Il a dit sans se retourner :

— T'as rien répondu à ma lettre. Si je te dégoûte, dis-le.

— T'es fou ou quoi ? Pourquoi tu crois que je suis venu ce soir ?

— Je sais pas. Dis-le.

C'était bizarre de lui parler alors qu'il continuait à me tourner le dos en faisant semblant de lire les étiquettes de ses disques, mais d'une façon ça m'arrangeait, moi aussi.

Je lui ai expliqué que j'avais eu une journée cataclysmique que je n'arrivais pas à digérer. Tout ce dont j'avais envie, c'était de trouver quelqu'un qui me prenne dans ses bras et qui me serre fort, sans regarder sa montre. Ma mère, c'était exclu parce qu'elle ne serait pas capable de se taire ; quant à ma sœur, c'était de mon côté que ça bloquait.

Guillaume s'est finalement retourné et il était pas mal à l'envers quand il m'a dit :

— Comme ça, t'as pensé à moi.

— Tu veux bien me faire une colle ? J'ai juste besoin de silence.

Je me suis accoté contre lui et j'ai mis ma tête dans son épaule, ça s'imbriquait super bien parce qu'il est un chouia plus grand que moi. J'ai senti ses bras qui m'entouraient en mettant de la pression et, pendant une seconde, ça m'a rappelé la fois qu'on s'était empoignés tous les deux dans la cour d'école et que M. de Chantal avait dû nous séparer de force.

C'est venu malgré moi, même si ce n'était pas ce que je voulais : je me suis mis à pleurer, en essayant de ne pas faire trop de bruit, question d'orgueil mal placé.

Guillaume a dû se demander ce qui m'arrivait et a relâché son étreinte. Je lui ai dit :

— Tiens-moi encore. Aussi longtemps que tu peux.

J'ai laissé couler ma réserve de larmes en pensant que Divad avait raison, ça m'a désencrassé l'âme.

Finalement, Guillaume m'a laissé aller et ça nous a déséquilibrés, vu qu'on ne savait plus comment se regarder à cause du trop-plein d'intimité. Il m'a essuyé la joue en disant :

— C'est ma faute ?

— Non, t'as rien à voir là-dedans. Et rassure-toi, ça m'arrive pas souvent.

On a alors fini la pizza qui descendait à présent beaucoup mieux. Guillaume a débouché une bouteille de vin, même si je n'en voulais pas, en disant que c'était pour célébrer l'occasion. On a trinqué en se regardant dans les yeux. Il a dit :

— Parce que c'est toi, parce que c'est moi.

J'ignore si c'est la lumière des bougies ou quoi, mais il m'a paru très pâle tout à coup et je me suis inquiété de savoir s'il trouvait qu'on était allés trop loin, ou encore s'il m'en voulait d'être venu l'emmerder avec mon paquet de troubles.

J'AI SU À QUOI M'EN TENIR en arrivant à la maison, juste avant d'aller me coucher. Un *sosumi* m'a averti que je venais de recevoir un nouveau courriel :

david mon amour tu m'as demandé une fois ce que je cherchais dans le cosmos et je n'ai pas osé te dire que c'était des amis pour remplacer ceux que je ne trouvais pas ici maintenant plus besoin d'inventer un moyen pour communiquer avec les extra-terrestres t'es la seule intelligence avec qui je désire parler de toutes les étoiles de l'univers mon soleil c'est toi reviens quand tu veux dans mes bras moi ça fait des années que je n'ai pas pleuré je me souviens même plus quand c'était mais je sais déjà que la prochaine fois sera le jour où tu vas me quitter ton guillaume qui t'aime pour toujours.

VINGT-SIX

PERSONNE N'ÉTAIT À LA MAISON quand je me suis levé le lendemain matin. Ça m'a fait une impression bizarre, genre fin du
monde. Heureusement que j'avais pensé à régler mon réveil.

Une note avait été glissée sous ma porte pour me rappeler
mon rendez-vous chez l'orthodontiste à onze heures. Il n'y
avait pourtant pas de risque que j'oublie, vu que c'était le jour
fatidique où mes broches dentaires allaient être enlevées à
tout jamais. Je n'arrivais pas à croire que j'étais enfin au bout
de mon calvaire. (Ça, c'est une hyperbole qui est le contraire
de la litote.)

Ma mère disait aussi dans son billet qu'elle me laissait
faire la grasse matinée pour que je puisse récupérer de ma
vie de bâton de chaise. Elle avait téléphoné à l'école pour
excuser mon absence de la matinée.

C'était gentil de sa part, mais ç'aurait été encore mieux
si elle m'avait souhaité un bon anniversaire. C'était quand
même un peu fort qu'elle ait oublié, après tout si quelqu'un
devait s'en souvenir, c'est bien elle.

Quand j'avais huit ans, Sig m'avait fait croire que j'avais
été adopté, en disant que c'était impossible que nos parents
aient pu fabriquer un garçon aussi nul que moi. Ma mère
avait réagi en me montrant des photos où elle me tenait
dans ses bras alors que j'étais vieux de quelques heures.
Malgré cette preuve, l'adoption me semblait tout à coup une
hypothèse qui valait la peine d'être reconsidérée.

JE SUIS ARRIVÉ dix minutes en avance devant la basilique
Notre-Dame et ça m'a un peu embêté de voir que Gwen était
déjà là. J'aurais préféré qu'elle s'amène après les autres,

comme ça on n'aurait pas été obligés de reparler de notre engueulade de la veille. Sauf qu'elle avait préparé son coup et m'a regardé dans les yeux en disant : «On fait la paix ?»

J'ai dit oui de la tête et elle m'a tendu la main. Je n'ai pas pu retenir une grimace quand elle l'a serrée.

— Désolée. Qu'est-ce qui t'est arrivé ?

Elle a examiné la marque rouge dans ma paume et j'ai expliqué que je m'étais fait ça au petit déjeuner en faisant chauffer du lait. C'était un bobard, mais je ne voulais pas lui dire que je m'étais brûlé avec les cendres de Serge Kornichuk. Les choses étaient déjà suffisamment compliquées entre nous, pas besoin d'en rajouter.

Il faut que j'explique qu'avant de quitter la maison ce matin-là, j'étais allé mettre la pochette de cuir avec le fric de M. de Bonneville dans la fameuse cachette au fond de mon placard. Au moment de replacer la latte du plancher, j'ai pris le flacon avec les cendres pour les jeter dans les toilettes, parce que je trouvais ça vraiment trop morbide. Mais je n'ai pas été capable et je les ai finalement remises sous le parquet.

C'est seulement plus tard, dans le métro, que j'ai senti que ça me brûlait et je n'ai pas pu m'empêcher de penser que c'était une combine de Serge pour me dire de ne pas le laisser tomber une fois de plus.

Gwen m'a dit de mettre une pommade à base d'acétate d'alumine et, tout à coup, elle m'a pris aux épaules et m'a embrassé sur les deux joues :

— Heureux anniversaire, David !

— Euh… Merci. Comment vous savez ?

— Tu me l'as dit à notre première rencontre, quand j'ai rempli ta fiche. Quinze ans, c'est un tournant qui compte. Félicitations !

— Je suis entré dans ma seizième année.

Je me suis marré par en dedans parce que je venais d'utiliser la même astuce que ma sœur. Gwen m'a regardé en écarquillant les yeux :

— Aïe, le beau sourire tout neuf ! S'il te plaît, encore ! Ton dentiste a fait du joli travail.

— Il a dit que c'était son cadeau pour ma fête.

— Vraiment ? Tu crois qu'il n'enverra pas sa facture à tes parents ? Et dans l'ascenseur, tu as de nouveau sauvé la vie de quelqu'un ?

On a ri en même temps et j'ai senti qu'on était en train de tourner la page. Je voulais évidemment connaître la suite de ce qui s'était passé à l'aéroport, mais ça pouvait attendre.

N'empêche que, juste à cet instant, j'ai eu une puissante intuition : j'ai su que l'histoire d'Iris n'était pas finie et qu'on allait se revoir, elle et moi. Je me suis même dit que la brûlure dans ma main n'était pas un reproche de Serge, mais plutôt un avertissement de sa part.

Une hypothèse complètement idiote, mais c'est comme ça. Ça m'a donné des frissons dans le dos.

Un taxi s'est arrêté devant la basilique et le chauffeur est descendu pour ouvrir la portière arrière au chanoine Dijan et l'aider à monter l'escalier.

Le professeur Vargas devait guetter son arrivée, car il est sorti presque aussitôt de l'église et nous a fait signe de ne pas perdre de temps à échanger des politesses en plein air, vu qu'on pouvait être surveillés.

Je ne sais pas s'il avait raison, mais ça m'a excité d'imaginer que des agents secrets s'étaient cachés dans le décor et nous photographiaient au téléobjectif.

On s'est retrouvés à l'intérieur et j'ai dit à M. Dijan que j'étais sincèrement content de le revoir en dehors de son fauteuil. Je croyais deviner qu'il avait une bonne opinion de moi, même s'il ne l'a jamais dit avec des mots.

— Je vous montre le chemin, a murmuré M. Vargas.

On a traversé la basilique tout au long, c'était la première fois que j'y venais. C'était plein de décorations partout, dans le style gâteau de mariage, mais en plus religieux. On était presque seuls, y compris les gens qui priaient çà et là. L'un d'eux a laissé tomber un livre et ça a fait comme une détonation, à cause de l'écho.

On est arrivés devant une petite chapelle qui ouvrait sur le côté, avec des prie-Dieu qui se transformaient en chaises quand on les tournait de bord. Le professeur Vargas en a pris quatre pour les mettre en cercle et a fermé derrière nous les deux petites grilles, pour indiquer qu'on ne voulait pas être dérangés.

Je ne sais pas s'il avait demandé la permission, mais comme un chanoine est aussi un curé, on ne risquait pas grand-chose.

— Pourquoi ici ? a demandé Gwen en regardant autour de nous.

— Parce qu'on peut voir venir, a répondu le professeur. Je propose de couper au plus court et de donner la parole à notre ami Victor, que je félicite pour sa bonne mine.

— Elle est trompeuse, mais merci quand même. Je vous ai convoqués pour partager avec vous une mauvaise nouvelle. Ainsi que Mlle Le Gaëllec l'a prédit à notre dernière rencontre, Klaas Van Haecke a disjoncté. Il a été hospitalisé dès son arrivée à Amsterdam pour une dépression carabinée. C'est navrant pour lui et inquiétant pour nous. Il parle de la «conspiration des symbiotes» à qui veut l'entendre. Il a d'ailleurs demandé à son psychiatre de me contacter pour que je confirme la véracité de son histoire. Cela m'a mis dans une situation très pénible, car il m'a fallu le désavouer. Mais que pouvais-je faire d'autre? J'ai aussi appris que le pauvre Klaas avait envoyé une kyrielle de lettres aux médias et aux politiciens. Heureusement, si j'ose dire, ses écrits sont très confus et sa condition de patient dans un établissement psychiatrique joue en notre faveur. À tout le moins, c'est ce que nous espérons.

— Vous n'avez pas l'air d'en être sûr.

— Nous savons que Van Haecke a téléphoné à plusieurs reprises aux autorités canadiennes pour les informer d'une conspiration contre l'espèce humaine. Je doute que quiconque ait pris son délire au sérieux, mais je n'écarte pas la possibilité que notre petit groupe puisse devenir un objet de curiosité pour certains. C'est pourquoi Najid a attendu à la dernière minute pour indiquer à vos symbiotes le lieu de notre rendez-vous.

— Que pouvons-nous faire, à votre avis?

— Avant toute chose, accroître notre vigilance.

Il y a eu un long silence.

LÀ, J'AI ÉTÉ PRIS LES CULOTTES À TERRE, selon l'expression, parce que le chanoine s'est tourné vers moi en disant:

— Mon symbiote m'informe que notre jeune ami David a des choses à nous raconter.

— Moi? Non. À propos de quoi?

— Ta rencontre avec celui qu'on appelle le «Premier des Anciens». Najid refuse d'en dire davantage.

Ils m'ont regardé tous les trois comme s'ils étaient sûrs que j'allais faire des déclarations fracassantes, et ça m'a encouragé. J'ai parlé alors de ce qui m'avait mis sur la piste des cerveaux vacants et de mon tête-à-tête avec Jean-Sébastien.

Le chanoine Dijan est devenu nerveux et m'a coupé la parole pour me demander de reprendre mon histoire à partir du début. J'ai regardé l'immense église où on se trouvait, les statues coloriées, les cierges qui brûlaient et les fidèles qui faisaient des courbettes en passant devant le grand autel – et j'ai pensé que ce n'était peut-être pas le bon lieu pour avoir ce genre de discussion.

J'ai quand même repris mon récit du mieux que j'ai pu:

— Au début des temps, les symbiotes ont trouvé une combine pour se faire obéir, parce que les humains commençaient à n'en faire qu'à leur tête. Sauf que l'invention de Dieu a été une grosse connerie, vu qu'ils ont oublié d'installer une marche arrière. Bref, c'est devenu une machine infernale que plus personne aujourd'hui sait comment arrêter.

— Excuse-moi d'insister, David, mais je veux être certain de bien comprendre. Es-tu en train de prétendre que ce sont les ancêtres des symbiotes qui ont inventé Dieu?

— Je fais seulement que répéter ce que j'ai entendu.

— Je n'en doute pas. Et l'Ancien qui t'a parlé par la bouche de Jean-Sébastien, connais-tu son nom?

— Oui, il m'a dit qu'il s'appelle Siddharta. Ben quoi? Vous savez qui c'est?

Le chanoine et le professeur Vargas se sont regardés comme si j'avais dit une énormité. Gwen s'est avancée sur sa chaise en réclamant qu'on la mette dans le coup.

— Siddharta Gautama, lui a dit M. Vargas. Mieux connu sous le nom de Bouddha.

Elle a eu une sorte de hoquet, puis s'est mise à rire doucement en secouant la tête et en disant que «non, non, non, non et non, ça allait bien faire, elle était plus capable d'en prendre, Bouddha et quoi encore, Elvis Presley peut-être?»

LE CHANOINE A LEVÉ LA MAIN pour commander le silence et on a compris que Najid était en train de lui parler dans sa tête.

Après, il a expliqué aux autres ce que je savais déjà, c'est-à-dire la façon dont les Anciens étaient choisis – et aussi comment le symbiote et son hôte devenaient des Immortels en fusionnant à l'instant de leur mort – ce que Bouddha appelait le «nirvana». Il a ajouté:

— Dans le cerveau bicaméral, l'*illumination libératrice* n'est pas un concept mystique: c'est un phénomène de la Matière, aussi concret que les vents solaires, le champ magnétique de la planète ou la musique des étoiles.

Le professeur Vargas a desserré sa cravate. Il avait trop chaud, mais ça venait de ses intérieurs. Il m'a dit:

— J'espère que tu apprécies ta chance à sa juste valeur, David. Vois-tu, l'histoire ancienne est une passion que je partage avec notre ami Victor. Et l'idée d'entrer un jour en contact, comme tu l'as été, avec un grand personnage de l'antiquité et de recueillir son témoignage dans ses propres mots me plonge dans un état de vertige et d'éblouissement.

Il était ému et Gwen l'a dévisagé comme si elle n'attendait pas ça de lui.

M. Dijan nous a fait remarquer que le Premier des Anciens avait mis sa réputation en jeu en me rencontrant, c'est-à-dire en reconnaissant officiellement la réalité de mon existence. C'était un signe d'ouverture et Najid voulait en profiter pour entamer des négociations avec le Conseil.

Je sais que c'est impoli, mais je l'ai interrompu en me penchant vers Gwen pour lui dire à voix basse que la première fois que j'étais allé chez Iris, un homme chauve malgré sa moustache m'avait suivi et était resté debout sur le trottoir devant la maison.

— Tu n'en as jamais parlé. Pourquoi me dire ça maintenant?

— J'ai cru le voir passer. Il s'est caché derrière une colonne.

M. Vargas a dit gentiment:

— Excuse-moi, David, mais ne penses-tu pas que ton imagination te joue des tours?

— Peut-être. Ça serait pas la première fois.

Malgré tout, ça a jeté un froid et on s'est tous levés pour partir sans préavis.

En sortant de la basilique, le chanoine Dijan a réussi à me prendre une main (celle qui n'était pas brûlée, heureusement) et à la garder un moment entre les siennes en me disant: «Bravo, mon garçon. Bravissimo!»

C'était sympa, même si je ne savais pas pourquoi il me félicitait.

GWEN M'A RAMENÉ à l'école, mais elle n'a pas dit un mot pendant la première moitié du trajet. Finalement, comme les sous-entendus devenaient trop lourds à force de tourner en rond, j'ai dit:

— J'ai regardé dans les journaux ce matin. On parle nulle part de M. de Bonneville, même si vous avez annoncé qu'ils allaient se régaler du scandale.

— J'ai dit ça, moi? Je suis bien naïve. Aux dernières nouvelles, il n'y aura pas de scandale. Point final. La famille exerce des pressions de son côté pour qu'on fasse mention d'un malaise sur le quai du métro. Franchement, le vieux schnock nous aurait facilité la tâche s'il s'était tué au volant de sa Mercedes.

— C'est comme si ça vous arrangeait qu'il soit mort.

Elle m'a regardé une seconde de trop, heureusement que j'ai crié parce qu'elle a failli renverser un cycliste kamikaze. Elle a descendu un chapelet de sacres québécois – genre ostie de câlisse de saint-ciboire de tarbarnak de calvaire –, mais chez elle, ce n'était pas très convaincant à cause de sa bonne éducation.

Ensuite, elle a reconnu que ça faisait l'affaire de plein de monde, en effet.

— Sauf Iris.

— Tu ne vas pas recommencer, David.

— Vous pouvez au moins me dire comment elle va.

— Il paraît qu'elle s'est calmée, mais elle ne dit plus un mot et refuse de manger.

— Si elle veut pas manger, c'est grave. Elle a parlé de moi?

— Je ne sais pas. Pourquoi? Elle dirait quoi?

— Elle croit peut-être que c'est moi qui l'ai trahie. Pourtant, elle a su que j'étais à l'aéroport, vu que j'ai essayé de l'avertir avec un message codé. Mais c'était trop tard, vous lui aviez déjà sauté dessus.

Gwen a arrêté la voiture un peu avant l'école pour éviter qu'on nous voie ensemble, vu qu'elle n'était pas sûre si elle allait craquer ou quoi.

Elle s'est excusée de me déballer tout ça, ce n'était pas professionnel, mais il n'y avait personne d'autre au monde à qui elle pouvait se confier sans passer pour une folle.

— Je suis à saturation, tu sais ce que ça veut dire? Iris, je ne pouvais pas la laisser partir. Non, je n'aurais jamais pu : c'est à l'opposé de tout ce que je pense, de qui je suis, de toutes mes valeurs. Quoi qu'il en soit, après avoir averti Calderone, je ne pouvais plus revenir en arrière.

— Sauf que vous croyez avoir fait une connerie.

— Si c'était à recommencer, je prendrais la même décision. Une connerie, tu dis? La connerie, c'est d'avoir accepté d'en discuter avec Newg.

— Elle a dit quoi?

— Elle m'a raconté sa jonction avec la symbiote d'Iris... elle m'a donné des détails sur sa vie... sur ce qui s'est passé quand elle avait huit ans, six ans, trois ans… des choses que personne n'a le droit de savoir.

— Pourquoi?

— Parce que ça aussi, c'est un viol. Iris refuse de parler aujourd'hui, mais je connais tous ses secrets – j'ai eu accès à son intimité, sans qu'elle le sache, sans qu'elle puisse se défendre. Comment réagirais-tu si Divad répétait tout ce que tu dis à tes copains et tout ce que tu fais quand tu es seul?

— Il en serait incapable. Sans compter qu'il répond presque jamais à mes questions sur les autres, surtout quand elles sont indiscrètes.

— Ce n'est pas le cas pour Newg qui reste très troublée par notre jumelage. Elle n'a pas de scrupules à m'entretenir d'Iris, parce qu'elle doute encore de sa réalité. Toi, je suis sûre que tu n'hésiterais pas à intervenir pour changer le cours d'un cauchemar pendant que tu dors. À ton avis?

— J'ai pas pensé à tout ça. Je vous écoute et ça me fout la trouille. M. Vargas a eu raison de me conseiller de lire l'histoire de l'*Apprenti sorcier*. Il va bientôt partir au Japon et ça m'embête, vu que je m'entends de mieux en mieux avec lui. Vous aussi, ça a l'air.

Gwen m'a lancé un regard en coin et m'a dit de filer, que j'étais déjà vingt minutes en retard.

— Je veux revoir Iris. Vous allez m'aider?

— Elle ne relève plus de nous. Il faut demander la permission à l'OPJ. Tu as déjà rencontré la directrice, Mme Valiquette.

— C'est rien qu'une bonne dame, elle comprendra jamais. Je peux compter sur vous?

— Je vais voir ce que je peux faire.

— Ça veut dire oui?

— Tu ne lâches pas, toi. D'accord, ça veut dire oui. De ton côté, pas un mot à personne sur l'affaire de Bonneville. On ne s'en est jamais parlé, toi et moi. Ni hier ni aujourd'hui.

— D'accord. Je vais aussi recommander à Divad d'être super discret.

Gwen m'a retenu quand j'ai ouvert la portière et m'a embrassé sur la joue. Elle frissonnait et, pendant une seconde, j'ai espéré que c'était l'amour, mais j'ai vu dans ses yeux qu'elle craignait juste de se retrouver seule avec ses pensées – et peut-être aussi qu'elle regrettait que je ne sois pas dix ou quinze ans plus vieux.

JE ME SUIS FAIT DU CINÉMA avec cette niaiserie d'adoption, même si je n'y ai jamais cru une seconde. Je la ressortais juste quand j'en avais gros sur le cœur à cause de mes parents. De toute façon, ma mère avait fait semblant d'oublier mon anniversaire parce qu'elle me préparait une surprise.

Mais avant, il faut que je dise qu'à part Gwen, quelqu'un d'autre s'en est souvenu – et c'est la dernière personne que j'aurais soupçonnée.

En arrivant à l'école, j'ai dû passer par le secrétariat pour mon retard, et M. Cantin, le secrétaire général, m'a dit d'aller voir Mlle Sauget à la bibliothèque avant de me rendre en classe.

Elle m'a fait passer derrière le comptoir de prêts où personne n'a la permission d'aller en temps normal et m'a souhaité un joyeux anniversaire. Elle m'a donné en cadeau *L'Ultime Alliance,* un gros roman qui ne portait même pas le sceau de l'école.

En le feuilletant, j'ai vu que ça parlait de choses qui ressemblaient à ce qu'on avait discuté avec les Mousquetaires. Je me suis demandé comment elle avait fait pour savoir, peut-être que c'était juste une intuition ou une coïncidence – sauf que j'avais décidé de toujours placer les hasards à la fin des possibilités, compte tenu de la loi des grands nombres.

(Guillaume m'a expliqué plus tard que l'univers était rien qu'une succession de coïncidences qui s'annulent entre elles, mais je ne suis pas sûr d'avoir bien compris.)

Avant de me laisser partir, Mlle Sauget a fait comme si de rien n'était et m'a demandé si j'avais revu la mère d'Iris.

— Non, pourquoi?

— On essaie de la contacter pour l'avertir que sa fille a été retrouvée.

— Comment vous le savez?

— Par M. Bizaillon. La police l'a averti ce matin. Tu n'as pas l'air surpris. Le savais-tu?

— Oui, mais je peux rien dire.

— Il paraît qu'Iris et toi, vous étiez de grands amis.

— On l'est toujours.

— Bien sûr, excuse-moi. Écoute, mon garçon, je devine que tu n'es pas le genre à porter des jugements. Alors si jamais tu apprends quelque chose sur Mme Bazinet... C'est quand même sa maman, après tout. Tu comprends?

— Mais oui. Vous l'avez vue l'autre jour, elle était drôlement maganée. S'ils la trouvent pas, c'est peut-être qu'elle est morte.

Mlle Sauget m'a regardé en s'avançant un peu et j'ai eu l'impression qu'elle allait me faire la bise, mais elle s'est retenue. Elle a dit avec un chat enroué dans la gorge :

— On vit dans une époque où ça ne doit pas être de tout repos d'avoir quinze ans.

Je ne savais pas quoi répondre, alors je l'ai remerciée pour le livre en lui disant qu'il ne fallait pas. Elle s'est éloignée en branlant son chignon, mais elle s'est retournée après trois pas et a déclaré :

— Tu as un beau sourire, David Goldberg.

J'AI MONTRÉ À GUILLAUME le livre que je venais de recevoir en cadeau et ce n'était pas brillant de ma part, parce qu'il a fallu que je parle de mon anniversaire. Il m'a reproché de pas l'avoir averti à l'avance et m'a invité à fêter ça au restaurant, juste nous deux en tête à tête.

J'ai appelé ma mère et c'est là que j'ai compris qu'il y avait une aiguille sous la roche, quand elle a dit qu'on avait déjà quelque chose de prévu pour la soirée.

Guillaume n'était pas vexé, il a reconnu que c'était encore trop tôt pour que je le présente à ma famille, et comme on avait toute la vie devant nous, ça ne lui faisait rien de repousser l'invitation au lendemain soir. Il allait profiter des prochaines vingt-quatre heures pour me préparer une surprise.

COMME JE M'EN DOUTAIS, il n'y avait personne chez nous pour m'accueillir, à part une pile de cadeaux emballés sur la table de la salle à manger, au milieu d'un cercle de quinze bougies fraîchement allumées.

J'ai fait l'idiot qui n'en croit pas ses yeux et j'ai crié à tue-tête pour demander s'il y avait quelqu'un dans la maison, même si j'entendais des chuchotements dans la cuisine.

Dès que j'ai voulu ouvrir le premier cadeau, Sig et ma mère sont apparues en criant : «Surprise !»

C'était pas mal niaiseux, mais super gentil, dans le genre familial. Sig m'avait offert une chemise *Tommy Hilfiger* bleu foncé, avec une carte d'anniversaire marrante, où elle avait écrit qu'elle était fière d'avoir un frère comme moi. Je me suis dit qu'il y avait peut-être de l'espoir pour elle.

Ma mère m'a annoncé qu'on avait une réservation à la crêperie *Ti-Breiz* et c'est alors que j'ai remarqué qu'elle était allée chez le coiffeur et portait une robe que je ne lui connaissais pas et qui lui donnait un sourire plus jeune.

J'ai trouvé ça pas mal attentionné de sa part, jusqu'au moment où j'ai remarqué les amuse-gueules sur la table à café du salon, avec des napperons et des verres.

— On attend des gens?

— Quelqu'un qui a envie de célébrer ta fête avec nous.

J'ai tout de suite pensé à Gwen et ça m'a surpris qu'elle ne m'en ait pas parlé dans l'auto. J'ai été encore plus étonné en voyant arriver M. Calderone, qui n'avait plus du tout l'air d'un inspecteur-chef avec son jeans, ses sneakers et son pull à col roulé.

On a pris l'apéro en faisant comme s'il n'y avait rien là, ma mère ne tenait pas en place et Sig faisait l'intéressante en posant des questions sur les choix de carrière pour les femmes dans la police de Montréal. Moi, j'aurais souhaité être ailleurs, surtout que je me trouvais pas mal *nac* de n'avoir pas vu venir le coup.

Avant de partir pour le restaurant, M. Calderone a sorti un DVD de sa poche en disant qu'il avait quelque chose à me montrer sur mon ordinateur.

On est allés dans ma chambre et c'est évident qu'il voulait être seul avec moi.

Dès les premières images, j'ai compris que je m'étais fait cointer. C'était une vidéo prise par une caméra de surveillance à l'aéroport. On distinguait M. de Bonneville qui marchait dans le couloir et entrait dans les toilettes. Là, il y a eu une coupure, ensuite c'est moi qui arrivais en courant, parce que je ne pouvais plus me retenir. Après, le type avec sa valise à roulettes est entré et, presque aussitôt, je suis ressorti. J'avais l'air franchement mal à l'aise et on me voyait filer en entendant l'annonce dans les haut-parleurs pour Mélanie Patenaude.

M. Calderone a arrêté l'enregistrement et m'a regardé. Je n'ai pas pu m'empêcher de dire que ce n'était pas ce qu'il croyait.

— Je ne crois rien, sinon que tu es allé rejoindre de Bonneville dans les toilettes. C'est lui qui t'avait donné rendez-vous?

— Jamais de la vie! Je suis tombé sur lui par hasard.

— Je vais te confier une chose, David: le hasard et moi, on n'est pas des grands copains.

— Moi non plus, justement, même si des fois, c'est pas de la fiction.

— Je t'ai mentionné M. de Bonneville et tu n'as pas demandé qui c'est. Donc tu le connaissais.

— Je l'avais déjà vu de loin, mais c'est la première fois qu'on se parlait.

— Pourtant il t'a téléphoné et tu es allé chez lui.

— Non, c'est Iris qui m'a appelé. Elle m'a dit de venir quand il serait pas là.

— Pourquoi tu ne m'as pas averti ? Ou alors Gwen ? Vous jasez souvent, non ? Je croyais que tu lui faisais confiance.

— Ça a pas rapport. Vous êtes la police, y a des choses que vous pouvez pas comprendre. La preuve, c'est que vous êtes intervenus dès que vous avez su.

— Et dans les toilettes, qu'est-ce qu'il voulait ?

— Rien. Il savait même pas qui j'étais. Je lui ai dit que vous étiez là pour l'empêcher de partir avec Iris. Ça lui a fait un choc terrible, si vous voulez savoir. Tout de suite après, il m'a conseillé de filer pour éviter que j'aie des ennuis, des fois qu'on nous verrait ensemble.

— Ce vieux monsieur a fait preuve d'une grande gentillesse, pour dire le moins. Je retiens mes larmes.

— Ça, c'est de l'ironie, mais ça m'est égal. C'est vrai qu'il était gentil.

M. Calderone a froncé les sourcils, mais j'ai l'impression qu'il n'était pas sérieusement fâché contre moi. Il m'a dit qu'on pourrait discuter de tout ça pendant des heures, sauf qu'il était ici pour fêter mon anniversaire, pas pour m'embêter avec ses questions à la Sherlock Holmes.

En sortant de ma chambre, je me suis dit qu'il pouvait bien me parler de confiance, ça ne l'avait pas empêché de chanter la pomme à ma mère sans que je m'en doute. Du coup, je me suis senti moins coupable de garder le secret sur les soixante mille euros de M. de Bonneville.

Ce qui fait qu'on était maintenant à égalité.

Tout s'est bien passé au restaurant, Sig a été plus que potable et ma mère a fini par se calmer et arrêter de nettoyer les couteaux et les fourchettes avec le coin de sa serviette.

Il m'a semblé que M. Calderone lui faisait du genou sous la table, mais c'était peut-être moi qui m'imaginais des choses. Il a cessé de parler boutique, comme il disait, sauf pour répondre à ma mère qui lui demandait des nouvelles de Gwen :

— Elle est un peu surmenée en ce moment, et je lui ai conseillé de prendre du repos. Il faut reconnaître qu'elle travaille sur des dossiers particulièrement pénibles.

Il m'a fait un sourire en coin, l'air d'essayer de me passer un message, mais ce n'est pas allé plus loin.

De retour à la maison, j'ai trouvé le cadeau que Guillaume m'avait annoncé. C'était un poème envoyé par courriel. Je savais qu'il écrivait bien, mais là, il s'était surpassé. Ça commençait par :

David, mon Amour
Tu es partout autour de moi
Et tout entier en moi dans notre secret
Quand je ferme les yeux, je te vois
Quand je les ouvre, je te cherche...

Ça continuait comme ça jusqu'au bout, sauf que c'est devenu trop personnel pour aller dans les détails.

VINGT-SEPT

JE N'AURAIS JAMAIS CRU que d'avoir quinze ans révolus ferait une si grande différence.

Ce matin-là, j'ai eu conscience en traversant le parc que je voyais le monde avec d'autres yeux. D'ailleurs, je ne m'étais pas senti visé quand ma tante Sarah et ma grand-mère avaient déblatéré sur les jeunes d'aujourd'hui qui sont blasés et veulent avoir du tout cuit dans le bec. Ça paraît poche de le dire comme ça, mais je trouvais au contraire que ma vie devenait de plus en plus intéressante.

Surtout, je n'aurais pas voulu revenir en arrière, quand j'étais jeune et que j'évitais de me poser trop de questions. Je suis peut-être maso, mais ça m'excite de penser que les choses vont se compliquer encore davantage et que je devrai me démener pour ne pas finir comme un paysan du Danube. (C'était l'insulte préférée de mon grand-père Tessier qui l'avait piquée dans une fable de La Fontaine.)

Plus tard, dans la classe de M. de Chantal, on a lu un bout d'une comédie de Molière en se distribuant les rôles, sauf qu'on devait changer les répliques pour les exprimer dans nos mots à nous, sans rien censurer, ce qui fait que c'est devenu plein de *fuck, t'sais veux dire, style genre, stresse-moi pas là* et *cool, man.*

À la fin, après s'être bidonnés au max, on a compris que Jean-Baptiste Poquelin n'était pas un connard et ça nous a donné envie de lire la suite comme il l'avait écrite.

Juste avant la pause, il y a eu un message dans les haut-parleurs pour dire que David Goldberg (c'est moi) était prié de se rendre immédiatement au secrétariat.

M. Bizaillon m'attendait devant son bureau avec Gwen. Il nous a conduits à la salle des professeurs, mais là, elle lui a dit gentiment qu'elle voulait me parler en privé. Il a fait celui qui lisait entre les lignes et, quand elle est entrée dans la pièce, j'ai vu qu'il baissait les yeux pour regarder ses fesses. Je me suis senti super fier.

Gwen a fermé la porte et ouvert le *Journal de Montréal* sur la table sans rien dire. Il y avait un grand article avec des photos de M. de Bonneville, sur l'une il était en compagnie du maire de Montréal, sur l'autre avec le Premier ministre, et sur la troisième dans son costume de juge avec vingt ans de moins.

Les titres parlaient d'un malaise cardiaque et d'un accident tragique, en le qualifiant de «philanthrope au cœur d'or».

Ça m'a fait une drôle d'impression, parce que je le revoyais dans les toilettes de l'aéroport qui me disait, avec sa voix défaillante: «Mon Dieu, quel naufrage!»

Gwen a composé un numéro sur son mobile en mettant le haut-parleur et j'ai reconnu la voix de M. Calderone. Il a dit qu'on devait avoir une sérieuse discussion tous les trois – et que tout ce qu'on allait échanger devait rester strictement entre nous. Gwen m'a fait un clin d'œil d'encouragement et a déclaré:

— Je crois que David a prouvé qu'il peut être muet comme une tombe.

C'était un compliment comme quoi je savais garder un secret, et c'est vrai que si quelqu'un le méritait, c'est bien moi. Je n'avais rien dit hier soir à M. Calderone sur ma visite à la basilique avec Gwen, et je n'avais pas l'intention non plus de lui révéler à elle que son inspecteur-chef faisait du plat à ma mère. Bref, je me taisais égal sur tous les fronts.

Il a continué à parler au téléphone comme s'il nous voyait:

— On a reçu des directives venant de très haut – des ordres qui ne se discutent pas. Il n'y a jamais eu d'affaire de Bonneville, ni avant ni maintenant. Ce que tu lis dans le journal est la version officielle – la seule et unique. Comprends-tu ce que ça veut dire?

— Je crois, oui. Non… pas vraiment.

Gwen est venue à ma rescousse:

— Ça veut dire que tu ne dois raconter à personne ce que tu as vu. Sinon, c'est Luigi et moi qui payerons la note.

— Et pour Iris, qu'est-ce qu'ils vont faire?

— Sa mère passera la prendre ce matin à l'OPJ. Pas d'interrogatoire, pas d'examen médical, rien. Comme il n'y a jamais eu d'affaire de Bonneville, il ne peut pas y avoir d'affaire Bazinet.

— Mais sa mère est pas capable de s'en occuper. Je le sais, je l'ai rencontrée. Ça va être pire qu'avec son père.

Gwen a voulu dire quelque chose, mais M. Calderone a parlé plus vite qu'elle :

— Rita Bazinet est actuellement en cure de désintoxication.

— La quatrième, a dit Gwen à mi-voix.

— Pour l'instant, elle est *clean* et pleine de bonnes intentions. Elle est représentée par Mᵉ Letellier – et on se demande où elle trouve le fric pour régler ses honoraires.

— Arrête, Luigi ! Elle a touché le gros lot pour ne pas faire de vagues. Tu sais comme moi que la famille de Bonneville a les moyens d'acheter sa discrétion.

— Non, je ne le sais pas et je ne veux pas le savoir. Mais si tu me demandes mon avis, l'argent vient d'ailleurs. Par exemple des gros bonnets que Streuler fournissait en chair fraîche. Et ce ne sera pas long avant qu'il reprenne du service.

— Qu'est-ce que tu racontes, là ? Qu'on laisse tomber les poursuites ?

— Il a été relâché ce matin.

On ne me demandait pas mon avis et je crois même qu'ils avaient oublié ma présence, mais je n'ai pas pu m'empêcher de dire que c'était dégueulasse.

Gwen a soupiré – je n'étais pas seul à trouver la pilule difficile à avaler. Elle a dit alors à M. Calderone qu'il pouvait se dispenser de me raconter toutes ces horreurs. Il a attendu un peu avant de continuer :

— David ? Toi qui la connais bien, crois-tu qu'Iris sera capable de tenir sa langue ?

— Je suis sûr que oui.

— Tant mieux, parce que nous ne sommes plus en mesure d'assurer sa protection.

— Elle est en danger ?

— Si elle devient trop bavarde, elle risque d'indisposer des gens.

— Les gros bonnets ?

— Mettons, oui.

— Vous inquiétez pas. Elle dira rien, c'est pas son genre.

— C'est justement son genre qui m'inquiète. Quand on l'a arrêtée à l'aéroport, on a trouvé des amphétamines dans ses affaires. De la dope, si tu préfères.

— Je sais ce que c'est.

— Sais-tu aussi qu'elle a prétendu que c'était toi qui la fournissais ?

— Quoi ?! C'est même pas vrai ! C'est elle qui m'a demandé...

— Calme-toi ! Pas besoin de m'expliquer. Elle ment comme elle respire. Je t'en informe pour que tu te tiennes sur tes gardes.

— D'accord. Mais je suis même pas sûr qu'elle voudra me parler.

— Oh, que si ! Elle a déjà téléphoné deux fois chez toi ce matin – en se faisant passer pour une certaine Mélanie Patenaude.

— C'est rien qu'un code.

— J'avais deviné. Je l'ai déjà entendu à l'aéroport. Dis-moi, David, avant qu'on se quitte, est-ce que je peux te poser une question personnelle ?

— OK.

— Tu crois toujours qu'on aurait mieux fait de la laisser partir avec son papy ?

J'ai réfléchi et j'ai vu que Gwen n'était pas sûre de ce que j'allais répondre.

— Oui. Là-bas, elle avait peut-être une chance.

J'ai entendu M. Calderone soupirer à l'autre bout du fil, puis il a raccroché sans dire au revoir. J'ai pensé que s'il savait qu'Iris avait téléphoné à la maison, c'était soit parce que notre ligne était surveillée, soit parce qu'il avait parlé à ma mère ce matin et que leur affaire était en train de se solidifier.

Gwen m'a passé la main dans les cheveux et a fermé les yeux pour que je sache pas à quoi elle jonglait.

EN FIN DE JOURNÉE, avant mon rendez-vous avec Guillaume chez *Amelio's,* je suis passé voir Iris qui m'avait finalement joint au téléphone pour me dire que c'était urgent.

Sa mère m'a ouvert en laissant la chaîne de sécurité en place, ce qui fait que je la voyais seulement sur quatre centimètres, mais assez quand même pour m'apercevoir qu'elle allait beaucoup mieux que la dernière fois dans la cour de l'école. Elle portait des lunettes qui ne lui allaient pas du tout et c'est peut-être pour ça qu'elle ne m'a pas reconnu.

— Je viens pour Iris. Je suis un copain.

— Il a un nom, le copain ?

— Excusez-moi. David Goldberg.

— C'est juif ça, d'un bout à l'autre.

— Oui. C'est elle qui m'a dit de venir.

— Comment tu la connais, d'abord?

— On est dans la même classe.

— Fallait le dire tout de suite.

Elle a ôté la chaîne et m'a laissé entrer. À part ses bigoudis, elle faisait pas mal distinguée, avec une robe bleue qui la serrait de partout et des chaussures noires à talons hauts comme si elle allait sortir. Elle devait être en train de se maquiller quand j'ai sonné, parce qu'elle avait des faux cils collés sur un œil seulement et rien sur l'autre, ça lui donnait un regard bizarre, genre cyclope. (C'est une allusion mythologique.)

Tout à coup, elle m'a fait un grand sourire comme si elle était contente que je sois là.

— Iris a été malade, mais ça s'attrape pas. Elle retourne à l'école lundi prochain. Je gage qu'elle t'a demandé de l'aider à se remettre à jour.

— Oui, madame.

— T'es un petit gars bien élevé, toi, on voit ça tout de suite. Les Juifs sont propres et organisés, ça fait partie de la race.

Elle a vu que je regardais les boîtes empilées partout dans l'appartement, avec les étiquettes jaunes collées par les hommes de l'inspecteur Calderone.

— J'en ai profité pour ramasser. Ça respire mieux.

C'est le contraire qui était vrai, parce qu'on voyait qu'elle avait ouvert quelques cartons pour chercher des trucs, en laissant le reste tomber par terre. Probablement que dans une semaine, le bordel serait revenu comme avant.

Elle m'a poussé vers la chambre d'Iris et on est passés près d'une petite table où il y avait une grande photo avec des marguerites devant. Je n'ai pas reconnu tout de suite Louis Bazinet, vu qu'il avait l'air jeune et en santé, et un look de vedette – rien à voir avec le type que j'ai identifié à l'hôpital.

— Tu savais-tu?

— Non, quoi?

— Le papa d'Iris vient de mourir. Ma pauvre chouette. Ça explique pas mal de choses.

Une larme a coulé de son œil gauche, celui qui n'avait pas de faux cils. J'ai regardé ailleurs, surtout que je n'arrivais pas à digérer qu'on mette des fleurs devant le portrait d'un type aussi dégueulasse.

Mme Bazinet a ouvert la porte de la chambre sans frapper. (Au moins, ma mère prenait le temps de s'annoncer.)

— Une belle visite pour toi, ma princesse.

Iris était debout devant la fenêtre et ne s'est pas retournée. Elle portait les mêmes vêtements chics qu'à l'aéroport et j'ai eu l'impression qu'elle ne les avait pas ôtés depuis son arrestation. Elle a dit, en continuant à regarder dehors :

— Ferme la porte, Rita. Pis fiche-nous la paix, OK ?

Ça m'a fait bizarre qu'elle appelle sa mère par son prénom, mais elle n'est pas la seule : d'autres élèves à l'école font pareil. Sauf Max Dutil qui vouvoie ses parents long comme le bras, comme quoi ça prend de tout pour faire un monde.

Elle m'a finalement regardé et a dit qu'elle avait guetté mon arrivée et que ça avait tout l'air que personne ne m'avait suivi. Elle a continué en disant :

— Ça te fait bien.

— Quoi ?

— D'avoir plus de broches.

— Merci.

— Comme ça, t'étais à l'aéroport et t'as tout vu.

— Oui, j'ai eu peur que tu penses que je t'avais dénoncée.

— Ben non. J'ai entendu ton message, mais c'était trop tard.

— Si t'es pas en maudit après moi, alors pourquoi tu leur as dit que je t'avais refilé de la dope ?

Elle a changé de visage et s'est approchée de moi.

— Parce que des fois, je suis un peu gougoune. Le flic pas de pouces m'a bardassée et j'ai avoué n'importe quoi.

— Heureusement, il t'a pas crue. Faut pas se fier à son air, il est super intelligent. Il s'inquiète pour toi, des fois que t'aurais envie de raconter à n'importe qui ce qui s'est passé avec M. de Bonneville.

— Tu y diras de ma part qu'il est *nac*. Je sais ce que je risque, qu'est-ce tu penses ? Je connais même pas les noms de personne.

— De qui tu parles ?

— Des invités de Papy. Il leur défendait de me toucher, mais il me demandait si j'étais d'accord pour danser sexy sur la table pour mettre de l'ambiance. Moi, ça me faisait rien, j'ai toujours voulu être une star.

— Je pensais pas que... Je croyais qu'il t'aimait.

— Pourquoi tu dis ça ? Bien sûr qu'il m'aimait ! Avant qu'on parte, il m'a dit qu'il pourrait pas vivre sans moi. Et regarde ce qui est arrivé. C'est la preuve ça, non ?

— Et toi ? Tu vas faire quoi, là ?

— Je sais pas. Rita a plein de cash, mais ça va pas durer. Ils ont bavassé sur moi dans la classe ?

— Euh… pas vraiment. On leur a dit que t'avais attrapé un virus, genre.

— J'aurais pu crever, ils s'en foutent. Là, c'est pas des histoires, je suis vraiment malade. Pis ce que j'ai, ça se guérit pas.

J'ai commencé à la croire à cause de la peur dans ses yeux, mais tout à coup elle s'est collée contre moi en rigolant doucement et en faisant des chatteries.

— Mais toi, David, tu me laisseras pas tomber. Tu vas me protéger, hein ?

— Je t'ai prouvé que tu peux compter sur moi, non ?

— Alors, dis-le que tu me laisseras pas tomber.

— Je te laisserai pas tomber. OK, là ?

Elle m'a embrassé comme si ça ne devait jamais finir et elle a dû sentir l'effet que ça me faisait, parce qu'elle s'est mise à genoux et a voulu ouvrir ma braguette. Je l'ai arrêtée en disant que je devais partir, ce qui était vrai.

Mais ce qui est encore plus vrai, c'est que je ne me sentais pas prêt et que j'avais la trouille.

Elle s'est relevée et j'ai voulu savoir si elle était insultée. Elle a ri en secouant ses cheveux et j'ai vu que ça lui était bien égal. J'avais le cœur qui battait fort et je me suis demandé en la regardant si elle continuerait à se donner des shampoings toute seule, parce que ça lui allait vraiment bien. Elle a dit :

— Je pensais qu'on irait au resto ensemble. Je peux même payer pour toi, tu sais.

J'ai failli répondre que, moi aussi, je pouvais l'inviter, vu que M. de Bonneville m'avait refilé du fric pour prendre soin d'elle. Je me suis retenu et je n'ai pas honte de dire que c'est la chose la plus intelligente que j'aie faite depuis longtemps.

— Merci, mais j'ai un rendez-vous avec Guillaume. Une autre fois, OK ?

— Ça se pourrait. T'as mon numéro.

Elle m'a regardé comme si elle ne me voyait pas ou qu'il y avait quelqu'un d'autre à ma place, puis elle est retournée à la fenêtre pour poser son front contre la vitre.

Si je ne l'avais pas connue, j'aurais juré qu'elle faisait la gueule, mais c'est simplement qu'elle pouvait changer d'humeur à trois cent soixante degrés en moins d'une seconde.

Je n'ai pas vu sa mère en traversant l'appartement, pourtant j'avais l'impression qu'elle était là, mais qu'elle se cachait pour ne pas me dire au revoir. J'étais peut-être en train de virer parano.

En sortant de la maison, j'ai entendu Iris qui m'appelait. Elle avait ouvert sa fenêtre et me faisait des signes avec le bras, en se marrant comme si elle en avait une bonne à me raconter. J'ai crié :

— Quoi encore ? Vite, je vais être en retard.

Elle m'a répondu en criant elle aussi – en se penchant un peu trop près du vide à mon goût.

— Justement, fais-le attendre. Guillaume, il est amoureux de toi.

— Et alors ? Je le sais.

— Moi aussi. Mais je l'ai su avant toi.

Je suis parti en me dépêchant et, jusqu'au coin de la rue, je l'ai entendue qui continuait à rire. Franchement, je ne voyais pas ce qu'il y avait de si drôle là-dedans.

GUILLAUME ÉTAIT TELLEMENT CONTENT de m'avoir invité chez *Amelio's* qu'il n'arrêtait pas de me regarder et oubliait de manger. Je lui ai dit :

— Écoute, il faut que je te confie quelque chose. C'est un secret, alors là, un vrai de vrai, tout ce qu'y a de confidentiel.

— Tu peux tout me dire. Ça n'ira pas plus loin.

— Je sais, sinon je garderais tout ça pour moi. C'est à propos d'Iris Bazinet. J'aurais dû te dire la vérité l'autre jour.

— Elle est guérie ?

— Elle a jamais été malade.

Je lui ai tout raconté sur l'enlèvement, sur M. de Bonneville, l'aéroport, le suicide dans le métro et le silence des médias. Il m'a écouté en finissant son assiette, sans même se rendre compte qu'il bouffait la meilleure lasagne de Montréal.

Il ne m'a pas posé de questions sur ma relation avec Iris, heureusement. D'ailleurs, je ne me serais pas étendu sur le sujet. Sauf qu'il m'a inquiété à la fin en me disant de faire attention : elle était super douée pour rouler les gens dans la farine.

— T'es sûr que tu dis pas ça parce que t'es jaloux ?

— Pourquoi je serais jaloux ? T'es pas amoureux d'elle.

Ce n'est pas une question qu'il posait, mais un truc qu'il affirmait comme s'il le savait mieux que moi. Et peut-être que c'était vrai, parce qu'il y avait plein de choses qui m'échappaient avec Iris. Des fois, je me disais que je l'aimais et je n'en étais plus du tout sûr la minute d'après. Ce qui était certain, c'est que j'avais envie de la protéger, mais ça pouvait être seulement «l'esprit chevaleresque» dont M. de Chantal nous avait parlé en classe.

Guillaume m'a donné un autre cadeau, en plus de payer l'addition. C'était un vieux bouquin qu'il avait mis faute de mieux dans un sac en plastique de *Pharmaprix*: «Arthur Rimbaud – Poèmes». Après avoir essayé de le feuilleter, j'ai demandé si c'était une blague.

— Ben non. Les pages sont pas coupées, faut le faire soi-même.

— C'est quoi, l'idée?

— C'est une édition brochée. Autrefois, tous les livres étaient fabriqués comme ça. D'après moi, c'est un premier tirage.

— Tu t'y connais?

— Un peu, oui. Avant, mon père collectionnait les livres anciens, mais il s'est calmé depuis, parce que son voilier lui coûte les yeux de la tête. À présent, il lit presque plus rien, comme tu peux voir.

— Tu veux dire que ça vient de sa collection?

— C'est la mienne aussi. Je suis fils unique, et ma mère dit que je ferais mieux de prendre des avances sur l'héritage, vu que mon père est en train de se faire plumer vivant par sa greluche polonaise.

J'ai hésité à lui dire que ça me gênait un peu, mais je n'ai pas voulu me mêler de ses affaires de famille.

— Merci, Guillaume. Il restera pas broché longtemps, je te le dis. C'est un superbe cadeau.

— Oui, je sais. J'ai vérifié le prix sur l'internet. Mais je m'en fous, pour toi il n'y a rien de trop beau.

MALGRÉ LA PETITE PLUIE, on est rentrés à pied. Guillaume a insisté pour me raccompagner chez moi, en déclarant qu'il était mon garde du corps et ne voulait pas que je me fasse kidnapper par personne d'autre que lui.

On a traversé le parc Joyce et il a profité de l'obscurité pour me prendre la main pendant un instant. Puis on s'est assis sur un banc pas trop mouillé grâce à l'arbre au-dessus et on a fini notre discussion sur les trous noirs et la théorie des cantiques.

Tout à coup, il s'est tu comme s'il réfléchissait, mais c'était rien que pour cacher son trac. Finalement, il s'est éclairci la voix et m'a demandé s'il pouvait m'embrasser. Ça ne m'a pas vraiment surpris, parce que je le voyais venir depuis un moment. J'ai répondu que la seule façon de savoir si c'était OK, c'était d'essayer au moins une fois.

Il s'est approché tout contre moi et a fermé les yeux. J'ai fait comme lui et j'ai senti qu'il posait ses lèvres sur les miennes. Comme il tremblait, j'ai attendu qu'il se décide et, après un moment, il s'est reculé et m'a regardé comme si c'était la fin du monde. Je me suis douté de ce qui clochait et j'ai dit:

— C'est ta première fois?

Il a répondu oui avec la tête, alors je lui ai dit de ne pas s'inquiéter, que je savais comment. On a recommencé, mais cette fois j'ai fait comme Iris et je suis allé chercher sa langue avec la mienne. Il a eu un sursaut, ensuite il s'est laissé faire et quand j'ai arrêté, il en voulait encore.

Enfin, on s'est décollés et il était pâle et essoufflé comme s'il avait couru un cent mètres. Je me suis demandé s'il pleurait ou si c'était la pluie qui coulait sur ses joues.

J'ai bien vu qu'il était tout à l'envers et qu'il avait besoin de récupérer. J'ai alors proposé de rentrer chacun de son côté pour éviter d'être trempés comme des soupes et il a dit que c'était une bonne idée.

MON SYMBIOTE A ATTENDU que je sois seul dans ma chambre pour se manifester. Ça devenait de plus en plus facile avec lui, parce qu'il était discret. Il était peut-être aussi contagieux. Par exemple, Mlle Sauget m'avait dit l'autre jour à la bibliothèque que j'avais beaucoup de délicatesse pour un adolescent. Ça m'a fait plaisir, mais ensuite je me suis demandé si elle ne voulait pas plutôt dire que j'avais l'air un peu efféminé.

Pour m'aider à m'y retrouver dans mes sentiments, j'ai posé des questions à Divad sur les amalgames entre les symbiotes. Il m'a expliqué que c'était comme une fusion temporaire: il fallait tout donner et tout prendre pour devenir une nouvelle entité. Le risque, c'était de s'éparpiller. C'est pourquoi il s'amalgamait de moins en moins avec d'autres, vu qu'il avait surtout envie d'être seul avec Newg.

Je lui ai demandé s'il l'avait fait avec le symbiote de Guillaume. C'était juste un truc pour amener la discussion sur un sujet qui me préoccupait. J'ai été pris par surprise quand il m'a répondu oui.

— Ça te gêne pas que ce soit un garçon ?

— Pourquoi ça me gênerait ? Un symbiote, c'est un symbiote.

— C'est aussi une tautologie, mais je comprends ce que tu veux dire. Comme vous êtes des esprits, ça change rien pour vous que l'autre soit une fille ou un garçon.

— Au contraire, ça change bien des choses. Bien sûr, la différence n'est pas physique pour nous, mais elle façonne notre personnalité. Newg et moi, par exemple, nous n'avons pas la même sensibilité. C'est pour ça que l'amalgame est un chemin vers la plénitude.

— Tu parles comme Siddharta.

— Merci. C'est un beau compliment.

— Il faut que je te dise : moi, je suis pas sûr que ça m'est égal que Guillaume soit un garçon.

— Guillaume, c'est Guillaume.

J'ai laissé tomber et, avant d'aller me coucher, je me suis branché sur l'internet. Comme je m'y attendais, il m'avait envoyé un message pour dire qu'il était rentré chez lui en marchant sur un nuage et que notre premier baiser avait changé sa vie à tout jamais. Il s'était senti imploser avec moi en une singularité de l'univers où personne ne pouvait nous atteindre.

Il a continué en disant : « Je suppose que M. Santerre vous a parlé dans son cours du mètre étalon conservé à Paris, au pavillon de Sèvres. Eh bien, mon Amour, il faut que tu saches que je possède à partir de ce soir la mesure étalon du bonheur. »

Je me suis senti un peu jaloux, parce que même en me forçant, je n'aurais pas été capable d'éprouver des sentiments aussi intenses que ceux de Guillaume. Je me suis consolé en me rappelant qu'il avait déjà seize ans et des poussières et que c'était impossible de savoir à quel point je serai différent quand j'aurai son âge.

L'autre chose qui m'embêtait et que je trouvais trop injuste, c'était de m'avouer que j'avais davantage envie d'embrasser Iris, qui s'en foutait royalement, que Guillaume, pour qui c'était le septième ciel.

J'avais déjà éteint la lumière quand un *sosumi* m'a ramené à mon ordinateur.

C'était un post-scriptum de mon amoureux qui disait : « Je ne me brosse pas les dents ce soir pour que ta salive reste mélangée à la mienne le plus longtemps possible. »

VINGT-HUIT

J'ai voulu comprendre pourquoi Siddharta était considéré comme un crack dans le monde des symbiotes. Personnellement, il m'avait fait une très bonne impression, surtout que je n'avais eu aucun mal à suivre ses explications. La preuve, c'est que j'ai pu tout répéter aux autres Mousquetaires, dans l'ordre et sans rien oublier.

Pour en savoir plus long, j'ai emprunté des bouquins à la bibliothèque de l'école et c'est là que ça s'est gâté, avec tous ces noms biscornus et les anecdotes sur la vie de Gautama que je devais relire trois fois, pour m'apercevoir que ça m'emmerdait sans revenez-y.

Heureusement, je suis finalement tombé sur un livre écrit pour des gens comme vous et moi et qui commençait par un conseil de Bouddha : «Doutez de tout, et surtout de ce que je vais vous dire.» Ça, ça m'a parlé et je n'ai pas été surpris qu'on dise plus loin que le bouddhisme est davantage une philosophie qu'une religion. (Ça m'a intéressé encore plus, parce que j'ai un préjugé en faveur de la philosophie.)

Ce matin-là, M. Bizaillon m'a arrêté dans le corridor pour me dire que Mlle Sauget voulait me parler. Il en a profité pour me demander si ça s'était bien passé la veille avec Mlle Le Gaëllec. Il a fait comme s'il se souvenait plus très bien de son prénom, mais c'était une combine pour que je lui dise que c'était Gwen et pas Louise.

D'après moi, il n'avait aucune chance avec elle.

Je suis allé à la bibliothèque à la pause de midi et j'ai tout de suite deviné que Mlle Sauget voulait me voir pour quelque chose de personnel. J'ai eu peur qu'elle me demande où j'en étais avec *l'Ultime Alliance* et que je sois obligé de lui dire que Guillaume me l'avait emprunté, alors que je n'avais même pas fini le premier chapitre.

On s'est assis dans un coin tranquille et elle a cherché à savoir pourquoi je m'intéressais subitement à Bouddha. J'aurais pu lui répondre que c'était parce que je l'avais rencontré personnellement, mais j'ai décidé que c'était mieux pas. Elle m'aimait bien, mais elle avait ses limites comme n'importe qui.

À part ça, c'était juste un prétexte qu'elle avait trouvé pour me parler ensuite, l'air de rien, d'Iris Bazinet qui, aux dernières nouvelles, était guérie et reprendrait l'école au début de la semaine prochaine.

— Tu te rappelles que nous avons rencontré sa maman l'autre jour...

— Oui... plus ou moins.

— En ce qui me concerne, je m'en souviens nettement plus que moins. Elle n'a pas mentionné que sa fille était malade, mais plutôt qu'elle avait disparu et que tu en savais davantage que bien des gens à ce sujet. Est-ce la vérité ?

— Je... Là encore, je peux rien dire.

— Cette réponse me suffit. Je dirai même que ta discrétion me rassure, car j'ai une faveur à te demander. En fait, ce n'est pas pour moi, mais pour une très bonne amie depuis le cours classique, en «éléments latins», comme on disait à l'époque. Nous avions le même âge que toi aujourd'hui et nous sommes restées fidèlement en contact pendant toutes ces années. Tu prendras un jour conscience que ces amitiés au long cours sont irremplaçables.

Elle a continué en racontant que cette amie traversait actuellement une épreuve très douloureuse. Son frère unique était décédé dans des circonstances tragiques et l'avait laissée aux prises avec un dilemme moral extrêmement complexe.

— Elle s'en est ouverte à moi parce qu'elle me fait confiance, mais aussi pour une tout autre raison. Elle a appris que je te connais et m'a demandé d'être son intermédiaire auprès de toi, en toute confidence.

— Moi ? Pour quoi faire ?

— Elle aimerait te rencontrer. Elle a besoin de ton aide – une aide que tu es apparemment le seul à pouvoir lui apporter.

— Mais je sais même pas qui c'est !

— En effet. Elle croit toutefois que son nom te dira quelque chose : Céleste de Bonneville.

AVANT DE RETOURNER EN CLASSE, j'ai eu un appel sur le Nokia en mode vibration et je suis sorti dans la cour, car depuis le début de l'année on n'était plus autorisés à utiliser les téléphones mobiles dans l'école. J'ai supposé avant de répondre que ça venait d'un des Mousquetaires, parce que je n'avais donné le numéro à personne d'autre, sauf à Guillaume et à ma mère.

C'était le professeur Vargas qui m'a demandé de lui raconter de nouveau ma rencontre avec Jean-Sébastien. Il m'a posé un tas de questions comme s'il avait oublié tout ce que j'avais dit dans la basilique. J'ai senti que l'invention de Dieu par les symbiotes le turlupinait beaucoup et qu'il voulait être sûr que je n'avais pas compris de travers.

— Comment ça se passe avec Divad?

— Ça va très bien, merci. On s'entend de mieux en mieux. Et pour vous?

— La confiance est en train de s'établir, mais mon symbiote est encore réticent à discuter de certains sujets.

— Ça va s'arranger. À propos, en venant à l'école ce matin, j'ai eu un coup de fil de M. Van Haecke. Il m'appelait d'Amsterdam.

— Vraiment? Ça alors! Mais pourquoi? Qu'est-ce qu'il t'a dit?

— Il m'a vaguement parlé de son symbiote qui est comme une sangsue. J'ai presque rien compris, tellement il pleurait. Ça va pas lui coûter cher, vu qu'il a raccroché au bout de quelques secondes.

Même si le professeur n'aimait pas beaucoup Van Haecke, ça lui a fait de quoi et il a sorti une citation biblique au sujet de l'œil qui était dans la tombe et qui regardait Caïn. Il a continué en disant:

— Je commence à mieux saisir les craintes du chanoine Dijan. Le jumelage universel que propose Najid-le-Rebelle pourrait être un cadeau empoisonné pour un grand nombre de nos semblables.

— Un «cadeau empoisonné»... Ça dit bien ce que ça veut dire. Oups, la cloche sonne.

— Une dernière information, David: sais-tu si Mlle Le Gaëllec a quelqu'un dans sa vie? Tu vois de quoi je veux parler...

— Oui. Non, pas que je sache. Elle vous intéresse?

— Entre toi et moi, on peut dire ça comme ça.

— Vous n'êtes pas le seul.

Il y a eu un silence, puis il a rigolé gentiment dans sa barbe (c'est une expression vu qu'il n'en a pas) en me remerciant de l'avertissement. Je me suis senti complètement nunuche, parce qu'il a dû croire que je parlais de moi, alors que je voulais dire M. Bizaillon.

Ça m'a occupé l'esprit pendant le cours de Mme Croteau et je me suis marré tout seul en pensant à M. Vargas qui me prenait pour un rival, c'était plutôt flatteur, même si c'était juste un fantasme de testostérone.

Et là, La Crotte m'a collé une retenue en croyant que je me foutais de sa gueule. Une conne mur à mur, si vous voulez savoir, et parano par-dessus le marché.

MLLE DE BONNEVILLE habitait le Manoir Côte-des-Neiges, une résidence pour personnes à la retraite, avec un gardien en uniforme à l'entrée et de la moquette partout. Son appartement ressemblait à un musée, mais sans la poussière, avec une vue époustouflante sur le mont Royal et le cimetière. Elle a dit que c'était un spectacle reposant et qu'elle n'aurait pas loin à marcher pour sa dernière promenade. Puis elle a mis la main devant sa bouche pour rire, sauf que c'était plutôt comme un gloussement de poule.

À part ça, elle était super gentille et quand elle nous a ouvert la porte, elle a joint les mains en s'écriant: «Jésus Marie, quel beau garçon!» Je lui ai dit bonjour et elle m'a demandé de l'appeler Céleste et rien d'autre. J'ai ri sur mes dents de derrière (c'était une expression de mon grand-père Tessier), parce que j'ai pensé que son nom lui allait comme un gant.

Mlle Sauget était venue avec moi, mais elle a refusé de rester en disant qu'elle avait déjà dépassé les limites de ses fonctions et ne voulait pas se mêler de nos petites manigances. J'ai fait semblant d'approuver, sauf qu'en la voyant partir, j'étais prêt à parier qu'elles allaient se téléphoner plus tard pour tout se raconter de A à Z.

Elles étaient de grandes amies et peut-être davantage, en tout cas elles avaient beaucoup voyagé ensemble depuis le cours classique, ça se voyait sur le piano à leurs photos de vacances. Je savais qu'elles avaient le même âge, n'empêche que Mlle Céleste paraissait beaucoup plus vieille à cause de ses rides et aussi parce qu'elle donnait l'impression qu'elle pouvait se casser en mille morceaux à la première occasion propice.

Elle m'a offert du thé et comme on ne se connaissait pas encore très bien, je n'ai pas osé lui dire que je n'aimais pas ça. Par contre, je me suis lâché sur les bricelets qu'elle avait faits elle-même selon la recette d'une cousine suisse. C'est des biscuits minces comme une feuille de papier, ça tombait mal parce que j'avais un creux et que ce n'était sûrement pas avec ça que j'allais le remplir.

Il y avait au mur un portrait récent de son frère, M. de Bonneville, et ça m'a donné un choc de le retrouver ici comme si rien ne s'était passé. Elle s'en est aperçue et a profité de l'occasion pour me parler de lui en commençant par sortir de sa manche un vrai mouchoir avec de la dentelle, des fois qu'elle se mettrait à pleurer.

Elle m'a répété toutes les bonnes choses que j'avais lues dans les journaux, comme quoi c'était un philanthrope qui avait consacré sa vie à soulager la misère dans sa paroisse et à combattre les injustices dans la société.

Je l'ai écoutée sans broncher, en attendant que son chat sorte du sac. J'ai su que ça y était quand elle a dit que l'inspecteur Calderone lui avait parlé de moi.

— C'est un homme qui fait son devoir avec compétence et intégrité, je ne le dirai jamais assez. Hélas, son travail est ingrat et le met quotidiennement en contact avec les aspects les plus sordides de la nature humaine. Comment s'étonner en conséquence qu'il soit enclin à voir le mal partout? C'est ce qu'on appelle la déformation professionnelle.

— Qu'est-ce qu'il vous a dit à mon sujet?

— De bien belles choses, Dieu merci. Cette chère Janine en a rajouté, et pas rien qu'un peu. Elle te tient en grande estime et m'assure qu'on peut te faire confiance.

— Merci.

— C'est à moi de te remercier d'avoir accepté mon invitation. J'ai besoin d'être éclairée.

— Sur quoi?

— Au sujet d'Iris Bazinet. Je me suis laissé dire que vous êtes amis, elle et toi. Peux-tu me le confirmer?

— Oui, on peut dire ça.

— Tu vois comme la confiance est une chose importante. Je présume que tu es au courant de la situation familiale de cette malheureuse enfant. Mon frère Paul a voulu la soustraire aux influences pernicieuses de son milieu et lui garantir un avenir digne de ce nom. Il a décidé de s'occuper d'elle personnellement, avec l'assentiment du père de la petite, bien entendu – un pauvre homme tombé en déchéance sous l'emprise de la drogue.

— Je savais pas qu'ils se...

— Tu l'ignorais parce que l'inspecteur Calderone et ses gens t'ont raconté des horreurs à ce sujet, et Louis Bazinet n'est plus là pour rétablir la vérité. Quel dommage que tu n'aies pas eu le privilège de rencontrer mon frère – tu te serais aperçu tout de suite qu'il était viscéralement incapable de commettre la moindre indélicatesse. Il était au contraire la personnification de la droiture et de la bonté. La vérité est qu'il s'est attaché à cette petite comme un père à son enfant.

C'est à ce moment que Mlle Céleste a utilisé son mouchoir pour se tamponner les yeux. Elle a continué en disant que la jeune Iris avait été témoin dans son milieu de choses qu'aucune âme innocente ne devrait jamais voir. Les trafiquants qui fournissaient son père s'étaient inquiétés de ce qu'elle pourrait raconter aux autorités. Pour la protéger, M. de Bonneville avait fait des arrangements pour qu'elle continue ses études en France, sous un autre nom.

— Dieu soit loué, Paul avait des amis bien placés qui se sont déclarés garants de sa probité. Ils ont empêché que son nom soit mêlé à un scandale fabriqué de toutes pièces et qu'on se serait hâté de jeter en pâture aux journalistes. La police a reconnu que ces rumeurs ne reposaient que sur des suppositions malveillantes. D'ailleurs, je tiens de bonne source que la petite Iris a refusé avec véhémence de porter la moindre accusation contre son bienfaiteur, ce qui confirme que la conduite de mon frère a été irréprochable. Une fois de plus, la confiance est au cœur de notre discussion. Tu le vois bien, n'est-ce pas ?

— Euh... oui, bien sûr. Mais moi, là-dedans, vous voulez que je fasse quoi ?

— Que tu sois mon guide pour m'éviter de commettre une faute. J'ignore si mon frère a eu une prémonition, mais le fait est qu'il m'a donné récemment des instructions verbales au cas où il lui arriverait malheur. Il n'a pas jugé utile de les consigner par écrit, car il savait que je suivrais scrupuleusement chacune de ses volontés. En particulier, il m'a demandé de m'assurer qu'Iris Bazinet ne manquerait jamais de rien – «ni du nécessaire ni du superflu». Ce sont ses mots exacts. Cela confirme qu'il aimait cette enfant comme sa propre fille.

— Si vous avez l'intention de lui donner de l'argent, je vous dis tout de suite que c'est pas une bonne idée.

Mlle Céleste m'a regardé en ouvrant la bouche, comme si j'avais dit un truc complètement génial qu'il lui fallait maintenant digérer. Finalement, elle a dit :

— Janine avait raison, une fois de plus. La confiance, David, la confiance! Et pourquoi ne serait-ce pas une bonne idée?

— Parce que sa mère est revenue.

— Si je ne savais pas que tu viens de fêter tes quinze ans, mon cher garçon, je t'en donnerais facilement trois ou quatre de plus. «Parce que sa mère est revenue.» Quelle maturité dans cette observation! Pour ne rien te cacher, je ne comprends pas pourquoi notre avocat a fait pression sur le juge pour qu'il se prononce en faveur de cette pauvre créature. Janine m'a dit que tu l'as rencontrée. La crois-tu capable d'assumer la garde de sa fille?

— Non. Ça pourrait tourner mal.

Mlle Céleste s'est levée d'un coup comme si elle manquait d'air et m'a dévisagé en faisant non de la tête:

— Tais-toi, je t'en supplie. Il ne faut pas donner des idées au Malin. Tu m'as dit ce qu'il ne fallait pas faire pour Iris. Fort bien, j'en ai pris note. Maintenant, dis-moi ce que je pourrais faire concrètement pour l'aider. Montre-moi le chemin, s'il te plaît.

Je me suis levé à mon tour, parce que ça me mettait mal à l'aise de la voir si bouleversée.

— Je... Il faut que j'y pense. C'est pas évident.

— Tu le dis à une vieille dame qui a retourné le problème dans tous les sens. Pas évident, je ne te le fais pas dire. Mais toi, tu as l'avantage d'avoir un pied dans la place. Tu peux aller voir la petite, savoir ce qu'elle pense, ce dont elle a besoin, ce qui lui ferait plaisir. Sais-tu si elle continue à aller à la messe et à accueillir régulièrement Jésus dans son âme par la sainte communion?

— Je sais pas, mais franchement, ça m'étonnerait. Elle est même pas catholique.

— Que racontes-tu là? C'est impossible, voyons, tu te trompes.

— C'est elle qui me l'a dit. Elle a jamais été baptisée. On en a même discuté en classe avec M. de Chantal.

Mlle Céleste s'est mise à rire en mettant la main devant sa bouche et en disant que c'était trop drôle, hi hi hi. J'avais compris de travers, enfin bien sûr, Iris ne pouvait pas ne pas avoir été baptisée.

— Tournons la page et n'en parlons plus. Tiens, prends ma carte. Téléphone-moi n'importe quand pour me tenir au courant des besoins d'Iris. Je suis ouverte à toutes les bonnes idées.

Je me suis dirigé vers la porte pour partir, mais elle m'a retenu en passant devant le portrait de son frère Paul. Elle m'a confié à voix basse :

— Je lui parle plusieurs fois par jour.

Elle m'a pris la main et a fermé les yeux. Ses lèvres remuaient et elle est devenue toute pâle. Je ne savais plus où me mettre, surtout que je sentais dans ma paume ses doigts tout maigres qui frémissaient.

Comme il n'y avait rien d'autre à faire, j'ai regardé devant moi la photo de M. de Bonneville. C'est vrai qu'il avait une bonne bouille et un regard gentil, mais un peu triste.

Je n'aurais pas su dire pourquoi, mais j'ai compris à ce moment-là qu'il valait mieux que sa sœur Céleste ne se pose pas de questions sur son accident dans le métro, ni qu'elle apprenne jamais qu'il donnait son bain à Iris deux fois par jour, en plus de lui demander si elle était d'accord lorsqu'il la faisait danser sur la table.

GUILLAUME EST VENU DÎNER à la maison ce soir-là et ma mère m'a dit plus tard qu'il avait de belles manières et que Sig ferait mieux de laisser tomber son Patrick qui ne savait pas dire bonjour ni merci, pour se trouver «un garçon qui a de la classe – comme ton ami».

Elle s'était assise à table pour faire la conversation avec nous, mais elle n'a rien mangé à part un yaourt nature et un pamplemousse. Il faut dire qu'elle venait de s'inscrire aux *Weight Watchers* pour perdre dix kilos en vingt et un jours.

J'avais lu quelque part que certains hommes préfèrent les femmes plutôt enrobées et je me suis demandé si elle avait eu la prudence de vérifier avec M. Calderone avant de faire la grève de la faim. Inutile de préciser que je me suis fermé la trappe, parce que s'il y a un sujet de conversation à éviter avec elle, c'est en plein celui-là.

J'ai proposé ensuite à Guillaume de le raccompagner chez lui, parce que j'avais envie de lui parler et qu'il y a des choses qui se discutent mieux en marchant.

Quand même, je n'étais pas vraiment sûr de ce que je voulais lui expliquer. Disons que j'avais remarqué que quand on était ensemble, il était plutôt réservé, presque craintif, même que des fois je me demandais si c'était bien lui qui m'écrivait chaque soir des lettres d'amour passionnées où il parlait de baisers affamés et de caresses brûlantes comme de la glace.

Comme je ne savais pas par où commencer, je lui ai raconté ma visite chez Mlle de Bonneville. Ça l'a drôlement intéressé et il m'a posé un paquet de questions intelligentes.

Finalement, on a décidé de faire un détour pour passer devant la maison d'Iris. Je ne sais plus si c'est lui qui a eu l'idée ou moi, en tout cas ça s'est révélé être une super de bonne intuition.

(J'ai demandé plus tard à Divad s'il ne m'avait pas donné un coup de pouce à ce sujet, mais il m'a répété que même s'il l'avait voulu, il aurait été incapable de me mettre une pensée dans la tête sans que je le sache. Quant à moi, je commençais à en douter.)

Guillaume et moi on a marché sur le trottoir de l'autre côté de la rue pour mieux voir les fenêtres du troisième étage, mais ça n'a rien donné parce que tout l'appartement d'Iris était plongé dans l'obscurité.

— Remarque que ça veut pas dire qu'elle est pas là. Des fois qu'elle nous aurait vus venir.

— Pourquoi elle se cacherait, d'abord ?

— C'est quoi, là, dans la ruelle ?

Il y avait trois ou quatre valises et quelques sacs de plastique remplis à ras bord qui étaient posés devant la porte de service sur le côté de l'immeuble, sans personne pour les surveiller.

Juste à ce moment, la mère d'Iris est sortie avec un manteau de fourrure sur le bras et a fait un signe de la main comme pour appeler un taxi.

— Elle est dingue ou quoi ?

— Baisse-toi, vite, j'ai pas envie qu'elle nous voie. Eh non, elle est pas dingue. Regarde !

Une Chrysler Ambassador blanche a démarré un peu plus loin en gardant ses phares éteints et s'est arrêtée à l'entrée de la ruelle. Un homme est sorti et a aidé Mme Bazinet à charger les bagages dans le coffre et sur la banquette arrière. Ils ont fait ça à toute vitesse et sans dire un mot. Je n'ai pas pu m'empêcher de murmurer :

— C'est pas vrai !

— Quoi ?

— Le type, là, je le reconnais. C'est Streuler. Je t'en ai déjà parlé, c'est lui qui a vendu Iris à M. de Bonneville.

— Ça a bien l'air que la mère était dans le coup. Et là, à mon avis, ils décampent pour de bon.

— J'aimerais bien savoir où est Iris.

— Moi aussi.

On a aperçu là-bas la voiture qui allumait ses phares en tournant au coin de la rue. C'était trop tard, on ne pouvait rien faire.

— T'as vu le numéro?

— Non, juste que c'était une plaque de la Floride.

— Quelle merde.

— Tu parles de qui? Lui ou la mère?

— C'est pas drôle.

— Je sais. Je ris pas non plus.

ON A CONTINUÉ À JONGLER avec toutes sortes d'hypothèses en marchant vers la maison de Guillaume, mais ça ne nous a pas avancés à grand-chose. J'ai essayé de téléphoner à Gwen, mais elle n'était pas là et j'ai laissé un message pour lui demander de me rappeler le plus vite possible.

En traversant le parc Joyce, on est passés devant le banc où on s'était embrassés la première fois et je me suis dit que c'était un lieu propice pour une discussion.

— On s'assoit?

Guillaume a hésité, peut-être pour garder ses distances – ensuite j'ai compris qu'il réagissait comme ça parce que son émotion lui coupait tous ses moyens.

— Il faut que tu saches une chose, Guillaume: t'es mon meilleur ami.

— Toi aussi. En plus de ça, t'es le seul et j'en veux pas d'autre. Je sais ce que tu vas me dire.

— Ah oui? Quoi?

— Que t'es pas amoureux de moi.

— Ça, je le sais pas, c'est trop nouveau. À part toi, j'ai jamais embrassé un garçon. Et même si j'ai trouvé ça vachement bon, j'ai peur que ça finisse par mal tourner et que ça bousille notre amitié. Et ça, je le veux pas, parce que j'y tiens plus qu'à tout.

Il a réfléchi un moment et comme il ne se décidait pas, je lui ai demandé à quoi il pensait.

— J'accepte d'être ton meilleur ami, mais à une condition.

— Vas-y, *shoote*.

— Que ce soit pour la vie.

— Bien sûr. Je veux dire: oui, je suis d'accord. Les amitiés au long cours sont irremplaçables.

— C'est beau ce que tu viens de dire. À part ça, moi aussi j'ai adoré qu'on s'embrasse, mais c'est pas l'essentiel.

— Tu peux pas savoir comme ça me soulage. J'avais peur de te blesser en te disant comment je me sens.

— La seule chose qui pourrait me blesser, c'est si tu ne voulais pas que je sois amoureux de toi.

— Je comprends pas.

— Ça me fait un bien immense de t'aimer. Ça me rend heureux. Depuis que t'es là, j'ai plus jamais froid en dedans. Je te demande pas de répondre à ma passion, juste de l'accepter.

— T'es sûr?

— Oui.

— J'ai l'impression de pas mériter que tu m'aimes autant.

— Ça, c'est ton problème. Moi je fournis, toi t'assumes. C'est quoi ton second prénom?

— Ismaël. Pourquoi tu rigoles? C'est nul, je sais.

— Au contraire, ça tombe pile. Je t'expliquerai.

— Allez, dis-le.

— Non. C'est une surprise.

On est restés silencieux pendant un moment. Et tout à coup, j'ai eu terriblement envie de me coller contre lui et de prendre sa langue dans ma bouche.

Alors je me suis levé et on est repartis. Il y a quand même des limites à ne pas savoir ce qu'on veut.

APRÈS AVOIR QUITTÉ GUILLAUME, je suis rentré à la maison et, en chemin, j'ai demandé à mon symbiote de me rassurer au sujet d'Iris, parce que je ne pouvais pas m'ôter de la tête que Laszlo Streuler l'avait peut-être ligotée et mise dans le coffre de la Chrysler.

À ma surprise, Divad a avoué qu'il s'était posé la même question et avait essayé de faire une jonction avec la symbiote d'Iris, même s'il ne s'était jamais bien entendu avec elle.

— Tout ce que j'ai réussi à savoir, c'est que ta copine n'est pas partie avec sa mère.

— Ça, au moins, c'est une bonne nouvelle.

— Ce n'est pas sûr. Elle n'était pas chez elle ce soir parce qu'elle s'est trouvé un client.

— Tu veux dire... Oh, non, elle a recommencé! Elle est où, en ce moment?

Divad n'a pas répondu et je lui ai dit que ce serait de sa faute s'il arrivait un malheur à Iris. Ce n'était pas la première fois qu'il me faisait ce coup-là et je n'allais certainement pas me gêner pour me plaindre directement à Siddharta.

Mes menaces n'ont eu aucun effet et je me suis un peu calmé en pensant que son silence cachait sans doute une raison sérieuse pour ne pas m'en dire davantage. D'accord, mais laquelle ?

Je me suis dit aussi que je m'en faisais peut-être pour rien et que j'étais trop naïf. Ce n'était pas le premier client d'Iris après tout et ça ne serait pas le dernier. À force de, elle devait avoir l'habitude.

À LA MAISON, le message nocturne de Guillaume m'attendait déjà. Il l'avait adressé à David Ismaël Goldberg et me demandait la permission de se faire tatouer mes initiales au bas du dos, à la hauteur de la cinquième lombaire. Il me montrait même le caractère qu'il avait choisi, « élégant et classique » :

DIG

Il disait que la signification du verbe anglais *to dig* le comblait de bonheur : « Oui, Ismaël, je veux que tu creuses en moi ta marque exclusive et permanente. Et si par aventure quelque fâcheux me demandait la signification de ce sigle, compte sur ma discrétion pour répondre : *David Investit Guillaume.* »

Je lui ai répondu qu'il fallait que je réfléchisse jusqu'au lendemain. C'était sincère, parce qu'une décision permanente comme ça ne se prend pas à la légère. En même temps, je savais déjà que je serais incapable de lui dire non.

Je trouvais sa demande *too much*, mais c'est justement ce que j'aimais le plus chez Guillaume, le *too much* au max.

VINGT-NEUF

En arrivant à l'école, j'ai vu tout de suite qu'il s'était passé quelque chose de grave.

Trois voitures de police étaient arrêtées près de l'entrée principale avec les gyrophares qui clignotaient et M. Bizaillon se tenait debout devant la porte pour ne laisser entrer personne. Les élèves discutaient dans la cour par petits groupes en faisant des mines de circonstance et les parents qui venaient d'entendre les nouvelles à la radio s'amenaient en courant, sans même savoir pourquoi ils s'énervaient.

Comme on pouvait s'y attendre, Mélanie Patenaude pleurait dans son coin, genre panique hystérique, et il a fallu que M. Cantin vienne la chercher pour l'amener à l'infirmerie en la prenant par les épaules. D'après moi, c'est ce qu'elle voulait, elle trouve toujours une excuse pour aller le voir au secrétariat. Il est blond cendré avec des yeux noirs, c'est une combinaison qui fait tomber les filles comme des mouches.

On avait déjà eu des alertes à l'école, mais celle-là valait vraiment la peine de se déplacer. Il y avait des photographes et des caméramen sur le trottoir, avec des policiers qui leur bloquaient le passage. Comme je ne voyais Guillaume nulle part, j'ai demandé à Max Dutil et à Alain Robichaud de me mettre au courant.

C'était pire que tout ce que je croyais.

Il faut d'abord que j'explique que Kamal avait deux frères, un de dix-neuf ans et l'autre de vingt et un, qui s'étaient déjà fait arrêter par la police pour avoir lancé des cocktails Molotov dans l'entrée d'une station de radio. Ils avaient voulu se venger contre une chanson qu'on entendait partout sur les ondes et qui se foutait de la gueule des ayatollahs, avec un refrain pissant qui disait: «Aïe, aïe, l'ayatollah, mets ta molaire dans mon mollah, aïe aïe, t'y fais mal à mon baba, hou la, hou lala!»

Kamal avait aussi une sœur de dix-sept ans, Djamila, à qui j'avais parlé une seule fois sans qu'elle arrête de regarder ailleurs, comme si j'avais des boutons sur la figure. Ça ne m'avait pas empêché de la trouver très jolie, même que son hidjab lui donnait un air distingué. Sa famille l'ignorait, mais elle sortait en cachette avec un Québécois pure laine – et de fil en aiguille, elle était tombée enceinte. Ses frères avaient voulu lui faire avouer qui était le père pour venger l'honneur de la famille, mais elle avait refusé en disant qu'elle l'aimait et qu'elle ne laisserait jamais personne lui faire du mal.

Ils étaient alors devenus fous furieux et lui avaient coupé le nez pour l'obliger à se voiler le visage jusqu'à la fin de ses jours. Elle avait failli mourir dans son sang, mais heureusement quelqu'un avait appelé le 9-1-1 et la police était venue avec une ambulance. Le plus affreux, c'est que les frères refusaient de dire où ils avaient mis le nez, même si les médecins expliquaient qu'ils pouvaient le recoudre si on le retrouvait assez vite.

— C'est des maudits sauvages, a dit Alain Robichaud.

— C'est à cause de leur religion, a ajouté Max Dutil. Dans leur pays, ils l'auraient tuée et tout le monde aurait été d'accord.

À ce moment, la porte de l'école s'est ouverte et deux policiers en uniforme sont sortis en tenant Kamal de chaque côté. Il portait des menottes et regardait par terre. Il avait l'air pas mal sonné et ça aurait dû me faire plaisir, vu que dernièrement il s'était mis à me détester de toutes ses forces et à raconter des trucs dégueulasses sur moi.

Sauf que ça m'a plutôt retourné à l'envers, parce que j'ai pensé à avant, quand on partageait tous nos secrets. Des fois, ce n'est pas drôle de grandir, on change et on prend des directions séparées.

Derrière lui, j'ai reconnu le sergent MacIntosh qui était venu me chercher après l'enlèvement d'Iris et qui travaillait pour l'inspecteur Calderone. Au même instant, j'ai entendu Divad qui me parlait dans ma tête et j'ai senti que ça ne pouvait pas attendre. Je me suis éloigné pour être à peu près seul et j'ai mis ma main devant ma bouche pour lui demander ce qu'il voulait.

— C'est Kamal qui a appelé le 9-1-1.

— T'es sûr?

— Évidemment. Il était là-bas avec ses frères, mais après il a craqué.

— Pourquoi tu me dis ça maintenant?

— Parce que le nez est dans sa poche, dans un mouchoir.

J'ai fait un saut en sentant une main se poser sur mon épaule. C'était Guillaume:

— Tu causes encore tout seul?

— Oui. Bouge pas, je reviens.

Je suis parti en courant et j'ai rattrapé le sergent MacIntosh juste avant qu'il monte dans la voiture de police qui était garée dans la cour. Je l'ai tiré par le bras et je lui ai demandé s'il me reconnaissait. Il a dit oui avec l'air de penser que ce n'était pas un bon moment pour faire la conversation. Je ne l'ai pas lâché et je me suis approché pour lui parler tout bas. Il n'est pas con, parce qu'il a tout de suite compris et m'a murmuré:

— Comment tu sais ça?

— C'est compliqué. Faut faire vite.

Kamal s'est farouchement débattu quand on lui a fouillé les poches, mais comme il était menotté et que les policiers le tenaient ferme, il a rien pu empêcher.

MacIntosh a jeté un coup d'œil dans le mouchoir taché de sang, puis il a donné l'ordre qu'on emmène Kamal au poste. De son côté, il est parti dans une autre voiture pour l'hôpital, avec la sirène au max pour brûler tous les feux rouges.

Pour éviter que vous vous fassiez de faux espoirs, je dis tout de suite que c'était trop tard et que la greffe n'a pas pris.

M. Bizaillon a donné congé à toutes les classes, mais il a gardé l'école ouverte pour que les psys et les profs puissent rencontrer les étudiants qui voulaient parler de ce qui s'était passé. Ça s'appelle de la gestion de crise.

Moi, j'en ai profité pour aller faire un tour chez Iris.

Depuis que je savais par Divad qu'elle avait rencontré un client la nuit dernière, je m'inquiétais malgré moi, vu qu'elle pouvait tomber sur un type qui lui ferait des trucs sans lui demander son avis. J'étais peut-être pessimiste, mais ce sont des choses qui arrivent.

Devant chez elle, j'ai lancé des petits cailloux dans la fenêtre de sa chambre et bingo, elle est venue regarder et m'a fait signe de monter. Même de loin, j'ai vu qu'elle n'était pas comme d'habitude.

Elle m'a ouvert tout de suite et, en entrant, j'ai senti que quelqu'un arrivait derrière moi et mettait son pied pour empêcher la porte de se refermer. C'était la grosse bonne femme moustachue que j'avais croisée dans l'escalier, le jour où j'étais venu chercher le nounours bourré de dope.

Elle était furibarde et a demandé à Iris où se cachait sa mère.

— Je le sais-tu, moi ? Elle est pas ici en tout cas.

La dame devait être la propriétaire ou quelque chose du genre, parce qu'elle a explosé comme un moulin à paroles en criant qu'elle en avait plein son casque, trois mois de loyer en retard, maintenant presque quatre, pis ça n'empêchait pas la «Madame» d'arriver en taxi au milieu de la nuit. Et comme la Régie du logement, ce n'est pas pour les chiens, elle allait faire couper l'eau et l'électricité, ils étaient avertis, tant pis pour eux.

Iris s'est mise à rire drôlement, comme si elle se disait que tout ça ne se passait pas pour de vrai. La bonne femme s'est sentie insultée et elle a fait un pas en avant en levant la main pour la frapper, mais elle s'est retenue et a fichu le camp en claquant la porte de toutes ses forces.

Iris m'a regardé de travers et a dit :

— Pourquoi t'es là ?

— T'étais pas à l'école ce matin. Je suis venu voir si t'étais OK. Pis je sais que ta mère a foutu le camp.

Elle a réfléchi et a hoché la tête.

— Je sais, je sais. Faut rien dire à l'OPJ. S'ils viennent me chercher, je me tue.

— Arrête de dire des conneries.

— Tu vas pas partir déjà ?

— Euh... Ça dépend de toi.

— Moi, ça me fait rien. Je suis d'accord.

— D'accord pour quoi ?

— Tu sais bien. Ce que t'as envie.

— T'as pris quelque chose, hein ?

— Oui, un peu. T'en veux ?

— Non merci.

J'ai senti qu'elle était ailleurs et que ça ne valait vraiment pas la peine de lui raconter pour Kamal et Djamila. Elle a dit :

— On est au début du mois, là.

— On est le cinq, oui. Pourquoi ?

— Ton père t'a envoyé ton argent de poche.

— Tu te souviens de ça ?

— Si tu peux m'en refiler un peu, ça m'arrangerait.

Je lui en ai donné la moitié, puis j'ai pensé aux soixante mille euros cachés sous le plancher de ma chambre et je lui ai donné le reste. C'était con, vu que je voyais très bien à quoi ça allait servir. Heureusement qu'elle ne m'a pas dit merci, ça montrait qu'on se comprenait.

— Je crois que je ferais mieux de partir. Toi, là, qu'est-ce que tu vas faire ?

— Rien. Je suis juste bien.

Elle s'est assise sur le canapé et a recommencé à rire sans queue ni tête.

Je ne suis même pas sûr qu'elle m'a entendu partir. En tout cas, elle n'a pas répondu quand je lui ai dit qu'elle pouvait m'appeler si elle avait besoin de quelque chose. Je savais d'ailleurs qu'elle ne se gênerait pas. Une bonne poire comme moi, ça se laisse manger tout rond.

(Je dis ça comme ça, pour pas qu'on sache que j'avais rien qu'envie d'aller me cacher dans un trou sans fond.)

COMME JE N'ARRIVAIS PAS À ME DÉCIDER, j'ai demandé à mon symbiote si c'était une bonne idée. En général, j'évitais de le consulter, vu qu'il me répétait presque toujours qu'il n'avait pas le droit de m'influencer. Cette fois, pourtant, il a assumé et m'a dit de suivre mon intuition.

Je me suis donc rendu au poste de police.

En bas, ils m'ont reconnu, mais ce n'était pas suffisant, j'ai quand même dû passer par le détecteur de métal et ôter mes souliers pour qu'ils regardent s'il n'y avait rien dedans. Je me suis dit que ça ne devait pas être marrant de faire ce métier, vu qu'il y en a qui puent des pieds comme des vieux boucs.

En haut, personne ne m'a demandé où j'allais et je suis arrivé devant le bureau de Gwen. Elle était en train d'écrire à sa table de travail et a levé la tête quand j'ai frappé contre la vitre.

Sans exagérer, ça m'a fait un choc terrible, parce que ce que je voyais était complètement impossible et pendant quelques instants, j'ai cru que j'étais devenu fou à lier.

Elle avait rajeuni et devait avoir à peu près le même âge que moi. Je suis entré et j'ai commencé à comprendre quand elle m'a regardé avec l'air de se demander qui j'étais.

— Vous cherchez la lieutenant Le Gaëllec ?

— Oui. Moi, c'est David.

— Je suis Morgane. Gwen, c'est ma grande sœur. Moi, je trouve pas, mais on dit partout qu'on se ressemble.

— J'avais pas remarqué.

J'ai rigolé pour lui faire comprendre que c'était le contraire. Elle a souri et m'a dévisagé, mais cette fois pour voir qui j'étais pour de bon. Je sais bien que j'ai déjà dit que Gwen était la plus belle femme que j'avais jamais rencontrée, mais là, c'est une déclaration à oublier, parce que Morgane venait de prendre la première place toutes catégories.

Gwen est arrivée à ce moment-là, heureusement, parce qu'avec Morgane on savait plus quoi se dire, parce qu'il y en avait trop.

— David! Tu aurais dû m'avertir. Je vois que vous avez fait connaissance.

— Je peux revenir, si vous préférez.

— Mais non. Luigi me parlait justement de toi. Viens, on va trouver un coin tranquille.

— C'est pas avec lui que je veux discuter.

Elle m'a montré qu'elle saisissait et a demandé à sa sœur de l'attendre et de toucher à rien.

Morgane a fait une mimique qui voulait dire: «Tu me prends pour qui?» Je lui ai lancé un clin d'œil dans le dos de Gwen et elle a répondu par un sourire qui disait qu'on se comprenait.

En suivant Gwen dans le couloir, j'ai tourné la tête vers le bureau et j'ai vu que Morgane avait repris son livre, mais que ça ne l'empêchait pas de m'épier du coin de l'œil.

Ça commence par des petites choses comme ça qui n'ont l'air de rien, mais c'est l'addition finale qui compte. Et puis merde, je me fiche pas mal de ce qu'on peut penser de moi, je le savais mieux que personne: je venais de rencontrer l'amour de ma vie.

GWEN M'A AMENÉ dans un bureau sans fenêtre et a mis un écriteau sur la porte: «Session en cours. Ne pas déranger». On s'est assis et elle m'a demandé si je venais la voir à propos de l'affaire de Djamila.

— Non. Elle va comment?

— Mal. Qu'est-ce que tu crois? Excuse-moi, cette histoire m'a mise hors de moi.

— Ça m'écœure moi aussi. Surtout que Kamal a été mon meilleur ami avant de virer fana.

— C'est ton symbiote qui t'a dit pour le nez? C'est bien ce que je pensais. Seulement, il faut trouver une autre explication, parce que Luigi va te cuisiner pour savoir comment tu l'as su.

— Je me suis arrangé avec mon copain Guillaume. Il va raconter qu'il a vu Kamal aux toilettes qui mettait un mouchoir plein de sang dans sa poche et il me l'a dit. Ça tient le coup, non?

— C'est logique en tout cas. Malgré tout, je m'inquiète pour toi, David. Ne hausse pas les épaules, je suis sérieuse. Je te l'ai déjà dit, je sais. Mais te rends-tu compte de ce que tu as traversé depuis ta rencontre avec le chanoine Dijan dans l'ascenseur? Tu as été entraîné dans des situations qui mettraient n'importe qui à l'envers. Comment tu peux rester fonctionnel, c'est un vrai mystère pour moi.

— Vous aussi, vous avez l'air de tenir le coup. Ça veut sûrement dire que vous avez fait la paix avec votre symbiote.

— On est en train de trouver un *modus vivendi*. Tu sais ce que ça signifie? Une forme d'entente et de coopération. Mais Newg me donne un pouvoir redoutable, auquel je dois résister si je ne veux pas me perdre. Désolée, je me laisse encore aller à t'en dire trop. J'oublie toujours que tu viens d'avoir quinze ans. Tu peux le prendre comme un compliment.

— Merci. Vous pourriez aussi en discuter avec le professeur Vargas. J'ai l'impression qu'il a réussi à faire un bon *motus vivendi* avec son symbiote.

Elle m'a regardé comme si elle pensait que je lui tendais un piège et a dit avec un petit rire dans la voix:

— *Modus vivendi*. Joli lapsus, soit dit en passant. Si je t'ai bien compris, tu n'es pas venu pour l'affaire Djamila. Pourquoi, alors?

— Ça va prendre du temps, je vous le dis tout de suite. Morgane risque de s'impatienter.

— Tu es bien prévenant. Vas-y, raconte.

Je lui ai parlé de Mlle Sauget, de ma visite chez Céleste de Bonneville et de la proposition qu'elle m'avait faite d'espionner Iris et de lui indiquer comment elle pouvait lui faciliter la vie sans avoir des ennuis avec Mme Bazinet. Gwen a dit:

— Ça confirme ce que j'ai expliqué à Luigi: elle croit sincèrement que son frère était un saint homme. Bel exemple de déni.

— Oui, mais j'ai pas fini.

J'ai raconté le départ de la mère d'Iris avec tous ses bagages, et M. Streuler qui était venu la prendre en cachette avec une voiture immatriculée en Floride.

Gwen était tellement énervée en apprenant ça qu'elle s'est levée, comme si elle ne pouvait pas attendre pour aller avertir l'inspecteur Calderone. Une pensée l'a arrêtée :

— Iris était avec eux ?

— Ça, c'est la cerise sur le *sundae*. Ils l'ont laissée toute seule sans argent. Si je vous en parle, c'est parce qu'elle va pas bien.

Gwen s'est rassise pendant que je finissais mon histoire. Elle avait des larmes dans les yeux et ne s'est même pas donné la peine de les essuyer.

— David, tu ne dois plus être mêlé à tout ça, c'est trop laid. Je sais qu'Iris est ton amie et que tu veux tout faire pour la protéger. Et s'il y a une valeur que j'admire, c'est bien la loyauté. Maintenant il faut que je mette ma casquette de psychologue, au risque de te causer de la peine. D'accord ?

— OK.

— Au retour de l'aéroport, j'ai parlé avec Iris pendant des heures. On lui avait administré des calmants, ce qui a fait tomber ses défenses. Ça se produit souvent. Elle a déballé son sac et ça ne l'a même pas soulagée, parce que tout lui est égal. Je n'ai jamais vu personne atteindre le fond de la détresse avec une indifférence aussi absolue.

— Et alors ?

— Alors tu ne peux pas l'aider. Moi non plus. Franchement, je ne suis pas sûre que quelqu'un puisse le faire. Fondamentalement, elle n'est pas intéressée à vivre – même si, instinctivement, elle fera n'importe quoi pour avoir le moins mal possible. Savais-tu qu'elle se drogue depuis l'âge de sept ans ? Et quand elle était bébé, sa mère lui soufflait du haschich dans le visage pour l'endormir. C'est une pauvre petite âme perdue. Tu m'en veux de te dire tout ça ?

— Un peu, oui. Certain que si elle continue de se doper, ça va mal finir.

Gwen a incliné la tête en se tenant le front à deux mains et a dit qu'à moins d'être surveillée en permanence, Iris n'avait aucune chance de s'en sortir. Elle m'a demandé en baissant la voix si je savais que M. de Bonneville avait commencé à la désintoxiquer en lui donnant de la méthadone.

— Oui, elle me l'a dit. Finalement, vous voyez bien qu'elle aurait été mieux à Menton.

Gwen m'a regardé en serrant les poings et j'ai compris qu'elle voulait que la discussion s'arrête là.

En sortant, elle m'a averti qu'elle était obligée de signaler à l'OPJ que Mme Bazinet avait pris la poudre d'escampette, en laissant Iris se débrouiller toute seule.

— «La poudre d'escampette», c'est joli comme formule.

— C'est bien la seule chose qui est jolie dans ce bourbier.

Je me suis aperçu qu'elle me reconduisait vers la sortie, alors que j'aurais préféré qu'on retourne à son bureau.

Une chose qui m'énerve, c'est quand on peut deviner ce que je pense juste en me regardant, même si je fais l'impossible pour ne rien laisser transparaître. C'est en plein ce qui est arrivé, parce qu'elle s'est mise à me parler de Morgane:

— C'est une nature hyper sensible. Je préférerais que tu te tiennes à distance, tant que toutes ces affaires ne sont pas réglées. Je suis certaine que tu me comprends.

J'ai répondu par un grognement. Ça m'a super vexé qu'elle ne me fasse pas plus confiance que ça et je me suis demandé si ce n'était pas la jalousie qui la tarabiscotait. Elle était trop psychologue pour ne pas avoir senti que j'étais un peu amoureux d'elle et elle y avait peut-être pris goût, vu que c'est bon pour l'*ego*.

N'empêche que je n'avais pas besoin de sa permission pour revoir Morgane, même si je ne savais pas encore comment j'allais m'y prendre. Heureusement que l'amour rend débrouillard, c'est bien connu.

En me quittant, elle a dit qu'elle allait discuter avec l'inspecteur Calderone de ma rencontre avec Céleste de Bonneville et qu'elle me tiendrait informé de la suite des événements.

Elle a dû sentir que je n'étais pas content, car elle m'a demandé si j'étais OK.

— Je sais pas. Il faut que j'y pense.

Je suis parti et j'ai senti dans mon dos qu'elle me regardait en se posant des questions.

C'était bien fait pour elle.

JE SUIS RENTRÉ À PIED À LA MAISON. Du centre-ville, ça fait quand même trois quarts d'heure de marche, mais ça m'était égal, parce que j'avais besoin de réfléchir. Bien sûr, j'ai commencé par Morgane avec son air de dire qu'on se comprenait à demi-mot et ses lèvres qui se retroussaient dans les coins comme des virgules – rien que d'y penser, ça me mettait le cœur à l'envers. Ceux qui n'ont jamais été amoureux ne peuvent pas comprendre.

Pendant un moment, je me suis fait du cinéma avec notre prochaine rencontre et tout ce que j'allais lui dire, j'ai même imaginé ce qu'elle me répondrait, mais ça, c'était juste en pointillé.

Sauf que je n'ai pas pu empêcher mes pensées de revenir à Iris – ce n'était pas de l'infidélité, mais son problème était urgent, alors que pour Morgane, on avait la vie devant nous.

Comme Divad était resté en jonction avec moi depuis l'arrestation de Kamal, je lui ai demandé si ce n'était pas mortellement ennuyeux pour lui de me regarder vivre comme ça, sans intervenir, pendant des heures. Ça l'a fait marrer :

— Parce que tu crois peut-être que je me tourne les pouces pendant que tu fais les yeux doux à la sœur de Gwen ?

— Je sais pas. D'abord t'as pas de pouces, mais je vois ce que tu veux dire. T'es occupé à autre chose, c'est ça ?

— Exactement.

— Quoi, par exemple ? Tu discutes avec tes copains ?

— Des fois. Mais aujourd'hui, je voulais être seul, pour me réciter les quintettes de Schubert.

— Tu charries. On peut pas se réciter de la musique.

— Ah non ? Tu ne t'es jamais chanté une chanson dans ta tête ? Je connais l'intégrale des partitions de Schubert, pour chaque instrument. C'est sublime, si tu veux savoir.

— Comment tu fais pour t'en souvenir ?

— Je ne fais rien. Je croyais que tu le savais : nous, les symbiotes, on est incapables d'oublier. C'est une fonction que nous ne maîtrisons pas.

— Wow ! Vous êtes vernis.

— C'est discutable. Surtout quand on croit à l'existence de la Matière.

— Je vois. Enfin, presque. Là, tu pourrais peut-être m'aider à protéger Iris. J'ai eu tout à l'heure une idée géniale, sans me vanter.

— Je t'écoute.

— Gwen dit que ma copine est foutue si elle est laissée à elle-même. Même si les gens de l'OPJ s'en occupent, elle va les fourrer bien raide, garanti.

— Et tu crois que je peux faire quelque chose ?

— Oui. Demande à Najid-le-Rebelle de provoquer le jumelage d'Iris avec Siri. Comme ça, elle sera surveillée vingt-quatre heures sur vingt-quatre.

— C'est peut-être une idée géniale, mais ça ne marchera pas.

— Pourquoi ? T'es jaloux de pas y avoir pensé le premier ?

— On ne m'a pas appris à être jaloux. Si je doute de ton idée, c'est que je n'ai jamais réussi à établir une jonction satisfaisante avec Siri. Vois-tu, elle n'est pas très douée, parce qu'Iris a trop forcé sur la drogue. C'est ainsi : nous sommes très affectés par tout ce qui perturbe le cerveau de notre hôte.

— Donc, si on voulait, on pourrait vous causer du mal.

— Évidemment, mais ce serait un mal partagé.

— Pourquoi tu ferais pas un amalgame avec elle ?

— Ça me choque que tu me demandes ça. Je croyais t'avoir expliqué ce que représente un amalgame pour nous. Par exemple, toi, ferais-tu l'amour avec Mélanie Patenaude, juste pour en tirer un avantage ?

Je n'ai pas répondu et il a dû penser qu'il m'avait cloué le bec. En réalité, je n'osais pas lui dire que ça dépendrait des circonstances, vu que la Patenaude était vachement *cute*, même si elle était conne comme un balai.

EN ARRIVANT À LA MAISON, j'ai trouvé Guillaume qui m'attendait, assis sur la pelouse à côté de son vélo. Heureusement que je savais maintenant que je préférais les filles, parce qu'il était drôlement sexy avec sa chemise à moitié ouverte et ses longs cheveux décoiffés.

On a évidemment parlé de l'affaire de Kamal et de Djamila. J'étais crinqué à bloc et j'étais sûr qu'il apporterait de l'eau à mon moulin à paroles, mais il est resté plutôt silencieux, en me conseillant de me méfier des clichés et des généralisations. J'ai eu l'impression qu'il me laissait tomber et ça n'a fait qu'ajouter à ma colère. Comment pouvait-il prendre la défense de ces ordures de fanatiques qui profitaient de notre tolérance de poules mouillées pour nous imposer leurs croyances de merde ? Et qui sait s'ils ne forcent pas leurs femmes à se voiler, pour qu'on ne puisse pas s'apercevoir qu'ils leur ont coupé le nez pour leur apprendre à vivre ?

— Arrête, David. C'est la première fois que je te vois perdre les pédales. Tu tires sur tout ce qui bouge. Se bagarrer, c'est facile. Ce qui l'est moins, c'est de choisir la bonne cible.

— Tu dérailles ou quoi ? La cible, on la connaît. Tu me fais penser à ma mère qui dit qu'y a pas moyen de gagner contre ces fous furieux. Moi, je dis que c'est justement quand on n'est pas sûr de gagner qu'il faut se battre.

— Et quand on est sûr ?

— Là, c'est le temps de négocier.

— Ce serait bien si c'était aussi simple. Écoute-moi, au lieu de serrer les poings. Ce que les frères Nasir ont fait à Djamila me répugne autant qu'à toi. Mais aujourd'hui, ils sont en prison et n'en sortiront pas de sitôt. Moi ce que j'aimerais savoir, c'est comment ils en sont arrivés à faire un truc aussi abominable. Ça m'emmerde de pas comprendre, tu vois.

— Je vois surtout que je peux pas compter sur toi pour passer à l'action.

Il a mal encaissé et je me suis aperçu que je lui avais fait de la peine. Il s'est retenu de m'envoyer une vacherie et ce qu'il a dit à la place n'a pas arrangé les choses :

— T'as jamais pensé à écouter ce que le nom de Kamal veut dire ?

— Je le sais, qu'est-ce que tu crois. En arabe, ça signifie «perfection». Imagine !

— C'est pas à ça que je pensais. Tout à l'heure, quand tu t'es mis à parler de Kamal, moi j'ai entendu «qui a mal».

— C'est fin, ça. Si tu veux faire l'intelligent, compte pas sur moi pour t'applaudir. J'ai eu ma dose, merci.

Je l'ai plaqué là aussi sec et je suis rentré sans me retourner, en claquant la porte. Il y a des limites à ce que je peux endurer.

À la cuisine, j'ai pris un grand verre d'eau avec des glaçons, mais j'étais tellement furieux que les premières gorgées ont eu du mal à passer. Je ne m'étais encore jamais disputé avec Guillaume et je me suis dit avec un arrière-goût de nausée que notre amitié venait de se briser et qu'on ne pourrait jamais recoller les pots cassés.

Pour me calmer, je me suis mis à l'ordinateur et j'ai fait une partie de *Bubble Trouble* pendant une demi-heure. Le plus incroyable, c'est que je jouais avec l'esprit ailleurs et que j'ai défoncé mon score.

En me levant, j'ai vu par la fenêtre que Guillaume était à la même place, à côté de son vélo – sauf qu'il était maintenant étendu et regardait passer les nuages, les mains croisées sous la nuque.

Je suis descendu pour le rejoindre et j'ai posé près de lui une petite bouteille de jus d'orange *Tropicana* qu'il a débouchée et vidée d'un seul coup, comme dans la pub à la télé.

Je lui ai fait remarquer, en parlant sur la pointe des pieds :

— Comme ça, t'es pas parti.

— Non, je suis toujours ici. Ton sens de l'observation est renversant. À part ça, j'ai oublié de te dire : l'inspecteur Calderone m'a téléphoné. Pas mal futé, le mec. Je lui ai répondu comme on s'est dit ce matin, mais j'ai l'impression qu'il se doute qu'on a accordé nos violons.

— Ça m'est égal. Tu sais qu'il a ma mère dans son collimateur ?

— Comment ça ?

— Qu'est-ce tu crois ?

— Je crois qu'il faut vraiment que je t'aime pour accepter que tu me caches des choses. Par exemple, comment tu as su que Kamal avait le nez de Djamila dans sa poche.

— C'est pas toi qui me l'as dit ?

— Tu fais chier, David. C'est pas le moment.

— OK. Mais je t'avertis que t'es mieux d'attacher ta ceinture. C'est un méga secret, pire que l'affaire d'Iris.

— Raccompagne-moi, tu me le diras en chemin.

Il a pris sa bicyclette d'une main et pendant qu'on traversait le parc, j'ai commencé à lui parler du chanoine Dijan, de Divad et de Siddharta. Au bout d'un moment, il a voulu s'asseoir sur la pelouse pour me regarder en face et s'assurer que je ne me foutais pas de lui.

Je lui ai tout raconté à partir du coup de feu dans l'ascenseur et je crois que je n'ai jamais parlé aussi longtemps sans m'arrêter, ça a duré au moins une demi-heure chrono. Il m'a posé quelques questions çà et là pour mieux comprendre, et plus j'avançais, plus il me prenait au sérieux.

Franchement, moi, à sa place, j'aurais refusé de me croire – mais je n'étais pas aussi intelligent que lui. Finalement, il m'a demandé :

— Ton symbiote, ce... Divad, il est là en ce moment ?

— Oui. Il s'est pas absenté de la journée. C'est pas souvent.

— Et il a vu et entendu tout ce qu'on s'est dit ?

— Forcément. Il m'a même conseillé deux fois de réfléchir un peu avant de continuer. Pourtant, il sait que t'es mon meilleur ami. Et je...

Guillaume a posé ses doigts sur ma bouche et j'ai vu qu'il vibrait de partout et se retenait pour ne pas pleurer. C'est tellement pas son genre que ça m'a donné un choc. J'aurais voulu l'interroger, mais il gardait sa main où elle était et j'ai eu envie d'avancer les lèvres pour l'embrasser.

Je me suis retenu parce que je ne voulais pas lui donner de faux espoirs, et aussi pour une autre raison : même si on ne voyait personne dans le parc, il y avait toujours un risque qu'on me reconnaisse et qu'on aille raconter à Morgane que j'avais déjà quelqu'un dans ma vie. Ç'aurait été catastrophique.

Finalement, Guillaume s'est levé en disant qu'il avait besoin d'être seul pour retomber sur ses pattes, car le secret que je venais de lui révéler lui ouvrait des perspectives vertigineuses.

Il était tellement troublé qu'il est parti en oubliant son vélo. Au lieu d'essayer de le rattraper, je m'en suis servi pour rentrer chez moi, mais la selle était trop haute et j'ai eu du mal à pédaler en montant la côte.

LE MESSAGE DE GUILLAUME est arrivé juste quand j'allais me mettre au lit :

Mon Amour – Sais-tu que ton secret révélé est la clé que je désespérais de jamais trouver ? Sois loué, ô toi, mon alpha et mon oméga ! Tu m'as demandé une fois pourquoi je m'intéressais tant à l'astronomie et je t'ai répondu – mais c'était avant que je sache que je pouvais tout te dire – que je cherchais dans les étoiles l'Ami si cruellement absent dans l'ici et le maintenant. La vérité est que je suis habité depuis toujours par la certitude qu'il existe en quelque lieu mystérieux de l'espace-temps un autre moi-même, un double, un clone – le doppelgänger *de Maupassant et de Poe. Déjà, le roman que tu m'as prêté m'avait mis sur la voie, avec cette notion que le cerveau humain est une antenne qui nous connecte à la conscience collective de l'humanité. Et aujourd'hui, grâce à toi une fois encore, je sais que ce n'est pas dans le cosmos qu'il me faut chercher mon* alter ego, *mais dans mon univers intérieur.*

À présent, ô David, accorde-moi une grande faveur : demande à ton symbiote Divad de contacter le mien et de lui transmettre ce message de ma part : faute de connaître l'arpège, je n'ai d'autre choix que de lui donner un nom. Ce sera celui d'Orphée. Par mes yeux, il aura lu ce soir les pages que j'ai affichées sur ce héros mythologique. Il approuvera ma décision, j'en suis sûr. Qu'il sache aussi que je suis déterminé à m'amalgamer avec lui, coûte que coûte. Ce que Siddharta a réussi il y a si longtemps, je veux l'accomplir moi aussi – et je sais dans mon âme qu'Orphée ne se dérobera pas à notre fusion. Je n'ai pas attendu aujourd'hui pour comprendre que je ne suis pas seul en moi-même, que j'abrite une force et des pensées indépendantes de ma volonté. Pour ne rien te cacher, je me suis cru malade, menacé de folie – alors que la folie n'était pas la mienne, mais celle de nos lointains ancêtres qui ont rompu l'Alliance des origines.

Tu m'as dit que les Mousquetaires se sentent écrasés par le poids du secret qui leur est imposé et dont ils se croient les seuls dépositaires. Et s'ils se trompaient ? Et s'il y avait dans le monde d'autres hommes qui vivent en harmonie avec leur symbiote et qui, comme vous, estiment plus prudent de cacher leur condition ?

J'arrête ici, mon David. J'ai la sensation que ma tête va exploser. Il n'y a que mon cœur qui est en paix : il t'aime et ne demande rien de plus.

P.-S. J'ai un rendez-vous demain qui te concerne. Je ne t'en dis pas plus.

P.-S. 2. Je repense à notre discussion. Et je vais te surprendre : j'ai adoré te voir en colère. Surtout que ça m'a confirmé ce que je sais depuis longtemps : tu n'es pas doué pour la haine.

TRENTE

Le professeur Vargas m'a téléphoné juste avant que j'arrive à l'école et je me suis assis sur un banc pour qu'il ne se doute pas que j'étais pressé. Il voulait me dire au revoir, il partait le jour même à Tokyo pour donner une série de conférences sur le cerveau bicaméral.

— Mais vous allez revenir ?

— Bien sûr. Notre ami le chanoine m'informera dès qu'il y aura du nouveau. Je ne m'absente pas de gaîté de cœur, tu sais.

Je me suis demandé s'il disait ça parce qu'il sentait que ça me faisait quelque chose de le voir partir. Il a expliqué que cet engagement était pris depuis des mois et qu'il avait besoin de gagner du fric. (Il a utilisé des mots plus distingués, mais c'est ce que ça voulait dire.)

Le plus difficile pour lui, c'était d'aller là-bas présenter les travaux qui l'avaient rendu célèbre et d'en disserter comme s'il y croyait encore mordicus, alors qu'il savait très bien que les symbiotes avaient foutu le bordel dans ses théories sur les origines de la conscience. Mais ça, il ne pouvait pas le dire, même à des Japonais.

Il m'a aussi appris que le site Internet de *Croissance Zéro* avait cessé d'exister :

— En un sens, c'est regrettable, car même si les solutions proposées par Van Haecke étaient délirantes, les abus qu'il a dénoncés sont tout à fait réels et nous conduisent droit à une catastrophe planétaire. Nos amis les symbiotes ne s'inquiètent pas sans raison.

Il m'a finalement avoué qu'il se tracassait un peu pour Gwen et m'a demandé de veiller sur elle pendant son absence. C'était flatteur, ça voulait dire qu'il me faisait confiance de ne pas profiter de son départ pour avancer mes pions. J'ai failli lui parler de Morgane pour le rassurer qu'on n'était pas en compétition, lui et moi, mais j'y ai renoncé parce que l'affaire n'était pas encore dans mon sac.

Avant de raccrocher, il m'a dit la même chose que M. Calderone l'autre jour: que si jamais il avait un fils, il aimerait que ce soit ma copie carbone. À part le carbone que je n'ai pas compris, j'ai pris ça comme un super compliment et je me suis dit que je devais avoir une tête à être adopté, ce qui ferait sûrement plaisir à Sig.

N'empêche qu'après avoir fermé mon Nokia, j'ai eu un coup de cafard en pensant que si je devais me choisir un père, j'hésiterais entre M. Vargas et M. de Chantal – et ça m'a rappelé que j'en avais déjà un pour qui je comptais un minimum. La preuve, c'est qu'il avait même oublié de me souhaiter bonne fête.

COMME DE TOUTE FAÇON M. Cantin allait me coller un billet bleu pour arrivée tardive, j'ai pris encore un moment pour discuter avec Divad.

Au début de notre jumelage, il venait faire un tour de temps en temps, mais à présent, il me tenait compagnie presque toute la journée. Il ne le disait pas, mais j'avais l'impression qu'il était en train de découvrir qu'on n'est pas si mal dans un monde qu'on peut toucher du doigt – même quand on n'est pas sûr de toucher quelque chose.

Ce que j'appréciais le plus chez lui, c'est qu'il ne se croyait pas obligé d'intervenir n'importe quand pour faire l'intéressant. Et surtout, il était toujours de mon bord, même quand on n'était pas d'accord. Savoir que quelqu'un ne vous laissera jamais tomber, c'est géant.

Tout de même, je m'inquiétais qu'il m'en veuille d'avoir révélé son existence à Guillaume. Il a répondu que j'étais le gardien d'un secret qui ne m'appartenait pas et que j'avais pris un grand risque en mettant un étranger dans le coup. Heureusement, mon intuition m'avait bien servi.

— Tu essaies de me dire quoi, là?

— Guillaume mérite ta confiance. C'est pas n'importe qui.

— Ça, je le sais depuis longtemps.

— Pas vraiment. Je ne te parle pas seulement de lui, mais aussi de son symbiote, Orphée.

— Tu lui as parlé depuis hier soir?

— Oui, comme tu me l'as demandé. Il est très fier de son nouveau nom. Et un peu troublé aussi.

— Ça ne l'inquiète pas de savoir que Guillaume va faire tout ce qu'il peut pour entrer en contact avec lui?

— Certes non. Il partage ce désir depuis qu'il a adhéré à la doctrine de la Matière. Remarque qu'il n'est pas le seul: un nombre croissant de symbiotes réclament le privilège d'être jumelés à leur hôte. Toutefois, Najid-le-Rebelle refuse d'intervenir, car il a conclu une trêve avec certains membres influents du Conseil des Anciens, pour la durée des négociations sur la restauration de l'Alliance.

— Avec Siddharta?

— Avec Siddharta, bien sûr, avec le grand Baruch aussi, et quelques autres.

— C'est qui, le grand Baruch?

— Désolé, j'ai commis une indiscrétion. Ne me pose plus de questions sur le Conseil, veux-tu?

Je me suis tu un moment, parce que chaque fois qu'on discutait du monde des symbiotes, de leurs coutumes et de notre jumelage, je finissais par avoir le vertige.

— Divad? Tu te souviens qu'on s'est parlé de tes amalgames avec Newg et avec Orphée – sauf que lui, on savait pas encore son nom.

— Bien sûr que je m'en souviens. Je te rappelle que les symbiotes sont privés des bienfaits de l'oubli.

— Avec lui, tu continues à t'amalgamer?

— Quand il est disponible, oui. Il est très sollicité.

— Je sais que vous êtes pas jaloux, mais ça te gêne pas de t'amalgamer avec Newg, et après avec Orphée?

Cette fois, c'est Divad qui est resté silencieux pendant quelques instants. Puis il a dit:

— Ça ne me gêne pas au sens où tu l'entends. Mais je dois faire attention de ne pas me disperser. La fusion avec Orphée est une expérience particulièrement intense et troublante. Il a une personnalité hors du commun. Quand je reprends possession de moi-même, je mets du temps à rassembler tous les morceaux.

— Comme ça, c'est mieux qu'avec Newg.

— Pourquoi comparer? Newg est un lac pur et profond. Orphée est un volcan.

— Pourquoi dis-tu qu'il a été troublé par le nom que Guillaume lui a choisi?

— À cause d'une coïncidence. Son nom en arpège est *mi, fa, sol, sol, sol, do, do, si, si.* Ce sont aussi les premières notes d'une aria dans l'opéra de Glück: «J'ai perdu mon Eurydice...» Et qui chante ça? Orphée.

— Wow! Tu crois aux coïncidences, toi?

— Non. Mais comment expliques-tu que...

— Écoute, je pense que tu t'es fichu dedans quand t'as dit qu'un symbiote est incapable d'influencer son hôte. On en a discuté entre Mousquetaires, l'autre jour au pique-nique. Je suis maintenant certain qu'entre toi et moi, il y a un courant qui passe et qu'on échange des trucs sans même s'en rendre compte. Remarque que je te reproche rien, au contraire. M. de Chantal m'a félicité dernièrement en disant que mes réflexions avaient pris de l'aplomb dans l'aile. Non, attends, je suis pas sûr que c'est la bonne expression. Ça fait rien, tu comprends ce que je veux dire.

J'ai senti chez Divad une réaction de peur et de honte, comme la première fois qu'il s'est manifesté dans la salle de bains. Puis il a filé sans un mot d'explication.

MLLE SAUGET m'avait laissé un billet sur mon casier au vestiaire. Je suis allé la voir à la bibliothèque pendant la pause, et même si elle était contente que je sois venu tout de suite, ça ne l'a pas empêchée de tourner autour du pot.

Elle a commencé par me demander si mon ami Guillaume traversait une crise mystique. Elle lui avait préparé une pile de livres sur les médiums, les états seconds, le zen, les derviches tourneurs et la schizophrénie.

— Non, c'est juste à propos d'une discussion qu'on a eue hier soir.

— Hier soir? Il n'a pas perdu de temps.

— Non. Guillaume, c'est Guillaume. C'est ma tautologie préférée.

— C'est aussi ton meilleur ami. Et je te signale au passage que le mysticisme peut s'exprimer de toutes sortes de façons.

— Ça se voit tant que ça que c'est mon meilleur ami?

— Pour ceux qui savent regarder, oui. J'ai pensé à toi ce matin: tu n'as pas été chanceux à cet égard. Kamal Nasir d'abord, ensuite Iris Bazinet.

— On peut pas les comparer.

— En effet. À propos, mon amie Céleste est portée à se faire du souci pour un oui et pour un non. Elle se demande par exemple pourquoi tu ne lui as pas donné signe de vie comme convenu.

— Mais y a seulement deux jours qu'on s'est rencontrés !

— C'est exactement ce que je lui ai dit. Sauf qu'elle a parlé hier soir à l'inspecteur Calderone. Aux dernières nouvelles, la petite est introuvable.

— Ça m'étonne pas. C'est moi qui ai dit à la police de s'occuper d'elle, parce que sa mère l'a laissée tomber.

Mlle Sauget m'a regardé profond et a baissé la voix pour avouer qu'elle récitait chaque jour une prière spéciale pour Iris et pour Serge – et pour Kamal aussi. Ça m'a touché, surtout à cause de ce que je voyais au fond de ses yeux gris.

C'est sûr qu'elle était catholique, et ç'aurait été vraiment impoli de lui dire qu'elle perdait son temps et qu'au lieu de s'adresser au bon Dieu, elle ferait mieux de parler directement à ceux qui l'ont inventé.

J'AI ESSAYÉ PLUSIEURS COMBINES pour que Divad se manifeste, mais il faisait la sourde oreille et ça m'enrageait. Pour lui prouver que j'étais capable de me passer de ses conseils, je suis allé rendre visite à Jean-Sébastien.

Mme Kornichuk n'a pas eu l'air autrement contente de me voir. Elle m'a dit qu'elle était exténuée, vu que son fils était «retombé comme avant», et même pire. Oui, il avait prononcé trois fois «maman», mais après plus rien, pas un seul mot – elle avait tant espéré un miracle et au lieu de ça, il ne dormait plus la nuit et faisait un tel tapage pour se détacher que les voisins s'étaient plaints au propriétaire.

Elle s'est un peu radoucie quand j'ai proposé de la remplacer pour aller lui faire faire son tour du parc comme tous les jours en fin d'après-midi.

— Pourquoi tu m'offres ça ? Tu n'es pas obligé. Serge n'a pas pu te demander de t'occuper de son frère, il le détestait.

— Il m'a jamais dit ça. Et puis, je crois qu'il faut s'entraider dans la vie.

Elle m'a regardé en fronçant les sourcils, mais je voyais bien que ça la soulageait juste de penser qu'elle allait avoir la paix pendant une petite heure.

DANS LE PARC, on a croisé quelques personnes qui faisaient semblant de rien remarquer, alors j'ai compris et j'ai pris un essuie-tout dans le sac attaché à la poignée de la poussette pour essuyer le nez et le menton de Jean-Sébastien.

Ensuite, je lui ai détaché les poignets en me disant qu'il n'y avait pas de risque qu'il tombe, et c'est seulement là que je me suis rappelé ce que son frère m'avait raconté sur le tire-larigot. D'ailleurs, ça n'a pas manqué, il a commencé à se branler dès qu'il a eu les mains libres.

J'ai posé sur lui la petite bâche imperméable qui servait à le protéger quand il pleuvait et je l'ai laissé faire son truc en regardant ailleurs. Il a poussé un beuglement quand il est venu, heureusement qu'il n'y avait personne à proximité – sans compter que même si j'étais seul avec lui, je ne savais plus où me mettre.

Je l'ai poussé à côté d'un banc et je me suis assis devant lui, en me disant que j'étais vraiment limite d'avoir cru que Siddharta allait rappliquer comme ça illico presto, simplement parce que j'avais besoin de ses conseils.

Sauf que c'est exactement ce qui est arrivé.

Les yeux de Jean-Sébastien se sont allumés d'un coup et m'ont regardé bien en face. Ensuite, j'ai reconnu la voix qui parlait avec un écho au fond de la gorge :

— Divad nous a avertis de ta requête. Une fusion temporaire est malaisée et nous devons prendre soin de ne pas endommager davantage le cerveau de notre hôte.

Je n'ai pas pu répondre tout de suite, parce que même si c'était la deuxième fois que j'assistais à la transformation, j'étais tellement flabbergasté que j'avais la bouche toute sèche.

— Je savais pas que Divad... J'ai l'impression qu'il veut plus me parler. Mais pourquoi ?

— À l'aube de la civilisation, l'ascendant des symbiotes sur les destinées humaines a causé la rupture de l'Alliance – une tragédie pour votre race comme pour la nôtre. Influencer la vie de son hôte est devenu pour le symbiote, au cours des siècles, la plus grave des fautes, le tabou suprême, même si cette vie est perçue comme une représentation onirique. Or, sans le vouloir, tu as plongé Divad dans un grand désarroi en lui laissant entendre qu'il exerçait une influence sur le cours de ta vie, *à ton insu*.

— Vous croyez que je me trompe ?

— Non. Considère toutefois que cette influence est de nature mystérieuse et s'exerce dans les deux sens. Nous en avons informé Divad, qui s'efforce depuis lors de surmonter sa frayeur. Cependant, tu te trouves dans l'ici et le maintenant pour une autre raison.

Je lui ai expliqué mon plan pour le jumelage d'Iris et de Siri, en ajoutant que Divad n'était pas emballé par l'idée. Il m'a drôlement surpris et aussi un peu inquiété quand il m'a répondu que tous les symbiotes n'étaient pas vertueux égal et que la personnalité de Siri était trop fragile pour faire face à la Matière. Ce qui arrivait à Iris n'avait pas plus de réalité pour elle qu'un jeu vidéo pour moi.

J'ai compris exactement ce qu'il voulait dire, mais ça m'a scié de voir que quelqu'un de si vieux pouvait s'intéresser à des bidules électroniques. Par exemple, mon grand-père Tessier se foutait dedans chaque fois qu'il essayait d'utiliser un guichet automatique.

— Je croyais que les symbiotes pouvaient pas causer de mal.

— Ils n'ont pas de bras pour se battre ni de possessions à défendre, mais ils ne sont pas à l'abri de la contagion du mal. L'ignorance de la Réalité matérielle les rend plus vulnérables encore. La violence que tu vois dans un film de fiction n'exerce-t-elle aucune pesée sur ton âme?

Je n'ai pas su quoi répondre, parce que ça devenait trop philosophique pour moi. Siddharta a essayé de me faire un sourire d'encouragement, mais la bouche de Jean-Sébastien n'avait pas l'habitude et ça a donné une grimace pleine de bave – n'empêche que l'intention était bonne.

— Je peux vous poser une autre question? C'est au sujet de Guillaume et d'Orphée. Vous croyez qu'ils réussiront à se rencontrer?

— Nous le croyons et nous le souhaitons. Le chemin qu'ils ont choisi est la Voie royale, la plus directe et la plus lumineuse. Nul ne peut s'imposer à l'autre: le choix réciproque est la condition première. Dans sa détresse, Najid-le-Rebelle a pris le risque insensé de décider à votre place. Le drame de Klaas Van Haecke aura été pour lui une leçon salutaire.

Jean-Sébastien s'est mis à grelotter et à respirer comme s'il manquait d'air. La double voix de Siddharta a encore dit:

— Le temps est venu de nous quitter, David. L'effort est grand et nous sommes ici à l'étroit. Nous te regardons et nous retrouvons en toi la grâce de notre jeunesse. Adieu, beau garçon. Sois loué. Tu as fait du bien à un cœur las.

Jean-Sébastien a poussé un gros soupir et ses yeux ont perdu leur étincelle.

J'étais sûr que c'était ma dernière rencontre avec Siddharta. Je me trompais.

Le retour chez les Kornichuk s'est très mal passé.

La mère de Jean-Sébastien a tout de suite remarqué la tache sur son jogging et a crié que c'était dégoûtant. Elle s'est dépêchée de lui rattacher les poignets aux accoudoirs de la poussette et il a gémi parce qu'elle serrait trop fort. Ce n'était pas mes oignons, mais je lui ai dit d'y aller mollo et qu'il arrêterait sûrement de les réveiller la nuit si on le laissait faire son truc tranquille – ce n'était quand même pas la fin des haricots.

Je ne m'étais pas aperçu que M. Kornichuk était entré dans la chambre et m'avait entendu. Il m'a écarté en m'agrippant par l'épaule et en gueulant que je n'étais qu'un petit salopard qui profitait d'un infirme pour faire des saloperies. Il faut dire qu'il était pas mal saoul, mais il tenait encore sur ses jambes et il a levé le poing pour me casser la figure.

Au même instant, Jean-Sébastien a crié : « Non ! » – ensuite il a répété plus bas : « Non. »

Son père s'est tourné vers lui en ouvrant la bouche comme s'il avait reçu un coup de pied mal placé et il est tombé à genoux d'un seul coup – on a entendu ses rotules craquer sur le plancher. Mme Kornichuk m'a regardé en reculant comme si j'étais le diable en personne, et moi non plus je n'en menais pas large, surtout que je savais que Siddharta n'était plus là depuis un bon moment.

Je n'ai pas essayé de comprendre et j'ai vite filé, avant de me faire amocher pour de vrai. Je dis ça comme si j'étais *cool*, pourtant sur le moment, qu'est-ce que j'ai eu la trouille.

Je n'ai pas eu à me casser la tête bien longtemps, vu qu'il y a seulement trois Le Gaëllec dans l'annuaire. J'ai commencé par celui avec l'initiale B, en disant à la dame qui a répondu que je m'appelais David, sans donner mon nom de famille. Ensuite, je me suis excusé de la déranger, genre politesse vieille France, puis j'ai demandé à parler à Morgane. Elle m'a dit qu'elle serait de retour vers cinq heures.

Bingo, c'était le bon numéro. Je lui ai dit que je rappellerais et, avant de raccrocher, je lui ai souhaité une bonne fin de journée, merci madame, au revoir madame.

Après, en marchant, je me marrais tout seul en imaginant ce qu'elle allait dire à sa fille, dans le genre : « Quelqu'un a téléphoné pour toi, un garçon qui a des manières, je ne savais pas que ça pouvait encore exister. » Je me suis trouvé pas mal gonflé, mais c'était pour la bonne cause, et c'est vrai qu'en général je suis plutôt bien élevé. (Heureusement que personne ne peut savoir tout ce que je pense en dedans.)

Je suis allé me poster pas loin de chez Morgane et je l'ai vue se pointer avec cinq minutes d'avance. C'était bon signe, ça voulait dire qu'elle ne traînait pas en route.

Je ne l'avais encore jamais vue marcher et ça a été le coup de grâce. «Même quand elle marche, on croirait qu'elle danse, belle d'abandon, comme ces longs serpents que les jongleurs sacrés agitent en cadence, au bout d'un bâton.» (J'avertis tout de suite que ce n'est pas de moi et que M. de Chantal a failli être renvoyé de l'école pour nous avoir lu des échantillons des *Fleurs du mal*.)

Morgane n'a même pas eu l'air surprise en me voyant, on aurait dit qu'elle savait que je serais là, alors que je venais tout juste d'avoir l'idée. J'avais préparé plusieurs explications pour faire croire que notre rencontre était un pur hasard, mais maintenant que j'étais devant elle et qu'elle me souriait, j'ai compris que cette ruse était indigne de notre amour.

— Salut, Morgane! Je suis venu t'attendre pour savoir si tu voulais me parler.

— Oui, pourquoi je voudrais pas? On se connaît.

— J'ai pensé que ta sœur t'avait peut-être conseillé d'éviter ma compagnie.

Elle a ri, mais gentiment. Ce qui m'embêtait, c'est que j'avais le cœur qui me débattait, alors qu'elle était juste contente de me voir. Elle a dit:

— Laquelle?

— Mais... Gwen. C'est pas la seule?

— J'en ai deux autres. Faire attention pourquoi? T'es dangereux?

— Ben non, voyons. Enfin, c'est à toi de juger. Tiens, ça c'est mon adresse Internet. Si des fois t'as le goût de m'écrire.

— J'ai pas encore mon ordi à moi. C'est la faute de Gwen qui a raconté des histoires d'horreur à ma mère sur la cyber drague. Comme si j'étais pas capable de me défendre. Des fois, j'utilise celui de Mathis, mais il vient lire par-dessus mon épaule et je supporte pas.

— C'est qui, Mathis?

— Mon grand frère. Lui, il se prend pour un autre. À part ça, t'as pas à t'inquiéter, Gwen a juste dit que t'es un gars compliqué. C'est vrai?

— Ça dépend pour qui. Pour une psychologue, peut-être. Mais avec toi, je suis la simplicité incarnée.

— En tout cas, tu parles bien. Il paraît que t'es le copain de Guillaume Leberger.

— Tu le connais?

— Pas encore, je veux dire: pas personnellement. Je l'ai vu l'autre jour à la manif contre la guerre en Afghanistan. Mélanie dit que c'est un futur Einstein.

— Mélanie?

— Mélanie Patenaude. C'est ma meilleure amie. Elle habite là, tu vois, la maison sur le coin.

— Avec les nains sur la pelouse?

— En plein ça. C'est *cute*, hein? Là, faut que je te laisse, ma mère va s'inquiéter.

— OK. J'aimerais bien qu'on se revoie, tu sais.

— Oui? Moi aussi, alors. La prochaine fois, viens avec Guillaume. Tu pourrais nous présenter. Bye!

Elle m'a fait un beau sourire anonyme et est repartie sans se retourner, pas même une petite fois.

Pour ceux que ça intéresse, Baudelaire m'est resté en travers de la gorge.

GUILLAUME M'AVAIT DEMANDÉ de le rejoindre en fin d'après-midi à un studio de cinéma où il jouait un petit rôle dans un film historique. Il avait rien que deux répliques, mais c'est dix fois mieux payé qu'un figurant muet. Il le faisait pour le fric, bien sûr, parce que sa tasse de thé, c'est surtout l'opéra et le théâtre. De ce côté-là, Orphée avait de quoi se régaler.

Le garde de sécurité a refusé de me laisser entrer sur le plateau, il me prenait sûrement pour un *fan* de la vedette principale, Bianca Gallais. J'ai eu beau lui dire que j'étais un ami personnel de Guillaume Leberger, ça ne l'a pas impressionné une miette et il a rigolé en me traitant de brebis égarée. J'ai pensé à la tête qu'il ferait quand Guillaume recevrait son prix Nobel pour avoir découvert le moyen d'aller plus vite que la lumière.

Finalement, le garde m'a quand même permis de monter à la galerie d'observation, à condition de ne pas faire le zouave.

C'était au dernier étage avec une vitre tout le long et des haut-parleurs qui permettaient de suivre le tournage. Ça donnait le vertige, parce que le studio est aussi grand qu'un terrain de foot. Il y avait des bouts de décor partout, des projecteurs en masse et des kilomètres de câbles qui traînaient par terre, avec en plus, au milieu de ce fouillis, plein de gens par petits groupes qui avaient l'air de se demander comment se rendre utiles.

J'ai eu du mal à retrouver Guillaume, d'abord parce que j'étais si haut que je le voyais en raccourci, ensuite il portait un béret de page en velours rouge avec des glands en or et un costume qui bouffait de partout – un déguisement d'Halloween avec premier prix garanti.

C'était super, ça me donnait des munitions pour le niaiser pendant un bon bout de temps. (Pour éviter les malentendus, je signale en passant que M. de Chantal nous a expliqué la différence entre *rire avec* et *rire de.*)

Même s'il était très loin, ça ne l'a pas empêché de sentir que je le regardais et il a levé la tête dans ma direction – à moins que ce soit Orphée qui l'ait averti sans qu'il s'en doute.

Je lui ai fait des grands signes avec les bras, en lui montrant mon Nokia. Il a compris et il est allé se cacher derrière un faux bosquet, où personne ne pouvait le voir, à part moi. Il a ouvert son téléphone et m'a appelé – j'étais le deuxième sur sa liste abrégée, vu que le numéro 1 est réservé pour la boîte vocale.

— Désolé, mon David. Ça devait finir à six heures, mais parti comme c'est là, on n'est pas sortis de l'auberge. S'il te plaît, ne m'attends pas.

— T'as un peu de temps pour jaser, non? J'ai des choses à te dire.

— Moi aussi. Écoute, quand tu verras Bianca monter sur le trône, tu m'avertis tout de suite. C'est là que je rapplique pour lui dire : *Le carrosse du prince de Lamirande a versé en dévalant la colline des Trois-Pigeons.* Si je décroche pas un Oscar avec cette prestation, ça veut dire qu'y a pas de justice.

— Ça tombe bien que tu parles de justice, parce que je veux savoir ce que tu penses de ça.

J'ai déplié la première page de *La Presse* et je l'ai collée contre la vitre, même si je savais qu'il ne pouvait pas la lire de si loin.

— T'as vu cette merde?

— Non, c'est quoi?

— C'est les islamistes qui accusent la police d'avoir bafoué les droits fondamentaux de Kamal et de l'avoir humilié en lui passant les menottes devant ses camarades d'école. Il y a aussi une déclaration du Grand Imam de Montréal. Je lis, pour pas que tu croies que j'invente : «Nous déplorons qu'un incident isolé soit monté en épingle et exploité par certains pour exacerber l'intolérance et discréditer la communauté musulmane dans son ensemble.» Bref, le nez coupé de Djamila est devenu un «incident». Alors, tu vas encore me reprocher de tirer sur la mauvaise cible?

— Oui et non. Ta sainte colère m'a fait réfléchir et j'ai décidé de la dépasser sur la gauche. J'ai un plan d'attaque que je présente demain à un ami de la famille – c'est d'ailleurs mon parrain, Me Langlois. C'est lui qui a plaidé la poursuite de la veuve Létourneau contre l'Église de scientologie. S'il accepte de m'aider, ça va provoquer des étincelles.

— Alors c'était pour ça, ton post-scriptum d'hier soir. J'avoue que tu m'as intrigué.

— Non, non, ça n'a rien à voir. Je voulais te faire la surprise aujourd'hui, mais je ne peux pas ôter mon pansement avant deux jours.

— Tu parles de quoi, là?

— De mon tatouage, mon petit DIG. Si tu savais comme je suis fier.

— T'es fou. J'aurais jamais cru que tu le ferais.

— Maintenant, je t'ai dans la peau, au propre comme au figuré.

— *Fuck! You are too much, man!*

— *Thanks.* Dis donc, oublie pas de surveiller la reine Mirabole.

— T'inquiète pas. Ils sont en train de dérouler le tapis.

— Alors on a le temps. T'as d'autres mauvaises nouvelles?

— Pas vraiment. J'ai parlé de nouveau avec Siddharta.

— Oh! Sérieusement?

Je lui ai raconté ma visite chez les Kornichuk, puis mon tête-à-tête avec Jean-Sébastien dans le parc. Quand je lui ai dit que son symbiote Orphée était un disciple de la Matière et cherchait par tous les moyens à établir le jumelage avec lui, il a ôté son béret de page et s'est passé plusieurs fois la main dans les cheveux.

Je savais ce que ça voulait dire: il avait peur que ça explose en dedans. Sa voix tremblait quand il a demandé:

— C'est Bouddha qui a dit ça? Répète, pour être sûr.

C'est ce que j'ai fait, ensuite je lui ai raconté le retour chez Jean-Sébastien et la crise de rage de son père. Ça l'a aidé à retomber sur ses pattes, parce qu'au lieu de continuer à penser à Orphée, il s'est fait du souci pour moi à retardement et m'a demandé si j'étais OK.

— Oui, mais ça a passé proche. Ce qui a mis le feu à la poudre, c'est quand je leur ai conseillé de plus attacher les poignets de Jean-Sébastien, parce que ça le rendait encore plus cinglé. Sauf qu'ils suivront jamais mon conseil.

On est restés un moment silencieux, avec le téléphone ouvert, on savait chacun que l'autre jonglait à des choses sans rapport, et même si on était sur la même longueur d'onde, c'était une sensation bizarre. Il a regardé dans ma direction, puis s'est détourné et a baissé la voix comme si quelqu'un pouvait l'entendre, alors que personne ne prêtait attention à lui.

— David ? Je peux te poser une question terriblement indiscrète ?

— Vas-y.

— Personne ne t'attache la nuit... Est-ce que ça t'arrive souvent ?

— De me branler, tu veux dire ? Ben oui, comme tout le monde. Pourquoi ? Pas toi ?

— Justement, c'est de ça que je veux te parler. Mais j'ai peur que ça te gêne.

— Arrête ! On se dit tout, non ?

— Quand je le fais, je pense rien qu'à toi du début à la fin. Sauf que j'ai l'impression d'être déloyal, parce que t'es pas au courant.

— Maintenant que je le sais, ton problème est réglé, non ?

— Plus ou moins. Bien sûr, si tu me dis clairement que j'ai ta permission, ça fera toute la différence pour moi.

— T'es drôle, toi. Je le prends comme un compliment. OK, je te permets. Mais abuse pas quand même !

— Quant à ça, je promets rien.

— Guillaume, vite ! Bianca est en train de s'installer...

— J'y vais. Je te fais signe en fin de soirée. Je t'aime.

DANS LE BUS qui me ramenait à la maison, je me suis rendu compte que, malgré tout, c'était encore Iris qui revenait le plus souvent dans mes fantasmes.

Quant à Gwen, elle prenait toujours l'initiative dans mon cinéma et je lui résistais en disant que je ne voulais pas qu'elle se retrouve en prison à cause de moi. Sauf que son désir était plus fort que sa prudence et je finissais par céder pour ne pas lui faire de peine.

Avec Morgane, je n'imaginais pas grand-chose, parce que l'idée qu'elle pourrait en discuter plus tard avec Mélanie Patenaude me coupait l'inspiration. À part ça, la loyauté a des limites et je me voyais mal en train de lui demander si elle était d'accord que je pense à elle dans ces moments-là.

À minuit tapant, un *sosumi* m'a avisé qu'un nouveau message venait d'arriver. Il était très court et signé par Guillaume, bien sûr :

Ding DIG Ding!
Grâces te soient rendues, ô mon bien-aimé!
Mille et un mercis pour la spermission.
Ton amoureux comblé.

TRENTE ET UN

L'ANGOISSE M'A RÉVEILLÉ à quatre heures du matin et je me suis dressé d'un coup dans mon lit. Ça m'était déjà arrivé une fois, le soir de l'enterrement de mon grand-père Tessier – j'avais tellement peur de le voir entrer dans ma chambre que j'avais barricadé ma porte avec tout ce que j'avais sous la main.

Là, c'était la pensée de Guillaume qui me faisait battre le cœur, avec la sensation entre chien et loup que je ne savais plus où j'allais et que je ne pourrais jamais retrouver mon chemin, parce que les feuilles mortes tombées des arbres de la forêt pendant la nuit avaient effacé le sentier. Le *too much au max* résonnait dans ma tête endormie, mais le *too much* avait maintenant un sens qui me prenait à la gorge et m'étouffait.

J'ai compris soudain que ce n'était pas vrai que Guillaume pouvait être totalement heureux sans que je l'aime en retour, malgré toutes ses paroles rassurantes. Je me suis senti terriblement coupable de ne pas pouvoir lui donner ce qu'il désirait le plus au monde et je me suis demandé si ça ne serait pas mieux qu'on arrête de se voir pendant un bout de temps.

J'avais beau faire semblant de me ficher des choses qu'on pouvait dire sur moi à l'école, à commencer par Serge Kornichuk qui me prenait pour un fif, ça ne m'empêchait pas, au fond de moi, de me poser des questions sur l'impression que je produisais chez les gens sans le vouloir. Peut-être même que Guillaume avait été attiré vers moi parce que je parlais bien et que j'avais l'air sensible et attentif – sauf que, justement, ce n'était pas un air que je me donnais, je suis comme ça et je n'y peux rien.

Je me suis finalement calmé en pensant que je pourrais toujours discuter de tout ce bric-à-brac avec Gwen qui mettrait sa casquette de psy pour m'écouter. Ce que je ne lui dirais pas, c'est que si j'avais une spermission à demander à quelqu'un, elle serait en tête de liste. Question attirance sexuelle, elle avait des avantages sur Guillaume qui ne se discutaient pas, même si j'étais plus à l'aise avec lui qu'avec elle.

Je n'avais pas l'intention de consulter Divad à ce sujet. Il en savait long comme le bras sur les amalgames, mais il n'était pas équipé pour ressentir les effets particuliers de la Matière sur un garçon de mon âge.

À LA PAUSE DE MIDI, Gwen est passée me prendre à l'école. Je ne savais même pas pour quelle raison – le message que M. Cantin est venu m'apporter pendant le cours de Mme Croteau mentionnait seulement qu'elle voulait me voir pour «une affaire importante».

Inutile de dire que le directeur, M. Bizaillon, s'est arrangé pour sortir dans la cour en même temps que moi et m'accompagner jusqu'à la Camry, en mettant sa main sur mon épaule comme si j'avais besoin de sa protection. Il avait la grosse tête depuis qu'il était passé à la télé après l'arrestation de Kamal.

Il a essayé de faire la conversation avec Gwen, mais elle a mis la voiture en marche en lui disant qu'on était attendus – et on s'est tirés en le laissant le bec dans l'eau.

Gwen avait laissé tomber ses cheveux sur ses épaules comme j'aimais, mais elle portait des lunettes qui me plaisaient couci-couça, question vieillissement – avec, elle paraissait presque son âge.

Comme j'étais sûr qu'elle était venue me sonner les cloches au sujet de Morgane, j'ai pris les devants en lui demandant si elle avait des nouvelles d'Iris.

— Aucune. Ce qui m'inquiète le plus, c'est que Newg n'arrive pas à établir la jonction avec Siri.

— Divad non plus n'a pas réussi.

— Tu lui as demandé, toi aussi?

— Évidemment.

Elle a répété comme un écho: «Évidemment», et j'ai vu qu'elle se trouvait un peu limite d'avoir posé la question. Après un silence, elle a dit:

— J'ai essayé de convaincre Calderone de mettre l'affaire Bazinet sur code rouge. Mais pour lui, pas question de rouvrir *the can of worms*.

— Une boîte d'asticots? C'est quoi, ça?

— Disons que c'est l'équivalent d'un merdier. À part ça, tu avais raison: Streuler et la mère d'Iris ont filé aux États-Unis.

— Quand même, M. Calderone est pas complètement con.

— Non, certainement pas. Disons qu'il n'a pas une grande marge de manœuvre. La niche des pourris, c'est beaucoup plus haut.

Elle a senti ma question venir et m'a fait signe de me taire, en murmurant : « Oublie ça, je n'ai rien dit. »

J'ai attendu un moment pour que la remarque sur les pourris ait le temps de s'effacer, puis j'ai demandé :

— C'est vrai qu'on est attendus quelque part ?

— Je n'ai pas l'habitude de mentir.

— Non, mais ç'aurait pu être une excuse pour vous débarrasser de M. Bizaillon.

Elle a ri sans bruit, puis m'a expliqué que le chanoine Dijan avait demandé à nous voir le plus rapidement possible. Et, non, il n'avait pas dit pourquoi.

— Le professeur Vargas ne sera pas là.

— J'y ai pensé, David. Je ne sais pas ce qui se passe, mais Newg n'a pas été capable de le contacter, lui non plus.

— Normal. C'est à cause du décalage horaire – avec la distance en plus.

— Qu'est-ce que tu me chantes là ?

Je lui ai expliqué que les symbiotes ont beau être des esprits, ils ne sont pas immatériels – tout comme nos pensées qui sont une combinaison de réactions chimiques et de courants électriques dans notre cerveau. Autrement dit, ils obéissent aux lois de la physique eux aussi et ne peuvent plus se parler quand la distance devient excessive.

Gwen m'a lancé un regard en coin en avançant les lèvres en cul-de-poule, mais sans siffler, vu qu'elle est du genre distingué. Elle me trouvait intelligent, c'est sûr, mais elle devait quand même se douter qu'il y avait du Divad derrière mes connaissances colossales.

Je me suis dit en passant que Morgane était probablement incapable de siffler elle aussi, question d'hérédité. Et juste comme je pensais à ça, Gwen m'a parlé d'elle – un peu fort comme coïncidence :

— À propos de ma sœur... Je regrette que tu n'aies pas suivi mon conseil, David. Elle n'est pas prête, je t'assure. Elle sort à peine de l'enfance, elle risque de se faire des idées qui vont lui tourner la tête. Ne crois pas que je joue à la mère supérieure. Mais essaie de comprendre qu'avec tout ce que tu vis en ce moment, tu as développé une maturité qui... Enfin bref, vous n'êtes pas sur un pied d'égalité. Ce que je dis, au fond, c'est que tu risques de la troubler, au point de lui causer du mal.

J'ai essayé de la rassurer en disant que je comprenais – et le pire, c'était vrai. Quand même, il y a deux choses que j'ai préféré lui cacher. D'abord, que Mélanie Patenaude m'avait annoncé ce matin à l'école que Morgane voulait bien me revoir une autre fois. Ensuite, que son petit sermon de mère supérieure ne me faisait pas grincer des dents comme j'aurais cru, et même que ça m'ôtait un poids dans la poitrine.

Bien sûr, elle aurait été contente de le savoir, mais je n'avais pas envie qu'elle me demande pourquoi ça me soulageait, vu que je n'en savais fichtrement rien.

M. Dijan nous attendait, assis en plein soleil à la terrasse d'un bistrot du Vieux-Montréal. C'était une cour intérieure bien cachée sous de grands arbres, avec des bacs pleins de fleurs, une place super sympa pour se donner rendez-vous.

Comme ça tapait dur, Gwen a ouvert le parasol planté au milieu de la table, mais le chanoine a bougé sa chaise pour ne pas rester à l'ombre, en disant que ses vieux os avaient besoin de faire une dernière provision de chaleur. Il portait des grosses lunettes de soleil qui empêchaient de savoir si c'est moi ou Gwen qu'il regardait en parlant, et ça me mettait mal à l'aise.

Lorsque la serveuse est venue prendre les commandes, il l'a appelée Francine et j'ai compris qu'ils avaient fait connaissance avant qu'on arrive. À part ça, heureusement que le menu était bilingue, ça m'a permis de savoir que la mousseline Parmentier n'est rien d'autre que des *mashed potatoes*. Ce qui fait que j'ai choisi un croque-monsieur avec des frites.

Au lieu de commencer par discuter de choses sans importance, M. Dijan a déclaré tout de go qu'il était au bout de son rouleau. Quand il avait été hospitalisé après sa tentative de suicide, les médecins avaient découvert une tumeur qui poussait dans sa tête depuis tellement longtemps qu'on ne pouvait plus l'enlever. Sa condition empirait de jour en jour et ce n'était pas loin d'être un miracle qu'il puisse encore nous parler.

— Najid est-il là en ce moment ? a demandé Gwen, après un silence pour digérer la nouvelle.

— Non. Je l'ai prié de s'absenter. Nous avons fait la paix, et même davantage.

— Une chose n'a jamais été entièrement claire pour moi. S'il vous plaît, expliquez-moi à nouveau pourquoi vous avez essayé de vous supprimer.

— C'est Najid que je visais, pour l'empêcher de poursuivre son projet insensé. Les siens ne l'ont pas surnommé *Le Rebelle* sans raison. Tant qu'il ne faisait que défier le Conseil des Anciens avec sa doctrine de la Matière, il ne représentait pas un véritable danger pour la communauté des symbiotes. Mais il a tenté un coup de force en trouvant le moyen de rétablir la jonction originelle, avec son hôte d'abord – c'est-à-dire avec moi. Ensuite, il m'a avoué son intention d'opérer d'autres jumelages sauvages – les vôtres, sans vous demander votre accord au préalable. Il fallait l'arrêter, coûte que coûte.

— Pourquoi ? J'ai une idée de la réponse, mais j'aimerais vous l'entendre dire.

— Ni les symbiotes ni les humains ne sont prêts à renouer l'Alliance des origines. Il faut les préparer de part et d'autre – une tâche périlleuse et de longue haleine, comme vous en faites l'expérience. Nos races ne peuvent pas exister l'une sans l'autre, mais est-ce là une garantie suffisante pour les empêcher de s'exterminer ?

Il y a eu un autre silence, et le chanoine en a profité pour entamer sa quiche avec appétit. Gwen n'avait pas touché à sa salade et moi, je regardais mon assiette en me demandant comment j'allais ingurgiter tout ça. Alors j'ai dit :

— C'est quoi, faire davantage que la paix ?

Malgré ses lunettes noires, j'ai senti que M. Dijan posait sur moi un regard qui était content de me voir.

— Najid a conclu une entente avec le Conseil. Nous aurons notre place parmi les Anciens, à condition de réussir à fusionner au moment de mon décès. L'autre jour, quand tu nous as relaté ta rencontre avec Siddharta, j'ai compris que le Conseil n'a jamais douté de l'existence de la Matière. Toutefois, depuis la rupture de l'Alliance, il en a fait un tabou absolu pour protéger les symbiotes contre la tentation d'influencer les humains, c'est-à-dire d'intervenir sur notre réalité. Avant de les blâmer, considérons par exemple que le Vatican est le gardien farouche d'un secret sur Jésus de Nazareth qui, s'il était divulgué, anéantirait jusqu'aux fondations de la chrétienté.

— La rébellion de Najid a contaminé le chanoine, a dit Gwen avec un petit sourire.

— Les rares privilégiés qui ont accès aux archives les plus secrètes de l'Église ont des symbiotes, eux aussi. Certains sont bavards, surtout ceux qui ne croient pas à la réalité de leurs rêves.

Quelque chose m'embêtait et je n'ai pas pu me retenir de les interrompre pour demander si le Conseil des Anciens avait toujours l'intention de rencontrer les Mousquetaires.

— David nous rappelle à l'ordre et il a raison, a dit M. Dijan. Najid m'a fait savoir que les délibérations actuelles du Conseil sont mouvementées, mais qu'un consensus devrait être atteint dans peu de temps. J'en informerai le professeur Vargas qui m'a notifié sa décision de revenir pour participer à cette réunion avec nous.

— Sauf qu'on va frapper un nœud avec Jean-Sébastien. Ses parents nous empêcheront de le voir, je vous garantis.

— Tu confirmes ce que Siddharta a rapporté au Conseil. Aussi ai-je proposé à Najid de renouveler l'expérience que nous avons faite lors de notre première rencontre à l'hôtel Bristol, quand il s'est servi de moi comme porte-parole. Mon symbiote n'est toutefois pas favorable à cette proposition, car il craint que ce ne soit un effort trop risqué dans ma condition. Qu'importe, nous trouverons un autre moyen, rassure-toi.

— Tant mieux. À part ça, monsieur Dijan, j'aime pas quand vous dites que vous allez mourir. Ça me fait de la peine, si vous voyez ce que je veux insinuer.

— Tu insinues bien, mon garçon.

Il s'est penché et a pris ma main et celle de Gwen pour les enfermer entre les siennes qui étaient glacées, malgré le soleil. Ensuite il nous a regardés longuement, et ça donnait l'impression qu'on était ses prisonniers et qu'il n'allait plus nous lâcher.

Les doigts de Gwen se sont mis à frémir entre les miens et ça m'a donné envie de pleurer. En même temps, j'ai eu une autre sensation qui arrivait comme un cheveu sur la soupe et que je ne pouvais absolument pas empêcher.

Des fois, la vie est compliquée.

Finalement, le chanoine nous a dit qu'il voulait rester là encore un moment, parce que le soleil lui faisait du bien et qu'il avait des choses à discuter avec Najid.

On l'a quitté en l'embrassant tous les deux et on est retournés vers la Camry qui s'était fait coller une contravention pour stationnement interdit.

Tout à coup, Gwen a arrêté un taxi qui passait et m'a refilé de l'argent pour retourner à l'école.

— Désolée, j'ai un rendez-vous urgent.

— OK, mais je peux prendre le bus.

— Pas question.

Elle a ouvert la portière et quand je me suis assis, elle s'est penchée pour me dire à voix basse :

— C'est faux, je n'ai pas de rendez-vous. Mais j'ai besoin d'être seule pour mettre de l'ordre dans mes idées. Tu ne m'en veux pas ?

— Non. Je pourrais pas, même si j'essayais.

Elle a murmuré quelque chose et a fait demi-tour très vite vers sa voiture. Ensuite, dans le taxi qui a démarré comme un défoncé, je me suis demandé ce qu'elle avait voulu dire, parce que j'avais cru entendre : « Arrête ! »

Sauf que ça n'avait aucun sens.

Au début de la soirée, alors que je traversais le parc pour aller rejoindre Guillaume au *Second Cup* de la rue Bernard, Divad s'est manifesté comme si rien ne s'était passé entre nous.

J'étais en train de pester contre mon Nokia qui refusait de se connecter au réseau, même si je l'avais rechargé à bloc le matin, lorsque le rire de Divad est venu me chatouiller les neurones. C'est une sensation qui ne ressemblait à rien d'autre.

— Ah te voilà, c'est pas trop tôt. Comme ça, t'as fini de bouder ?

— Je ne boudais pas, David. Je cuvais mon angoisse. Heureusement, Siddharta m'a parlé et a remis les pendules à l'heure.

— Ça, c'est une expression *made in Switzerland.*

— Il m'a confirmé que l'influence entre nous s'exerce dans les deux sens.

— C'est ça qui t'a fait rigoler ?

— Non, pas du tout. C'est de te voir t'énerver avec ton gadget. Sais-tu que tu es en passe de devenir accro ?

— Ben quoi, un portable, c'est super utile. Tu peux bien faire ton fin finaud, t'en as pas besoin pour parler avec les autres symbiotes.

— C'est vrai. Mais toi, es-tu sûr que tu ne peux pas t'en passer ?

Je commençais à connaître Divad sous toutes ses coutures et je savais qu'il ne lançait jamais des choses comme ça en l'air.

— Tu me dis quoi, là ?

Il m'a expliqué qu'à l'origine, le symbiote n'était que l'embryon d'une conscience indépendante dans le crâne de l'homme préhistorique. Ensuite, l'intelligence et la conscience s'étaient développées en parallèle, en se nourrissant mutuellement, mais sans jamais se confondre. Après, ça avait pris des millénaires aux symbiotes pour apprendre à communiquer entre eux au moyen de l'arpège, cette langue universelle qui se transmettait par les ondes du cerveau.

— Et c'est là que vous avez pris l'avantage sur nous.

— Oui, parce que la conscience a progressé plus vite que l'intelligence. Ce que j'ignorais et que Siddharta m'a révélé aujourd'hui, c'est que nos ancêtres avaient entrepris de vous enseigner l'arpège, mais que la rupture de l'Alliance a mis fin à ce projet.

Là, je me suis arrêté de marcher pour mieux encaisser. J'ai regardé mon Nokia *top of the line* qui continuait à merdoyer et je me suis trouvé pas mal stupide en me rappelant combien j'avais été fier quand je l'avais reçu.

— Divad?

— Je suis là.

— Es-tu en train de me dire par exemple que si Guillaume et moi on apprenait l'arpège, on pourrait faire de la transmission de pensée entre nous?

— C'est beaucoup plus difficile que tu ne crois. Ce n'est pas seulement une question de mémoire, il faut aussi arriver à s'abstraire de soi. Mais si vous prenez tout le temps nécessaire, oui bien sûr, c'est possible. Maintenant, je sais ce que tu vas me demander.

— Moi aussi. Tu serais d'accord pour me montrer?

— Je voudrais bien. Toutefois, Siddharta m'a dit d'attendre.

— Attendre quoi?

— Il n'a pas précisé. Je ne lui ai pas posé la question, non plus.

— C'est facile pour lui, il a tout son temps, mais pas nous. La dernière fois qu'on s'est parlé, il m'a dit que la rupture de l'Alliance a été une tragédie pour votre race autant que pour la nôtre. Mais là, je crois qu'il a été trop poli. Parce que si je considère mes progrès à l'école et tout ce que tu viens de me raconter, c'est sûr qu'on a beaucoup plus à perdre que vous si on manque de nouveau le bateau.

— Siddharta n'est pas du genre poli.

— Alors il garde des cartes dans sa manche. Mais toi, Divad, comment tu vois ça?

— J'ai l'intuition qu'un événement important se prépare.

— Quelque chose de bon ou de mauvais?

— J'aimerais bien le savoir.

AU *SECOND CUP*, Guillaume avait pris une table tout au fond dans un coin tranquille, et lisait *The End of Faith* en soulignant des phrases au crayon. (Ce n'était pas un livre de la bibliothèque, heureusement pour les nerfs de Mlle Sauget.) Il m'a fait signe de m'asseoir et de ne pas lui parler avant qu'il ait fini son paragraphe. Ensuite il m'a regardé avec des yeux pleins de lumière et a dit:

— Tu peux pas savoir comme je suis content de te voir. Note que t'es pas obligé de répondre «moi aussi».

— Moi aussi. Tu m'as l'air en grande forme.

— J'ai déjeuné avec mon parrain, Me Langlois. On ne s'était pas vus depuis trois ans – depuis la séparation de mes parents. Il a eu du mal à me reconnaître, mais on a cliqué tout de suite. D'ailleurs, il serait gay que ça m'étonnerait pas. Son bureau est un vrai musée: des tableaux, des sculptures, *the works*.

— Tu m'as toujours pas dit c'est quoi, ton fameux plan d'attaque.

— D'accord. Tu veux un *biscotti?*

— Non merci. Mon croque-monsieur de midi m'est resté sur l'estomac.

— Tais-toi, tu m'excites.

— Très drôle. Pourtant non, justement, c'est pas drôle. Je te raconterai plus tard.

— As-tu des nouvelles d'Iris?

— Aucune. Pourquoi tu demandes?

— Je sais pas. Depuis hier soir, j'ai plein de flashes d'elle. Je n'aime pas ça.

— T'as qu'à pas y penser.

— Facile à dire, David. C'est des images qui viennent malgré moi.

— Me dis pas qu'elle t'intéresse.

— T'es comique quand tu t'y mets. Ça n'a rien à voir avec moi.

— OK. On parlait de ton plan...

Guillaume a expliqué que notre collège était un ancien couvent converti en établissement public, à part la chapelle où on permettait aux élèves catholiques de se rassembler en dehors des heures de cours pour prier ou discuter de spiritualité. Il avait demandé à son parrain d'exiger que la Commission scolaire mette fin à ce privilège et retire tous les symboles religieux de l'école.

— Je vois pas le rapport avec les saloperies de Kamal et de ses frères.

— As-tu déjà ouvert à des témoins de Jéhovah qui viennent sonner chez toi? En général ils sont deux, super nickelés, *clean cut* et tout. Ils s'amènent pour sauver ton âme. La première fois, j'ai essayé de parler avec eux et je me suis fait joliment entuber. Pas moyen de leur clouer le bec, ils ont réponse à tout. La fois suivante, c'était un gars et une fille aux yeux verts, j'ai fait l'impossible pour les écœurer, en leur disant les pires horreurs. Et tu sais pas quoi? J'ai compris que mes insultes ne faisaient que tisonner davantage leur foi de charbonnier. Moralité: tu perds ton temps à discuter avec des gens qui se croient en possession de la Vérité avec un grand V.

— OK, mais les catholiques coupent le nez de personne, crisse! Tu peux pas les mettre dans le même paquet que les islamistes fanas.

— T'es à côté de la plaque. C'est à Augias de nettoyer la merde de ses chevaux et nous, on s'occupe de nos propres écuries. Par exemple, qu'est-ce que la Commission scolaire va répondre aux musulmans qui réclament un local pour faire leurs prières? Que notre école est laïque, mais qu'il y a des exceptions dont ils sont exclus? S'ils disent ça, ils se tirent dans le pied. Tu sais que le gouvernement a sorti un autre attrape-nigaud: les «accommodements raisonnables». Mon parrain, ça l'enrage. Qui accommode qui? Est-ce qu'un accommodement peut être raisonnable s'il n'est pas réciproque? Et qui décide ce qui est raisonnable et ce qui ne l'est pas?

— Il propose quoi, lui?

— Il dit que la seule réponse au fanatisme est l'intolérance, et au fanatisme absolu, l'intolérance absolue.

— Je suis d'accord avec lui à cent pour cent. Pas toi?

— Je ne crois pas que des formules bien tournées vont nous aider à résoudre les conflits.

— Quoi, alors?

— Est-ce que je sais, moi? Mais aussi longtemps que les musulmans modérés resteront silencieux, je ne vois pas d'issue.

— Il y en a beaucoup des modérés chez eux?

— Difficile à évaluer. Mais imagine qu'ils soient la majorité et qu'on passe à côté.

— Et d'après toi, le Grand Imam de Montréal et ton fameux Augias ont le même problème.

— On peut l'entendre comme ça, oui.

— Tu veux que je te dise, Guillaume? Ça me dépasse un peu beaucoup, cette discussion.

— Pourquoi tu ne demandes pas à ton symbiote ce qu'il en pense, pour voir?

— Comment tu sais qu'il est là?

— Difficile à expliquer. Une sorte d'intuition. C'est peut-être Orphée qui me donne un coup de pouce.

J'ai fermé les yeux pour écouter la réponse de Divad.

— Alors?

— Alors il dit qu'on doit tous se préparer à traverser des temps difficiles.

— Tous? Donc les symbiotes sont inclus dans l'équation.

— Évidemment.

— Même Orphée?

La réponse est venue instantanément et je l'ai répétée sans réfléchir:

— Surtout lui.

Guillaume a pâli et des larmes ont rempli ses yeux à ras bord. Il s'est levé en disant:

— Sortons! J'ai besoin de marcher.

Il pouvait se montrer hyper sensible à l'occasion. Peut-être même autant que moi.

ON EST ALLÉS SE PROMENER dans notre parc habituel et ça n'a pas manqué, Guillaume Tell est venu à notre rencontre. C'est un écureuil tout noir qui nous reconnaissait toujours parce que je lui refilais les barres granola que ma mère glissait en cachette dans mes poches pour me garder en santé. Moi je détestais, mais lui, il se délectait – chacun y trouvait son compte. Quand il rappliquait, Guillaume disait chaque fois: «C'est lui, c'est Tell» – mais ce soir-là, il n'avait pas le goût de rigoler.

Pour lui changer les idées, je lui ai raconté ma rencontre avec M. Dijan qui avait une tumeur genre terminale, mais qui prenait ça super *cool* parce qu'il préparait sa fusion avec Najid pour devenir immortel.

— Rien ni personne n'est immortel.

— Peut-être pas, mais avoue que Siddharta a fait un bon bout de chemin.

Guillaume a soupiré sans répondre, ce qui n'est pas son habitude.

Je lui ai alors dit ce qui s'était passé avec Gwen à la fin de la rencontre et lui ai demandé si, à son avis, elle m'avait largué dans un taxi pour me punir d'avoir parlé à sa sœur.

— Ça m'étonnerait. D'ailleurs, Morgane n'est pas pour toi.

— Qu'est-ce que t'en sais, d'abord ?

— Ça fait trois quarts d'heure qu'on est ensemble et tu n'as pas encore prononcé son nom.

— C'est pas une preuve.

— En voici une autre : es-tu prêt à te faire tatouer les initiales MLG au bas du dos ?

Il m'a pris au dépourvu et je cherchais comment m'en sortir quand j'ai entendu la voix de mon symbiote. J'ai tout de suite compris à son intonation qu'il ne s'invitait pas pour des prunes et j'ai fait signe à Guillaume de se taire. Au bout de quelques instants, je lui ai dit :

— C'est Divad. Il vient de parler avec Siri, elle est complètement paniquée. Elle dit qu'elle veut pas mourir. Iris a besoin d'aide. Il faut que j'y aille.

— Je t'accompagne. Elle est où ?

— Dans le quartier chinois. Divad a mentionné un restaurant, *La Porte d'Asie*. Il va essayer d'en savoir davantage.

— Pas la peine, je connais l'endroit.

— T'es pas obligé de me suivre.

— Bien sûr que je suis obligé.

Il avait les yeux qui brillaient comme s'il venait d'apprendre une bonne nouvelle, alors que moi, j'avais le plexus solaire plein de papillons noirs.

Heureusement, Guillaume et moi, on avait un peu de fric, sans compter ce qui me restait des vingt dollars de Gwen – et on a quitté le parc à la course pour aller prendre un taxi.

ON EST DESCENDUS devant *La Porte d'Asie* en cherchant si on voyait Iris quelque part. Divad n'avait rien de plus à me dire, à part qu'il avait perdu la jonction avec Siri et qu'il n'aimait pas ça.

J'étais en train de me demander si on devait entrer dans le restaurant quand Guillaume m'a sifflé pour que je vienne le rejoindre. Il regardait dans l'allée sombre qui longeait la bâtisse. Il m'a pris par le bras et j'ai senti qu'il frissonnait. Il a dit avec une voix qui passait mal :

— Je suis déjà venu ici... Il y a une cour au fond.

— Tu vas quand même pas y aller? C'est sinistre. Moi aussi j'ai la trouille.

— Je tremble pas pour ça. Viens, y a pas de danger.

Je l'ai suivi seulement parce que je ne pouvais pas faire autrement.

Plus on avançait, et plus ça puait à cause des deux *containers* et des grosses poubelles qui débordaient d'ordures, sans compter les déchets qui traînaient partout dans la cour. C'était pas mal écœurant. Il y avait juste une ampoule jaune allumée au-dessus de la porte arrière et, avec la nuit qui tombait, on n'y voyait pas grand-chose.

— OK, Guillaume, y a rien ici. On se barre.

— Là-bas!

Il montrait des cageots et des cartons d'emballage, empilés contre une clôture de bois disloquée. Même s'il prétendait ne pas avoir peur, il était crinqué comme un ressort. En approchant, il a fait un saut en voyant détaler deux rats que je n'ai pas reconnus tout de suite, tellement ils étaient gros.

C'est à ce moment qu'on a entendu gémir et ça n'a pas été long, on a fouillé dans le tas de boîtes et on a trouvé Iris.

C'était horrible. Elle avait un œil au beurre noir – moi, je dirais plutôt violet –, avec des bleus partout et plein de sang dans les cheveux et sur les cuisses.

On l'a sortie de là pour l'étendre par terre, et même si je savais qu'elle n'était pas grosse, ça m'a fait une impression affreuse de sentir qu'elle ne pesait presque rien. C'est alors qu'on s'est aperçus qu'elle avait aussi un bras cassé, parce qu'il faisait un angle impossible.

— Téléphone, vite!

J'ai appelé Gwen et je lui ai crié de venir avec une ambulance. Mais j'étais tellement énervé que je ne me rappelais plus le nom du restaurant. Guillaume m'a soufflé:

— *La Porte d'Asie.* Dis-lui qu'on est dans la cour arrière.

Elle a tout de suite enchaîné:

— Ça va, j'ai compris. *Porte d'Asie.* Je m'occupe des secours. Ils seront sur place dans quelques minutes. David?

— Oui?

— Laisse Iris où vous l'avez trouvée et file avec ton copain dans la rue, là où il y a du monde. Obéis, c'est un ordre.

Elle a raccroché.

Au même instant, deux gars ont débouché dans la cour. Le plus maigre avait déjà sorti sa seringue pour se faire un *fix*, mais son copain lui a parlé à voix basse en nous regardant. Ils se préparaient à partir quand ils ont aperçu Iris. Ils ont sûrement cru qu'on était responsables de son état et ils se sont approchés pour mieux voir. Le plus costaud a retroussé la lèvre en disant:

— *Fuck, man!*

L'autre était plus curieux et a ricané dans le genre vicieux. Je me suis agenouillé pour ramener la blouse déchirée d'Iris sur sa poitrine, parce que même si ses seins n'étaient pas gros, je ne voulais pas laisser ces sales types se rincer l'œil.

Heureusement, ils ont foutu le camp en sautant par-dessus la clôture dès qu'ils ont entendu la sirène de la police. Le plus petit a manqué son coup et a crié comme un goret en se retrouvant à califourchon sur un des pieux. Finalement, il s'est dégagé et est parti en se tenant les couilles. On va me trouver insensible, mais ce n'est pas moi qui allais le plaindre.

On a entendu une deuxième sirène qui approchait, c'était sûrement l'ambulance.

Deux policiers sont arrivés dans la cour avec leurs lampes de poche et ils ont tout de suite compris la situation. L'un d'eux est reparti en courant, l'autre nous a dit de rester tranquilles, puis il s'est retourné pour parler dans son walkie-talkie.

Je ne sais pas si c'est tout ce bruit qui a réveillé Iris, mais elle a ouvert son œil qui voyait encore et m'a reconnu. Elle a voulu dire quelque chose et je me suis penché tout près d'elle pour la comprendre.

— Me regarde pas... suis trop moche.

— Déconne pas. On va s'occuper de toi, y a plus de danger.

— Je m'en fous. C'est toi, David?

— Ben oui, c'est moi.

— Laisse-moi. Je vaux pas la peine... Je sers à rien.

J'ai vu qu'elle s'évanouissait. Ensuite, tout s'est passé rapidement, les infirmiers l'ont examinée vite fait avant de la mettre sur une civière et l'ont emportée sans rien dire. Ils avaient l'habitude.

Guillaume et moi, on les a suivis, il y avait déjà d'autres policiers dans la rue qui déroulaient des rubans jaunes et empêchaient les gens d'approcher.

La Camry est arrivée au même moment, suivie quelques secondes plus tard de la voiture de l'inspecteur Calderone.

Gwen est allée voir Iris juste avant qu'on la mette dans l'ambulance et elle s'est mordu les lèvres tellement fort qu'elles sont devenues toutes blanches. Puis, en s'approchant de nous, elle a croisé l'inspecteur-chef qui parlait avec ses hommes. Elle a fait comme si elle ne le voyait pas et nous a dit de monter à l'arrière de la Camry.

Elle s'est mise en volant et se préparait à partir quand M. Calderone s'est ramené et lui a fait signe de baisser sa vitre.

— On peut savoir ?

— Je me charge de prendre leur déposition. Mais pas ici, pas avec ce cirque. Ils ont eu leur dose.

— Ce sont des témoins importants. Les seuls, d'ailleurs.

— Raison de plus pour ne pas les troubler davantage. Ils ont dans les quinze et seize ans, au cas où tu l'aurais oublié.

— L'âge de Kamal Nasir.

Elle s'est choquée et a levé la tête vers lui, en répliquant sur un ton qui m'a saisi, tellement il était glacial :

— Et Iris Bazinet, tu lui donnes combien d'années à vivre ?

Ils se sont affrontés du regard et il a baissé les yeux en premier. D'après moi, il se trouvait super con de n'avoir pas mis l'affaire d'Iris en code rouge, à cause des pourris qui lui chiaient sur la tête.

Bref, je n'aurais pas aimé être dans ses pompes.

J'AI PRÉSENTÉ GUILLAUME À GWEN et quand elle lui a demandé son adresse, j'ai compris qu'elle avait l'intention de le déposer chez lui avant de me ramener chez moi. Ensuite on a accompli le trajet sans dire un mot, c'était spécial et d'après moi, ça nous a fait un bien collectif.

Juste avant d'arriver, elle a appelé M. Calderone pour qu'il obtienne une ordonnance de non-publication de nos noms et des photos qui auraient pu avoir été prises là-bas. Quand elle a raccroché, je lui ai dit :

— J'ai pas vu de caméra nulle part.

— Aujourd'hui, il y a toujours un objectif quelque part pour t'immortaliser. Crois-moi.

Guillaume était perdu dans ses pensées, avec un regard absent, sauf qu'il avait mis sa main sur mon épaule, pour me faire sentir sa présence et que je comptais pour lui. Il a dit :

— C'est un peu plus loin. J'habite au-dessus du garage.

Gwen a arrêté le moteur et a sorti un stylo et un carnet de notes de son sac à main. Puis elle s'est tournée vers nous. Elle avait retrouvé son air de psychologue qui vous donnerait le bon Dieu en échange d'une confession.

— Guillaume, veux-tu commencer ? Tu as entendu l'inspecteur Calderone : il a besoin de votre déposition. C'est la procédure.

Elle a cligné des yeux juste une seconde quand elle a vu sa main posée sur mon épaule, mais elle a fait comme si de rien n'était – c'est clair qu'elle gardait sa question pour plus tard.

Je me suis dépêché de lui expliquer que la fin de notre lunch avec M. Dijan avait été un peu bousculée et que je n'avais pas eu le temps de l'informer des dernières nouvelles. Elle est devenue impatiente et m'a dit de laisser répondre Guillaume.

Il a commencé par le début, quand on se promenait dans le parc, lui et moi, et qu'on venait juste de rencontrer Guillaume Tell lorsque Divad s'est manifesté pour m'avertir qu'il avait été contacté par la symbiote d'Iris.

Gwen ne l'a pas laissé continuer et m'a regardé, sidérée.

— Mais comment sait-il... Tu lui as dit?

— C'est justement ça, les nouvelles. Son symbiote s'appelle Orphée. Ils ne se parlent pas encore, parce qu'ils prennent la Voie royale. Siddharta m'a tout expliqué.

Elle a posé son calepin en soupirant, vu qu'on allait discuter de choses qui ne pourraient jamais entrer dans son rapport.

— Et Guillaume Tell, c'est aussi un Ancien?

— Non. C'est un surnom qu'on a donné à un fan de David.

Il avait répondu sans sourire et j'ai eu l'impression qu'il la trouvait un peu trop professionnelle à son goût. Moi, ça ne me gênait pas, je savais ce qu'elle cachait derrière. Quand même, c'est sûr qu'un peu plus d'humour ne lui aurait pas fait de mal. Sauf que le moment n'était pas idéal.

Je lui ai alors raconté comment on avait découvert Iris dans la cour de *La Porte d'Asie,* mais sans mentionner le type à la seringue et son copain, vu que ça n'avait pas de rapport et que c'était déjà assez tordu comme ça, merci. Bien sûr, elle a posé la question qu'il fallait – la preuve qu'elle écoutait bien:

— Tu as dit que Divad ne savait rien de plus que le nom du restaurant. Qu'est-ce qui vous a donné l'idée d'aller fouiller dans les poubelles?

J'ai regardé Guillaume et j'ai retrouvé tout à coup sur son visage la même expression qu'il avait en avançant dans la ruelle. Il s'est adressé rien qu'à moi, comme si Gwen n'était pas là:

— Tu sais ce que c'est, une impression de «déjà vu»?

— Un peu. M. de Chantal nous en a parlé en classe. Ça m'est arrivé une fois, quand j'étais en vacances à...

Il ne m'a pas laissé finir et a dit avec une voix étranglée qu'il avait eu la preuve ce soir qu'Orphée était bien réel et avait fait les premiers pas pour tenter d'établir la jonction entre eux.

— J'en ai pris conscience dans le parc, quand je t'ai répondu que oui, j'étais obligé de t'accompagner. Pendant que Divad te parlait, moi j'ai vu dans ma tête la porte arrière du restaurant avec l'ampoule jaune, puis, dans un autre flash, les poubelles avec les rats et le tas de boîtes contre la clôture – des images tellement rapides que je les ai tout de suite oubliées. Sauf qu'elles sont revenues en bloc quand on est arrivés là-bas.

— Je me rappelle, t'as dit : « Je suis déjà venu ici. »

Gwen a réfléchi en soupirant, puis elle a expliqué qu'il fallait qu'on accorde nos violons. Elle écrirait dans son rapport que Guillaume avait reçu dans la matinée un coup de fil d'Iris qui lui donnait rendez-vous devant le restaurant. Elle a voulu ajouter quelque chose d'autre, mais son téléphone l'a interrompue.

Elle a pris l'appel et même si elle était monosyllabique, j'ai deviné que c'était M. Calderone qui lui téléphonait de l'hôpital. Elle a répondu : « J'arrive » et a raccroché en fermant les yeux.

Il a fallu que je me racle la gorge pour décoincer ma voix :

— Elle est morte ?

— Non, mais elle ne va pas fort.

— Faut surtout pas qu'elle souffre.

— Elle n'a pas repris connaissance. Elle est dans le coma. Je suis désolée, David.

Guillaume a ouvert la portière et m'a dit qu'il m'enverrait un message tout à l'heure. Il est sorti sans un mot pour Gwen. Elle a soupiré et mis la Camry en marche. Je lui ai dit que je voulais l'accompagner à l'hôpital.

— C'est hors de question. Je te ramène chez toi. Je te téléphonerai dès que j'aurai du nouveau.

— À n'importe quelle heure. Vous savez, Guillaume n'est pas comme ça d'habitude.

— Le crois-tu vraiment capable de se jumeler avec son symbiote par ses propres moyens, sans l'intervention de Najid-le-Rebelle ?

— Oui, à condition qu'Orphée fasse sa part. C'est ça qu'on appelle la Voie royale.

— Tu en parles comme si c'était une chose toute simple. Te rends-tu compte que s'ils réussissent, ce pourrait être le début d'une mutation de l'espèce humaine ?

— On dirait que ça vous effraie...

— Je n'arrête pas d'y penser depuis que j'ai fait la connaissance de Newg. Ce qui me terrifie, c'est l'idée qu'on pourrait imposer le renouvellement de l'Alliance à des gens qui ne sont absolument pas prêts à la cohabitation consciente avec une intelligence parasitaire. D'un autre côté, une fusion qui exige une démarche réciproque et délibérée de l'hôte et de son symbiote me paraît plus acceptable, encore que…

— Quoi donc?

— … elle aurait pour conséquence de diviser la société humaine en deux : le camp de ceux qui ont accompli le jumelage et le camp des autres. Franchement, je n'ose pas pousser ma réflexion plus loin. Voilà, nous sommes arrivés – et ce n'est pas ce soir qu'on va régler le sort du monde.

Elle a arrêté la Camry devant ma maison qui est à sept minutes de chez Guillaume en voiture. Je me suis demandé si elle allait m'embrasser, mais elle m'a seulement serré les deux mains en même temps, en me regardant dans les yeux :

— T'es OK? T'es sûr?

— Ça va aller, merci. Et vous?

— Ça dépend des heures. Pour l'instant, je me dis qu'on ne peut rien faire de plus pour Iris. Ni toi, ni moi, ni personne.

Elle a détourné le regard et j'ai eu l'impression qu'elle avait juste envie que je fiche le camp. Je n'ai pas insisté, mais j'aurais mis ma main au feu qu'elle m'avait parlé de toutes ces théories compliquées pour me cacher quelque chose d'autre – peut-être un truc incroyablement plus simple.

Ça m'a fait penser à l'histoire de la *Lettre volée*, d'Edgar Allan Poe, que M. de Chantal nous avait lue en classe.

MA MÈRE ET SIG faisaient une partie de scrabble dans la salle à manger et m'ont invité à jouer avec elles. En général, je ne dis pas non, vu que je gagne toujours ou presque, même quand Sig essaie de tricher. Mais là, j'étais lessivé et j'avais qu'une seule envie : dormir pour faire le vide.

Guillaume m'avait déjà envoyé un message pour me demander de l'appeler dès que possible. C'était bizarre, parce que d'habitude, il n'aime pas causer au téléphone. Il a répondu tout de suite, avec une voix embêtée :

— Je n'ai pas été correct avec ta psycho-policière. Et j'ai parlé uniquement de moi, comme si je me foutais de ce qui arrivait à Iris.

— T'as pas eu envie de m'écrire?

— C'est pas ça. La «zone crépusculaire», tu connais?

— Non, c'est quoi?

— Le moment de flottement entre l'état de veille et le sommeil. On laisse aller peu à peu le contrôle de ses pensées, mais on n'est pas vraiment endormi. On nage entre deux eaux, quoi.

— Je vois très bien. Et alors?

— D'après mon bouquin sur les «états seconds», ce serait un espace privilégié pour la rencontre entre le conscient et l'inconscient. C'est aussi très propice aux intuitions créatrices. Tu vois où je veux en venir?

— C'est une bonne place pour rencontrer ton symbiote.

— Exactement. La difficulté, c'est que l'état crépusculaire est très court. Je suis certain que c'est possible de l'étirer dans les deux sens si Orphée me donne un coup de main. Je vais essayer, mais j'attendais de t'avoir appelé pour fermer la lumière. Merde!

— Quoi?

— Je recommence à parler seulement de moi. Toi, tu tiens le coup?

— Ouais, faut bien.

— Je t'ai pas dit une seule fois ce soir que je t'aime. C'est vrai que je t'ai pas dit non plus que je respire vingt fois par minute.

— Ça m'a aidé que tu sois avec moi. Je sais pas ce que je ferais sans toi.

— Si tu continues, j'arrive et je te saute dessus. T'es averti.

— Bonne chance avec Orphée.

On a raccroché et j'ai éteint la lumière, peut-être exactement en même temps que lui. Je me suis glissé dans mon lit et, en me tournant sur le côté, j'ai compris tout de suite que ce n'était pas vrai que je tenais le coup.

La première chose que j'ai eue devant les yeux, c'est le type à la seringue qui ricanait en regardant Iris étendue à ses pieds, toute cassée. La deuxième chose, je ne l'ai pas vue, mais c'était la sensation dans mes bras quand je l'ai portée et qu'elle pesait trois fois rien.

Et là, c'est venu d'un seul coup, je me suis mis à sangloter comme jamais dans ma vie. Chaque fois que je croyais que c'était fini, ça recommençait aussi fort, il n'y avait pas de fond. Je me suis servi de mon oreiller pour que personne ne m'entende, et quand il a été trempé, je l'ai retourné pour continuer de l'autre côté.

Je voulais surtout qu'on me fiche la paix, ça explique pourquoi je n'ai pas répondu au coup frappé à ma porte. En arrivant tantôt à la maison, j'avais raconté les bobards habituels pour éviter que ma mère me pose des questions à ne plus finir. Ça ne l'a pas empêchée d'entrer dans ma chambre – peut-être qu'elle m'avait entendu gémir, ou encore c'était M. Calderone qui lui avait déjà raconté au téléphone que je m'étais de nouveau mis dans un pétrin pas possible.

Elle s'est assise sur mon lit et m'a mis la main sur la nuque. Moi, je suis resté tourné vers le mur en faisant semblant de dormir, mais je n'arrivais pas à retenir complètement mes larmes et je me suis préparé au sermon sur la montagne.

Sauf que j'avais tout faux, parce qu'elle n'a pas dit un mot et s'est contentée de me passer la main dans les cheveux, juste à la surface (c'est comme ça que j'aime), et elle a continué sans s'arrêter jusqu'à ce que je me sois calmé.

Alors elle s'est levée sans un mot, et avant qu'elle referme la porte, j'ai tourné la tête pour la remercier. Mais j'ai rien pu dire à cause de la surprise, et Sig est sortie sur la pointe des pieds.

TRENTE-DEUX

La cafétéria de l'hôpital Général était pleine à craquer, mais j'ai finalement retrouvé Gwen à une table tout au fond, avec un chocolat chaud mousseux et un croissant aux amandes qui attendaient mon arrivée. Je devais avoir les nerfs à fleur de peau, comme on dit, parce que ça m'a fait un plaisir démesuré de voir qu'elle se souvenait de mes préférences – c'était comme si je comptais pour elle.

Elle était en train de téléphoner et m'a indiqué de m'asseoir. Elle m'a pris la main et l'a serrée très fort sans me regarder, puis elle l'a tout de suite lâchée et je me suis demandé si elle essayait de me préparer au pire pour Iris. Elle portait à son cou une carte d'identité que je ne lui avais jamais vue, avec une photo qui ne lui allait pas du tout.

Elle a enfin fermé son mobile, et comme elle avait surtout écouté avec des hochements de tête, je n'ai pas pu deviner à qui elle parlait. Ça m'a un peu déçu qu'elle ne me le dise pas.

— Merci d'être venu si vite, David.

— Je ne voulais pas que mon chocolat refroidisse.

Elle a souri avec les lèvres, mais ses yeux étaient tristes comme des portes de prison.

— Elle n'a pas encore repris connaissance. Ils font l'impossible pour la tirer de là, mais ils ne peuvent pas se prononcer avant d'avoir tous les résultats des examens. C'est surtout les coups qu'elle a reçus à la tête qui sont inquiétants.

— Elle m'a parlé hier, enfin, juste un peu. Elle m'a même reconnu, c'est bon signe, non? Sauf qu'elle s'est évanouie avant que je puisse lui demander qui lui avait fait ça.

— On va l'interroger dès qu'on aura l'autorisation des médecins. Inutile de dire que j'ai demandé à Newg d'essayer de contacter sa symbiote, mais ça n'a rien donné: Siri est sous l'effet des calmants, elle aussi.

— Iris… je peux la voir ?

— Non. Les visites sont strictement interdites.

— Même si je fais rien que la regarder par la vitre ?

— Même ça. C'est une situation compliquée.

— Alors y a qu'à m'expliquer. Je suis capable de comprendre.

Elle a eu un petit rire qui est sorti comme un sanglot et m'a assuré qu'elle n'avait pas de doute à ce sujet.

Ensuite, elle a dit que l'inspecteur Calderone s'était finalement déniaisé et avait décidé d'ouvrir *the can of worms,* même si ça risquait de lui coûter sa carrière. Il savait bien qu'Iris était capable d'identifier certains des amis de M. de Bonneville – des gens haut placés qu'elle avait rencontrés à des soirées particulières chez l'ancien juge.

— Luigi ne croit pas que la petite a été victime d'une passe qui aurait mal tourné ou d'une affaire de drogue – un point de vue que je partage. Iris est un témoin gênant qu'on a voulu réduire au silence. C'est pourquoi nous l'avons mise sous surveillance vingt-quatre heures sur vingt-quatre.

Elle a ajouté que l'Office de la protection de la jeunesse avait obtenu ce matin la garde légale d'Iris, vu que le FBI n'avait pas encore réussi à coincer Rita Bazinet et M. Streuler qui avaient fichu le camp aux États-Unis.

J'ai montré le téléphone de Gwen :

— Comme ça, c'était Mme Valiquette ?

Ça l'a époustouflée et elle a dit que j'étais vite sur mes patins, en plus d'avoir la mémoire des noms. Elle a continué en disant :

— À moins que ton symbiote t'ait soufflé ça à l'oreille…

— Non. Ça m'est revenu à cause de l'air que vous aviez en lui parlant. Vous ne l'aimez pas, ça se voit.

Elle n'a pas pu s'empêcher de sourire et a reconnu que la directrice de l'OPJ lui tapait sur les nerfs, même si c'était une femme compétente qui ne se laissait pas marcher sur les pieds, même par les plus grosses pointures.

Je ne sais pas pourquoi, mais j'ai aimé l'entendre dire ça. J'espérais peut-être que si elle parlait un jour de mes défauts à quelqu'un, elle le ferait comme ça, sans me rendre totalement antipathique.

Après, on est restés silencieux un moment, mais c'est clair qu'on pensait à des choses sérieuses chacun de notre côté.

— Devine qui j'ai croisé tout à l'heure dans le corridor ? Notre ami le chanoine. Il vient tous les jours ici pour ses traitements. Crois-le ou non, il a pris un coup de soleil hier midi. Quoi, qu'est-ce que tu regardes ?

— La table, là-bas. C'est là que j'ai rencontré M. Dijan pour la première fois après sa tentative de suicide.

— On dirait que ça te trouble.

— J'ai l'impression que ça fait une éternité. J'avais encore mes broches dans les dents, c'est tout dire. Vous vous souvenez dans votre bureau ? Je me méfiais de vous et de vos combines de psy.

— Ça me paraît très loin, à moi aussi. Et aujourd'hui, tu te méfies encore de moi ?

— Non, je vous fais confiance.

— Pas trop, quand même. J'essaie de te dire la vérité, mais des fois je ne peux pas te dire *toute* la vérité.

— Je sais. Par exemple, si vous vouliez, vous pourriez m'emmener voir Iris.

— Tu ne lâches pas, toi. C'est vrai, je pourrais, mais je ne veux pas. C'est trop tôt.

— Elle est tellement amochée ?

— On peut dire ça comme ça. Mais surtout, je sais ce qu'elle représente pour toi.

— Ah oui, quoi ?

— C'est la première fille que tu as embrassée. Tu te souviens, dans sa chambre, quand tu as touché ses seins... C'est l'image que tu dois garder d'elle. Celle-là et rien d'autre.

— Comment vous savez tout ça ?

— C'est Newg qui me l'a dit. Quand elle a fait un amalgame avec ton symbiote, tous leurs souvenirs se sont mis en commun. Tu étais au courant ?

— Oui, mais Divad a jamais voulu répondre à mes questions sur vous.

— Parce que tu lui en as posées ?

— Évidemment. Mais il est discret, lui.

— Newg parle beaucoup, c'est vrai. Mais ne t'inquiète pas, on a resserré les termes de notre *modus vivendi,* et pas plus tard que ce matin : elle ne me racontera plus rien à moins que je l'interroge. Quand même, je n'imaginais pas que les symbiotes puissent être si différents les uns des autres.

— Vous voulez que je vous dise ? On n'est pas au bout de nos surprises.

Elle s'est levée en promettant de me téléphoner plus tard dans la journée.

— Merci. Mais avant, y a quelque chose que j'aimerais savoir depuis des siècles.

— D'accord, à condition que tu répondes à ton tour à une question que je me pose depuis hier soir.

— OK. Je commence : quand on a rencontré M. Dijan ici même, vous êtes partie en oubliant votre sac sur une chaise, et je vous ai couru après pour vous la rendre. Il y avait un magnétophone caché dedans, oui ou non ?

— Oui. T'es content ? À moi, maintenant : Guillaume est-il amoureux de toi ?

— Oui, mais c'est un secret.

— Et toi ?

— Non, sauf que c'est mon meilleur ami.

— C'est déjà beaucoup.

— C'est énorme.

VERS MIDI, Mlle Sauget m'a appelé à la maison, même si c'était samedi et qu'on n'avait pas d'école. Ça m'a surpris et je me suis demandé comment elle avait eu mon numéro. Elle avait une drôle de voix et m'a invité à venir prendre le thé chez son amie Céleste qui avait des choses urgentes à me dire.

— Aujourd'hui ? À quelle heure ?

— Disons à une heure et demie. Peut-elle compter sur toi ?

— Oui, mais avant, faut que je répare mon vélo.

— Fais pour le mieux.

J'ai changé le câble de mon frein arrière qui avait pété, mais finalement ça m'a pris encore plus de temps pour ôter le cambouis dessous mes ongles, parce que Sig avait oublié de remettre la petite brosse à poils durs à sa place. Je n'accuse personne, c'est rien qu'une supposition.

Heureusement que ma mère était partie faire des courses, ça lui a évité de me poser soixante-dix questions et d'insister pour que je change de chemise, étant donné que je me rendais au Manoir Côte-des-Neiges, un immeuble réputé super de luxe.

En route, j'ai pris un appel sur le Nokia et il a fallu que je m'arrête, parce que ce n'est pas évident de monter une côte en tenant le guidon d'une seule main.

C'était Guillaume et ça m'a rassuré, parce que j'avais essayé de le joindre pendant toute la matinée. Il faut dire qu'en me levant, j'avais trouvé sur l'écran de mon Mac une photo du bas de son dos en gros plan, avec le tatouage de mes initiales gravées dans un caractère très élégant, genre faire-part de mariage.

Ça m'a fait un effet terrible et j'ai senti que mes tempes battaient comme des ailes, parce que c'est un truc définitif qui ne s'efface pas, même si par malheur je cassais ma pipe avant lui.

J'ai voulu le remercier, et aussi lui demander comment il s'y était pris pour la photo, sauf qu'il ne m'a pas laissé continuer. Il m'a expliqué qu'il avait coupé le téléphone pour faire ses exercices de méditation, vu que la zone crépusculaire était aussi favorable le matin que le soir, à condition de savoir contrôler sa respiration. Alors qu'il commençait à ne plus sentir son corps, il m'avait vu devant lui et ça l'avait effrayé.

— T'as eu peur de moi? C'est nouveau, ça.

— J'ai eu peur *pour* toi, pauvre andouille. J'entends des voitures. Où tu vas comme ça?

Il a écouté ma réponse, ensuite il a réfléchi avant de me conseiller de me tenir sur mes gardes. J'ai répondu que Mlle Céleste ne me paraissait pas bien dangereuse.

— Ta vieille dame s'appelle Céleste? Alors Babar doit pas être loin.

— Tu dis quoi, là? Je comprends rien.

— Je t'expliquerai. Si tu veux un conseil, ne mets pas tes cartes sur la table.

— T'es cryptique, *man!*

— Je t'aime, mon petit Trott.

De temps en temps, il m'appelle comme ça, pour se moquer de moi, dans le genre affectueux. Ça se prononce *trotte* et ça vient de *David Copperfield,* pas le magicien, mais le héros d'un roman de Dickens que je n'ai pas encore fini de lire, vu la longueur.

J'ai recommencé à pédaler, en mettant le paquet pour ne pas être en retard. Je ne sais pas si c'est l'exercice qui m'a fait pomper le cœur, mais je me suis demandé si je rencontrerais un jour une fille qui me trouverait aussi important pour elle que je l'étais pour Guillaume.

Et à peine je me suis posé cette question, j'ai compris que Morgane ne serait jamais la femme de ma vie. Pendant trois jours, je me suis vraiment cru amoureux fou, et chaque fois que je pensais à elle, je sentais des bouffées de chaleur qui me dilataient la poitrine. Puis tout à coup plus rien, je n'étais même pas sûr d'avoir envie de la revoir.

Ça m'a fait penser à la fois où j'avais demandé à ma sœur si elle me trouvait normal. Elle m'a répondu: «Non, pourquoi tu veux savoir?» Je lui ai expliqué que je changeais d'avis comme de chemise et que je commençais à m'intéresser à des choses qui, avant ça, m'emmerdaient majestueusement. Elle a dit en rigolant qu'à bien y penser, j'étais peut-être en train de me qualifier pour mon admission dans l'espèce humaine.

Je rappelle ce souvenir en passant, pour prouver que Sig mérite qu'on l'écoute au moins une fois sur dix.

Je m'étais trompé en croyant que Mlle Sauget serait là pour prendre le thé avec nous. À la place, il y avait un type en pull à col roulé noir que Mlle de Bonneville m'a présenté comme étant son grand ami Jean-Marie, ce qui faisait bizarre, car il devait avoir la moitié de son âge.

Ça m'a un peu gêné de lui serrer la main, parce que j'avais les paumes toutes moites à cause de ma course à vélo – d'ailleurs, j'ai remarqué qu'il s'est essuyé discrètement les doigts sur son pantalon.

C'est grâce à ses cheveux roux et malgré ses lunettes que je l'ai finalement replacé. Il était sur la photo de groupe du camp d'été des *Âmes vaillantes,* à côté d'Iris – et avant de retrouver son vrai nom, je me suis souvenu comment elle l'appelait derrière son dos: c'était l'abbé Touche-à-tout. Et non, elle n'avait pas eu besoin de me faire un dessin.

Je me suis dit que ça devait être lui et personne d'autre, le Babar que Guillaume avait vu dans sa zone crépusculaire.

Mlle Céleste m'a offert un jus de pomme bio naturel non sucré, pas terrible, et ça m'a confirmé que le thé était un euphémisme, à part les biscuits sablés et les carrés de sucre à la crème.

Elle a rapproché son fauteuil du mien et m'a regardé en soupirant, ce qui fait que je n'ai pas été autrement surpris quand elle m'a dit:

— Il va falloir que tu sois courageux, mon garçon.

Son grand ami Jean-Marie a joint les mains en hochant la tête pour appuyer son avertissement. Elle m'a tendu le journal du matin, ouvert à la troisième page, en me montrant un article qu'elle avait entouré en rouge dans la rubrique des faits divers.

Ça racontait qu'une jeune fille non identifiée avait été découverte, inconsciente, dans une arrière-cour du quartier chinois et qu'elle avait été conduite à l'hôpital où elle reposait dans un état critique.

Mlle Céleste a tourné autour du pot en mettant des gants blancs pour dire que les médias avaient été avares de détails en rapportant cette horrible nouvelle, mais que ce n'était sûrement pas elle qui allait le leur reprocher, surtout qu'elle avait eu un mauvais pressentiment en lisant le titre.

Ensuite, ça lui a pris une éternité pour me mettre au courant de ce que je savais déjà, et j'ai appliqué ma technique de regarder par terre en me passant la main sur la figure, parce que ma mère n'était pas la seule à dire qu'on pouvait lire en moi comme dans un livre ouvert.

À la fin, je me suis levé en racontant que j'avais besoin d'aller aux toilettes. Mlle Céleste m'a indiqué où c'était et, en m'y rendant, je l'ai entendue qui disait à l'abbé Touchette : «Pauvre garçon, il est bouleversé.»

À mon retour, j'ai remarqué qu'elle serrait deux enveloppes contre sa poitrine, comme si elle avait peur qu'on les vole. Elle m'a expliqué que les médecins d'Iris n'autorisaient aucune visite pour le moment. Inutile de dire que personne ne songeait à les blâmer, ils accomplissaient leur devoir, n'est-ce pas? N'empêche qu'elle avait à cœur de faire savoir à la petite qu'elle pensait à elle à chaque instant de la journée, avec charité et espérance.

Elle m'a alors remis la plus grande des enveloppes.

— Si tu le désires, tu peux l'ouvrir et la signer toi aussi. C'est une carte pour lui souhaiter un prompt rétablissement. Ce serait si mignon qu'elle la trouve sur sa table de chevet à son réveil. Confie-la à une infirmière en lui expliquant qu'Iris est une amie d'enfance. Comment pourrait-on te refuser cette petite faveur?

J'ai répondu que ça ne coûtait rien d'essayer, mais j'avais déjà décidé dans ma tête que je ne ferais rien sans en informer d'abord M. Calderone. Elle m'a donné l'autre enveloppe en disant :

— Celle-ci est pour toi, pour que tu puisses acheter quelque chose à Iris qui lui ferait plaisir – une boîte de chocolats, par exemple, ou un beau bouquet de fleurs. Je te laisse choisir.

Je me suis retenu de dire qu'elle n'était pas dans un état pour manger quoi que soit, sinon ils auraient compris que j'étais au courant de tout depuis le début.

Ensuite j'ai tourné la tête en toussant pour ne pas laisser voir que j'en avais gros sur le cœur, parce que je pensais à la dernière fois qu'Iris m'avait embrassé, avec sa langue qui goûtait le praliné.

J'ai oublié de préciser que mon symbiote était présent depuis le début de la rencontre, mais qu'il ne s'était pas manifesté, ce qui m'arrangeait plutôt. Là, il n'a pas pu se retenir et m'a dit :

— Regarde bien : le chat de Touche-à-tout va sortir du sac.

L'abbé Touchette a fermé les yeux et s'est pincé le nez, sûrement pour l'empêcher d'allonger. Ensuite il a dit qu'il s'inquiétait beaucoup, beaucoup, beaucoup pour Iris Bazinet. J'ai pensé qu'il disait le nom de famille pour que ça fasse plus solennel, et pas parce qu'il y avait une autre Iris dans les parages.

Ensuite il a cessé de se parler à lui-même et s'est tourné vers moi pour me regarder dans les yeux, genre apocalypse.

— Serais-tu prêt à faire pour Iris une chose très difficile ?

— Oui, quoi ?

— Tu n'as pas hésité, bravo. Peux-tu imaginer qu'elle ne survive pas à son accident ?

— Je comprends pas.

— Tu devrais pourtant, puisque c'est toi qui nous as éclairés sur sa condition.

— Moi ? Quand ça ?

— Quand tu as informé notre amie Céleste que la pauvre enfant n'avait pas été baptisée. Nous avons vérifié, tant cet oubli nous paraissait inconcevable. Hélas, tu avais raison, mon ami. Nous n'avons trouvé nulle part son baptistaire – et sa fiche d'inscription à l'école porte la terrible mention : « sans religion ».

— C'est pas de sa faute. Et franchement, je crois qu'elle s'en fiche.

— Oh que non ! J'ai eu le bonheur de connaître Iris dans un camp d'été et j'ai été le témoin privilégié de son attachement profond à la religion catholique. Elle a assisté à la messe chaque matin et bénéficié des sacrements de la pénitence et de l'eucharistie, que nous lui avons accordés en ignorant qu'elle n'avait pas encore pris sa place au sein de l'Église.

— Et alors ? Vous voulez faire quoi ? Quand elle ira mieux, vous aurez qu'à lui proposer de la baptiser.

— Et si elle ne va pas mieux ?

L'abbé Touchette a regardé Mlle Céleste comme s'il lui demandait une permission. Elle a fait oui de la tête en sortant un nouveau mouchoir brodé de sa manche. Elle n'a même pas attendu qu'il continue pour commencer à pleurer.

— Si cette petite devait nous quitter sans avoir été baptisée, les portes du ciel lui resteraient à jamais fermées. C'est là un danger effroyable qui tourmente notre amie

Céleste jour et nuit. Car vois-tu, David, il y a quelqu'un là-haut qui attend Iris, un homme infiniment généreux qui s'est attaché à elle comme à sa fille et qui a pris de gros risques pour l'arracher à son milieu de perdition – un homme qui était prêt à lui consacrer ses dernières années pour assurer son éducation, son bien-être, son épanouissement. Céleste de Bonneville ne peut accepter l'idée que son frère bien-aimé soit privé du bonheur éternel de retrouver cette enfant au royaume de Dieu. Nous devons tous nous unir pour éviter cette terrible injustice. Et en disant «tous», je pense à toi, en particulier.

La vieille dame s'est levée et m'a tendu les bras. Avec ses joues pleines de larmes et son menton qui tremblotait, elle faisait vraiment dur à voir.

Je me suis levé moi aussi et elle m'a pris les mains en disant: «Merci! Oh, merci, merci, merci!» Je ne savais plus où me mettre, surtout que je ne voyais pas pourquoi elle me remerciait, ce n'était quand même pas parce que j'allais acheter des chocolats ou des fleurs à Iris de sa part.

Tout à coup, elle s'est appuyée sur mon bras pour se mettre à genoux sur le tapis et elle a crié d'une voix qui s'étranglait:

— Prions! Prions pour Paul!

L'abbé Touchette a fait ni une ni deux et est venu s'agenouiller à côté d'elle sans s'aider des mains – c'est évident qu'il maîtrisait la technique. Mlle Céleste a tiré sur ma chemise pour que je fasse comme eux, en continuant à bégayer:

— Prions pour Paul! Prions pour le salut de son petit ange!

Je me suis écarté et je me suis entendu dire:

— Non, je peux pas. J'ai peur que ça lui porte malheur.

L'abbé m'a lancé un regard scandalisé, comme si je lui avais sorti une obscénité.

— Qu'est-ce à dire? Tu ne vas pas te laisser dominer par des superstitions!

Il s'est alors passé quelque chose qui m'a complètement déboussolé: j'ai senti que Divad commençait à être crampé, alors que moi, je n'avais pas du tout envie de rire. Je voyais la permanente bleutée de la vieille dame et les cheveux roux de l'abbé et j'ai fait malgré moi un pas en arrière, parce que je venais de cliquer: ces deux-là étaient complètement givrés.

Mlle Céleste a essayé de se relever, mais elle a perdu l'équilibre et est tombée sur son Babar qui ne savait plus comment se dépêtrer, d'autant plus qu'elle avait tourné de l'œil.

Je sais que c'est impoli, mais j'ai foutu le camp sans dire merci ni rien.

Dehors, en ôtant le cadenas de mon vélo, j'ai engueulé mon symbiote pour qu'il arrête de se tirebouchonner comme un débile.

L'INSPECTEUR CALDERONE a téléphoné à la maison à la fin de la journée pour me dire de le rejoindre à son club de gym au centre-ville.

C'était un drôle d'endroit pour se rencontrer et je me suis demandé si par hasard ma mère ne lui aurait pas dit de m'encourager à faire davantage d'exercice, au lieu de passer mon temps à bouquiner ou à surfer sur l'internet. J'ai profité qu'il était au bout du fil pour demander des nouvelles d'Iris, vu que Gwen ne m'avait pas rappelé malgré sa promesse.

— Elle a repris conscience, mais pas longtemps. C'est de ça que je veux te parler, entre autres choses. Je t'attends.

La réceptionniste du club était plutôt bien roulée, avec des tatouages en couleurs sur les épaules et les bras. On l'avait avertie que je venais et elle m'a fait entrer dans la grande salle pleine de miroirs et d'appareils pour se mettre en forme.

Il y avait pas mal de monde, surtout des gens qui couraient sur des tapis roulants avec des regards vides ou qui montaient des fausses marches d'escalier en restant toujours à la même hauteur. Inutile de dire que ça puait la transpiration, vu la perte de calories.

J'ai vite repéré l'inspecteur-chef, couché sur une planche rembourrée. Il tirait sur une barre avec des poulies et des contrepoids, ce n'était pas de la tarte. Il portait un short et un débardeur blanc qui lui donnait l'air encore plus italien.

À part ça, je n'ai jamais vu quelqu'un d'aussi poilu, et ça paraissait encore plus pithécanthrope avec les gouttes de sueur qui coulaient partout. Je me suis demandé si ma mère allait aimer ça, mais peut-être que la question ne se posait déjà plus. Sans compter que ce n'était pas de mes affaires.

En me voyant, il a relâché la barre lentement, ça devait être encore plus difficile vu qu'il n'avait pas de pouces pour la retenir. Il s'est assis à califourchon sur le banc et s'est essuyé le visage avec une serviette.

J'ai déjà dit que, même quand il était de bonne humeur, il donnait toujours l'impression d'avoir un bémol en travers de la gorge. Sauf que là, il n'avait encore rien dit que je savais déjà qu'il était fâché pour de bon.

— On a des choses à mettre au point, toi et moi. Je t'ai demandé de venir ici plutôt que de te convoquer à mon bureau parce que je n'ai pas beaucoup de temps ; alors j'irai droit au but.

— OK.

— Je crois que tu me caches quelque chose depuis la première fois qu'on s'est rencontrés. Non, inutile de prendre ton air de boy-scout, ça ne marchera pas. Tu reconnaîtras avec moi que tu as le curieux talent de te trouver régulièrement à la bonne place, au mauvais moment. Par exemple, quand Iris Bazinet est enlevée par Laszlo Streuler, ou quand elle se prépare à monter dans l'avion avec M. de Bonneville, ou encore hier soir, quand tu la découvres dans un endroit où personne n'aurait eu l'idée d'aller la chercher. Je sais ce que tu vas me dire : Iris vous a téléphoné pour vous donner rendez-vous devant le restaurant, à toi et à ton copain Guillaume Leberger. Le même Guillaume qui, entre parenthèses, a surpris Kamal en train de cacher le nez de sa sœur dans son mouchoir.

En s'efforçant de se calmer, il a admis que nous leur avions fourni là une pièce à conviction de première importance. Et il était heureux de m'apprendre que le juge avait décidé de refuser tout cautionnement aux trois frères Nasir.

— Tu nous as rendu un fier service, David. Maintenant, explique-moi d'où me vient l'impression que tu m'as mené en bateau sur toute la ligne. Et pourquoi je n'arrive pas à m'ôter de la caboche le soupçon que ma collaboratrice Gwen te protège, et peut-être même que vous êtes de connivence tous les deux. Vas-tu me répondre ou vas-tu continuer à te foutre de ma gueule ?

Sans faire exprès, il avait brusquement élevé la voix et, malgré le bruit dans le gymnase, des gens se sont retournés pour voir ce qui se passait.

J'ai baissé la tête pour chercher comment m'en sortir. J'étais complètement coincé, parce que même si je lui parlais des symbiotes, il ne me croirait jamais et s'imaginerait que c'était encore une nouvelle invention pour le faire marcher.

Heureusement, il a réussi à se calmer tout seul, mais il m'a eu au détour en me demandant froidement pourquoi j'étais allé cet après-midi au Manoir Côte-des-Neiges, et à qui je parlais quand j'en étais sorti, en reprenant ma bicyclette.

— Comment vous savez ?

— J'ai pris les moyens qu'il fallait et je t'avertis tout de suite que ce n'est pas fini. Tu ne veux pas me donner de réponses, tant pis pour toi. Je vais les trouver tout seul.

— Pour aujourd'hui, je peux vous raconter, si vous voulez.

— Tu me dis pas! D'accord, vas-y.

— Avant, je peux vous poser une question indiscrète?

Il m'a regardé en se méfiant et a fait oui de la tête avec un soupir.

— Vous croyez en Dieu?

Il s'attendait à tout, sauf à ça. Il s'est de nouveau essuyé la figure, puis il a roulé la serviette autour de son cou. Ça lui donnait l'air d'un vrai boxeur, surtout avec ses biceps gros comme des ballons de baseball – enfin presque.

— Disons qu'il m'arrive de me demander si Dieu croit en moi. C'est une réponse indirecte, mais elle devrait suffire à l'expert en la matière. Maintenant, peut-on revenir à nos moutons?

Je lui ai raconté ma rencontre avec Mlle Céleste de A à Z, mais je n'ai pas dit que j'avais reconnu l'abbé Touchette, car il aurait fallu que je lui révèle ma visite chez M. de Bonneville et j'avais sûrement pas envie de rajouter de l'huile sur son feu en ouvrant *the can of worms*, comme disait Gwen. Surtout que j'ai bien vu que plus je parlais, plus il oubliait qu'il était fâché contre moi, vu que je lui donnais des pièces qui manquaient à son puzzle.

J'ai finalement frappé dans le mille quand je lui ai remis la deuxième enveloppe que la vieille dame m'avait donnée pour que j'achète un cadeau à Iris. Il l'a ouverte et a fait un saut quand il a sorti les cinq billets de cent dollars.

— Tu te fous de moi? Pour des chocolats?

— C'est ce que je me suis dit. D'après moi, elle voulait que je fasse autre chose. Mais elle m'a pas dit quoi, parce qu'elle est tombée dans les pommes et que je me suis tiré.

M. Calderone a fermé les yeux pour mieux réfléchir, ensuite il s'est levé et m'a regardé en serrant les dents. Il était de nouveau en colère, mais heureusement ce n'était plus après moi.

— David Goldberg, dis-moi que je suis un trou de cul. S'il te plaît, c'est un service que je te demande: dis-le!

— J'oserais jamais. À moins que j'aie une vraie bonne raison.

— Tu vas l'avoir.

Il m'a alors raconté qu'Iris avait repris connaissance cet après-midi. Il s'était rendu à son chevet et avait permis de laisser entrer l'aumônier de l'hôpital qui voulait se tenir à disposition, au cas où on aurait besoin de lui pour administrer les derniers sacrements. Gwen était déjà là et parlait doucement à Iris pour l'aider à comprendre où elle était et l'empêcher d'avoir peur.

— La petite faisait des progrès quand le maudit curé s'est penché pour lui demander si elle voulait être baptisée. Elle l'a regardé et a dit : «C'est trop con.» Moi, c'est ce que j'ai entendu, mais Gwen soutient qu'elle a dit : «T'es trop con.» Je me dis à présent que c'est peut-être elle qui avait raison.

Là, il avait mis l'aumônier dehors vite fait – pas avec un coup de pied au cul, mais ce n'est pas l'envie qui lui avait manqué.

Ensuite, malgré les efforts de Gwen, Iris est devenue confuse et ils n'arrivaient plus à la suivre. Sauf à un moment, quand elle a dit qu'elle voulait une glace. Lui, il a compris de travers et a demandé : «Une glace à quoi?» Elle a eu comme un petit rire et a dit : «Pour me regarder.» Gwen a pris un miroir dans son sac, mais quand elle l'a tendu, Iris était déjà retournée dans son coma.

M. Calderone m'a accompagné jusqu'à la sortie du gymnase, en passant devant moi par discrétion, pour que je puisse m'essuyer les yeux mine de rien.

— Une dernière chose, David. J'ai l'intention d'aller passer un week-end à New York avec ta mère. J'aimerais savoir ce que tu en penses. Je préférerais une réponse directe.

— Je pense que ça lui fera le plus grand bien.

— Merci.

— Moi aussi, j'ai quelque chose à vous dire : vous êtes pas un trou de cul.

Il m'a pris dans ses bras sans avertissement et m'a serré contre lui. Très fort, parce que c'est un costaud.

CE SOIR-LÀ, GWEN M'A TÉLÉPHONÉ sur mon Nokia vers huit heures. M. Calderone lui avait rapporté notre discussion à propos de ma visite chez Céleste de Bonneville. Ils s'étaient creusé la tête pour comprendre comment la vieille dame avait pu savoir qu'on avait retrouvé Iris et qu'on l'avait hospitalisée sous un faux nom – vu que tout ça avait été gardé top secret et que seulement huit personnes étaient dans la confidence.

Ils avaient fait alors des vérifications sur l'abbé Touchette et découvert «une magouille qui ne sentait pas bon». Elle m'en a parlé dans les grandes lignes, suffisamment pour que ça me décourage de remettre un jour les pieds chez la vieille dame.

Elle m'a quitté après avoir dit qu'on en reparlerait demain. Sauf qu'elle m'a rappelé trois heures plus tard et j'ai tout de suite entendu à sa voix que ça y était. Elle a dit qu'Iris avait fait une hémorragie cérébrale massive. Non, elle n'était pas morte, mais ça revenait au même.

— Ça signifie qu'elle réfléchira plus jamais, c'est ça?

— Je... Oui, c'est ça. Veux-tu qu'on se voie?

— Ça va aller. Faut que je sois seul pour penser à elle. Je vais essayer de me rappeler toutes les fois qu'on a ri ensemble.

Gwen n'a pas pu faire autrement que de raccrocher, parce qu'elle pleurait trop pour mettre un mot devant l'autre.

— David, je suis là.

C'était Divad, mais je n'ai pas répondu.

Il fallait absolument que je redevienne un adolescent de quinze ans et pour ça, je n'avais besoin de personne.

TRENTE-TROIS

HEUREUSEMENT QU'ON ÉTAIT DIMANCHE, car j'ai dormi passé onze heures du matin, je n'avais pas fait ça depuis des siècles. J'aurais peut-être continué jusqu'à midi, mais la sonnerie du Nokia m'a réveillé. J'avais oublié de l'éteindre et la batterie était presque à zéro – comme moi.

C'était Gwen qui voulait juste savoir comment j'allais. Elle a entendu à ma voix qu'elle me réveillait et s'est excusée.

— Vous en faites pas. Je récupère.

— Si tu désires venir la voir à l'hôpital, c'est OK, je peux m'arranger.

— Ça donne quoi, *anyway*? Elle est plus là.

Elle a compris qu'il valait mieux pas insister et m'a laissé en disant qu'elle me rappellerait en fin d'après-midi et qu'elle pensait à moi. Normalement, ça m'aurait fait plaisir, mais là, j'avais plutôt envie qu'on m'oblitère pour un bout de temps.

Trois minutes plus tard, c'est Guillaume qui m'appelait pour me remercier du courriel que je lui avais envoyé avant de me coucher. Il a ajouté :

— Ne m'en veux pas de te le dire comme ça, mais pour Iris, ça ne me surprend pas. Seulement si ça te fait rien, je préfère qu'on n'en parle pas maintenant.

— D'accord. Même que ça m'arrange. Ça va, toi?

— Je suis lessivé. Tu te réveilles, alors que moi je m'en vais dormir. J'ai pas fermé l'œil de la nuit.

— Pourquoi?

— J'ai écouté le chant des étoiles. Tu te rappelles?

— Oui, à peu près. Et après?

— Pour la première fois, j'ai senti que je n'étais pas tout seul dans ma tête. À part toi, personne peut comprendre ce que ça veut dire.

— Orphée t'a parlé ?

— Non, on n'en est pas encore là. Mais j'ai su qu'il écoutait en même temps que moi. Et qu'il comprenait des choses qui m'échappent encore.

— Par exemple ?

— Je me suis demandé ce matin si la musique des sphères ne serait pas de la même famille que la langue des symbiotes.

— L'arpège ? Ça se peut pas.

— Apparemment non. Raison de plus pour se poser la question. Tu fais quoi, aujourd'hui ?

— Rien, de préférence.

— Le dalaï-lama est de passage à Montréal pour deux jours et donne une conférence à McGill en fin d'après-midi. Tu m'accompagnes ?

— Je préfère pas. À moins que tu y tiennes vraiment.

— Non, ça va, je comprends. Je te raconterai comment c'était.

Il a raccroché après m'avoir répété trois fois qu'il m'aimait. Je savais que c'était vrai et je me suis senti encore plus moche.

J'étais en train de me demander si j'allais me lever tout de suite ou flâner encore un peu au lit quand ma mère a frappé à la porte. Elle avait fait des progrès et attendait maintenant que je dise « oui » avant d'entrer.

— Désolée de te réveiller, mais c'est la deuxième fois qu'elle appelle.

— Qui ça ?

— Ta copine Mélanie Patenaude. Il faudra que tu me la présentes un de ces jours. Eh bien quoi, tu en fais une tête.

— Dis-lui que j'arrive.

Elle ne se doutait pas du coup de poignard qu'elle venait de me donner en plein cœur. Pendant un instant, j'ai cru que les médecins s'étaient gourés et qu'en fin de compte, Iris n'était pas devenue un légume. Ce qui fait que sa première idée en sortant de son coma avait été de me téléphoner, vu qu'elle connaissait mon numéro par cœur.

Je sais, Gwen m'a expliqué plus tard : ça s'appelle un déni – et, en passant, c'est une combine que la majorité des symbiotes utilisent pour éviter que nos conneries les rendent complètement dingues.

C'ÉTAIT LA VRAIE MÉLANIE au téléphone et j'ai pensé qu'elle appelait pour me donner un message de la part de Morgane, mais j'avais tout faux, elle n'a même pas parlé d'elle. Simplement, elle avait deux billets de faveur pour le dernier *Harry Potter* et m'a proposé de l'accompagner. Je n'en avais pas spécialement envie, mais si je voulais vraiment retomber sur mes pattes, ce n'était pas le moment de faire le difficile.

Elle m'attendait devant le cinéma et je dois reconnaître qu'elle était encore plus jolie que dans mon souvenir, même si je la voyais tous les jours à l'école.

Comme il y avait beaucoup de monde, on a fait la queue pendant un quart d'heure et au début, je me suis inquiété de quoi on allait placoter, vu que les discussions intellos, ce n'était pas sa tasse de thé. Sauf qu'elle m'a feinté en me disant presque tout de suite que Morgane voulait que je sois un ami et rien d'autre, parce que c'est Guillaume qui l'intéressait. Ensuite elle a demandé :

— Tu crois qu'elle a une chance ?

— Franchement ? Ça m'étonnerait. Il vit sur une autre planète, si tu vois ce que je veux dire.

— Non, je vois pas. Tu penses qu'il est trop smatte pour elle ?

— C'est pas ça. Disons qu'il est du genre sauvage. Il se laisse pas approcher facilement.

— En tout cas, si c'était pour moi, il serait rien que trop intelligent. Toi, c'est différent, t'es abordable.

Elle s'est approchée pour continuer à me parler tout près de l'oreille, pour que les gens autour de nous ne puissent pas entendre. C'est là que j'ai remarqué qu'elle était presque aussi grande que moi, ce qui n'est pas souvent pour une fille.

— Si tu crois que je sais pas ce qu'on dit de moi, tu te trompes.

— On dit quoi ?

— À part Morgane, je sais que le monde me trouve nou-noune. Toi aussi.

— Si je pensais ça, je serais pas ici.

— J'étais pas sûre que tu viendrais, non plus. J'ai tenté ma chance.

— T'as bien fait.

— Oui, je suis pas mal contente de moi parce que ça m'a pris tout mon petit change. Comme tu lis beaucoup de livres, peut-être que tu serais capable de m'expliquer. J'ai remarqué quand je raconte quelque chose, même n'importe quoi, y a personne qui m'écoute. Ça veut dire quoi, tu penses ?

— Ça dépend de ce que tu racontes. Là, par exemple, tu me confies un truc personnel et je trouve ça intéressant.

Elle s'est écartée pour me regarder attentivement, et quand elle a vu que je ne me moquais pas, elle a dit :

— J'étais sûre que tu comprendrais.

Comme la suite n'était pas confidentielle, elle n'avait plus besoin de chuchoter et c'est dommage, parce que je trouvais ça agréable de sentir son souffle dans mon oreille.

Elle m'a alors montré une longue griffure sur son bras, en m'expliquant que sa chatte Philomène l'avait attaquée la veille sans aucune raison, alors qu'ils l'avaient depuis sept ans, non plutôt six ans et demi, et qu'elle n'avait jamais fait de mal à une mouche ; elle était peut-être en train de virer Alzheimer. C'est bien dommage qu'on ne puisse pas savoir ce qui se passe dans le cerveau des animaux parce qu'ils sont incapables de parler, à part les perroquets bien entendu, mais ça ne compte pas parce qu'ils ne comprennent même pas ce qu'ils disent.

Même si je voulais être à la hauteur de sa bonne opinion de moi, je dois avouer que l'histoire de Mélanie était soporifique quelque chose de rare. Je ne lui ai pas dit, évidemment, mais j'ai pensé qu'elle était peut-être drabe de naissance et que le mieux pour elle serait de l'accepter, surtout que ça n'a jamais fait mourir personne.

Pendant la projection, elle a pleuré dès que les acteurs mettaient le paquet, elle ne pouvait pas s'en empêcher. Je lui ai pris la main pour la consoler et elle ne l'a plus lâchée jusqu'à la fin. Elle la serrait très fort quand ça devenait angoissant et elle a fini par poser sa tête sur mon épaule. Elle a vu le reste du film tout de travers, forcément. Ça n'a pas eu l'air de la gêner ni moi non plus, surtout qu'elle sentait vachement bon.

En la ramenant chez elle à la fin de l'après-midi, je l'ai embrassée sur la bouche après avoir compris qu'elle n'attendait que ça. On a recommencé plusieurs fois vu qu'elle savait y faire, mais je me suis rendu compte qu'elle gardait tout le temps les yeux ouverts et ça m'a un peu refroidi.

De toute façon, on ne s'est pas dit qu'on s'aimait ni rien du genre, je crois qu'on avait juste envie de se donner un peu de plaisir chacun pour soi.

Quand je suis rentré à la maison, ma mère m'a demandé comment s'était passé mon après-midi. Je lui ai répondu que j'avais perdu mon temps.

— Je suis désolée. Remarque que ça ne m'étonne qu'à moitié. Il y a quelque chose dans la voix de cette Mélanie qui me met mal à l'aise. Je ne t'ai rien dit, pour ne pas t'influencer. Que veux-tu, l'intuition d'une mère ne ment pas. Enfin, tu connais le dicton : «Une de perdue, dix de retrouvées. »

Je l'ai embrassée en lui disant : «T'es la première femme de ma vie! » et je me suis retenu de faire des commentaires sur ses intuitions.

À part ça, comment j'aurais pu lui expliquer que ça m'avait beaucoup détendu de perdre mon temps – et que l'histoire passionnante des méfaits de Philomène était sûrement meilleure pour mon moral que les propos du dalaï-lama sur la paix dans le monde ?

J'AI VOULU RAPPELER Gwen qui avait laissé un message pendant mon absence, mais au moment où j'ai décroché, j'ai entendu au silence qu'il y avait quelqu'un au bout de la ligne.

C'était Mlle Sauget qui appelait au même instant, genre transmission de pensée. Elle m'a demandé avec une voix entre deux eaux si je pouvais passer la voir à l'école pour qu'on se parle entre quatre z'yeux.

— C'est dimanche, y a personne.

— Je suis là en ce moment. Il y a donc quelqu'un, même si j'ai le sentiment de n'être qu'une ombre, en effet. Sonne en arrivant, je viendrai t'ouvrir. Veux-tu que je dise un mot à ta mère ?

— Non, elle sera d'accord. Il est de bonne heure.

À vélo et en coupant par le parc, ça m'a pris moins de dix minutes pour me rendre. Je n'ai même pas eu besoin de sonner, Mlle Sauget m'attendait dans l'obscurité derrière la porte en verre, immobile comme un fantôme. C'était cinématographique.

Je l'ai suivie dans les corridors en me demandant ce que je fabriquais là. À part les veilleuses de sécurité au bas des murs, toute l'école était plongée dans le noir, mais c'est surtout le silence qui me donnait la sensation d'être dans un endroit inconnu.

Divad m'a fait sursauter en me disant soudain : «Tout va bien», comme s'il croyait que j'avais besoin d'être rassuré. Ça m'a paru bizarre, vu qu'il ne s'était pas manifesté de toute la journée – heureusement, parce que ça m'aurait embêté qu'il passe des remarques au moment où on se bécotait, Mélanie et moi.

Le truc tordu, c'est que ça m'a inquiété qu'il me dise que tout allait bien.

Dans la bibliothèque, la seule lumière était celle de la lampe posée sur le bureau de Mlle Sauget, et j'ai cru que c'était là qu'on allait discuter. Au lieu de ça, on s'est assis dans les fauteuils du «coin lecture». Autour de nous, dans la pénombre, les étagères de livres semblaient être deux fois plus hautes que d'habitude.

— Je t'ai demandé hier d'aller voir mon amie Céleste, parce qu'elle tenait à te dire en personne la terrible nouvelle pour Iris. Quant à moi, je n'avais pas le cœur de te l'annoncer au téléphone. Mais sache que je ne me doutais pas une seconde que votre rencontre tournerait aussi mal.

— C'est pas de ma faute. Elle a eu un malaise.

— Je ne parle pas de cela. Ignores-tu que la police est venue perquisitionner chez elle aujourd'hui ?

— Ah oui ? Je veux dire : non, je savais pas.

— Alors, c'est grave. Elle est persuadée que tu as raconté des horreurs sur son compte à l'inspecteur-chef Calderone. Et aussi sur le compte de l'abbé Touchette, qui a été appréhendé et, aux dernières nouvelles, n'a pas encore été relâché. Vas-tu prétendre que tu n'es pas au courant, de cela non plus ?

— Personne m'a rien dit. Remarquez que ça m'étonne pas. Tout ça, c'est parce que Mlle de Bonneville croit qu'Iris ira en enfer si elle est pas baptisée, et qu'il suffit de l'asperger avec un peu d'eau en récitant une formule pour régler le problème. Vous y croyez, vous ?

— Il ne faut pas prendre ça au pied de la lettre, voyons. C'est un rite qui a une valeur symbolique, tu le comprends, n'est-ce pas ?

— Ça veut dire que vous y croyez pas pour de vrai.

— Je n'ai pas dit ça. C'est une question de foi, on ne peut pas en discuter de façon rationnelle.

Je lui ai fait remarquer que ce n'était pas seulement un symbole pour Mlle Céleste, d'autant moins qu'elle avait offert de l'argent à l'aumônier de l'hôpital pour qu'il aille baptiser Iris en cachette. Sauf qu'elle se trouvait dans une chambre *top secret*, et l'inspecteur Calderone voulait savoir comment Mlle Céleste avait fait pour être au courant.

Mlle Sauget a passé plusieurs fois les mains sur son visage comme si elle se lavait, puis elle a dit en regardant ailleurs :

— Mais enfin, qu'est-ce que tout cela signifie ? Je ne comprends pas, je ne comprends plus. Je connais Céleste depuis mon adolescence, je n'aurais pas pu me tromper à ce point.

Non, non, non. C'est une femme droite, c'est une amie loyale, elle est incapable de la moindre indélicatesse, elle ne pourrait même pas *concevoir* de faire le mal.

— Vous avez remarqué qu'elle parle beaucoup de Dieu.

— Mais... oui, bien sûr. Elle pratique sa foi avec une grande ferveur, pour dire le moins.

— Et si Dieu lui donnait l'ordre de commettre le mal, vous croyez qu'elle obéirait?

Mlle Sauget est devenue raide comme un piquet et j'ai presque regretté de lui avoir posé la question sans y avoir pensé avant, vu qu'elle venait de m'être soufflée par Divad.

— Mais où vas-tu chercher des idées pareilles? Tu m'inquiètes vraiment, David. C'est malsain. Dieu ne peut pas ordonner de faire le mal, enfin. Réfléchis.

C'est ce que j'ai fait. Ensuite j'ai dit:

— Je peux le demander autrement, si vous préférez. D'après vous, est-ce qu'il arrive à Mlle Céleste de se fermer les yeux pour ne pas voir le mal autour d'elle?

— C'est tout à fait différent. Je te l'ai dit, c'est une âme pure. Et oui, elle pourrait être tentée à la rigueur de se détourner du spectacle de la laideur et de la méchanceté. Ce n'est pas moi qui vais l'en blâmer.

— Et si quelqu'un lui disait que c'est pour faire plaisir à Dieu qu'elle doit pas regarder?

Mlle Sauget commençait à en avoir marre:

— Qu'est-ce que c'est que cette manie de poser des questions qui débutent par *si?* Je te vois venir avec tes gros sabots: tu t'imagines que l'abbé Touchette a une mauvaise influence sur Céleste. Et peut-être sur moi aussi, pourquoi pas? Je le connais depuis quinze ans. Et toi, tu l'as rencontré hier pour la première fois. Tes amis de la police t'ont bourré le crâne, mon pauvre petit.

— Vous voulez savoir comment les filles au camp d'été l'appelaient derrière son dos? L'abbé Touche-à-tout. C'est pas moi qui le dis, c'est Iris.

Mlle Sauget s'est levée d'un coup et même si on était dans la pénombre, j'ai vu que son visage manquait de couleur. Elle a dit qu'elle ne voulait pas entendre un mot de plus, et pour qui je me prenais pour oser salir la réputation de gens qui se dévouaient pour les autres sans compter.

Maintenant, elle préférait que je fiche le camp, parce qu'elle m'avait assez vu et que ça lui apprendrait à s'attacher à un élève en particulier, on était tous les mêmes, des profiteurs et des ingrats. «Va-t'en, je te dis, va-t'en.»

Je me suis levé moi aussi, et ce qui m'a le plus secoué, c'est qu'elle m'a balancé tout ça en se mettant à crier dans l'école où l'obscurité était pleine d'écho. Je n'aurais jamais cru que sa voix pouvait grossir comme ça, dans le genre transsexuel.

Ça m'a effrayé, pas parce qu'elle m'engueulait, mais parce que je voyais tout à coup devant moi quelqu'un qui n'aurait pas dû être là et qui prenait sa place – et aussi parce que je ne savais pas encore si c'était pour toujours ou juste de passage.

Ce qui fait que je suis parti sans demander mon reste, et je n'ai eu qu'à pousser la barre sur la porte de secours pour me retrouver dehors – un système de sécurité très pratique en cas d'incendie, sauf que ça déclenche aussi la sirène d'alarme. Mais je n'en avais rien à cirer, surtout que je n'étais pas fâché de laisser Mlle Sauget se démerder toute seule avec les pompiers.

Le plus capotant, c'est qu'elle n'a même pas pensé à les attendre pour leur dire qu'il n'y avait pas le feu.

J'AI PARCOURU LA MOITIÉ DU CHEMIN avant de me souvenir que j'étais venu à vélo. Je me suis senti pas mal idiot, mais je me suis trouvé des excuses, vu les circonstances exténuantes.

J'ai fait demi-tour et, à l'entrée du parc, je suis tombé sur Mlle Sauget. En la voyant de loin, j'ai eu envie de l'éviter parce que ça commençait à bien faire, mais elle se dépêchait vers moi avec un signe du bras et j'ai constaté qu'elle n'allait pas bien du tout.

On s'est trouvé un banc, parce qu'elle n'était pas solide sur ses jambes. Elle s'est assise toute raide sans me regarder et j'ai senti à sa respiration qu'elle faisait des provisions avant de parler. Finalement, elle a dit:

— Tu m'as posé une question légitime tout à l'heure et je t'ai remballé en prétendant qu'on ne pouvait pas en discuter de façon rationnelle. J'ai vu alors passer dans tes yeux une expression scandalisée que je voudrais pouvoir effacer à jamais et qui continue de m'atteindre jusqu'au fond de l'âme. Non, ne dis rien, laisse-moi aller au bout de ma honte.

Elle tremblait de partout et j'aurais voulu lui conseiller de ne pas s'en faire une montagne, après tout ce n'était pas si grave que ça – des fois, on dit des choses qui sont pires que ce qu'on pense pour de vrai.

J'ai eu envie de lui avouer que ça m'était déjà arrivé à moi aussi, mais elle m'aurait sûrement répondu que c'est normal quand on est un ado, alors qu'il n'y a pas d'excuse à son âge pour se mettre le pied dans la bouche, comme disent les Anglais.

— Non, David, je ne crois pas qu'Iris sera exclue du paradis si elle n'est pas baptisée. À bien y penser, c'est là une croyance stupide et malfaisante. Pourquoi ne te l'ai-je pas dit quand tu me l'as demandé ? Parce que cela fait partie des questions que je n'ose pas me poser. Par peur et par lâcheté.

— Je comprends pas ce qui vous effraie là-dedans.

Elle s'est tournée vers moi. Là, c'est moi qui ai vu dans ses yeux des choses qui lui faisaient mal.

— La solitude et l'abandon. Céleste est davantage qu'une amie pour moi, tu t'en doutes. Si je la perds, je me perds moi-même. Elle est la bonté incarnée – une bonté qui manque parfois de discernement, certes. Mais comment pourrais-je lui reprocher ses aveuglements ? Elle ne voit pas le mal, mais moi ? Moi, je le vois et je me tais par faiblesse, par crainte de mettre notre amitié en péril.

Elle n'a pas pu se contrôler davantage et s'est mise à pleurer avec des sanglots qui venaient crever dans l'air comme des bulles. Quand elle a vu que je ne savais plus où me fourrer, elle a essayé de me rassurer en disant que ça la soulageait, parce que le poids qu'elle portait depuis des mois aurait fini par l'écraser.

— Céleste connaît Mme Valiquette, la directrice de l'OPJ. C'est une amie de longue date, je crois même qu'elles sont vaguement cousines. C'est elle qui l'a renseignée sur Iris depuis le début de l'affaire. L'insistance de l'abbé Touchette de faire baptiser la petite coûte que coûte m'a irritée, je l'avoue. Mais je n'ai rien dit, justement parce que c'est sans importance à mes yeux. J'ai pensé que si ces simagrées pouvaient tranquilliser Céleste, c'était toujours cela de gagné.

— De toute manière, Iris est dans le coma. M. Calderone dit que pour que ça compte, faut que la personne qu'on baptise donne son accord.

— Il a dit cela ? Quelle sottise ! Et les bébés qu'on trempe dans les bénitiers, on leur demande leur avis, peut-être ? Ne rentre pas dans son jeu, David. Si c'est pour cela qu'il s'acharne sur M. l'abbé, il a vraiment du temps à perdre.

— Vous êtes sûre que c'est pour la faire baptiser que l'abbé voulait savoir où se trouve Iris ?

Mlle Sauget s'est reculée sur le banc comme si je l'avais frappée et elle a joint ses mains tellement fort que ses doigts ont craqué. J'ai eu envie de partir, parce que je ne voulais pas recommencer à la chavirer, surtout qu'elle avait toujours été gentille avec moi.

— Je sais très bien dans quel marécage tu veux m'entraîner. Cette fois, je ne résisterai pas. Il faut que j'aille au bout de l'indicible, au fond du cloaque. Je n'en peux plus de chasser des pensées qui me font horreur.

— Vous parlez de quoi, là ? Vous avez rien fait de mal.

— Je parle de trois amis de jeunesse qui ne se sont jamais quittés. Je parle de Paul, le frère de Céleste, qui fut brièvement mon fiancé quand nous avions vingt ans. Je parle de la confiance aveugle que j'avais en lui. Je parle de son projet insensé d'arracher une fillette à la drogue et à la prostitution pour lui donner un avenir. Je parle de l'entente qu'il avait conclue avec Louis Bazinet. Mais surtout, je te parle de moi. Dis-moi, je t'en supplie : ai-je été complice en refusant de voir et en refusant d'entendre ?

Elle a pris mes deux mains et les a mises contre sa bouche, comme si elle voulait que je l'empêche de continuer.

— Vous voulez que je vous dise quoi ?

Elle a murmuré entre mes doigts :

— Que ce n'est pas vrai. Qu'il n'a pas abusé d'Iris.

— Il lui a jamais causé de mal. Elle était heureuse avec lui. Elle me l'a dit.

— J'aimerais tant que tu n'ajoutes rien à cela. Mais tu ne m'as pas vraiment répondu : a-t-il abusé d'elle ?

J'ai eu terriblement envie de lui mentir, mais j'ai compris qu'elle ne me croirait pas, car elle savait tout depuis longtemps.

— Il lui a fait des trucs qu'il aurait pas dû, surtout quand il avait des invités.

Elle a gémi et m'a lâché les mains, puis elle me les a reprises pour les serrer, ensuite elle s'est levée et est partie en tenant sa tête comme si elle avait une barre dans la nuque.

Je suis rentré chez moi parce qu'il n'y avait rien d'autre à faire – et c'est seulement en ouvrant la porte de la maison que je me suis aperçu que j'avais de nouveau oublié mon vélo.

J'ai pensé que ça devenait grave, jusqu'à ce que je me souvienne que Guillaume avait fait pareil. Au moins, moi, je me rappelle que le prénom d'Alzheimer, c'est Aloïs.

Un courriel de Guillaume me demandait de le rappeler. J'ai tout de suite entendu à sa voix qu'il avait quelque chose d'important à me dire. N'empêche qu'avec lui, il vaut mieux enfiler ses patins pour le suivre, parce qu'il n'y va pas par quatre chemins.

Il a commencé par m'expliquer que le taijitu était la représentation des poissons chinois yin et yang, et que si je voulais voir le symbole, j'avais juste à ouvrir le document qu'il m'envoyait à l'instant par l'internet.

— Tu l'as?

— Un instant. Oui, ça y est. Je connais ce truc, mais je savais pas que ça s'appelle le... le taijitu. Et alors?

— Alors cet après-midi, j'ai parlé au dalaï-lama. Pendant sa conférence, il a regardé deux ou trois fois dans ma direction, pourtant la salle était pleine à craquer. Quand même, j'étais sûr qu'il m'avait remarqué, ce sont des choses qui se sentent. Après, une masse de gens se pressaient autour de lui, et je suis resté un peu à l'écart en attendant que ça se tasse. Tu m'écoutes?

— Non, je m'étais endormi.

— Et là, il s'est excusé auprès de son entourage et s'est approché de moi.

— T'es irrésistible, on le sait.

— Arrête, David, c'est sérieux. Il m'a dit que j'avais trois questions à lui poser. Comment l'a-t-il su? Gratte-moi. Je lui ai d'abord demandé si l'âme de l'être humain était la fusion du yin et du yang. Il a fait oui de la tête, comme si ça valait même pas la peine d'en discuter. Je lui ai demandé ensuite si le yang était l'hôte dans cette union, et le yin, le symbiote. Ça l'a intrigué et il m'a répondu que les deux entités étaient à la fois symbiotiques et complémentaires. Si tu y penses, c'est pas un concept évident, surtout si je l'applique à Orphée et à moi.

— Et la troisième question?

— Au moins, tu m'écoutes, ça fait plaisir. Je lui ai demandé si Dieu se trouvait à l'intérieur de nous. Il a fait un grand sourire et m'a dit: «Où pourrait-il être ailleurs?»

TRENTE-QUATRE

Des fois, je m'imagine que les choses vont être affreusement compliquées, et après, quand ça baigne dans l'huile, je me trouve pas mal nul de m'être fait du souci pour rien.

C'est ce qui s'est passé avec la pétition que Me Gilbert Langlois a présentée à la Commission scolaire pour empêcher que les locaux de notre école servent à des trucs religieux, et aussi pour que la chapelle soit transformée en salle de lecture, à l'exception des vitraux qui sont protégés par la Loi sur le patrimoine, parce que dans la balance de la Justice, l'art devrait toujours peser plus lourd que le sacré.

Évidemment, les parents catholiques ont fait une crise en parlant de l'héritage de leurs ancêtres et de l'*Acte de l'Amérique du Nord britannique* qui garantissait la liberté de culte, mais leurs protestations sont tombées à l'eau aussi sec, vu que le président du conseil d'administration est un avocat qui s'y connaît. Il leur a expliqué que leur cause était perdue d'avance si jamais on la portait devant les tribunaux.

Ce qu'il ne leur a pas dit, c'est que ça arrangeait drôlement la Commission scolaire, vu qu'elle était maintenant en position de refuser la demande d'un lieu de prière pour les musulmans sans leur faire perdre la face.

C'est en tout cas ce que Me Langlois nous a expliqué quelques jours plus tard dans un bistrot près de son bureau. Comme le père de Guillaume était en Thaïlande avec sa Polonaise, il avait présenté la pétition au nom de Mme Leberger.

— En toute franchise, Guillaume, j'ai été surpris que ta mère appuie cette initiative. Je l'ai avertie qu'elle risque de s'aliéner des sympathies dans son entourage.

— Mme Balasko l'a bien conseillée. C'est sa voyante, elle ne prend aucune décision sans la consulter.

— Dans ce cas… Pour ne rien te cacher, je me suis demandé si tu ne lui as pas un peu tordu le bras.

— À ma mère ? Je me permettrais pas. À la Balasko ? Un peu, oui.

Me Langlois a rigolé et j'ai bien vu qu'il avait de l'affection pour Guillaume. Mais moi, ça m'aurait surpris qu'il soit gay, parce qu'il faisait un tas de compliments à la serveuse en l'appelant *sa petite chérie*. C'est vrai qu'elle était jolie, même si elle m'a complètement ignoré. Lui non plus, il ne m'a pas regardé une seule fois, sauf en passant, et j'ai commencé à exister quand je lui ai dit que j'avais lu sa plaidoirie dans la poursuite de Mme Létourneau contre l'Église de scientologie.

— Vraiment ? Où as-tu trouvé ça ?

— Sur l'internet. Ils prétendent que vous avez écrasé Goliath. C'est une allusion biblique.

— Tu m'en diras tant. Toutefois, biblique ou non, la conclusion est prématurée. La secte a porté le jugement en appel, ce qui fait qu'on n'a pas encore gagné nos épaulettes. Pourquoi t'intéresses-tu à cette affaire ?

— Parce que je veux acheter vos services.

— Rien que ça ! Disons plutôt que tu veux les retenir. Le verbe *acheter* n'est pas très heureux dans le contexte des affaires judiciaires.

Guillaume est intervenu pour lui expliquer que la cause que je voulais lui confier était liée au suicide de Paul de Bonneville. Cette fois, Me Langlois m'a regardé pour de vrai et a dit :

— Tout le monde sait que le bon juge s'est suicidé, mais personne ne le dit à haute voix. Te rends-tu compte, David, que tu es en train d'avancer sur un terrain dangereusement miné ?

— Vous aurez même pas besoin de vous occuper de lui. Sauf que Guillaume m'a conseillé de rien vous cacher.

— Un avis judicieux. Mais dans les circonstances, je préfère n'entendre que le strict nécessaire. On verra plus tard si j'ai besoin d'en savoir davantage.

Je lui ai parlé de la condition d'Iris et de l'intention de l'OPJ de demander qu'on arrête de la garder en vie avec des machines. Il m'a alors posé une série de questions et ça m'a donné confiance, parce qu'il mettait le doigt sur des points sacrément importants.

Le plus dur, ça a été de lui expliquer pourquoi je voulais protéger Iris, alors que les médecins avaient confirmé que son cerveau ne marcherait jamais plus. Comme je ne pouvais pas lui dire la vraie raison, je lui ai donné la réponse que j'avais préparée :

— Si on la laisse mourir, son dossier sera fermé et on saura jamais qui lui a fait ça.

— En effet. Ni pourquoi, d'ailleurs.

— Ça, c'est pas difficile. Elle aurait été capable de reconnaître des gens.

— Par exemple ?

— Si vous voulez pas entendre parler de M. de Bonneville ni de ses amis, c'est mieux de pas poser la question.

Ça lui en a bouché un coin et il a réfléchi pendant un moment. Guillaume m'a fait un clin d'œil qui disait qu'il était fier de moi.

— Je ne peux pas te donner une réponse immédiate. Mais à ta place, j'y penserais à deux fois et je ne m'illusionnerais pas trop. Tu ignores peut-être qu'il y a des frais assez importants pour engager des procédures légales. Et je ne parle pas de mes honoraires – encore que pour ça, il y a moyen de s'arranger.

— Avant de mourir, mon grand-père m'a donné de l'argent. Mais c'est confidentiel, parce qu'il l'a fait sous la table pour pas payer d'impôt.

— Excuse-moi de mettre ta décision en doute, mais tu ne ferais pas mieux de garder ton pécule pour tes études plus tard ?

— Il en restera bien assez.

Me Langlois a échangé un regard avec Guillaume qui lui a fait signe que je ne parlais pas pour rien dire.

— Dois-je comprendre que tu serais en mesure de verser un acompte ? Cinq mille dollars, par exemple.

J'ai sorti une enveloppe de ma poche en disant que je pouvais lui en donner mille tout de suite et le reste demain matin. Il m'a empêché de compter les billets et a demandé à Guillaume s'il était sûr que je n'avais pas un micro caché sous ma chemise.

C'était pour rire, bien sûr, mais il a quand même regardé autour de nous pour voir si quelqu'un nous espionnait.

IL FAISAIT PRESQUE NUIT quand on est sortis du bistrot. J'ai téléphoné à ma mère pour lui dire que j'allais manger une pizza chez Guillaume et serais de retour vers onze heures. Elle a répondu qu'elle préférait que je lui dise minuit, parce que, de toute façon, je n'arriverais pas avant et que ça lui éviterait de se faire une heure de bile inutilement.

Je me suis demandé si elle commençait à être raisonnable, ou s'il y avait de l'inspecteur Calderone là-dessous et que ça les arrangeait d'avoir la maison rien que pour eux le plus longtemps possible.

J'ai aussi laissé un deuxième message à Gwen, ça m'étonnait qu'elle ne m'ait pas rappelé. Je me suis demandé si elle était fâchée après moi ou quoi. Ce n'est pas toujours facile de savoir ce que les femmes ont dans la tête – mais à bien y penser, c'est facile avec personne. Ce serait tellement plus rassurant si les gens disaient toujours ce qu'ils pensent sans avoir peur qu'on les traite d'imbéciles.

Guillaume m'a montré son nouveau jouet, le *Musikograf 2.4*, un super logiciel de pointe qui enregistre les sons et transcrit les notes de musique correspondantes. Comme il fallait s'y attendre, il m'a fait une démonstration en chantant au micro : *«J'ai per-du mon Eu-rydi-ce, rien n'éga-le ma dou-leur»* et la notation est apparue sur l'écran : *mi, fa, sol, sol, sol, do, do, si, si, do, sol, sol, la, la, sol, fa, fa, mi.* Il m'a rappelé que les neuf premières notes étaient l'épellation du nom de son symbiote en arpège. J'ai dit :

— Tu l'as appelé Orphée avant de savoir ça. Divad a très mal réagi quand j'ai affirmé que c'était pas une coïncidence.

— Dis-lui de se réveiller. L'influence de notre symbiote sur notre esprit est une réalité connue depuis la nuit des temps.

— Sauf que Divad a bien du mal à l'accepter.

— Ah oui ? Demande-lui donc d'où viennent l'intuition créatrice, la prémonition, la double vue, les perceptions extrasensorielles ? Je crois que c'est Picasso qui disait : *Trouver d'abord, chercher ensuite.* Si tu trouves sans chercher, c'est parce que t'es pas tout seul dans ta tête. Peut-être que l'idée géniale ne vient pas parce que tu réfléchis, mais parce que tu écoutes la voix qui contredit tout ce que tu crois.

— C'est pas complètement con ce que tu dis là.

— Merci. Ton génie à toi, c'est d'apprécier le mien.

On a rigolé et j'ai su à cet instant précis que notre amitié était quelque chose d'unique au monde, que personne ne pouvait comprendre en dehors de lui et moi.

Il m'a fait alors entendre des enregistrements de la «musique des étoiles», captée par le radiotélescope le plus puissant du monde, sur le mont Clarke, dans le désert du Nevada.

Je lui ai dit que c'était peut-être impressionnant, mais que, franchement, ça ne ressemblait à rien du tout et surtout pas à de la musique.

— Je sais. Ce sont des tonalités multiples beaucoup trop complexes pour être analysées par le *Musikograf*. À l'exception d'une seule source – une singularité située dans la constellation du Cygne.

Il me l'a fait entendre et j'ai vu apparaître deux rangées de notes sur l'écran.

— Ça veut dire quoi?

— Je n'en ai aucune idée. Mais chaque fois que je l'écoute, j'éprouve une sensation indescriptible et je me demande si ce ne serait pas Orphée qui essaie de me communiquer quelque chose d'important.

— Quand même, tu penses pas que...

Il y a eu dehors un bruit de vitres cassées. On est allés dans la pièce voisine pour regarder par la fenêtre, et comme on était dans l'obscurité, on a pu observer sans se faire voir. Des ombres bougeaient autour de la maison.

Quelqu'un faisait des graffitis sur la porte d'entrée avec de la peinture en aérosol.

— Faut avertir ta mère, vite.

— Inutile, elle est en voyage.

— T'es sûr? Y a de la lumière à son étage.

— C'est une minuterie pour décourager les voleurs. Très efficace, comme tu peux le constater.

— Appelle la police, merde.

— Pas question. Je m'occupe de ces voyous.

— Non! Non, tu vas te faire casser la gueule.

Il m'a ignoré et est descendu en courant. Malgré ma trouille, je l'ai suivi dans le jardin. Je ne sais pas si je l'ai déjà dit, mais en plus d'être super intelligent, il est drôlement bien baraqué. On a entendu deux autres vitres voler en éclats.

Guillaume a foncé sur un gars qui devait avoir deux fois son âge et qui portait un crucifix en bois autour du cou et une couronne de fausses épines en plastique sur la tête. D'un coup d'épaule, il l'a envoyé voler dans les plates-bandes de géraniums.

Puis il a rejoint le type qui finissait d'écrire *Antéchrist* sur la porte de la maison et lui a arraché l'aérosol des mains pour lui en envoyer une giclée dans le visage. J'ai crié:

— Guillaume, attention!

Il s'est retourné et a vu comme moi que le groupe était plus nombreux qu'on l'avait cru – au moins une dizaine de mecs qui portaient chacun une croix de bois et leur couronne à la con. Pour faire réaliste, ils s'étaient aussi mis des coulées de peinture rouge sur le front et les joues. Ils se sont regroupés et nous ont encerclés.

J'ai commencé à avoir vraiment peur en voyant que l'un d'eux tenait un bâton de baseball. Le pire, c'est que j'ai reconnu Luc Pétrin qui était dans une classe terminale à mon école. M. de Chantal m'avait demandé au début de l'année de l'aider avec sa lecture, vu qu'il était dyslexique. Quand on se quittait, il faisait toujours semblant d'oublier sur la table un petit sac de bonbons *Werther's*. C'était pour me remercier, mais il était trop gêné pour me l'offrir en personne.

Si je raconte tout ça, c'est pour qu'on comprenne le choc que ça m'a fait en le reconnaissant dans la pénombre du jardin : il avait les lèvres retroussées et m'a lancé un regard plein de haine à ras bord. Je lui ai crié : «Pétrin, mais qu'est-ce qui te prend?» Au lieu de me répondre, il m'a craché dessus, sauf qu'il m'a manqué.

Par contre, le type qui lançait des pierres dans les vitres m'en a jeté une que je n'ai pas vue venir et qui m'a atteint à la clavicule. Je ne veux pas paraître douillet, mais ça fait vachement mal.

Tout s'est terminé très vite avec l'arrivée de Gwen qui a mis les grands phares de la Camry et a roulé sur la pelouse en klaxonnant sans arrêt. On a même cru qu'elle allait foncer dans le groupe tellement elle a freiné à la dernière seconde.

Tout de suite après, une voiture de police s'est arrêtée devant la maison avec les gyrophares en marche. (On a su plus tard que des voisins avaient alerté le 9-1-1.)

Les cathos se sont enfuis dans toutes les directions, à part le type qui avait reçu de la peinture dans les yeux et qui ne voyait plus rien, ce qui ne l'empêchait pas de crier à tue-tête que Jésus était son sauveur et son berger – et que les suppôts de Satan brûleraient dans les flammes éternelles de l'enfer – alléluia, alléluia.

Il s'appelait Christian Saint-Onge et, le lendemain, il a porté plainte contre Guillaume pour coups et blessures et atteinte à sa liberté d'expression. Mais pour cette dernière accusation, le juge lui a dit d'aller se faire foutre, en termes plus juridiques, évidemment.

GWEN A CONSEILLÉ À GUILLAUME de se trouver une place pour dormir ailleurs que chez lui, mais comme il ne voulait pas en entendre parler, elle a appelé le central pour que la maison soit mise sous surveillance pendant quarante-huit heures.

Avant qu'on parte, elle lui a demandé à voix basse s'il avait avancé dans son exploration de la Voie royale. Ça m'a étonné qu'elle s'y intéresse, parce que j'avais l'impression qu'elle continuait à ne pas être tout à fait à l'aise avec lui. Et là, ma surprise a monté de deux autres crans, le premier quand il lui a répondu que son symbiote Orphée trouvait toutes sortes de manières pour manifester sa présence, mais qu'ils n'avaient pas encore réussi à fusionner pour de vrai ; le second, quand elle lui a dit : « Je t'envie. »

Ensuite, Gwen m'a ramené chez moi et je me suis rendu compte que son échange avec Guillaume me laissait mal à l'aise, comme si j'étais frustré qu'elle se soit mise entre nous deux.

Ça ressemblait à de la jalousie, mais je n'en étais pas sûr vu que ce n'est pas mon genre, et aussi parce que je n'arrivais pas à savoir de qui j'aurais pu être jaloux. Pour arrêter d'y penser, je lui ai demandé comment elle avait fait pour se pointer si vite.

— J'étais dans le quartier, une chance. Je suis allée au théâtre avec Morgane et je venais de la reconduire à la maison quand Newg m'a dit que tu étais en difficulté. Comme c'était une urgence, notre pacte lui a permis d'intervenir.

— Vous êtes pas mal stricte avec votre symbiote.

— Je ne veux pas abuser du pouvoir qu'elle me donne. Le syndrome d'usurpation, ça te dit quelque chose ?

— Un peu. J'imagine que c'est quand vous avez l'impression de voler la place de quelqu'un. C'est ça que vous ressentez ?

— Oui, à plusieurs points de vue. Désolée de changer de sujet, mais on arrive chez toi et il faut que tu saches que le professeur Vargas est de retour ce soir à Montréal. L'état du chanoine a empiré et nous devons organiser une dernière rencontre avant qu'il ne soit trop tard.

— Ça tombe bien, j'ai une idée là-dessus.

— Une idée de toi ou de ton symbiote ?

— Je crois que c'est de moi, mais là, j'en suis de moins en moins sûr. Ça m'est égal, vu que l'usurpation, ce n'est pas mon truc. Divad aussi me pique des idées. On ne va quand même pas faire des comptes d'apothicaire.

— «Des comptes d'apothicaire». Je me demande bien où tu vas dénicher ces expressions.

— Je les tiens de mon grand-père Tessier. C'est héréditaire.

— Ben voyons! Alors c'est quoi, ton idée?

— Le chanoine Dijan n'est pas assez solide pour servir de porte-parole à Najid, et on peut plus faire appel à Jean-Sébastien. Sauf qu'on peut utiliser un autre cerveau vacant.

Gwen m'a regardé d'un air choqué:

— Je ne peux pas croire que tu le proposes sérieusement. Surtout toi.

— C'est parce que vous avez pas encore réfléchi. Après qu'on a retrouvé Iris derrière les poubelles, la dernière chose qu'elle a dite, ça a été: «Je sers à rien.»

Là, je ne sais pas ce qui m'a pris, mais je me suis mis à pleurer comme un idiot, ça devait être un restant que je n'avais pas évacué. Gwen m'a essuyé les yeux avec ses pouces, et ses lèvres frémissaient quand elle m'a dit:

— Explique-moi.

— Je la connais bien, vous savez. Dès qu'on inventait un truc complètement capoté, elle était la première dans le coup. Elle adorait faire des farces et rigoler. Là, c'est vrai qu'elle sert plus à rien. Moi, je suis sûr que si Bouddha ou un autre Ancien venait nous parler à travers elle, elle trouverait ça formidable.

— Tu as sans doute raison. Au point où nous en sommes, les conventions et les règles d'éthique ne signifient plus grand-chose. Mais organiser une telle rencontre pose de sérieux problèmes de logistique.

Je lui ai dit que le chanoine Dijan avait des contacts à l'hôpital Général et qu'il allait se charger d'obtenir les arrangements nécessaires pour qu'on puisse rester avec Iris pendant une heure ou deux sans être dérangés.

— Es-tu en train de me dire que vous en avez déjà discuté?

— Oui. On n'a pas de temps à perdre.

— En effet...

— Pourquoi vous dites ça avec cet air-là?

— J'hésitais à t'en informer, mais l'OPJ a l'intention de...

Je lui ai coupé la parole – c'est impoli, je sais – et je lui ai dit que j'avais demandé à Me Langlois, le parrain de Guillaume, d'aller au tribunal pour empêcher qu'on débranche Iris parce qu'elle est devenue un légume, et aussi parce que ça coûte une fortune à la Protection de la jeunesse pour la maintenir en vie.

— Tu as engagé Gilbert Langlois, toi ? Avec quel argent ? Tu me fais marcher. Non, après tout, tu en es bien capable. J'aurais aimé que tu m'en fasses part avant.

— Je vous ai laissé deux messages aujourd'hui, c'est vous qui avez pas rappelé. Je voulais aussi vous parler de Mme Valiquette. Cherchez pas plus loin, c'est elle qui a dit à Mlle de Bonneville tout ce qui se passait avec Iris, au fur et à mesure.

— Quoi ?! Es-tu sûr de ton information ? C'est une accusation très grave, David.

— C'est des cousines de longue date. Mlle Céleste a rien fait de mal, elle est juste dangereuse parce qu'elle a du fric et qu'elle fait confiance à l'abbé Touche-à-tout.

— L'abbé Touchette ?

— Si vous avez besoin d'explications pour le surnom, vous le dites.

— Non, vraiment, merci. Lui, on l'a coincé, et pas rien qu'un peu. Il a été identifié sur la vidéo de surveillance du *Nouvel Âge,* le club où Streuler a conduit Iris après son enlèvement. D'ailleurs, il n'y a jamais eu d'enlèvement – c'était une livraison, et Touchette était là pour réceptionner la marchandise. C'est ton témoignage qui a été le grain de sable dans toute cette belle mécanique.

On est restés un moment silencieux, pourtant ce n'étaient pas les sujets qui manquaient. Elle avait des cernes sous les yeux, sûrement qu'elle ne dormait pas assez.

J'ai eu envie de la rassurer pour sa sœur Morgane, mais ça pouvait attendre, vu que c'était du passé. Ça arrive que des adultes vous interdisent de faire quelque chose et quand vous leur obéissez, ils sont presque déçus. Par exemple, comme elle aimait beaucoup sa sœur, elle m'en voulait peut-être de ne pas avoir persévéré.

— Bon, ben là, j'y vais.

— Oui. Dis bonsoir à ta mère de ma part. Je t'appelle dès que j'ai du nouveau.

Je me suis penché pour l'embrasser, elle a d'abord reculé sans le vouloir, puis elle m'a tendu sa joue vite fait et j'ai senti qu'entre nous, ce n'était plus comme avant.

— Vous êtes fâchée ?

J'avais ouvert la portière juste avant de demander ça, ce n'est vraiment pas le truc à faire pour avoir une vraie réponse. De toute façon, elle a dit que non, elle n'était pas fâchée, ce qui fait que je l'ai quittée sans être plus avancé.

À part ça, il avait commencé à pleuvoir et ça sentait la terre mouillée.

ÉVIDEMMENT, le courriel nocturne de Guillaume était déjà arrivé et j'ai attendu juste avant d'aller me coucher pour le lire.

Il me disait d'abord que mon explication à Mᵉ Langlois sur la provenance de l'argent pour régler ses honoraires lui avait semblé cousue de fil blanc. Je lui ai répondu par retour de courrier que l'héritage de mon grand-père était une invention, en effet, sauf que j'avais vraiment un paquet de fric planqué quelque part : « Je t'expliquerai. En attendant, si t'en as besoin, tu demandes, la réponse est oui. »

Comme prévu, Guillaume a fini son message en me déclarant qu'il m'aimait – n'empêche que je n'arrivais pas à m'habituer, ça venait chaque fois comme un bonheur qui n'a jamais servi.

LE LENDEMAIN MATIN, je me suis réveillé beaucoup plus tôt que d'habitude.

La croisée de la fenêtre ne faisait pas encore d'ombre sur le plafond et j'ai refermé les yeux en me disant que ça me ferait du bien de roupiller un peu plus. J'ai cherché la meilleure position pour que ma clavicule me fasse moins mal et j'ai eu une pensée qui manquait de charité chrétienne pour le type qui m'avait amoché.

Au bout d'un moment, je me suis senti flotter comme si mon corps ne touchait plus le matelas, c'était bizarre et c'est même devenu très agréable quand je me suis laissé aller. J'ai compris que si je voulais que ça se maintienne, il fallait surtout que je cesse de réfléchir.

Et alors, c'est monté lentement en moi, je ne savais pas ce que c'était, mais j'avais envie que ça continue d'augmenter sans jamais s'arrêter, tellement c'était *cool.* Chaque partie de moi se défaisait, puis se multipliait en se mélangeant avec une autre matière vivante qui ne voulait qu'une chose, me prendre tout entier et me rendre à moi-même avec tout ce qui me manquait avant.

Jamais je ne me suis senti aussi compris et aussi accepté, je dirais même aussi aimé et amoureux à la fois – bref, ça ne peut pas se décrire avec des mots.

Ensuite, j'ai fait un atterrissage en douceur dans mon lit et j'ai ouvert les yeux. Tout de suite, j'ai su ce qui venait de se passer : je m'étais égaré dans la zone crépusculaire dont Guillaume m'avait parlé, et pendant ces quelques instants, j'avais été touché par les vibrations que l'amalgame de Divad et de Newg faisaient dans mon cerveau.

J'avais toujours cru que c'était une fusion dans le genre spirituel, et c'est sûr que ça ne pouvait pas être autre chose, vu que les symbiotes n'ont pas de corps.

Là, j'ai compris que ce n'est pas parce que c'est immatériel que ça ne peut pas être érotique, et la preuve, c'est que j'ai été incapable de me rendormir couché sur le ventre, à cause d'une érection qui était tellement dure que ça me gênerait d'en parler davantage.

TRENTE-CINQ

J'ÉTAIS EN TRAIN DE PRENDRE MON PETIT DÉJEUNER quand le professeur Vargas a téléphoné pour me dire qu'il était de retour à Montréal et désirait me rencontrer le plus rapidement possible. On s'est mis d'accord que je passerais à son hôtel à la sortie de l'école, vers quatre heures.

Sig finissait son *smoothie* verdâtre (un truc macrobiotique qui ressemblait à du vomi) et elle ne s'est pas gênée pour ajouter son grain de sel :

— T'as l'air tout content. Qui c'était ?

— Un copain. Tu connais pas.

— Un copain à qui tu dis «monsieur» et que tu retrouves à l'hôtel ? Glauque, mec.

— Ça te gêne ?

— Chacun ses goûts. Heureusement que je t'ai vu dimanche dans le parc en train de frencher la Patemouille. Ça me rassure.

— Qu'est-ce que t'en sais ? Je peux m'intéresser aux deux.

— Dans le même lit, peut-être ? OK, *ciao*. Prends soin de toi, tête à claques.

— Je t'aime bien moi aussi, grosse toupie.

Sig avait raison, ça m'avait fait plaisir de parler avec M. Vargas et toute la journée j'ai eu hâte de le revoir. C'est sans doute parce qu'il m'avait dit qu'il aurait voulu un fils comme moi.

D'après ma mère, il faut se méfier des compliments, parce qu'ils ne sont jamais gratuits. Mais moi, ça m'est égal qu'ils soient sincères ou non, vu que c'est l'intention de faire plaisir qui compte.

D'ailleurs, si l'inspecteur Calderone lui disait qu'elle n'avait pas besoin de maigrir, parce qu'elle est parfaite comme elle est, elle prendrait ça pour du *cash* et se gargariserait avec pendant au moins deux semaines.

EN ALLANT À L'ÉCOLE, j'ai profité que Divad était à l'écoute pour bavarder avec lui. Non, je me trompe, c'est lui qui a commencé en me demandant des nouvelles de ma clavicule.

— C'est surtout sensible quand je lève le bras.

— J'ai vu le bleu quand t'es sorti de la douche. C'est impressionnant. T'es sûr que tu n'as rien de cassé ?

— Je crois pas, non. Ça te fait quoi, à toi ?

— Je me rends compte quand quelque chose te fait mal, même si moi, je ne sens rien. Tu sais, la souffrance physique est un sujet de grand débat philosophique dans notre monde. La seule analogie qui peut nous aider à la comprendre, c'est l'effet de certaines drogues sur le cerveau – et, surtout, des traitements comme les électrochocs. Ça, pour nous, c'est la pire des tortures. C'est comme si on éclatait en mille morceaux. Certains mettent des mois à s'en remettre.

— Si tu veux mon avis, c'est pas un truc à révéler aux humains, ils pourraient s'en servir contre vous. Tu les as vus hier soir, ces fous furieux ? J'arrête pas d'y penser. Franchement, tu crois que Luc Pétrin m'aurait frappé avec son bâton, si Gwen était pas arrivée à temps ?

— Je préfère ne pas me poser la question.

— Ils sont membres d'un mouvement qui s'appelle *les Disciples du Christ en croix.* C'est les mêmes qui ont incendié le cinéma Élysée pour empêcher la projection du dernier film d'Almodovar. Laisse-moi te dire que vous avez foutu un beau bordel en inventant le mythe de Dieu.

— Tu me parles comme si j'en étais responsable. Tu oublies que je suis de ton côté, David. Ton indignation est la mienne.

— Je sais bien. Désolé, je me laisse emporter. Tout ça m'écœure tellement, si tu savais.

— Je le sais.

— Je sais que tu sais. Heureusement que t'es là. En plus, j'ai quelque chose de personnel à te demander.

— Je te vois venir.

— Cette nuit, tu as fait un amalgame avec Newg. Je me trompe ?

— Non. Elle et moi, on a senti ta présence, quelque part dans la zone crépusculaire. Nous utilisons un mot différent en arpège, mais ça revient au même.

— Et avec Orphée, t'as recommencé ?

— Je demanderais pas mieux, mais il refuse maintenant tout amalgame avec les siens. Il investit toute son énergie pour réussir à fusionner avec Guillaume par la Voie royale.

J'ai demandé à Divad de me rappeler la différence entre l'amalgame et la fusion. Il a répondu que l'amalgame est un moment d'extase entre deux symbiotes, avec un début et une fin – alors que la fusion est un état d'illumination entre un symbiote et son hôte, en osmose permanente avec la conscience collective de l'humanité.

— La «conscience collective»? C'est la première fois que t'en parles. C'est ça, le taijitu, avec le bidule du yin et du yang?

— Si tu veux. Tu peux aussi l'appeler Dieu, mais je te le déconseille, parce que tu vas te mettre toutes les religions du monde à dos.

— Comment ça?

— Elles prétendent toutes que Dieu a existé avant l'homme et qu'Il a créé l'Univers. Alors que la conscience collective est la quintessence de l'humanité – elle est une création et non le Créateur. Si tu veux qu'on te jette encore des pierres, tu n'as qu'à défendre ce point de vue sur la place publique.

Il y a eu un silence et j'ai deviné que quelque chose l'embêtait.

— Tu penses à quoi, là?

— Je suis inquiet pour notre prochaine rencontre avec le chanoine et Najid.

— Pourquoi?

Il n'a pas répondu. Ça m'a turlupiné. (Un verbe que j'adore, même si le suspens pour moi, c'est surtout le fun au cinéma.)

ÇA M'A FAIT BIZARRE de me retrouver dans le hall de l'hôtel Bristol, à cause de l'impression que des années avaient passé depuis ma première rencontre avec le professeur Vargas, à la sortie de sa conférence sur le cerveau bicaméral. Des fois, je me trouve drôlement naïf quand je me rappelle certaines choses que je croyais dur comme fer quand je n'avais que treize ans.

Je me suis assis dans un des gros fauteuils de cuir, en songeant que je m'en achèterais un comme ça plus tard. Ensuite ça m'a fait rigoler, parce que je n'avais même pas besoin d'attendre, je pouvais me le payer tout de suite si je voulais, à condition de trouver une explication plausible pour ma mère et pour Sig. C'est difficile à croire, mais il m'arrivait d'oublier pendant des jours que j'avais soixante mille euros cachés dans ma chambre. Peut-être que j'y aurais pensé plus souvent s'il y en avait eu cent fois moins.

Tout à coup, j'ai aperçu au fond du hall un homme chauve qui se dépêchait d'aller quelque part. Je n'ai pas aimé ça, je l'avais déjà vu l'autre jour dans la basilique, et aussi sur le trottoir devant chez Iris. Je me suis dit que je devrais en discuter avec le professeur Vargas, mais je n'avais pas envie de me faire dire à nouveau que j'ai une imagination trop fertile.

Je regardais les nouvelles à la télé depuis un moment quand j'ai senti qu'on m'observait. M. Vargas s'était approché sans rien dire et attendait que je le remarque. Il tenait un petit paquet bien emballé et j'ai pensé qu'il m'avait rapporté un cadeau du Japon. J'ai fait celui qui ne se doute de rien.

Je me suis levé en lui tendant la main, mais il m'a pris dans ses bras et m'a serré pour me faire comprendre qu'il s'était ennuyé de moi.

— Allons dans le coin là-bas, veux-tu? Je ne supporte pas d'avoir un écran de télévision dans mon champ visuel. Toi, tu avais l'air hypnotisé. Que se passe-t-il de neuf sur notre planète, à part les horreurs quotidiennes?

— C'est tout du nouveau pour moi parce que ça fait pas longtemps que je m'y intéresse. Mais plus j'en apprends, plus je veux en savoir – c'est comme une drogue. Et aussi, je déteste quand mon symbiote passe des commentaires que je comprends pas. C'est tout de même moi qui vis dans la Matière, non? Surtout qu'il y a plein de choses dans l'Univers qu'on voit pas, des trucs *underground,* des secrets, des manigances, partout.

M. Vargas s'est assis et m'a regardé dans le genre spéléologique, c'est une spécialité chez lui:

— De grands courants souterrains... Oui, je les sens, comme toi.

— Est-ce que vous avez aussi l'impression que ça va finir par provoquer comme un tsunami dans le monde? Je veux dire, au sens figuré.

— Je n'en suis pas sûr. C'est là une des questions dont je veux discuter avec toi, avant notre rencontre avec le chanoine.

— Et Gwen? Vous lui avez pas demandé de venir?

— Je l'ai vue ce matin. Pour l'essentiel, nous sommes sur la même longueur d'onde.

— Je... Vous vous intéressez toujours à elle?

Il a eu l'air embêté et je me suis excusé en lui disant que je ne voulais pas être indiscret, mais il m'en avait parlé juste avant son départ.

— Je n'aurais pas dû t'ennuyer avec ça. Qu'importe, je te remercie d'avoir gardé la confidence. Oui, elle m'intéresse, bien sûr.

— Mais vous lui avez pas dit.

— Ce ne sera pas nécessaire. Elle s'en doute, évidemment. Si ses sentiments étaient réciproques, elle trouverait le moyen de me le faire savoir. Pour tout te dire, j'ai l'intuition que son cœur est déjà pris.

— Vous croyez, vraiment? C'est dommage, parce que vous feriez un beau couple.

Je le disais sérieusement, mais ça l'a fait rigoler. Des fois, je produis l'effet contraire de ce que je prévoyais. Le plus humiliant, bien sûr, c'est quand je fais le comique et que ça tombe à plat.

Il m'a dit alors que sa relation avec son symbiote Solrac s'était beaucoup développée et qu'il le considérait aujourd'hui, pas seulement comme son meilleur ami, mais aussi comme un collaborateur formidable.

D'ailleurs, ils travaillaient ensemble sur une nouvelle version de la théorie de la bicaméralité. Il m'a aussi expliqué que Solrac est depuis longtemps un disciple de la Matière et que ça ne lui fait rien d'intervenir dans les affaires humaines, ni de lui rapporter ce qu'il sait des rumeurs qui circulent et des querelles entre les membres du Conseil.

— Ils se disputent, vraiment? Divad m'a jamais parlé de ça.

— Disons qu'il y a une clique d'ultraconservateurs parmi les Anciens. Siddharta a été l'un des fondateurs du Conseil, mais il s'est tenu longtemps au-dessus de ces querelles intestines. C'est un esprit farouchement indépendant. Dernièrement, toutefois, il a donné des signes d'appui à la position des progressistes – un changement que certains voient d'un fort mauvais œil.

— Pourquoi? Moi je le trouve très bien, ce type.

— D'après ce que je comprends, on craint que sa confiance en l'avenir de l'humanité ne l'entraîne à proposer des concessions dangereuses.

— Je me demande s'il se souvient de moi.

— Bien sûr. Et favorablement, semble-t-il.

— Vous, vous croyez vraiment que les Anciens sont immortels?

— Tant qu'il y aura sur Terre des cerveaux vacants pour les accueillir, pourquoi pas?

— C'est dingue.

— Sans doute, mais le fait qu'une intelligence indépendante de la mienne partage l'usage de mon cerveau me dérange beaucoup moins que la théorie qui soutient que l'Univers a été créé en une fraction de seconde à partir de l'explosion du néant.

— Ça, je connais bien, c'est le *big bang*.

— Tu en as de la chance.

Il a ri, mais ce n'était pas pour se moquer de moi, ou alors, juste ce qu'il fallait. Il avait posé mon cadeau à côté de son fauteuil en s'asseyant tout à l'heure et je me suis demandé s'il l'avait oublié à force de parler de choses sérieuses.

Mais non, il me l'a remis en disant d'attendre d'être à la maison pour le déballer. Je lui ai dit merci d'avance, surtout que je savais déjà que ça me plairait.

FINALEMENT ON S'EST LEVÉS POUR PARTIR et, juste au moment où on se disait au revoir, Klaas Van Haecke est apparu devant nous, les bras écartés comme une vedette qui entre en scène, avec un grand sourire photogénique.

J'ai été aussi estomaqué que M. Vargas, sauf que ça devait se voir chez moi comme le nez au milieu de la figure. C'est normal, parce que ressentir une chose et en afficher une autre, ça prend des années d'entraînement.

Il nous a invités au bar de l'hôtel en disant qu'il avait d'excellentes nouvelles à célébrer avec nous. Ça devait être sérieux, et pour nous en convaincre, il a commandé une bouteille de champagne Taittinger qui lui a coûté une galette. (Je l'ai su quand il a signé la facture, après avoir ajouté un pourboire démentiel.)

Il nous a dit en levant son verre :

— À la vie qui recommence, mes chers amis. Je reviens de loin, de très loin. Et vous ne sauriez croire la joie que j'éprouve à me retrouver entre vaillants Mousquetaires. À l'amitié ! Et à la santé du monde visible et invisible !

On a trinqué, mais j'ai senti que le professeur Vargas n'était pas convaincu. M. Van Haecke s'en est aperçu et il lui a mis la main sur l'épaule en riant :

— Je comprends votre réserve, mon cher Carlos. Le grossier Mister Hyde vous a quitté abruptement, et vous le retrouvez à l'instant sous les traits du bon Dr Jekyll. Il y a de quoi se poser des questions.

— Je m'en pose, en effet. En me réjouissant toutefois de vous trouver en si grande forme.

La première fois que j'ai bu du champagne, c'était pour fêter la Nouvelle Année chez mes grands-parents, et franchement je n'avais pas tellement aimé ça. Mais là, c'est bien descendu et j'ai pensé que je pourrais m'y faire à la longue. Sauf évidemment que je ne paierais jamais une fortune pour un truc que j'irais pisser une heure après.

M. Van Haecke n'avait pas l'air de s'en faire avec ça et il a fini son verre avant de nous raconter qu'il avait complètement perdu la boule et s'était retrouvé aux soins intensifs dans un hôpital psychiatrique d'Amsterdam. Les médicaments lui avaient permis de sortir de son état délirant – alors que son symbiote, même sous l'effet des calmants, continuait à le tourmenter jour et nuit.

La guérison était arrivée d'un seul coup et de façon complètement imprévue, quand les médecins avaient parlé d'un traitement aux électrochocs. Ça a eu le même effet qu'une formule magique : le mot a suffi pour que son symbiote change son fusil d'épaule. Une véritable métamorphose.

— Il s'est excusé pour son harcèlement inqualifiable et pour ses insultes. Nous avons fait la paix et, depuis lors, c'est un compagnon d'une discrétion et d'une prévenance exceptionnelles. Il n'intervient jamais sans me demander la permission au préalable – et je n'ai pas honte de dire qu'il me sert maintenant de secrétaire particulier. Sa mémoire infaillible est devenue un atout dont je ne pourrais plus me passer.

— S'il y trouve son compte, pourquoi pas ? a dit M. Vargas. À propos, Klaas, avez-vous informé le chanoine Dijan de votre retour ?

— Pas encore, non. Je suis arrivé cette nuit et j'ai fait la grasse matinée ce matin pour éponger mon décalage horaire. Seriez-vous assez aimable de l'avertir à ma place ? Je ne sais pas comment le contacter, car il a quitté le Royal Carlton sans laisser d'adresse.

Je suis intervenu pour lui dire qu'il avait qu'à demander à son symbiote de faire passer le message par Najid-le-Rebelle. Il a fait une petite grimace :

— Excellent conseil, David, mais mon symbiote refuse dorénavant de faire des jonctions avec ses semblables. Il a peur qu'on lui reproche d'avoir causé ma dépression, et donc de m'avoir conduit à trahir notre cause en divulguant des informations qui devaient rester secrètes. Par bonheur, en raison de mon état, il semblerait que personne n'ait pris mon supposé délire au sérieux.

J'ai eu l'impression que le professeur Vargas en avait assez entendu. Il a demandé à Van Haecke de lui donner ses coordonnées, en s'engageant à les transmettre au chanoine le soir même.

— Merci, mon cher Carlos. Dites-lui que je suis revenu expressément pour participer à notre rencontre imminente avec Najid et le représentant du Conseil des Anciens. Je présume que notre amie Gwen sera de la partie, n'est-ce pas ? S'il y a du nouveau, puis-je compter sur vous pour m'en avertir sans délai ? Je profite de mon passage à Montréal pour régler diverses affaires, mais vous pouvez toujours me joindre sur mon portable.

— Je vous tiendrai informé. À propos, j'ai cru comprendre que votre organisation a cessé toutes ses activités.

— C'est exact. La décision n'a pas été facile à prendre, car j'ai consacré plusieurs années de ma vie à *Croissance Zéro*. Toutefois, à la lumière de notre aventure, je suis arrivé à la conclusion que la restauration de l'Alliance originelle offrait de plus grands atouts pour sauver notre planète et ses habitants – y compris les êtres humains.

Il nous a alors donné un cadeau à chacun, avec interdiction de le remercier, en disant que c'était la moindre des choses pour se faire pardonner les ennuis qu'il nous avait causés.

Ensuite, il est sorti du bar en saluant au passage des clients qui le reconnaissaient. Ça m'a fait réfléchir, parce que la majorité des gens le prenaient pour un louftingue, mais ça ne les empêchait pas d'être impressionnés de le voir en chair et en os, parce qu'il était passé plusieurs fois à la télévision. Pourtant, personne ne regardait le professeur Vargas même s'il avait découvert tout seul le secret du cerveau bicaméral. J'ai trouvé ça *scandaleux* – et, comme toujours, je pèse mes mots.

Avant de se laisser, on a déballé nos cadeaux. C'était deux étuis identiques en cuir véritable, et dedans une plume Montblanc avec un bec en or pour écrire avec de la vraie encre. Il y avait aussi un certificat avec un numéro, pour prouver que c'était une édition limitée.

— Je ne peux pas accepter ça, a dit M. Vargas.

— Pourquoi ? Je la trouve super. Surtout le poids, ça tient bien dans la main.

— Je comprends donc, c'est de l'argent massif. Qu'est-ce qui lui a pris de nous offrir ça ?

— C'est pour s'excuser. Il l'a dit.

— Quand même. En tout cas, la prédication de l'apocalypse m'a tout l'air d'être un commerce rentable. À part ça...

— Oui, quoi ?

— Son symbiote refuse de communiquer avec ses semblables – c'est du moins ce qu'il nous a affirmé, n'est-ce pas ? Mais alors, comment a-t-il su que notre rencontre avec le Premier des Anciens était imminente ?

Il a mis la plume et l'étui dans sa poche sans rien ajouter. J'ai eu l'intuition que c'était un cadeau dont il ne se servirait jamais.

ALORS QUE J'ARRIVAIS PRÈS DE CHEZ MOI, Divad a arrêté de me chanter l'air de la *Fantaisie pour piano à quatre mains* de Schubert (j'avais fini par l'aimer autant que lui) et m'a conseillé de regarder derrière moi.

J'ai vu au bout de la rue, sur le trottoir d'en face, l'homme chauve à moustache qui se trouvait dans le hall de l'hôtel Bristol. Il s'était arrêté et faisait semblant de nouer sa chaussure. J'ai demandé à Divad :

— Comment t'as fait pour le repérer ? J'ai quand même pas des yeux derrière la tête.

— Il était dans le bus.

— T'es sûr ? Je l'ai pas vu.

— On l'a vu en même temps, forcément. Mais toi, tu ne l'as pas remarqué.

— *Fuck,* t'as raison. Enfin quoi, qu'est-ce qu'il me veut, ce bonhomme ?

J'ai décidé de ne pas attendre d'être chez nous pour téléphoner. Gwen avait fait suivre ses appels sur la boîte vocale de son bureau, ça m'a agacé et je n'ai pas laissé de message. J'ai demandé à Divad s'il savait ce qu'elle faisait en ce moment. Comme il ne voulait pas répondre, j'ai insisté :

— Arrête de faire chier avec ta discrétion à la con. C'est important ce qui nous arrive. Gwen se méfie de moi depuis quelque temps. Pourtant, j'ai rien fait. En tout cas, elle est plus la même et ça m'énerve de pas comprendre. Alors réponds juste à une question et j'arrête de t'asticoter : est-ce qu'elle me cache quelque chose ?

— Oui.

— Je le savais.

J'ai cherché un argument pour le forcer à m'en dire davantage, mais le Nokia s'est mis à sonner.

L'afficheur indiquait que c'était l'inspecteur Calderone et j'ai hésité à répondre. Je l'ai quand même fait, parce qu'on ne sait jamais. Il a commencé tout de suite :

— Tu n'étais pas sûr de vouloir me parler.

— C'est que... Non, mon portable était au fond de ma poche.

— Et le joli paquet que tu tiens sous le bras, il est aussi sorti de ta poche ?

— Comment vous savez que j'ai un paquet ?

— Fais demi-tour et regarde chez toi.

Il était à la fenêtre du salon, son mobile à la main, et m'observait avec un petit air narquois.

Je l'ai rejoint dans la maison et ça m'a fait une impression indéfinissable de voir qu'il était seul. Il m'a expliqué que ma mère était chez le coiffeur, car elle l'accompagnait ce soir à une soirée de gala au bénéfice de la *Fraternité des policiers*.

— Je suis resté ici pour t'attendre, David.

— Ça tombe bien, je voulais justement avertir Gwen que quelqu'un me suit partout depuis quelques jours.

M. Calderone a regardé par la fenêtre et a agité la main à l'intention du type chauve qui était debout devant la maison et qui lui a répondu en levant son pouce avant de s'en aller.

— Vous le connaissez ?!

— C'est un de mes hommes. Normalement, tu n'aurais pas dû t'apercevoir de sa présence.

— Ça veut dire que vous me surveillez ? Je pensais que vous me faisiez confiance.

— On ne te surveille pas, mon grand nono. On assure ta sécurité.

— Pourquoi ? Je suis en danger ?

— Franchement, je ne crois pas. Mais on a décidé de ne pas prendre de chance.

(Il voulait dire «pas prendre de risque» et M. de Chantal lui aurait enlevé deux points, un pour la faute, l'autre pour l'anglicisme. Bien sûr que je ne lui ai pas fait la leçon en raison de son âge et d'ailleurs, même avec mes copains, j'évite de les corriger pour ne pas être traité de maudit Français. Je rappelle aussi que j'ai vécu huit ans à Paris, où j'ai pris un accent qui me revient au galop dès que je ne fais pas attention.)

M. Calderone m'a alors expliqué qu'une tuile leur était tombée sur la tête et que Gwen était occupée en ce moment à enquêter au Centre de détention Parthenais.

— Une tuile ?

— Oui. On a mis un embargo sur l'information pour avoir une longueur d'avance, mais pour toi, c'est différent. Tôt ce matin, l'abbé Touchette a été trouvé empoisonné dans sa cellule. On n'a pas pu le ranimer.

— Merde! Excusez. Il s'est suicidé?

— C'est ce qu'on essaie de déterminer. Le hic, c'est le poison: c'est le même que celui qui a été ajouté à la drogue de Louis Bazinet. Ça commence à faire beaucoup.

— Pourquoi vous avez dit que pour moi, c'est différent?

Il a soupiré et ne m'a pas répondu tout de suite. Pourtant, il aurait bien dû se douter que j'allais lui poser la question.

— Parce que dans l'affaire d'Iris et de Bonneville, il ne reste plus qu'un seul témoin.

— Moi? D'abord, elle m'a jamais donné de noms.

— Je n'en doute pas. Seulement, les amis du bon juge n'en sont peut-être pas convaincus.

— Donc, je pourrais être leur prochaine cible.

— Non. Fais-moi confiance à ce sujet. Disons simplement que tu vas être discret et ne pas t'exposer inutilement. Évite par exemple de te bagarrer avec les intégristes de tout poil.

— D'accord, mais ça a pas rapport.

— Sans doute. Encore que le dénommé Christian Saint-Onge, que vous avez badigeonné de peinture l'autre soir, a été l'un des protégés de l'abbé Touchette. Le monde est bien petit. Voilà, tu sais tout.

— Vous m'avez vraiment tout dit, pour de vrai?

— Pour de vrai, vraiment.

Il m'a tendu la main et je l'ai serrée en faisant semblant que le pouce qui manquait ne me gênait pas. Je l'ai aussi remercié de m'avoir accordé sa confiance, mais c'était diplomatique, vu que je savais qu'il me cachait encore des choses importantes. Comme je lui en cachais aussi, je ne pouvais pas lui en vouloir.

Bref, on était faits pour s'entendre.

LE CADEAU DU PROFESSEUR VARGAS était une sorte de bol en cuivre gravé de signes cabalistiques, avec un mode d'emploi qui disait qu'il fallait «faire tourné le batton du bois sur l'arète de la bole pour producion du son chantant qui porte a lâme calm et bonneur». Je me suis pas mal énervé, vu que ça ne marchait pas du premier coup, et dès que j'obtenais la vibration magique, ça foirait la seconde d'après.

Et tout à coup je l'ai eu, il fallait y aller plus lentement et de façon régulière – et ça valait vraiment la peine parce que la note était en même temps douce et puissante, comme seuls les Tibétains savent faire.

J'ignore si Divad a été inspiré par ma musique ou s'il a été influencé par ce que M. Vargas avait dit à propos des initiatives de son symbiote Solrac, quoi qu'il en soit il m'a demandé si j'étais intéressé à savoir pourquoi M. Calderone pensait que je n'étais pas vraiment en danger.

— C'est une blague ou quoi? Bien sûr que je veux le savoir.

— Ce n'est pas évident, David.

Il a commencé par raconter que l'abbé Touchette avait été un peu bousculé pendant son interrogatoire et qu'il avait fini par déballer son sac et donner les noms des invités de M. de Bonneville à ces soirées où ils faisaient des choses avec Iris et une autre fille de son âge qui amenait aussi son petit frère.

— C'est qui, ces invités?

— D'après ce que m'a rapporté le symbiote de M. Calderone, ce sont des gens haut placés, avec de l'argent et des connexions. L'abbé ne croyait pas qu'ils étaient directement responsables de ce qui est arrivé à Iris, mais il a admis que certains de ces messieurs auraient pu payer quelqu'un pour faire la besogne.

— Et alors? Il y a qu'à les arrêter et les faire avouer.

— Ce n'est pas ce qui va se passer.

Divad m'a expliqué que M. Calderone avait discuté de l'affaire avec Gwen qui, au début, avait été choquée noir. Il avait décidé de faire savoir aux «fidèles amis» de M. de Bonneville qu'il était au courant de leurs cochonneries et qu'il s'arrangerait pour que tout le pays en entende parler, à moins qu'ils acceptent de se tenir tranquilles.

— Ça veut dire qu'ils seront pas accusés? C'est dégueulasse. Et Iris, alors?

— Il dit que quoi qu'on fasse, ça ne changera rien à sa condition.

— Sauf que ces types vont recommencer avec d'autres filles.

— L'inspecteur prétend qu'il leur ôtera l'envie d'essayer.

— Je suis sûr que Gwen marchera jamais dans ce marchandage.

— Tu te trompes. Elle a fini par se rendre à ses raisons, à cause de toi.

— Mais qu'est-ce que je viens faire là-dedans?

— Si tu ne témoignes pas en cour, il n'y a aucun espoir d'obtenir des condamnations. La Couronne manque de preuves et, apparemment, la confession de l'abbé Touchette ne tiendra pas le coup, surtout maintenant qu'il est mort.

— Je dirai au juge tout ce que je sais.

— Ce que tu sais aurait pu confondre M. de Bonneville, mais tu n'as jamais vu ses amis. De toute façon, M. Calderone refuse que tu coures ce risque. Ces gens sont trop puissants – et il s'est fait dire par ses supérieurs qu'il valait mieux pour tout le monde que l'affaire soit étouffée.

— Ça t'écœure pas, toi?

— Si, je trouve ça révoltant. Mais là, je réagis comme Gwen.

— Ça veut dire quoi?

— Je ne veux pas qu'on te fasse de mal – moi aussi, je tiens à toi.

— Évidemment. S'il m'arrive quelque chose, tu y passeras toi aussi.

— À bien y penser, je crois que je n'ai pas vraiment peur de la mort. Mais ce qui est certain, c'est que j'ai terriblement peur de te perdre.

Au bout d'un moment, je lui ai demandé d'oublier ce que j'avais dit. Il a répondu:

— Je t'ai déjà expliqué que les symbiotes ne peuvent pas oublier. Mais je peux te pardonner, si tu veux.

— OK. S'il te plaît.

— S'il te plaît à propos de quoi?

On a rigolé ensemble et ça nous a fait du bien. Je crois que si chacun pouvait bavarder avec son symbiote de temps en temps, la vie sur la Terre serait moins merdique.

J'ÉTAIS INQUIET de ne pas avoir eu de nouvelles de Guillaume et je lui ai téléphoné à la fin de la soirée.

Il était de mauvaise humeur, après avoir perdu des heures à surveiller les réparations des ouvriers et à s'engueuler avec les compagnies d'assurances qui se renvoyaient la balle.

— J'ai aussi vu mon parrain qui a déposé une plainte contre Pétrin, Saint-Onge et consorts. Dans ses recherches, il a découvert que la secte des *Disciples du Christ en croix* compte près de quinze cents adeptes dans la province et possède plusieurs immeubles à Montréal.

— T'as pas peur qu'ils remettent ça? Tu devrais peut-être t'acheter un chien de garde.

— Non. Je laisserai à personne d'autre que moi le plaisir de les mordre.

— Mᵉ Langlois t'a dit quelque chose au sujet d'Iris?

— Oui. On n'a pas à s'inquiéter dans l'immédiat. Il a parlé avec la directrice de l'OPJ et il semble que la décision du débranchement a été remise à plus tard. Il a eu l'impression que Mme Valiquette était dans ses petits souliers. À part ça, si ça t'intéresse, il te trouve bien sympathique. Comme la plupart des gens qui te connaissent, d'ailleurs. C'est quoi, ta recette?

— J'aimerais bien le savoir, pour vrai. J'ai souvent de la peine à partager la bonne opinion qu'on a de moi. Je me sens tellement inachevé. Je fais illusion parce que je parle bien, mais au fond j'ai pas grand-chose à dire. T'as une minute, là?

— Pour toi, j'ai toute la nuit.

Je lui ai expliqué que, d'après ce que j'avais compris en discutant avec Divad, les symbiotes ne doivent pas divulguer les noms des Immortels qui font partie du Conseil des Anciens. On sait bien sûr que Siddharta est l'un d'eux, mais c'est lui-même qui a décidé de se révéler.

— J'en connais un autre, et je suis pas mal fier parce que je l'ai trouvé tout seul. Enfin, presque. Une fois, Divad a laissé échapper par mégarde le nom du «grand Baruch». Ça m'est revenu ce matin et je suis allé voir sur l'internet. Et là, bingo: je sais qui c'est!

— Tu vas me faire poireauter encore longtemps?

— C'est un type qui s'appelait Baruch Spinoza. Tu connais?

— Ça sonne une cloche, mais pas plus que ça.

— C'est une grosse tête qui a vécu au XVIIe siècle, à Amsterdam. Beaucoup de philosophes disent que c'est le plus grand d'entre eux. Il a manqué se faire poignarder par un fanatique qui ne digérait pas ses idées. Ça te rappelle quelque chose? Écoute plutôt les questions qu'il pose: «Pourquoi sommes-nous si fiers de notre propre esclavage? Pourquoi est-ce si difficile de gagner et de garder la liberté? Pourquoi la religion qui invoque la joie et l'amour provoque-t-elle la guerre, l'intolérance, la haine et la culpabilité?» Pas con, le mec.

— Ça m'intéresserait de connaître ses réponses. Elles pourraient nous être utiles par les temps qui courent. À part ça, mon petit Trott, je te rappelle qu'il y a au bout du sans-fil un garçon amoureux de toi qui est vanné et qui te souhaite une bonne nuit.

On a raccroché en même temps – un truc pour rester synchrones jusqu'à la dernière seconde.

Quelques minutes plus tard, j'ai reçu un courriel de Guillaume qui disait: «Spinoza a été excommunié par le Conseil des rabbins avec cette sentence: *"Que Dieu ne lui pardonne jamais ses péchés. Que la colère et l'indignation du Seigneur l'environnent et fument à jamais sa tête. Que toutes les malédictions contenues au Livre de la Loi s'abattent sur lui"*. Charmant et délicat, tu ne trouves pas? Heureusement que le Christ en croix a rétabli la balance avec son message de compassion et de charité. Pour ton info, la facture du vitrier est de deux mille sept cent quatre-vingt-neuf dollars.»

Je me suis couché et je n'ai pas pu m'endormir. Quelque chose m'achalait, mais je ne savais pas exactement quoi.

Il faut dire que pour le choix des sujets d'inquiétude, j'étais pas mal gâté.

TRENTE-SIX

GWEN ÉTAIT DANS SON BUREAU en train de parler au téléphone. Elle m'a aperçu derrière la vitre et m'a fait signe d'entrer et de m'asseoir. Je ne savais pas encore si j'allais la questionner sur les choses qu'elle me cachait.

J'ai vu à son air que ce qu'on lui disait au bout du fil l'arrangeait, et que c'était en même temps un truc grave à longue portée. Elle prenait des notes à toute vitesse, et ça m'a fait un drôle d'effet de reconnaître dans sa main gauche le même Montblanc que le mien, à part que celui-là était un stylo à bille.

Elle a finalement raccroché et m'a regardé en souriant, mais elle continuait de penser à ce qu'elle venait d'entendre. J'ai dit :

— Comme ça, vous avez eu la visite de M. Van Haecke.

Pour qu'elle comprenne plus vite, je lui ai montré ma plume avec le bec en or. Elle l'a prise pour l'examiner et a dit que ce cher Klaas pensait sûrement que les rapports qu'elle écrivait ne méritaient pas d'être consignés à l'encre de Chine.

— Si vous préférez le mien, je suis d'accord pour échanger.

— Il n'en est pas question. Surtout que mon instinct me dit que David Goldberg prendra la plume tôt ou tard. À part ça, je suppose que Carlos et le chanoine étaient sur la liste de distribution, eux aussi. Maintenant, excuse-moi de sauter du coq à l'âne, mais il faut que tu saches que l'état de Victor Dijan continue de se détériorer.

— Ça me rend triste, mais ça m'étonne pas, il en a parlé l'autre jour.

Elle a soupiré et m'a rendu ma plume en disant :

— Devine combien coûte ce bel objet... Je me suis renseignée : entre neuf cents et mille dollars.

— Wow! Je savais pas que M. Van Haecke était aussi riche.

— Moi non plus, vois-tu. Sa secte lui a rapporté des revenus annuels assez confortables, mais rien d'extraordinaire. Pourtant, depuis qu'il a déposé le bilan de *Croissance Zéro*, sa fortune personnelle a enregistré une augmentation phénoménale.

— Ça s'explique comment?

Elle m'a montré du regard les notes qu'elle venait d'écrire :

— C'est ce que j'essaie de démêler. Ne le prends pas mal, mais je préfère ne rien dire avant d'avoir tous les éléments en main.

— Si vous voulez une piste, vous avez qu'à penser aux pigeons de M. de Rothschild.

— Des pigeons? Je ne comprends pas.

— Moi non plus. C'est Divad qui me l'a soufflé.

Elle a soupiré et a écrit sur son bloc-notes (j'ai pu lire à l'envers) : « Rothschild? Pigeons?? »

Puis elle s'est levée en s'excusant, car elle devait se rendre à une réunion. Elle m'a dévisagé avec l'air de se demander à retardement ce que je faisais dans son bureau :

— Je doute que tu sois venu ici avant l'école pour me montrer ton beau Montblanc tout neuf.

Là, elle s'est mordu les lèvres comme si elle avait commis une gaffe qui lui donnait envie de rire. Je n'ai pas compris pourquoi.

— Non, mais ça tombe bien que je puisse vous avertir en personne. Vous vous rappelez le type chauve qui nous espionnait dans la basilique?

— Je me souviens que tu en as parlé, mais à part toi, personne ne l'a vu.

— La prochaine fois, vous feriez mieux de me croire sur parole. C'est un type qui travaille pour M. Calderone.

— Qu'est-ce que tu racontes là? C'est pas possible!

— Ça veut dire que l'inspecteur sait que vous faites partie de notre groupe. Alors pourquoi il vous a jamais posé de questions?

J'ai vu qu'elle réfléchissait à toute allure, en se demandant comment elle allait s'en tirer. Elle m'a finalement répondu, en ouvrant la porte :

— Tu ne connais pas Luigi. Il ne me posera aucune question avant d'avoir trouvé toutes les réponses par lui-même.

Elle se préparait à sortir et je lui ai dit:

— La dernière fois qu'on s'est quittés, on s'est donné un bec.

Elle s'est sentie piégée et m'a embrassé vite fait sur la joue, en déclarant que je n'étais pas quelqu'un de tout repos – ce qui ne voulait strictement rien dire.

Et là, elle m'a dévisagé comme si elle ne pouvait plus partir, mais elle est partie quand même, et deux fois plus vite.

C'ÉTAIT LA PREMIÈRE FOIS que Divad me réveillait au milieu de la nuit.

La maison était silencieuse, à part Patrick qui ronflait de l'autre côté du mur. Il devait être claqué, vu qu'il avait remis ça trois fois, jusqu'à une heure du matin. Ça donnait l'impression qu'il s'y connaissait, surtout que Sig ne s'est pas gênée pour ajouter sa note personnelle.

Sauf que ce n'est pas une preuve – des fois, les filles font semblant de jouir pour éviter d'avoir l'air gourdes, ou alors pour faire croire au mec qu'il est super doué. Alain Robichaud dit que ça s'appelle un orgasme dissimulé et qu'il n'y a pas moyen de savoir si c'est du lard ou du cochon.

J'aurais dû commencer par expliquer ici que ma mère était partie passer le week-end à New York avec M. Calderone et qu'elle avait recommandé à Sig de me tenir à l'œil, parce que je traversais une période difficile – et que selon Mlle Le Gaëllec, si j'avais envie de parler tout seul dans ma chambre, il valait mieux ne pas me contrarier.

Pour en revenir à Divad, je l'ai entendu avant même d'ouvrir les yeux. Il me disait que je devais me lever et me rendre immédiatement à l'hôpital Général.

— Si elle est morte, tu ferais mieux de me le dire tout de suite.

— Ça n'a rien à voir avec Iris. Enfin, pas vraiment. On n'a pas le temps pour les questions. Dépêche-toi!

Je me suis vite habillé et j'ai laissé une note à Sig pour lui dire que j'étais allé dormir chez un copain, parce que certaines personnes de ma connaissance risquaient de me réveiller demain matin à force de faire la grasse matinée et que j'aimais mieux ne pas mettre des bâtons dans leurs roues, parce que quand il y a des gênes, il n'y a pas de plaisir.

(J'étais content de la façon dont j'avais tourné mon boniment, ça ne voulait rien dire et elle prendrait ce qui faisait son affaire. À part ça, il y a quand même quelque chose que j'apprécie vraiment chez elle, c'est qu'elle ne se croit pas obligée de jouer à la grande sœur avec moi.)

À TROIS HEURES DU MATIN, il n'y a presque pas de circulation, ce qui fait que le taxi a pris moins de quinze minutes pour m'amener à l'hôpital.

Le gardien de service m'a laissé entrer sans m'obliger à passer par la réception, avec un petit signe de tête pour me dire qu'il avait été averti de mon arrivée. Ça ne m'a pas rassuré et j'ai continué à craindre un coup dur. Heureusement que Divad était là pour me guider.

Dans l'ascenseur, j'ai appuyé sur le bouton du treizième étage et j'ai dit:

— Tu sais qu'il y a un tas d'immeubles où on le supprime, à cause de la superstition? Des fois, vous les symbiotes, vous devez nous trouver pas mal débiles.

— Qu'est-ce que tu t'imagines? Ce n'est pas parce qu'on est des esprits qu'on a un meilleur jugement. Nous aussi, nous devons lutter contre des croyances qui n'ont pas d'allure.

— C'est peut-être contagieux.

— Sûrement. Encore faut-il savoir qui contamine l'autre.

— C'est une drôle de question, pour quelqu'un qui prétend que vous êtes pas capables de nous influencer.

— Si je t'influence, David, c'est malgré moi.

— J'aime ça quand tu m'appelles David.

Je ne sais pas s'il s'en est douté, mais je n'avais rien à cirer des superstitions et du reste. J'ai lancé ça pour dire quelque chose, parce que j'avais la trouille de découvrir ce qui m'attendait dans la chambre 1348.

Pour rien améliorer, c'était la dernière au bout d'un corridor qui n'en finissait pas de finir et qui était juste éclairé par des veilleuses au ras du sol, pour protéger l'environnement en économisant l'électricité – et aussi pour qu'on ne se casse pas la gueule.

J'étais presque arrivé quand une porte s'est ouverte sans bruit. Quelqu'un m'a attrapé par le bras et m'a entraîné dans une petite pièce en me mettant une main sur la bouche pour m'empêcher de crier.

Dans la pénombre, j'ai reconnu le professeur Vargas qui m'a dit à voix basse de ne pas m'inquiéter, ce qui était un peu fort, car j'avais le cœur qui me débattait comme une charade.

Gwen était là aussi et réglait une caméra vidéo montée sur un trépied pour filmer ce qui se passait dans la chambre voisine, à travers une vitre qui était un miroir de l'autre côté, comme dans les séries policières à la télé.

Ça m'a secoué quand j'ai vu le chanoine Dijan étendu dans son lit, les yeux fermés, avec un masque à oxygène et plusieurs machines qui clignotaient autour de lui.

Le téléphone de Gwen a vibré. Elle a pris l'appel, puis a murmuré : «Il arrive.» Ensuite elle s'est retournée vers nous en mettant un doigt sur sa bouche.

Quelques instants plus tard, un garde de sécurité de l'hôpital a ouvert la porte de la chambre – et j'ai tout de suite reconnu le sergent MacIntosh sous le déguisement. Il a fait entrer Klaas Van Haecke en disant :

— Vous êtes le premier arrivé. Je vous laisse, je vais attendre les autres en bas.

— Je suis un peu en avance, en effet.

— Je ne vous aurais pas déjà vu à la télévision, par hasard ?

— C'est bien possible, oui. Merci, et bonne fin de nuit.

Quand il s'est retrouvé seul avec le chanoine, Van Haecke a entrouvert la porte pour être sûr que le garde s'éloignait, puis il a sorti une seringue de sa poche pour en vider le contenu dans le tuyau de plastique qui amenait du soluté dans le bras de M. Dijan.

Ensuite il s'est assis et a regardé sa montre avec un petit sourire en coin.

— On y va! a dit Gwen.

MacIntosh était revenu sur ses pas et nous attendait dans le corridor. Il a frappé à la porte de la chambre et s'est reculé pour nous laisser passer tous les trois. Ensuite il a refermé la porte. On le voyait derrière la petite vitre, prêt à intervenir.

LÀ, IL S'EST PRODUIT UN PHÉNOMÈNE ÉTRANGE que j'hésite à raconter. Pourtant, je m'en souviens en détail, sauf que je l'ai vécu comme si j'étais dans une transe. Je savais que ce qui se passait à l'instant était pour de vrai, mais ça me semblait terriblement irréel. Même si je comprenais chaque mot qui se disait, j'avais l'impression de l'entendre dans une langue étrangère.

Difficile à décrire, mais c'est du mieux que je peux.

M. Van Haecke s'était levé pour nous saluer, mais son sourire instantané s'est figé en grimace.

Gwen est allée tout droit vers M. Dijan pour enlever le pansement qui maintenait le conduit du soluté dans le creux de son coude. On a vu alors qu'au lieu d'être connecté à une aiguille piquée dans la veine, le tuyau continuait sous le drap du lit pour aller remplir un petit flacon qu'elle a montré à Van Haecke :

— C'est quoi, ça ?

— Je l'ignore. Pourquoi me le demandez-vous ? Je viens d'arriver.

Il était très calme et elle aussi. Elle lui a montré le miroir contre le mur :

— Épargnez-nous votre théâtre, voulez-vous ? J'ai tout ce qu'il faut pour vous inculper de tentative de meurtre. Vous avez été filmé, et en présence de deux témoins indépendants.

— Trois, a dit le chanoine Dijan en ouvrant les yeux et en retirant son masque.

Ça nous a tous pris par surprise. Il n'était pas inconscient ni même endormi, et son regard était plus clair et plus perçant que jamais. Il ne portait pas ses lunettes rondes et on aurait dit qu'il n'en avait même plus besoin.

Il nous a souri, puis une ombre a passé sur son visage quand il s'est tourné vers Van Haecke. Sauf qu'au lieu d'avoir l'air de lui en vouloir, il était juste triste, comme s'il le plaignait d'avoir manqué son coup :

— Vous avez choisi de travailler pour le mauvais camp, mon pauvre ami. Il n'empêche, j'hésite encore à croire que la clique d'intégristes qui conspirent au sein du Conseil des Anciens a pu vous donner l'ordre de m'éliminer. Mais aussi, pourquoi ai-je supposé que notre race a le monopole de l'immoralité ? Il faut donc croire que vos amis sont prêts à commettre le pire pour mettre un terme à l'action subversive de Najid-le-Rebelle.

Van Haecke a ricané, et même s'il ne restait plus de trace de ses bonnes manières, je dois admettre qu'il nous tenait tête avec une arrogance impressionnante, comme s'il se croyait invincible. Je m'en suis voulu de l'avoir admiré au début, et d'avoir même pensé qu'il avait plus de classe que M. Vargas.

— Vous dramatisez à outrance, mon révérend, a-t-il répondu. Dans l'état où vous êtes, personne ne songerait à précipiter l'œuvre de la nature. Le psychotrope que je devais vous injecter vous aurait fait passer un moment agréable dans un paradis artificiel, rien de plus dramatique. Toutefois, il était destiné en premier lieu à votre symbiote, pour le mettre hors service pendant quelques jours.

— Mais oui, bien sûr, c'est évident.

— L'évidence m'échappe, a dit Gwen.

— La calamité pour les ultras du Conseil serait que Najid-le-Rebelle devienne un Immortel et soit en mesure de poursuivre indéfiniment son combat pour le renouvellement de l'Alliance. Il leur a donc fallu tout mettre en œuvre pour nous empêcher de fusionner, lui et moi, quand je rendrai mon dernier soupir.

M. Vargas est intervenu en s'efforçant de garder son calme et a dit à Van Haecke :

— Vous qui aimez faire des cadeaux, puis-je vous demander une faveur additionnelle ? Expliquez-nous comment vous justifiez votre trahison.

— Une trahison ? Vous ne lésinez pas sur les mots, Carlos. Une volte-face, je veux bien. Voyez-vous, je n'ai pas seulement fait la paix avec mon squatteur, j'ai aussi écouté ce qu'il avait à dire sur la mission des Mousquetaires.

— Par exemple ?

— La majorité des symbiotes considèrent les êtres humains comme des dégénérés. S'ils refusent d'envisager la réalité de notre existence, c'est surtout par peur que leur culture ne soit contaminée par notre égoïsme et notre médiocrité.

— Et vous avez épousé ce point de vue sans réserve...

— L'échec du jumelage avec mon symbiote m'a ouvert les yeux. J'ai compris que la restauration de l'Alliance serait un marché de dupes. Et je concède aujourd'hui que la *Croissance Zéro* était une pitoyable utopie. La vérité est que l'espèce humaine est irrémédiablement corrompue et transmet de génération en génération le germe de sa destruction finale. La planète Terre est condamnée, et avec elle, toutes les formes de vie évoluées – à commencer par la plus intelligente d'entre toutes, celle des symbiotes. Pourquoi voulez-vous combattre la doctrine officielle de la Fabulation, alors qu'elle les protège contre les affres de la réalité ? Pourquoi les empêcher de vivre paisiblement jusqu'à leur extinction ultime, dans le bien-être de l'ignorance ?

— Vous êtes un beau parleur, a dit Gwen. Vous paraissez défendre une noble cause, mais vous nous servez du réchauffé. L'apocalypse a toujours été votre filon pour vous préparer une retraite dorée. Vous avez prêté main-forte aux intégristes du Conseil pour une motivation plus terre à terre : l'appât du gain. Votre symbiote s'est réconcilié avec vous et vous a aidé parce qu'il obéit à des ordres. Votre volte-face, comme vous dites, vous a rapporté de l'argent, monsieur Van Haecke. Beaucoup d'argent.

— Allons donc! Des symbiotes avec un compte en banque... Pour des opposants à la doctrine de la Matière, voilà un joli paradoxe.

Il jouait au plus malin, mais son rictus s'était figé et il n'a pas pu s'empêcher de jeter un coup d'œil vers la porte. Divad m'a dit: «Il me fait pitié.» Ça m'a embêté, parce que moi, j'avais juste envie de lui péter la gueule.

Gwen a continué à s'adresser à Van Haecke et, en toute objectivité, j'ai trouvé qu'elle se débrouillait pas mal du tout – et pas seulement parce qu'elle a parlé de moi:

— Notre ami David m'a mise sur la bonne piste en me racontant l'histoire des pigeons voyageurs qui sont à l'origine de la fortune des Rothschild. Le banquier Nathan a fait autrefois un coup de bourse colossal en apprenant avant le reste du monde la défaite de Bonaparte à Waterloo. C'est ce qu'on appellerait aujourd'hui un «délit d'initié». Dans la même veine, vous avez réussi dernièrement dans plusieurs capitales des spéculations boursières qui ont fait de vous un homme très riche.

M. Dijan a frappé des petits coups avec sa bague contre la barrière de son lit. Il était un peu essoufflé quand il a dit:

— Le temps passe. Nous puisons maintenant dans les réserves.

Gwen s'est tournée vers Van Haecke pour l'aviser que le sergent MacIntosh allait le reconduire à la sortie de l'hôpital. Il n'a pas bougé, tellement il était surpris que ça finisse aussi brusquement et qu'on le laisse partir sans histoire. (Moi non plus, je n'en revenais pas.) Il a jeté un coup d'œil au chanoine qui lui a dit:

— Najid me prie de vous laisser savoir que vous n'entendrez plus parler de votre symbiote.

— D'un autre côté, a ajouté Gwen, il est probable que vous aurez prochainement des discussions intéressantes avec le fisc des Pays-Bas et les inspecteurs des institutions financières internationales.

Quand elle lui a ouvert la porte, Van Haecke a eu une bizarre de réaction: il s'est tâté comme pour être sûr qu'il n'avait pas oublié des morceaux de lui quelque part dans la chambre, puis il a essayé de rire, mais c'est sorti en grinçant comme des ongles sur un tableau noir.

On l'a entendu murmurer: «Hendrik?» et il a regardé autour de lui comme s'il se demandait où il se trouvait. Il a répété, de plus en plus inquiet : « Hendrik ? » et on a su pour la première fois que c'était le nom qu'il avait donné à son symbiote. Je ne m'explique pas exactement pourquoi, mais je crois que ça m'a permis de le détester un peu moins.

MacIntosh l'a pris par le bras et l'a emmené.

M. Vargas a aidé le chanoine à sortir de son lit et à prendre place dans le fauteuil roulant.

Dehors, les étoiles commençaient à disparaître dans le ciel. Gwen m'a rejoint près de la fenêtre. Elle a dû voir que ça ne tournait pas rond dans ma tête et m'a demandé pourquoi je la regardais comme ça.

— Parce que je vous vois autrement.

J'aurais dû mieux lui expliquer – ça l'a attristée et c'est la dernière chose que je voulais. Mais elle ne m'a pas laissé le temps de m'excuser et m'a donné le numéro de la chambre d'Iris, en me conseillant d'y aller tout de suite, sans les attendre.

— Je me suis arrangé pour que tu la voies avant notre rencontre. Je veux dire : rien que vous deux, en tête à tête.

— OK. Quelque chose vous inquiète ?

— Ce sera peut-être plus difficile que tu ne le penses.

— Je me suis préparé.

— Je l'espère.

— Pourquoi ? Elle est tellement amochée ?

— Non. Au contraire.

J'aurais voulu qu'elle m'en dise davantage, mais son téléphone a vibré. C'est une invention qui rend de grands services, mais quand ça vous coupe le sifflet au milieu d'une discussion, c'est pas mal chiant.

Elle m'a fait signe d'y aller sans attendre la fin de son coup de fil.

Dans l'ascenseur, j'ai dit à Divad d'arrêter ça tout de suite. Ça l'a surpris :

— Tu as senti quelque chose ?

— Évidemment. Tu veux m'obliger à voir la réalité comme toi, avec ta... comment dire ? avec la même sensibilité que toi. C'est très désagréable, parce que j'ai la sensation que je m'appartiens plus.

— Je suis désolé. Je voulais obtenir l'effet contraire. Quand j'ai fait l'amalgame avec Newg et que tu es venu rôder dans la zone crépusculaire, j'ai compris qu'il y a d'autres moyens pour se connecter. Je suis inquiet de ce qui va se passer avec Siddharta ce matin et, pour penser à autre chose, j'ai essayé de percevoir la Matière à travers toi, directement. Je ne pouvais pas prévoir que ça marchait dans les deux sens.

— On est peut-être en train d'explorer la Voie royale sans le savoir.

Il n'a rien dit, mais j'ai senti que l'inquiétude dont il parlait venait de monter de plusieurs degrés. Ou alors ce n'était pas de l'inquiétude, mais une sorte d'angoisse tord-boyaux. Les émotions des symbiotes, ce n'est pas facile à décoder. Je ne veux pas me vanter, mais je sais de quoi je parle.

Heureusement, il a arrêté de m'envahir et je suis redevenu moi-même. Les numéros des étages qui s'allumaient dans l'ascenseur, les messages d'appels dans les haut-parleurs, mes mains que je pouvais bouger comme je voulais, la forme de mes ongles – j'ai tout retrouvé comme avant. Plus rien ne m'a semblé étrange ni déplacé.

Je suis redevenu normal dans une histoire qui se peut pas.

TRENTE-SEPT

QUAND JE SUIS ENTRÉ SEUL DANS LA CHAMBRE, j'ai compris ce que Gwen voulait dire – et même si elle m'avait prévenu, ça m'a causé un choc terrible.

Iris était étendue dans son lit, la tête soutenue par un oreiller spécial, et elle était plus belle et plus propre que jamais. Je m'attendais à la trouver avec plein de tuyaux enfilés partout, mais non, elle n'en avait que le minimum. Ses cheveux étaient super bien peignés, mais ce qui m'a le plus impressionné, c'est l'expression de son visage, tellement elle avait l'air en paix. On aurait dit qu'elle savait que personne ne pourrait plus jamais lui faire du mal. Sa peau était toute lisse, comme de la soie, et on ne distinguait presque plus la marque des coups.

Je me suis approché au pied du lit et je n'ai pas pu m'empêcher de dire : «Iris, c'est moi», parce qu'elle me regardait en face. Sauf que j'ai vite compris qu'elle ne me voyait pas – pour elle, j'étais devenu transparent. Ses yeux n'avaient aucune expression – et comme c'est la première fois qu'ils ne se détournaient pas des miens, je me suis rendu compte qu'ils étaient d'une couleur magnifique, entre le vert et le bleu.

J'avais remarqué en entrant que le clignotant rouge de la caméra de surveillance au plafond était allumé, ce qui fait que je suis allé m'enfermer dans la petite salle de toilettes pour chialer un bon coup, vu que mon chagrin ne regardait que moi.

Quand je suis ressorti, une infirmière qui était venue vérifier le goutte-à-goutte a sursauté.

— Qu'est-ce que tu fais ici ?

— C'est la lieutenant Le Gaëllec qui m'a dit que je pouvais entrer.

Elle a lâché le bouton d'appel et m'a dévisagé avec l'air de penser que je n'étais pas bien dangereux. Elle devait avoir à peu près le même âge que ma mère et son nom était écrit sur son badge: «C. Sansregret». Ça ne m'a même pas amusé, ce qui est un signe que j'avais vraiment le moral dans les talons. Elle m'a dit:

— T'as pleuré, toi.

— Ça se voit tant que ça?

— Sylphide, c'est ta petite amie?

— Oui. Pourquoi vous l'appelez comme ça?

— Personne ici ne connaît son vrai nom. Sylphide, c'est l'incarnation de la grâce et de l'innocence. Ça lui va bien, tu ne trouves pas? Des fois, quand j'ai la garde de nuit, je viens la voir, juste pour passer un moment avec elle. Tout le monde l'aime à l'étage. C'est notre petite fée.

Elle est partie en me faisant un sourire vachement authentique.

Aussitôt après, M. Vargas est entré en poussant le fauteuil du chanoine. Ils m'ont regardé comme pour s'assurer que j'étais OK. J'ai compris qu'ils étaient au courant de mon histoire avec Iris et que ça ne les laissait pas indifférents.

Quand même, ça m'a un peu embêté, parce que j'ai eu peur qu'ils devinent en voyant mon visage que je pensais à des choses que je n'aurais pas dû, vu les circonstances – par exemple la fois où j'avais touché son sein qui était si doux, et aussi le baiser qui avait suivi – mon tout premier.

Gwen nous a rejoints et a fait un petit signe de tête au professeur en jetant un coup d'œil à la caméra qui venait de s'éteindre.

On s'est tous assis, mais comme il manquait une chaise, je me suis installé au bout du lit. Ma cuisse touchait le pied d'Iris sous la couverture, ça me troublait, mais pas elle, vu qu'elle ne sentait plus rien.

LE CHANOINE DIJAN ÉTAIT TRÈS PÂLE et on a tous compris qu'il arrivait au bout de son rouleau. Je ne sais pas pour les autres, mais moi, je n'avais jamais vu quelqu'un en train de mourir pour de vrai et je n'avais pas envie de commencer.

Il a fallu tendre l'oreille, parce qu'il parlait tout bas, pour s'économiser:

— Najid ne me quitte plus, avec raison. Notre fusion est sur le point de s'accomplir. Notre jumelage s'éteindra avec la dernière étincelle de ce cerveau que nous partageons depuis notre naissance – et nos esprits fusionnés continueront d'exister comme une dualité indissociable. Nous serons immortels, mais non éternels, car notre âme ne survivrait pas à l'extinction de l'espèce humaine.

Il a repris son souffle et nous a regardés l'un après l'autre comme pour s'assurer que personne ne manquait à l'appel, puis il a dit que nous étions ici en compagnie de nos symbiotes respectifs. Il s'en réjouissait, parce que cette rencontre avec Siddharta les concernait au même titre que chacun d'entre nous.

Ça m'a fait drôle de savoir que Najid, Newg, Solrac et Divad étaient présents tous en même temps pour la première fois. C'était historique.

En ce qui me concerne, je continuais de sentir que Divad était préoccupé. C'est peut-être parce qu'on avait rendez-vous avec le Premier des Anciens. Moi-même, je ne sais pas comment j'aurais réagi si je m'étais trouvé tout à coup en présence du Premier ministre du Canada.

Le professeur Vargas a dit au chanoine :

— Vous évoquez l'extinction de notre espèce. Devons-nous comprendre que vous partagez le pessimisme de Van Haecke ?

— Son pessimisme, non. Ses inquiétudes, certes. Cela dit, le malheureux s'est laissé entortiller par la poignée de fanatiques qui manœuvrent dans l'ombre du Conseil. C'est ironique de penser que ces conspirateurs ont fusionné autrefois avec leur hôte pour devenir des Anciens, avant de se porter à la défense farouche de la doctrine de la Fabulation – alors qu'ils sont eux-mêmes la preuve vivante de l'existence de la Matière.

Il a eu un petit rire par le nez en évoquant les années qu'il avait passées à Rome, où les cardinaux prêchaient la vérité des paroles du Christ, alors qu'ils savaient par les documents les plus secrets de la bibliothèque du Vatican qu'une grande partie des évangiles n'était qu'une fabrication.

Puis il a fermé les yeux et écouté une voix qu'il était seul à entendre. Ensuite il a dit :

— Najid me signale que Siddharta est maintenant présent parmi nous et s'apprête à prendre la parole.

J'ai regardé Iris et là, j'aurais voulu qu'on arrête tout ça tout de suite. Je pensais à Jean-Sébastien attaché dans son affreuse poussette et je ne pouvais pas imaginer que la voix de Siddharta allait sortir par la bouche de ma copine, ça serait comme dans un film d'horreur à la con et elle ne méritait vraiment pas ça.

J'ai fait signe à Gwen que j'avais quelque chose à lui dire et elle s'est penchée vers moi, mais Iris a commencé à parler et ça a tout changé :

— Qui est le plus à plaindre : l'ignorant ou celui qui se détourne de ce qu'il sait ?

C'était sa voix à elle qui sortait par sa bouche entrouverte, elle ne remuait presque pas les lèvres et pour le reste, elle était complètement immobile et avait fermé les yeux – heureusement, parce que c'était plus facile comme ça pour l'écouter.

M. Dijan et M. Vargas ont échangé un regard surpris, puis le chanoine a demandé à Gwen :

— Vous avez compris ce qu'elle a dit ?

— Mais... oui.

Il a voulu ajouter quelque chose, mais Siddharta a continué de s'exprimer à travers Iris :

— L'humanité est en perdition, parce que les deux consciences qui animent l'esprit des hommes dans le clair et dans l'obscur s'ignorent et se nuisent. Ni notre race ni la vôtre ne sont prêtes pour l'âge de la raison et du partage.

— Aussi bien faut-il nous entraider, a dit le chanoine. Du côté des humains, le libre arbitre et la suprématie de la raison gagnent de plus en plus de terrain sur l'obscurantisme, la superstition et la peur.

Gwen prenait des notes à toute vitesse dans son calepin et ça m'a rappelé la promesse que j'avais faite à Guillaume. J'ai enfilé la main dans ma poche pour mettre en marche le magnétophone miniature qu'il m'avait refilé.

En même temps, je me suis demandé pourquoi M. Vargas me regardait comme si j'avais besoin d'encouragement.

Il faut dire que ça causait une méchante sensation d'entendre la voix d'Iris, même si elle parlait sur un ton qui n'était pas le sien (sauf les fois où elle imitait Mme Croteau pour nous faire rigoler).

Elle a continué à parler à la place de Siddharta :

— La masse critique pour le déclenchement d'une réaction en chaîne dans les esprits est loin d'être atteinte. La majorité des symbiotes préfèrent le confort du déni aux exigences de la solidarité. Quant aux disciples de la Matière, il est vrai que la réalité de votre monde leur est une épreuve. Aimer l'espèce humaine est un défi de taille, car votre pluralité absorbe tout et ne retourne rien. Seul le singulier de l'homme peut donner son sens au tourment de l'amour.

M. Vargas regardait Iris étendue dans son lit, les paupières closes, et il a été obligé de mettre sa main devant ses yeux pour être capable de trouver ses mots, parce que ce qu'il voulait dire ne s'adressait pas à elle :

— Nous avons été intoxiqués par les mythes que vos ancêtres ont créés pour nous maintenir autrefois dans un état de servitude. J'aimerais partager la confiance de notre ami le chanoine, mais je crains que ces mythes n'aient la vie dure et ne continuent de corrompre le jugement et le sens critique d'une majorité de mes semblables.

La voix claire d'Iris a répondu pour dire des choses qu'elle n'aurait sûrement pas comprises si elle les avait entendues :

— Considérant les temps présents, où le monde de la Matière est en crise et la planète en péril, on peut craindre en effet que l'adversité ne stimule le pire au détriment du meilleur. Nous devons conjuguer nos efforts pour empêcher que les calamités à venir ne favorisent la suprématie de l'esprit religieux, la multiplication des sectes et la persécution des libres penseurs. Ne serait-il pas réaliste d'envisager que, bien avant de périr par manque de nourriture, d'eau potable et d'air pur, l'humanité pourrait succomber aux délires des illuminés, des fanatiques et des monstres ?

Iris s'est tue pendant quelques instants. Son immobilité était impressionnante et je n'arrivais pas à comprendre comment elle pouvait prononcer des trucs aussi terribles en gardant un visage si pur.

M. Vargas s'est penché vers moi pour me demander à voix basse si je comprenais l'espagnol. Je n'ai pas pigé à ce moment-là c'était quoi l'idée, en tout cas je l'ai pris comme un cheveu sur la soupe et je n'ai pas répondu.

— Qu'attendez-vous de nous ? a demandé Gwen.

Siddharta a dit :

— Que vous révéliez à vos semblables le secret de la coexistence des humains et des symbiotes depuis la nuit des temps. Armez-vous de courage et de patience pour affronter l'incrédulité, la frayeur, la colère ou la haine de ceux qui verront dans la bicaméralité un affront à leurs croyances, et dans notre existence parallèle, une menace à l'intégrité de leur personne. Œuvrez dans la mesure de vos moyens au sein de votre monde, sans perdre de vue que votre réalité est la matière première de nos rêves.

— Si je vous entends bien, a dit M. Vargas, vous envisagez de poursuivre le même projet de votre côté du miroir.

— C'est notre intention. Après avoir été contrariés par l'audace de Najid-le-Rebelle et ses transgressions à notre code de conduite, nous nous sommes finalement ralliés à sa cause et il peut compter sur notre appui pour sa fusion imminente avec son hôte. Ensemble, nous voulons convaincre les Anciens de reconnaître les erreurs du passé et de tourner la page. Avec vous, nous souhaitons restaurer l'Alliance des origines sur de nouvelles bases égalitaires. Si nous mettons en commun ce que nous savons sur l'esprit et la matière, sur notre place dans l'univers et dans le temps, notre destinée commune sera à jamais changée – et les destins individuels n'imploseront plus dans l'infiniment petit, mais prendront leur élan vers l'infiniment grand.

Gwen a entrouvert la fenêtre et s'est penchée pour respirer l'air du dehors. Puis elle s'est retournée et j'ai remarqué qu'elle évitait elle aussi de regarder Iris pour parler à Siddharta :

— Vous nous avez dit d'«œuvrer dans la mesure de nos moyens». J'ose penser que votre conseil est ironique. Nous sommes trois et les moyens de nous faire entendre sont dérisoires, même pour Carlos Vargas dont les conférences ne touchent finalement qu'un public hautement spécialisé. Êtes-vous prêts à nous fournir des renforts, en demandant par exemple à Najid de procéder à de nouveaux jumelages ? Pour ma part, je pourrais lui soumettre une liste de professionnels autrement plus sérieux et responsables que ne l'a été sa dernière recrue, Klaas Van Haecke.

— Hélas, nous ne pouvons vous aider de la sorte. Les appuis que nous avons gagnés au sein du Conseil ne sont pas inconditionnels. Les jonctions sauvages provoquées par Najid ont été jugées scandaleuses et inacceptables, même par les plus tolérants. Tant que l'Alliance des origines ne sera pas restaurée, seule la Voie royale pourra être suivie par un hôte et son symbiote pour se joindre et fusionner.

Gwen a tressailli et demandé avec nervosité :

— Vous essayez de nous faire comprendre quoi, exactement ?

Je n'ai pas laissé à Siddharta le temps de répondre et j'ai dit d'une voix qui sortait tout croche que les jumelages avec nos symbiotes allaient prendre fin.

Gwen n'a pas pu s'empêcher de crier : «Pas question !» et M. Vargas a demandé en s'étranglant : «Quand ?»

Divad m'a juste dit que c'était ce qu'il pressentait depuis quelques jours – une crainte obscure qui lui avait mis l'âme à l'envers.

On attendait que Siddharta réponde, mais c'est M. Dijan qui l'a fait à sa place, en s'arrêtant à tout bout de champ pour reprendre son souffle :

— J'ai plaidé votre cause avec force auprès de Najid – sans succès, hélas. Cette exigence de ses alliés n'a pu être négociée – et lui-même reconnaît la nécessité de réparer sa faute. Il ne la regrette pas, toutefois, car elle a causé une commotion qui, en fin de compte, aura servi à précipiter l'action au sein du Conseil.

— Quand ? a répété M. Vargas.

— J'ai hâte de rejoindre Najid pour l'ultime Fusion, mais je m'accroche à la vie autant que je le puis, afin de vous donner le temps de vous préparer à la séparation. Ne tardez pas, cependant, mes forces déclinent vite. Trop vite, je le crains.

— Parlez-vous d'une séparation définitive ? a demandé Gwen sans regarder personne.

— Lorsque le Conseil aura défini les conditions de l'Alliance et obtenu l'appui d'une majorité de symbiotes, le jumelage sera rétabli et vous serez les premiers à en bénéficier et à être consultés sur nos intentions.

— Si nous sommes encore de ce monde, a dit M. Vargas. L'entreprise à laquelle vous faites allusion peut prendre des années. Or nous sommes tous conscients que le temps presse.

C'est là que j'ai vu pour la première fois Gwen se mettre en colère. Ça a été comme une explosion.

Elle s'est mise à crier qu'elle en avait par-dessus la tête de ce bavardage insensé sur l'avenir de l'humanité, la restauration de l'Alliance et toutes ces balivernes. Assez ! Qu'on ne devait pas compter sur elle pour convaincre qui que ce soit de faire confiance au Conseil des Anciens et à ses soi-disant Immortels. Ce n'était pas parce qu'on s'appelait Bouddha qu'on avait le droit de décider à la place des autres. On avait violé son intimité en la jumelant avec Newg, et maintenant qu'elle commençait à bien s'entendre avec son âme sœur, on voulait les séparer en se fichant pas mal de ce qu'elles ressentaient. C'était peut-être une épreuve que d'aimer l'espèce humaine, mais elle avait des nouvelles pour ces messieurs du Conseil quant à ses sentiments envers la race des symbiotes.

Elle a traversé la chambre comme un boulet et est sortie en claquant la porte.

Un grand silence a suivi.

Puis elle est revenue en coup de vent et est allée vers le fauteuil roulant pour prendre les deux mains du chanoine. Ensuite, elle s'est penchée pour l'embrasser et est repartie sans un mot, en s'essuyant le nez du revers de la main.

À cet instant, Iris a levé ses paupières sans rien bouger d'autre et m'a regardé pour de vrai. Je ne m'y attendais absolument pas et ça m'a coupé le souffle. Évidemment, ce n'était pas elle, juste ses yeux avec le regard de Siddharta que je connaissais pour l'avoir vu chez Jean-Sébastien.

Sauf qu'il restait peut-être encore des bouts d'Iris qui n'avaient pas été effacés dans son cerveau et qui ont influencé Siddharta quand il a dit ce truc insensé qui allait changer ma vie :

— David est notre espoir.

TRENTE-HUIT

On est partis tous les trois dans la voiture de Gwen et personne n'a parlé pendant un bon moment. De toute façon, moi, je ne pouvais pas dire un mot tellement j'avais la gorge serrée, ça ne m'était jamais arrivé, même pas à l'enterrement de mon grand-père Tessier.

Avant de quitter l'hôpital, on avait appelé un docteur parce que le chanoine Dijan respirait de plus en plus mal. Il a insisté pour se mettre debout avant de prendre place sur la civière à roulettes et a embrassé M. Vargas dont la face s'est chiffonnée, malgré qu'il ne soit pas du genre émotif.

Ensuite il m'a pris dans ses bras en me serrant le plus fort qu'il pouvait – et même si c'était limité vu son état, il a mis le paquet. Il grelottait, et aussi dans sa voix quand il m'a murmuré quelque chose en arménien. Je n'ai rien compris, évidemment, à part qu'il a répété à deux reprises le nom de Guillaume. Quand il m'a lâché, j'ai su qu'on se voyait pour la dernière fois et mes oreilles se sont mises à bourdonner. Ça devait être nos émotions qui se mélangeaient.

J'ai regardé Iris avant de sortir de la chambre. Pour elle, ça ne me faisait pas grand-chose, vu que je savais que je reviendrais lui rendre visite et qu'elle ne se demandait même pas quand.

Finalement, dans la voiture, c'est M. Vargas qui a rompu le silence en disant qu'on n'avait pas beaucoup de temps devant nous et que n'importe quel endroit tranquille conviendrait. Il ne savait pas que Gwen avait eu la même idée et que c'était pour ça qu'elle quittait le chemin de la Côte-des-Neiges pour monter vers le lac aux Castors.

Divad se taisait, mais je sentais que ça n'allait pas fort pour lui non plus. J'avais hâte de nous retrouver en tête à tête.

J'ai dit au professeur que je savais maintenant pourquoi il m'avait demandé si je comprenais l'espagnol, et aussi pourquoi le chanoine avait eu l'air tellement surpris quand Siddharta avait commencé à parler.

— Explique-nous, veux-tu?

— C'est parce que vous l'avez entendu dans votre langue, et M. Dijan en arménien. Pour Gwen et moi, c'était en français, bien sûr.

Ça les a intéressés, surtout qu'ils ne demandaient pas mieux que de penser à autre chose qu'à l'épée de Damoclès qui allait bientôt couper le fil nous reliant à nos symbiotes. (C'est une allégorie ou une catachrèse, je ne sais plus.) J'ai sorti le magnétophone miniature et je leur ai fait écouter les paroles de Siddharta Gautama.

— C'est quoi, cette musique? a demandé Gwen. Ne me dis pas que...

— Oui: c'est de l'arpège. Il s'est arrangé pour que nos cerveaux traduisent simultanément. Mon ami Guillaume m'a montré des passages dans la Bible qui parlent de ça, à commencer par l'affaire de la Tour de Babel qui raconte la rupture de l'Alliance originelle avec les symbiotes.

J'ai dû toucher une corde sensible chez M. Vargas, car il a tressailli et plissé les yeux pour chercher une citation dans sa mémoire:

— Et Dieu a déclaré: «Si les hommes ont une seule langue, rien désormais ne leur sera impossible! Confondons leur langage pour les empêcher de se comprendre.»

— Pourquoi Il a dit ça? C'est insensé. On serait bien mieux si on parlait tous la même langue.

— Sans doute. Si ce n'est que l'Ancien Testament n'a pas été écrit par Dieu, mais par des hommes en chair et en os. Lesquels, à mon avis, ont été davantage influencés par leurs symbiotes que par une toute-puissance surnaturelle.

— Wow! Il faudra que je vous présente Guillaume un de ces jours.

— Nous sommes arrivés, a dit Gwen d'une voix tendue.

ON EST DESCENDUS DE LA VOITURE et on s'est avancés sur le belvédère du mont Royal, juste au moment où le soleil se levait sur la ville. C'était grandiose et question de timing, on ne pouvait pas faire mieux. Là, on s'est tout de suite séparés pour aller chacun de son côté, sans avoir besoin de s'expliquer pourquoi.

Les week-ends, quand il fait beau temps, c'est plein de gens qui viennent photographier le panorama – et il y en a même qui le regardent rien que pour le plaisir. Sauf qu'à l'heure où on est arrivés, il n'y avait pas un chat et la terrasse semblait deux fois plus grande, parce que le vide multipliait l'espace. J'essaie de ne pas paraître prétentieux, mais ça s'appelle la loi des structures dissipatives.

Divad a attendu que je sois assis sur un banc pour me dire:

— C'est injuste. Je ne veux pas te perdre.

— Moi non plus. Le chanoine a dit que ce serait temporaire. Tu y crois, toi?

— Je suis sûr que Siddharta et Najid feront l'impossible pour convaincre le Conseil de renouveler l'Alliance. Mais ça peut être long. C'est surtout pour toi que je m'inquiète.

— Pourquoi ça?

— Moi, dans mes rêves, je serai témoin de tout ce que tu fais. Tu pourras continuer à me parler et à m'écrire, mais je ne serai pas capable de te répondre. Encore que...

— Quoi? Dis-le vite. J'ai la trouille que le chanoine ne tienne pas le coup bien longtemps.

— C'est difficile à accepter, parce que c'est encore tabou pour moi, mais je dois me rendre à l'évidence: j'exerce parfois une influence sur toi, sans le vouloir et sans que tu t'en doutes.

— Mais je suis tout à fait d'accord, qu'est-ce que tu crois? Surtout ne te gêne pas. Tu sais que j'ai confiance en toi, Divad. Encore plus qu'en moi-même, parce que des fois je déconne à pleins tubes. J'arrive pas à m'imaginer comment ça va être sans toi dans ma vie. OK, tu seras là dans ma tête, mais c'est pas pareil. Je pourrai plus savoir ce que tu penses.

— Es-tu prêt à essayer la Voie royale?

— T'as pas besoin de me poser la question.

— Ça va être très exigeant. On a encore tellement de choses à apprendre, toi et moi.

— Je vais demander à Guillaume de me guider.

— C'est une bonne idée. Son symbiote Orphée est obnubilé par sa quête, mais je vais insister pour qu'il m'apprenne. J'ai bon espoir aussi que Najid acceptera de me conseiller, et peut-être même Siddharta qui te trouve très sympathique.

— T'es sûr? Je vois pas pourquoi.

Divad a ri silencieusement et ça m'a serré le cœur, parce que c'était une sensation unique, comme un chatouillement avec des bulles de champagne en liberté dans mon cerveau, et que j'allais en être privé pendant je ne sais pas combien de temps. Il a dit:

— Tu ne te rends pas compte que tu es devenu très populaire chez les symbiotes, en particulier chez les jeunes – chez les disciples de la Matière, évidemment, mais aussi chez ceux qui te prennent pour une fabulation. Remarque que c'est la même chose pour vous avec vos héros de fiction.

— Arrête de charrier. J'ai rien d'un Superman, merde!

— Tu ne comprends pas: tu es l'un des premiers humains depuis longtemps à croire à notre existence et à communiquer avec l'un d'entre nous – c'est-à-dire avec moi.

J'étais éberlué et pas du tout sûr de vouloir être une vedette, même si c'était plutôt flatteur. Je tenais à mon intimité et ça m'avait pris déjà assez de temps à m'habituer à la présence de Divad à certains moments, alors je n'avais vraiment pas envie que mes *fans* en sachent trop sur moi et se mettent par exemple à échanger des commentaires sur mon flirt avec Mélanie Patenaude.

De mon banc, je voyais M. Vargas qui se retenait à deux mains après la balustrade en pierre et regardait le soleil monter sur le Saint-Laurent. Je l'entendais vaguement discuter en espagnol avec Solrac, et ça m'arrangeait de ne pas comprendre, vu qu'il n'y a rien de plus confidentiel que ce qu'on raconte à son symbiote.

À part ça, il avait beaucoup d'allure et je me suis demandé pourquoi Gwen n'avait pas sauté sur l'occasion, surtout qu'il n'avait pas d'enfants et pas d'alliance au doigt – ce qui voulait dire qu'il n'aurait même pas à divorcer.

De son côté, Gwen s'était réfugiée à l'autre bout de l'esplanade et nous tournait le dos en ayant l'air de chercher quelque chose par terre. Je n'en suis pas sûr, mais je crois qu'elle pleurait.

Divad avait suivi mon regard, forcément, et il a dit:

— Les débuts avec sa symbiote ont été difficiles, mais elles se sont accommodées et sont devenues de vraies grandes amies.

— On dit qu'elles sont inséparables.

On a rigolé ensemble et même si on ne pouvait pas l'oublier, ça nous a rappelé qu'on était les deux meilleurs copains du monde. Je lui ai demandé s'il continuait à faire des amalgames avec Newg, comme celui que j'avais senti l'autre nuit dans la zone crépusculaire.

— Euh... Oui, on s'entend à merveille, elle et moi. Et même de mieux en mieux.

— T'as hésité avant de répondre. Tu me caches quelque chose ?

— Oui.

— Là, tu peux plus te taire. C'est quoi ?

— Newg et moi, on se demande si notre relation n'empire pas le tourment de Gwen.

— C'est quoi, son problème ?

— Ce n'est pas *quoi,* c'est *qui.* Elle t'aime et refuse de l'accepter.

— Quoi !? Mais je... Quand tu dis qu'elle m'aime, tu veux dire qu'elle est amoureuse de moi ? Pour de vrai ?

— Je te parle d'une passion qui ne la quitte pas un instant et qu'elle s'épuise à vouloir maîtriser. Elle lutte contre un mouvement de son cœur qui la révolte, parce qu'il est contraire à tous ses principes.

— Mais pourquoi... C'est dingue. Alors c'est pour ça qu'elle s'arrange pour me voir le moins possible ?

— Oui. Te souviens-tu quand elle t'a mis dans un taxi et qu'elle a murmuré : « Arrête ! »

— Bien sûr, mais j'avais rien fait. Arrêter quoi, d'abord ?

— Ce qu'elle essayait de dire, c'est : « Arrête de me faire confiance. Arrête de me plaire et de me déposséder de moi-même. Arrête de me faire souffrir. »

— Et moi, l'innocent, j'ai rien vu du tout. En tout cas, t'as bien fait de m'avertir.

— Tu crois ?

— T'inquiète pas, je ferai comme si je savais rien.

— Ce n'est peut-être pas une bonne idée.

— Pourquoi tu dis ça ? Elle voudra jamais.

— Pas tout de suite, c'est sûr. Mais...

— Mais quoi ?

— Tout à l'heure, juste avant qu'on parte, Siddharta m'a donné un message pour toi.

— Ah oui ? Pourquoi il me l'a pas dit directement ?

— Il ne voulait pas que les autres l'entendent.

— OK. C'est quoi, alors ?

Divad me l'a dit et ça m'a renversé. C'est la dernière chose à laquelle je m'attendais. C'était complètement hallucinant de découvrir que ma vie venait d'être bouleversée de fond en comble, que je sois prêt ou pas.

LÀ-BAS, M. VARGAS s'est mis à parler plus fort, pour protester contre je ne sais pas quoi. Et plus loin, Gwen se tenait complètement immobile, un pied en avant, comme si elle jouait aux statues de pierre.

Un coureur en vêtement de jogging a traversé le belvédère en faisant des mouvements avec les bras pour reprendre son souffle. Il nous a regardés en se posant des questions sur nous, puis il est reparti en secouant la tête. Il a dû penser qu'on était des cas graves. S'il avait su qu'on s'appelait les Trois Mousquetaires, ç'aurait été la totale.

— Je veux être ton frère, a dit Divad d'une voix tendue.

— Pourquoi tu dis ça ? Bien sûr que t'es mon frère.

— Non, il faut que tu le demandes.

— OK. Veux-tu être mon frère ?

— Oui, de toute mon âme.

J'ai entendu M. Vargas qui poussait un cri et j'ai vu Gwen qui se pliait en deux comme si elle avait reçu une décharge de fusil en plein dans le ventre. Divad a dit :

— C'est la fin. Adieu, David. On s'aime, toi et moi.

J'ai senti qu'il partait, parce qu'un gouffre noir s'est creusé pour m'aspirer en dedans de moi. Je crois que c'est ça qu'on appelle une implosion.

J'ai rejoint le professeur qui courait vers Gwen et on s'est agenouillés pour la ramasser. Elle ne voulait pas bouger, alors on est restés accroupis en s'entourant avec nos bras pour faire une boule et on s'est mis à trembler de froid, comme si l'hiver était arrivé tout à coup.

TRENTE-NEUF

ALORS QU'ON RETOURNAIT VERS LA VOITURE, Gwen a remis les clés à M. Vargas en lui demandant de conduire à sa place. On la tenait chacun par un bras, car elle n'était pas vaillante. Je faisais attention de pas trop la serrer, pour éviter qu'elle s'imagine des choses, mais le professeur lui a pris la main. Il était sérieusement secoué lui aussi d'avoir perdu Solrac et il aurait bien aimé avoir quelqu'un pour le consoler.

Au moment où on allait monter dans la Toyota, on a vu déboucher un cycliste qui fonçait sur nous. C'était Guillaume qui portait son casque protecteur autour de son bras – il avait le plus haut quotient intellectuel de l'école, mais des fois il oubliait de s'en servir.

J'ai dit à M. Vargas :

— Quand on parle du loup... C'est lui, Guillaume Leberger.

Ils se sont serré la main. Gwen m'a lancé un regard noir :

— Pourquoi l'as-tu appelé? Le moment est plutôt mal choisi, tu ne crois pas? Moi, en tout cas, j'ai besoin de me retrouver seule.

Elle est entrée du côté passager et a refermé la portière en la claquant. Le professeur s'est mis au volant et m'a dit de lui téléphoner à son hôtel, mais pas avant quelques heures pour qu'il puisse d'abord remettre de l'ordre dans ses idées.

Ils sont partis comme s'ils supposaient que j'avais prévu rester avec mon copain, alors que je n'avais encore rien décidé. Mais enfin, c'était mieux comme ça, surtout que Gwen avait mis sa main devant ses yeux pour plus voir personne – surtout pas moi.

Ça m'arrangeait, on avait toute la vie devant nous pour imaginer notre avenir à tête reposée.

J'ai expliqué à Guillaume ce qui venait de se passer et, en parlant, j'ai pris conscience avec un coup de cafard qu'on avait réagi seulement à la perte de notre symbiote, sans se dire un mot sur la mort du chanoine Dijan. C'est vrai que lui, il n'avait qu'une seule envie : arrêter de souffrir et fusionner avec Najid. On dira ce qu'on veut, c'est quand même un drôle de paradoxe d'être obligé de mourir pour devenir un Immortel.

— Comment t'as su qu'on était ici ?

— Je vous ai vus.

— C'est impossible. Tu l'as appris par Orphée, forcément. Ça veut dire que vous avez réussi à vous connecter.

— Non. La Voie royale ne marche pas comme ça. Tout à l'heure, dans mon lit, je me suis retrouvé dans la zone crépusculaire et j'étais véritablement avec vous sur le belvédère. C'était une sorte de rêve éveillé, comme une surprise qui m'attendait. Évidemment, j'ai reconnu la place et je me suis ramené illico.

On a emprunté le chemin boisé qui descendait vers le lac aux Castors. Tenant son vélo par le guidon, il marchait à côté de moi et, à cause du soleil oblique, nos ombres s'étiraient à l'infini devant nous – sauf que la mienne avait malgré tout une demi-tête de moins que la sienne. Je me suis demandé si je le rattraperais un jour.

Soudain il m'a pris la main et l'a gardée. Comme il n'y avait personne en vue et que les choses étaient claires entre nous, ça ne m'a pas gêné. Au contraire, ça m'a réconforté.

Il m'a demandé de lui raconter en détail notre rencontre avec Siddharta dans la chambre d'Iris et m'a écouté jusqu'au bout sans m'interrompre. J'ai apprécié ça, parce que c'est pas souvent. Les gens ne s'en rendent pas compte, mais quand un ado leur parle, ils n'arrêtent pas de lui couper la parole pour faire des remarques ou finir ses phrases à sa place. Moi, ça me tue.

— Fais-le-moi entendre, s'il te plaît.

J'ai sorti le petit magnéto et l'ai mis en marche, sans m'attendre à ce que ça le dévaste. Il est devenu tout pâle et a fermé les yeux, en me faisant signe de me taire pour lui permettre de réfléchir. Puis il a laissé tomber son vélo et on s'est assis sur le talus au bord du chemin. Il a repris ma main et l'a serrée si fort que je n'ai pas pu m'empêcher de crier.

— Excuse-moi. Tu te rappelles la « musique des étoiles » que je t'ai fait écouter dans ma chambre ? Impossible de déchiffrer quoi que ce soit de cohérent, sauf pour une singularité dans la constellation du Cygne.

— Je me souviens très bien. Qu'est-ce que tu vas me sortir, là?

— T'as pas remarqué la ressemblance avec les paroles de Siddharta? Je vais comparer en rentrant chez moi, mais j'ai l'intuition que ce que le radiotélescope a capté là-bas, c'était de l'arpège.

— C'est fou braque, ton histoire. Je ne veux pas te décourager, mais il se pourrait que tu dérailles.

— Je me le suis demandé, moi aussi, mais ça ne me décourage pas. Depuis quelque temps, j'ai des pensées qui viennent de nulle part – certaines sont carrément délirantes. Avant, quand ça me prenait, je les chassais de mon esprit. Maintenant, je les examine, en m'interdisant le mot *impossible.*

— Donne-moi un exemple.

— Tu risques de capoter, je t'avertis. C'est peut-être pas par hasard si je me suis cherché un copain dans le cosmos, avant de te connaître. Je me disais qu'il devait bien exister quelque part une forme d'intelligence qui ne serait pas intoxiquée par le mal et la petitesse des humains.

— Tu crois vraiment qu'on est une race de tarés?

— Jusqu'à récemment, j'en étais convaincu. Mais là n'est pas la question. Si je comprends bien, Siddharta vous a confié que les symbiotes trouvent difficile de nous aimer en bloc.

— Il a dit que c'est une épreuve, même pour les plus progressistes. Quand ils nous prennent un à la fois, c'est moins pire.

— Je pense la même chose.

— C'est peut-être Orphée qui t'influence.

— Pourquoi pas? Sais-tu ce que je ferais, si j'étais un symbiote? Je chercherais le moyen de me passer des humains. Par exemple, en émigrant vers d'autres hôtes, sur Terre ou ailleurs – chez une espèce moins perturbée et plus accueillante. Ou encore, pour conquérir mon autonomie, je chercherais une façon de me libérer de la matière et d'exister sans parasiter personne, c'est-à-dire sans dépendre d'aucun organisme vivant.

— OK, t'as gagné: là, je capote. Ce que tu dis, c'est que si les symbiotes avaient le choix, ils nous laisseraient tomber comme des vieilles chaussettes. Mais tu te trompes, Siddharta ne ferait jamais ça. C'est pas son genre. Lui, il veut qu'on se raccommode. Najid aussi, et maintenant qu'il est Immortel, je te dis que ça va barder dans le Conseil. D'ailleurs, dès que tu auras fusionné avec Orphée, tu pourras leur donner un coup de main.

Guillaume a secoué la tête, comme pour me dire : « Arrête tes conneries. » N'empêche qu'il a aussitôt déclaré qu'il m'aimait et qu'il ne voudrait pas que je change pour tout l'or du monde. J'ai dit :

— Moi aussi, je t'aime.

— Je sais. Comme un frère.

— Non, c'est Divad que j'aime comme un frère. Toi, je t'aime tout court.

Ça lui a fait terriblement plaisir, sauf qu'il a lâché ma main et s'est levé pour reprendre son vélo.

J'ai compris qu'il ne fallait pas en rajouter.

J'AI ATTENDU TOUTE LA JOURNÉE avant de me décider à aller voir Gwen. J'aurais bien aimé qu'elle me téléphone en premier, ça m'aurait simplifié la vie. Finalement, j'ai appelé à son bureau et le sergent MacIntosh m'a dit qu'elle s'était absentée pour la journée.

Ensuite j'ai parlé à M. Vargas qui était content de savoir que je tenais le coup. Il s'inquiétait pour moi et je lui ai répondu que ça tombait bien, vu que je m'inquiétais pour lui. Il m'a confirmé que le chanoine était mort comme il l'avait promis et on s'est mis d'accord pour dire que ça nous faisait de quoi, mais pas exactement du chagrin. C'est là que j'ai appris qu'il avait demandé qu'on ne lui organise pas de funérailles ni rien du genre.

Avant de raccrocher, le professeur m'a dit qu'on se verrait avant son départ, mais qu'il devait d'abord remplir une montagne de paperasses, vu que M. Dijan lui avait demandé d'être son « exécuteur testamentaire ». (C'est une expression marrante que je ne connaissais pas, ça fait tueur à gages.)

Je suis resté un moment sur le trottoir en face de la maison de Gwen, en espérant qu'elle me ferait signe de monter si par hasard elle regardait par la fenêtre.

Ça m'a donné le temps de préparer ce que je ne devais pas lui dire. J'aurais pu l'appeler sur mon Nokia, mais ça m'aurait découragé qu'elle refuse de répondre en voyant que c'était moi sur son afficheur. Surtout que je savais qu'elle était chez elle, puisque la Camry était garée devant. Il faut dire aussi que je frissonnais partout dans mon corps, parce que depuis que je savais qu'elle m'aimait pour de vrai et que ça la rendait malheureuse, ça changeait tout pour moi.

Je me sentais responsable, comme Saint-Exupéry avec son Petit Prince. Enfin, quelque chose dans le genre, en plus viril.

JE SUIS MONTÉ AU DERNIER ÉTAGE en comptant les marches pour me calmer. (Il y en a quarante-cinq.) Je ne m'attendais pas à ce que ce soit Morgane qui m'ouvre la porte et me dise qu'elle était contente de me voir. Moi, je n'avais rien contre, mais avouons que ce n'était pas forcément le meilleur timing. Elle m'a fait signe d'entrer et m'a expliqué à voix basse que je tombais plutôt mal, parce que sa sœur n'était pas en forme. Elle a ajouté :

— Elle me l'aurait jamais dit, mais je l'ai su rien qu'à sa voix au téléphone. Alors je suis venue pour voir si je pouvais me rendre utile.

— Elle a perdu quelqu'un que je connaissais moi aussi.

— Le chanoine Dijan, oui, elle m'en a parlé. Mais c'est pas seulement ça, il y a autre chose. Je la connais, tu sais.

— Elle est où, là ?

— À la salle de bains, pour pas que je la voie pleurer. Toi, ça va ? Paraît que tu lui avais sauvé la vie, à ce type. Ça doit te faire drôle. Tu prends des trucs pour t'aider ?

— Des trucs comme quoi ?

— Rien, oublie ça. Elle arrive.

Gwen nous a rejoints et m'a fait un sourire qui ne cliquait pas, mais l'intention était sincère.

Elle a tiré un livre d'une étagère et l'a ouvert, sauf que c'était une boîte truquée où elle avait mis son passeport et de l'argent. J'ai pensé que c'était une fichue de bonne idée, encore que pour cacher le fric de M. de Bonneville, ça m'aurait pris les œuvres complètes de Balzac. Elle a sorti un billet de vingt dollars, en me demandant si je voulais lui rendre un service.

— Oui, c'est quoi ?

— Tu as dit oui avant de savoir, c'est imprudent. J'aimerais que tu kidnappes cette charmante jeune fille qui se prend pour Florence Nightingale.

Gwen s'appliquait à parler légèrement, mais ça ne collait pas. Ce qu'elle voulait vraiment, c'est que j'aille manger une pizza avec Morgane avant de la raccompagner chez elle. Je n'ai pas osé lui dire qu'avec vingt dollars, ça ne serait pas dans le genre gastronomique. Quant à Florence Nightingale, je ne voyais pas, c'était sûrement historique.

J'ai essayé de lui raconter ma conversation avec M. Vargas, mais elle m'en a empêché en disant qu'on discuterait de ça plus tard. Elle nous a accompagnés jusqu'à la porte, et après qu'on est sortis, je l'ai entendue mettre la chaîne de sécurité. Bien sûr, ça ne servait à rien de s'enfermer comme ça, puisque c'était d'elle-même qu'elle avait peur.

Peut-être que Morgane a eu la même pensée, parce qu'elle a dit :

— Là, tu l'as vue, elle a pris des calmants. Enfin quoi, elle est psy, elle devrait connaître le risque de devenir accro.

— Elle traverse une période difficile.

— C'est pas une excuse. Tu crois que c'est ce type, Vargas, qui lui a fait de la peine ?

— Ça m'étonnerait.

— Il y a quelqu'un dans sa vie, je le sens. Mais elle refuse d'en parler.

— Elle a sûrement de bonnes raisons.

— Tu prends toujours sa défense, on dirait.

En sortant dans la rue, ça m'a frappé en plein dans la gueule : j'avais tout faux. C'était une certitude qui montait de très profond et j'ai failli dire : « Divad ? », même si je savais bien qu'on n'était plus connectés.

— David ? Qu'est-ce que t'as ?

— Excuse-moi. Dis, tu serais super insultée si je te laissais rentrer seule ? Moi non plus je ne me sens pas en forme, à cause de la mort du chanoine. Ça vient de me tomber dessus, pourtant je ne le connaissais pas depuis longtemps.

— Je comprends. T'inquiète pas pour moi, je vais prendre le métro.

Je lui ai répondu qu'il n'en était pas question et lui ai refilé les vingt dollars de Gwen en lui disant que je l'accompagnais jusqu'à la station de taxis.

On a marché un moment en silence. Elle réfléchissait, mais elle n'avait pas l'air fâchée. Finalement, elle s'est décidée :

— Avec Guillaume, j'ai aucune chance, c'est ça ?

— Je dirais pas, mais vous pouvez être copains.

— Des copains, j'en ai à la tonne. Mais avec lui, ce sera tout ou rien. Même s'il y en a qui prétendent qu'il aime rien que les garçons.

— On raconte n'importe quoi.

— De toute façon, ça m'est égal, je le ferai changer d'avis.

Elle est montée dans le premier taxi de la file. Avant de refermer la portière, elle m'a demandé :

— Mélanie et toi, c'est sérieux ?

— C'est une copine.

— C'est ce que je lui ai dit. Elle t'aime bien, mais elle te trouve compliqué.

— Si tu veux savoir, moi aussi, je me trouve compliqué.

J'ai regardé partir Morgane, et c'est vrai qu'elle était super jolie, mais il nous restait pas mal de chemin à faire avant d'avoir quelque chose à se dire.

GWEN A MIS DU TEMPS pour se décider à m'ouvrir. Elle m'a d'abord ignoré, puis elle m'a crié à travers la porte de m'en aller. Franchement, je ne vois pas où j'ai trouvé le courage de rester, mais je savais que c'était aujourd'hui ou jamais.

Finalement, je l'ai appelée sur mon Nokia. Elle n'a pas dit un mot après avoir décroché. Je l'ai rassurée pour Morgane. Elle a continué à se taire, mais je l'entendais respirer et, malgré les calmants, elle était essoufflée. Enfin, elle a demandé pourquoi j'étais revenu, alors que je savais très bien qu'elle voulait être seule.

— Avant qu'on se quitte, Divad m'a dit que Siddharta lui avait laissé un message qui vous concerne.

La chaîne de sécurité a été retirée et la porte s'est ouverte. C'était complètement théâtral, parce que Gwen et moi on était maintenant debout en face l'un de l'autre et on se regardait avec notre téléphone contre l'oreille. Je l'ai fermé en premier et elle a suivi, même si elle n'avait pas l'air certaine que c'était la bonne chose à faire. Je suis entré et elle s'est dépêchée de dire :

— Ne referme pas la porte. Désolée, David, mais tu ne fais qu'entrer et sortir. Alors ? Je t'écoute.

— Vous ne pouvez plus jaser avec Newg et je sais ce que ça vous fait.

Elle s'attendait à autre chose et n'a pas su comment réagir.

— Ah oui ? Et ça me fait quoi ?

— La même chose que pour moi avec Divad. Ça fait mal et ça fait peur, parce que, tout à coup, y a un énorme morceau qui manque.

Elle a poussé un gémissement et est passée devant moi pour fermer la porte. Je ne savais plus quoi penser, vu qu'elle disait une chose et en faisait une autre. C'était peut-être les calmants. Ensuite, elle s'est adossée contre le battant comme si elle voulait m'empêcher de sortir – là, c'était le comble. Elle a dit, comme la fois dans le taxi : «Arrête!»

— Je fais rien, je vous jure.

Elle m'a dévisagé et là, sans y penser, j'ai fait le contraire de ce que j'avais décidé avant de venir – je l'ai regardée dans les yeux. Ça n'a pas manqué, elle s'est vidée de son air comme si elle se noyait. Ensuite, elle a dit avec une voix qui s'étranglait :

— Non, c'est pas vrai! Comme ça, tu sais. Tu savais!

Sur le moment, je n'ai pas compris ce qui se passait, parce que son visage s'est mis à changer – c'est comme si elle se calmait en dedans et qu'elle n'en revenait pas du bien que ça lui faisait de plus avoir à cacher ses sentiments. Ses yeux se sont remplis de larmes, et comme elles n'avaient pas encore commencé à rouler, elle devait me voir dans un flou artistique.

Alors, elle m'a parlé comme jamais avant. Elle m'a pris les mains pour les serrer, mais en même temps, pour me tenir à distance.

— J'ai besoin de ton aide, David. Je suis malade de toi. Non, non, ce n'est pas de la littérature – je suis malade pour de vrai, et parfois ça me fait tellement mal que j'ai envie de... Essaie de comprendre, je t'en supplie. Personne ne peut m'empêcher de t'aimer, mais je n'ai pas le droit de te toucher et non, je ne le ferai pas, tu m'entends? Je ne m'en remettrais pas, je le sais. Tu as quinze ans et j'en ai vingt-six. C'est grotesque. Non, excuse, ce n'est pas grotesque, c'est absurde, insensé, désolant. J'ai déjà été amoureuse, ne crois pas, mais c'est la première fois que je suis dévorée par la passion.

— C'est pas une maladie.

— Ah non? Je suis obsédée par toi, tu m'empêches de dormir, je passe mon temps à repousser les prétextes pour te voir, même de loin, même une minute. Ça s'appelle comment, d'après toi? Je suis complètement intoxiquée, et le plus enrageant, c'est que je n'y peux rien, je ne le fais pas exprès.

— Vous voulez dire que c'est de ma faute?

— Bien sûr que non. C'est la contamination de Newg et de ses amalgames sublimes avec ton Divad. Tu nous as dit au pique-nique que les symbiotes exercent une influence sur nous, même s'ils s'en défendent. Tu aurais pu aussi parler d'emprise, ou de possession inconsciente. J'ai supplié Newg de se trouver un autre partenaire, mais elle m'a envoyée promener. Ces deux-là sont amoureux, si tu veux savoir.

Là, les larmes ont débordé de ses paupières et elle s'est mordu les lèvres pour retenir un sanglot. Je ne pouvais quand même pas rester à rien faire et j'ai approché sa main de ma bouche pour l'embrasser, mais elle l'a retirée vivement en disant:

— Non, ne commence pas! Je t'ai tout dit parce que j'en peux plus, et aussi parce que je n'y arriverai pas toute seule. Il faut que tu fasses ta part, David, pour moi, pour toi. Ne profite pas de ma confiance, jamais: ce serait trop terrible. À présent, va-t'en! On ne doit plus se revoir, toi et moi, en tout cas pas avant que je sois guérie.

— Et si moi je ne veux pas que vous guérissiez?

— Tais-toi! Ton opinion ne m'intéresse pas. T'es rien qu'un gamin.

— C'est même pas vrai. Je suis prêt à faire ma part, mais j'ai quelque chose à vous demander en échange. Ça n'a l'air de rien, mais j'y pense depuis longtemps.

— Non, pas de condition. C'est quoi, d'abord?

— J'aimerais vous tutoyer.

Elle m'a répondu avec un petit rire cassé:

— D'accord, s'il n'y a que ça pour que tu te tiennes tranquille. Mais ça te donne quoi? T'as pas compris? Je ne veux plus te voir, jamais!

— D'abord vous dites... tu dis qu'il faut que j'attende que tu sois guérie, ensuite tu me dis *jamais*.

— Fous le camp!

Je ne pourrais pas affirmer si c'est moi qui l'ai prise dans mes bras ou si c'est elle, disons juste que c'était synchronisé. J'ai constaté que j'étais un chouia plus grand qu'elle et je l'ai sentie qui frissonnait de partout. On s'est embrassés avec la langue et les yeux fermés, mais pas super longtemps parce que c'était déjà trop pour elle.

Alors elle m'a pris la tête par les cheveux et a fait quelque chose que je me rappellerai toujours: elle m'a picoré le visage avec des bisous partout, sur les joues, sur le menton, sur le nez, sur les paupières, sur les tempes, sur le front – et en même temps, elle disait tout bas: «Je t'aime, je t'aime, mon David, mon amour, mon petit garçon, je t'aime, je t'aime, je t'aime.»

Elle m'a lâché et j'ai entendu qu'elle tournait la poignée avec la main derrière son dos. J'avais encore les yeux fermés, parce que je ne voulais pas que ça s'arrête tellement c'était bon. Sauf qu'elle a ouvert la porte en restant collée contre moi pour profiter jusqu'au bout, puis elle m'a poussé dehors. Ça m'a coupé le souffle de la voir tout à coup, parce que personne ne m'avait jamais regardé comme ça, avec du feu qui brûlait au fond des larmes.

— Attends! Il faut que je te dise pour le message de Siddharta...

— Adieu, David.

Elle a refermé la porte et tiré le verrou.

J'ai descendu l'escalier en me tenant à la rampe, sans savoir si je ressentais le plus grand bonheur de ma vie ou le pire des chagrins, c'était peut-être les deux à la fois – en tout cas ça se bousculait dur en dedans. J'étais sûr qu'elle me regardait partir à la dérobée et j'ai attendu d'avoir tourné le coin de la rue pour ouvrir ma bouche tout grand et crier comme un malade.

QUARANTE

Six mois ont passé depuis la mort du chanoine Dijan. J'ai donc maintenant un peu plus de quinze ans et demi, ce qui est une évidence pour ceux qui savent compter. N'empêche que pour moi, le jour de mon anniversaire me paraît remonter loin dans le passé. C'est sans doute parce que je ne peux pas croire à quel point j'ai changé en si peu de temps. Et ce n'est pas fini.

Je ne sais pas comment l'expliquer simplement: ce n'est plus seulement le temps présent qui m'intéresse, mais davantage ce qui va se passer dans le monde au cours des années à venir. C'est une impatience qui ne me lâche pas. J'en ai parlé à M. de Chantal, mais il a cru que je m'inquiétais pour mon avenir à moi, alors que ce qui me préoccupe est beaucoup plus global. Et aussi, je ne pourrais pas dire si je suis optimiste ou pessimiste – je suis juste infiniment curieux et stimulé par un futur que personne ne connaît.

Nous avons eu à l'école une conférence sur le suicide, avec un questionnaire pour connaître notre opinion et savoir si on avait déjà envisagé d'en finir avec la vie. En répondant, je me suis rendu compte que c'est la dernière chose que je ferais, parce que ce serait me priver de toutes les découvertes et rebondissements qui s'en viennent.

L'autre jour, Sig m'a dit que j'avais l'air heureux et m'a demandé si j'étais *en amour*. J'ai évité de lui faire remarquer que c'est un anglicisme, d'abord parce qu'elle s'en fout, et aussi parce qu'elle me l'aurait resservi à tout bout de champ pour me *niaiser*. (Ça, c'est un québécisme.) Quoi qu'il en soit, je ne lui ai pas répondu. Oui, je suis amoureux, et pas rien qu'un peu, mais ce n'est sûrement pas ça qu'on voit dans mon regard.

Je soupçonne que Divad continue à être très présent dans ma vie. Bien sûr, maintenant que la connexion est coupée, on ne peut plus avoir de discussions comme avant et ça me manque terriblement, surtout le soir avant de m'endormir.

C'est tout de même plus facile à accepter que les frustrations du professeur Vargas qui travaillait avec Solrac à son prochain bouquin: «Symbiose et bicaméralité». À notre dernière rencontre, la veille de son départ pour le Pérou, il m'a expliqué la difficulté qu'il avait à se remettre de la perte de son collaborateur le plus précieux. Depuis, il me téléphone une fois par semaine des quatre coins du monde, où il donne ses conférences. Je crois que ça lui fait du bien de placoter à bâtons rompus, et à moi aussi, parce qu'il me parle toujours d'égal à égal.

Contrairement à lui, je n'ai pas l'impression d'avoir perdu mon symbiote. Tout ce qui m'arrive, Divad le voit dans ses rêves en sachant que j'existe réellement. De plus, je lui écris presque chaque jour un message sur mon ordinateur, en gros caractères pour lui faciliter la lecture, puis je l'efface, parce que ça ne regarde que nous. Bien sûr, c'est frustrant de ne pas recevoir de réponse, mais j'assume.

On va peut-être trouver que j'en fais trop, mais je me suis abonné à la saison d'hiver de l'Orchestre symphonique de Montréal. Je n'y étais allé qu'une seule fois quand j'avais douze ans avec mon grand-père Tessier et, pour être franc, j'avais trouvé la soirée interminable.

Heureusement que j'ai progressé et que Guillaume m'a pris en main côté musique classique. La semaine dernière, nous sommes allés ensemble écouter des œuvres de grands compositeurs français – le top pour moi, ça a été le *Boléro* de Ravel.

En sortant, je me suis dit que Divad avait dû aimer lui aussi – après tout, il fallait qu'il se libère un peu de son Schubert. Je sais qu'il est plus exigeant que moi et c'est pour ça que je fais attention de ne pas l'écœurer en me laissant intoxiquer par les productions *cheap and trash* qu'on nous bombarde dans les oreilles et qui se poubellisent d'elles-mêmes après quelques semaines.

Bref, il me semble que la moindre des choses, c'est d'essayer de faire bonne impression pour aider les disciples de Siddharta et de Najid à convaincre les autres symbiotes qu'on n'est pas une race de dégénérés.

QUAND JE SUIS RETOURNÉ rendre visite à Iris après notre rencontre avec Siddharta, j'ai dû montrer l'autorisation de l'Office de la protection de la jeunesse. C'est l'inspecteur Calderone qui me l'a obtenue, en disant que la charmante Mme Valiquette ne pouvait rien lui refuser. J'ai compris à son air entre les lignes qu'elle avait dû passer un mauvais quart d'heure pour avoir refilé des renseignements confidentiels à son amie Céleste de Bonneville. J'étais sûr que l'OPJ allait la virer, mais comme chaque fois dans cette affaire, personne n'a voulu faire de vagues.

Je ne savais pas comment j'allais réagir en me retrouvant avec Iris en tête à tête. La dernière fois, je m'étais caché dans les toilettes pour pleurer comme un veau. Mais là, ça s'est passé autrement, sans que je puisse expliquer pourquoi.

J'ai approché une chaise à côté de son lit pour la regarder pendant un long moment, sans bouger moi non plus. J'ai essayé de savoir ce que ça me faisait de ne pouvoir penser à elle qu'au passé et là, ça m'a surpris de découvrir que j'étais content de la voir et rien de plus compliqué.

J'ai pris sa main qui était douce et tiède, et toute molle, comme un gant avec personne dedans.

Sauf que j'étais convaincu qu'elle était encore un peu là. Je n'avais pas besoin de Gwen pour me dire que ça s'appelle le déni de la réalité : je le sais et je m'en fous. J'avais entendu Jean-Sébastien crier : « Non ! » quand son père avait voulu me frapper et j'ai toujours pensé que Siddharta avait peut-être laissé dans son cerveau vacant une trace de son passage, comme une petite étincelle.

Je me suis aussi dit qu'un autre Immortel pourrait décider de se servir d'Iris pour venir m'avertir de quelque chose de grave et d'urgent. Franchement, je n'y ai jamais cru, mais j'ai quand même décidé de faire semblant d'espérer, pour être du bon côté de la chance.

Comme je venais rendre visite à Iris deux ou trois fois par semaine, le personnel de l'étage a fini par me reconnaître et j'ai su que des infirmières trouvaient ça super romantique, genre Roméo et Juliette. Elles voulaient toutes m'adopter. Non, c'est une blague, j'ai déjà une mère et ça me suffit amplement. À propos, elle va très bien. Elle prépare un voyage à Cuba avec M. Calderone qui m'a demandé de l'appeler Luigi.

Pour en revenir à l'hôpital, personne n'a l'air de se rendre compte que je n'ai aucun mérite et que je viens voir Iris parce que c'est elle qui me fait du bien. Chaque fois que je sors de sa chambre, je me sens un peu plus en paix avec moi-même – ce qui n'est pas toujours évident à mon âge.

Au début, j'ai eu un peu de peine à trouver le ton pour lui parler, surtout quand elle ouvrait brusquement les paupières et que je ne pouvais pas m'empêcher de chercher une expression dans son regard si limpide et si vide.

Ce qui m'a aidé, c'est de lui lire au fur et à mesure les chapitres du livre que j'ai commencé à écrire après que Siddharta nous a encouragés à révéler autour de nous l'existence des symbiotes, afin de préparer les mentalités au renouvellement de l'Alliance.

De son côté, le professeur Vargas a repris ses conférences pour présenter les nouveaux développements de sa théorie sur le cerveau bicaméral. Il explique bien sûr l'existence des symbiotes et leur rôle dans l'évolution de la conscience, mais ne mentionne pas qu'il a vécu un jumelage temporaire avec son propre «passager clandestin» – parce qu'il ne veut pas passer pour un mystique.

Je n'ai surtout pas l'intention de le concurrencer. D'ailleurs, son prochain bouquin risque d'être pas mal plus compliqué que le mien. Déjà rien que d'expliquer le «cerveau à deux chambres», ce n'est pas de la tarte, mais la révélation qu'on vit avec une intelligence parasite dans notre tête risque d'être un gros morceau à digérer pour la majorité des gens.

Alors que moi, je veux juste raconter ce qui m'est arrivé depuis que je me suis retrouvé un beau matin dans le même ascenseur que le chanoine Dijan. Guillaume m'a encouragé à aller jusqu'au bout de mon projet, même s'il doutait que ça puisse intéresser un éditeur. Mais la dernière fois qu'on s'est vus, il avait changé d'avis et m'a conseillé d'écrire mon histoire comme si c'était un roman, en modifiant les noms des personnages. Comme tout le monde croirait au début que c'est de la fiction, ça donnerait à la réalité une chance de faire discrètement son petit bout de chemin dans les esprits. C'est machiavélique, je sais.

Sauf que c'est aussi une fichue de bonne idée et j'ai déjà annoncé à M. de Chantal que je me suis lancé dans une œuvre de fiction. Il m'a encouragé et a même accepté de lire le manuscrit, mais seulement quand il serait complètement terminé. J'ai eu la vague impression qu'il pensait que c'était la dernière fois qu'il en entendrait parler. J'ai hâte de voir sa tête quand je vais le lui donner en main propre, et aussi quand il se reconnaîtra dans un personnage qui lui ressemble comme deux gouttes d'eau, avec les initiales de son vrai nom.

Je ne me prends pas pour un écrivain, mais je dois avouer que Divad a dit quelque chose juste avant qu'on se sépare qui m'a beaucoup motivé. C'est quand il a raconté que je suis devenu une super vedette chez les symbiotes, surtout chez les jeunes – et même chez ceux pour qui je ne suis pas une fabulation. Veux, veux pas, ça me crée des obligations et je tiens mordicus à ne pas décevoir mon fan club.

JE CROYAIS QUE MLLE DE BONNEVILLE resterait tranquille après la mort de l'abbé Touchette, et ça prouve que j'ai encore beaucoup à apprendre. Le pire, c'est que je me suis retrouvé dans son camp sans le vouloir, parce qu'elle a appelé Me Langlois pour lui offrir de prendre à sa charge les coûts de la poursuite contre l'Office de la protection de la jeunesse. Elle a dit qu'elle ne pouvait pas accepter qu'un adolescent dépense toutes ses économies pour venir en aide à une petite amie, même si le geste était admirable.

Moi, j'étais content d'avoir trouvé une raison valable pour dépenser un peu du fric qui dormait sous le plancher de ma chambre. Et pourtant, j'ai accepté l'offre de Mlle Céleste, en me disant que c'était toujours ça de moins qu'elle donnerait aux bonnes œuvres à la mémoire de son frère – surtout que son héritage allait sûrement être siphonné par un autre abbé Touche-à-tout.

La décision de faire débrancher Iris n'était évidemment pas venue de Mme Valiquette, mais de son conseil d'administration composé de gens importants qui disaient que l'argent des contribuables ne devrait pas être utilisé pour maintenir en vie un patient qui n'a aucune chance de s'améliorer. Ils trouvaient qu'il valait mieux investir ce fric pour venir en aide à des jeunes qui ont un avenir devant eux.

Je ne suis pas idiot et je comprends le raisonnement, sauf qu'Iris n'a jamais été une statistique pour moi, c'était mon amie. Je ne pouvais pas accepter qu'on s'en débarrasse parce qu'elle est devenue un légume trop luxueux. La raison, c'est bien joli, mais des fois on a l'obligation morale de déconner.

Quoi qu'il en soit, comme l'affaire était devant les tribunaux, on a continué à maintenir les fonctions vitales d'Iris et à la pomponner comme une princesse.

Tout ça pour dire que je n'ai pas été surpris le jour où je suis entré dans sa chambre et que j'ai trouvé Céleste de Bonneville qui priait debout au pied du lit, les mains jointes et les yeux clos. Mlle Sauget était là aussi, mais elle regardait dehors en attendant que ça passe. Elle s'est retournée et je n'étais pas sûr si elle était contente de me voir, mais elle ne semblait pas fâchée non plus.

Je m'attendais à ce que Mlle Céleste me fasse la gueule, mais pas du tout. Elle a sorti son grand sourire lumineux et m'a embrassé, en me disant qu'elle avait été informée de mes visites régulières à Iris et que la fidélité est une des vertus qu'elle admirait le plus, surtout chez les hommes – parce que chez les chiens, c'est dans les gènes. Puis elle s'est retournée vers le lit:

— Mais enfin, David, regarde-la: si belle, si pure, un ange parmi nous. Merci, merci! Nous ne les laisserons pas nous la prendre, n'est-ce pas? Jamais!

Mlle Sauget lui a fait signe qu'il était temps de s'en aller et lui a ouvert la porte en lui disant qu'elle la rejoindrait en bas dans quelques instants.

J'ai compris qu'elle voulait me parler, mais au lieu de commencer tout de suite, elle s'est approchée du lit et est restée un long moment sans rien dire. J'ai eu l'impression qu'elle n'avait pas été capable de regarder Iris tant que son amie était dans la chambre et qu'elle en profitait maintenant pour faire le plein.

Elle m'a annoncé ensuite qu'elle avait rompu avec Céleste. Je ne tenais pas vraiment à savoir pourquoi, mais j'ai quand même posé la question en sentant que c'était important pour elle, même si ça l'obligeait à prendre son courage à deux mains.

— Céleste s'est toujours arrangée pour se convaincre de la droiture de son frère. Or, en liquidant la succession, elle a trouvé dans le coffret de famille à la banque des photos d'Iris en compagnie de Paul et de certains de ses vieux amis. Ne me demande pas de détails, tu dois te douter de quoi je parle.

— Vous les avez vues?

— C'est ça le plus insensé: elle me les a montrées.

— Mais pourquoi?

— Tu n'es pas obligé de me croire: elle voulait me prouver que ces bonnes gens ne faisaient rien de mal. Elle m'a dit: «Regarde: la petite s'amuse, ce n'est qu'un jeu.» C'est vrai qu'elle riait, mais c'est tout aussi évident qu'ils l'avaient fait boire. Il y avait une quantité de bouteilles ouvertes sur la table où elle s'exhibait. Excuse-moi, j'en dis trop.

— Je savais déjà tout ça.

Je n'ai pas osé lui dire qu'elle se trompait. Si Iris avait l'air heureuse sur les photos, ce n'est pas parce qu'elle était saoule, mais parce qu'elle était le centre de l'attention et qu'on l'applaudissait.

C'est étrange, quand on s'est mis à parler d'elle, on est allés regarder par la fenêtre, comme si on se sentait obligés de lui tourner le dos, même si elle ne pouvait rien comprendre. Je crois que Mlle Sauget aurait eu encore beaucoup de choses à me dire, mais elle n'en pouvait plus d'être enfermée dans cette chambre aseptisée à plein nez.

Avant qu'elle parte, je lui ai dit que Mlle de Bonneville n'était qu'une vieille folle. Ça l'a un peu choquée, mais elle a pris le temps de réfléchir avant de répondre :

— On peut le dire ainsi, oui. Interpréter la réalité pour l'accorder à ses croyances est une forme d'aliénation mentale très répandue, mais cela ne retranche rien de son caractère délirant.

— Alors pourquoi vous êtes venue avec elle ?

— Pour la bonne raison qu'elle me l'a demandé. Certes, nous sommes fâchées, mais cela ne m'autorise pas à la traiter comme si elle avait cessé d'exister. Elle a été une amie, ma meilleure amie. Elle ne l'est plus, parce que la confiance s'est perdue. Le plus difficile dans une rupture, c'est de garder le meilleur du passé et d'oblitérer le pire. Excuse-moi, je m'oublie. Tu comprendras un jour.

— J'ai déjà compris : faut pas jeter le bébé avec l'eau du bain.

— Voilà. J'aime quand tu souris comme ça, David.

Elle a essayé de sourire en retour, mais c'est venu comme si elle ne s'était pas pratiquée depuis un bout de temps. Ensuite elle s'est dépêchée de partir, parce qu'elle n'était pas du genre à se laisser aller en public, même si on n'était rien que les deux – enfin, les trois.

En passant, je dois reconnaître que son discours sur l'amitié et la confiance perdue m'a fait réfléchir. Ça s'est ajouté à une citation de Bouddha que Guillaume m'a refilée et qui disait que c'est OK de combattre le mal, mais que la haine contre les salauds qui font le mal est un poison pour l'âme – quelque chose comme ça. Je l'ai d'ailleurs citée en classe pour le florilège de M. de Chantal et ça m'a valu trois points de bonus.

J'ai failli ajouter que Bouddha s'appelait en réalité Siddharta Gautama et que j'avais eu l'occasion de le rencontrer personnellement à trois reprises, mais je me suis retenu. Des fois, il faut savoir garder un *low profile.*

Tout ça pour dire que j'ai vu un reportage à la télé sur les détenus de la prison Parthenais qui faisaient la grève de la faim pour protester contre la nourriture qui était dégueulasse. Alors j'ai préparé un paquet avec des dattes, une barre de *Caramilk,* des figues séchées et des biscuits *Dad's,* en me disant que je ne le destinais pas au fou furieux qui avait mutilé sa sœur, mais à celui qui avait été mon meilleur ami et qui ne faisait plus partie de ma vie.

Ça m'a aussi aidé à comprendre pourquoi les gens se sentent mieux quand ils mettent des fleurs sur la tombe de quelqu'un qu'ils ont aimé, même si dessous c'est juste un squelette en train de pourrir.

J'ai demandé à Mᵉ Langlois de faire suivre le colis à Kamal Nasir, la prochaine fois qu'il irait là-bas pour un de ses clients. Il m'a dit:

— Pourquoi ne vas-tu pas le lui donner toi-même? Je peux t'arranger une visite.

— J'ai pas du tout envie de le voir.

— Lui non plus, sans doute. Vous êtes donc à armes égales. C'est ça que tu veux? Tu n'es pas obligé de répondre tout de suite.

J'ai deviné qu'il essayait de me faire comprendre quelque chose et ça m'a énervé de ne pas savoir exactement quoi. Tout à coup, je n'étais plus sûr que c'était une bonne idée, même si j'avais choisi le genre de bouffe que Kamal aimait le plus. Finalement, j'en ai eu marre de tourner en rond dans ma tête et j'ai téléphoné à Mᵉ Langlois pour lui dire d'oublier tout ça. Sauf que lorsque j'ai entendu sa voix au bout du fil, je ne sais pas ce qui m'a pris, mais je lui ai annoncé que j'étais d'accord avec sa proposition. Et après, je me suis trouvé les culottes à terre, sans pouvoir faire marche arrière.

Le lendemain, à l'heure du lunch, je l'ai rencontré devant la prison Parthenais et j'ai pu constater qu'il était connu là-bas comme le loup blanc. Grâce à lui, la fouille à l'entrée a été expédiée le temps de le dire. Je m'attendais à ce qu'il m'accompagne jusqu'à la cellule de Kamal, mais il devait discuter avec des clients et m'a confié à une employée en uniforme qui s'appelait Jeanne d'Arc Bellavance (c'était écrit sur son badge). Je n'ai jamais vu quelqu'un qui portait aussi mal son nom. Elle était grosse et moche, et elle a dû deviner qu'elle confirmait mes préjugés, car elle m'a fait la gueule pendant tout le temps qu'on a marché ensemble dans un corridor interminable qui sentait vaguement la vieille pisse.

Elle m'a fait entrer dans une pièce sans fenêtre, éclairée par d'affreux néons, en me disant de ne pas bouger de là. Il y avait juste une chaise et une table étroite posée contre une vitre super épaisse, avec un micro et un haut-parleur encastrés dans le mur. C'était la même chose dans la salle de l'autre côté, avec en plus une caméra au plafond.

Je me suis trouvé pas mal naïf de m'être imaginé qu'on allait me conduire dans la cellule de Kamal, et ça m'a obligé à me poser une flopée de questions sur sa vie ici, sur le monde qu'il côtoyait, sur ce qu'il était autorisé à faire et ce qui lui était défendu – bref, des trucs qui ne me regardaient absolument pas. En m'asseyant, j'ai remarqué que la table et la chaise étaient vissées au plancher et ça m'a fâché.

Je ne sais pas si c'est Mme Bellavance qui se vengeait, mais je suis resté un long moment à attendre et à écouter les bruits de la prison en essayant de deviner ce qu'il y avait derrière.

Je commençais à déprimer sérieusement quand la porte de l'autre pièce s'est ouverte.

Un gardien a accompagné Kamal jusqu'à la table, où il a posé le colis que j'avais apporté. Dedans, tous les emballages avaient été ouverts et ça m'a vexé – on aurait dit un cadeau de seconde main. Mais ça, je m'en suis aperçu après, vu que d'abord j'ai dû encaisser le choc de ne pas reconnaître Kamal du premier coup. Ce n'était pas seulement parce qu'on lui avait coupé les cheveux hyper court, mais aussi parce qu'il marchait comme s'il n'habitait plus son corps. Surtout, il ne me regardait pas, alors qu'il était auparavant du style à toiser les gens, l'air de dire : « Vous ne me faites pas peur et je vous emmerde. »

— Vous avez dix minutes, a dit le gardien avant de sortir.

J'ai tout de suite pensé : « C'est beaucoup trop ! » Je n'avais qu'une envie, c'était de me tirer au plus sacrant. Il y avait un bouton pour régler l'intensité du haut-parleur et, pour me retenir de le mettre à zéro, j'ai dit :

— Salut. On t'a fait venir de force ou quoi ?

Il a gardé les yeux baissés et a répondu, presque sans bouger les lèvres :

— Qu'est-ce que tu veux ?

— Je sais pas. Que tu m'expliques, peut-être.

— Tu fais chier. C'est quoi, ça ?

Il a regardé ce que je lui avais apporté et, du revers du bras, il a tout envoyé par terre.

— Casse-toi. J'ai besoin de personne.

— Tu sais, pour Iris?

— Quoi? Que c'est une salope?

— Alors tu sais pas. Elle est dans le coma. Elle se réveillera plus jamais.

Il n'a presque pas bougé, mais j'ai senti que ça le remuait en dedans. Il avait essayé de coucher avec elle, mais ça n'avait pas marché pour lui et là, ça le rassurait peut-être d'apprendre qu'elle ne pourrait pas le raconter à personne, jamais. Ça fait que je ne l'ai pas cru quand il a dit:

— Je m'en fous.

— Kamal… Je sais que c'est toi qui as appelé le 9-1-1 pour leur dire de venir chercher ta sœur.

— Tu sais rien du tout. Dis pas ça.

— Je le sais, je te dis. Pis c'est important pour moi de pas l'oublier quand je pense à toi.

Pour qu'on comprenne la suite, il faut d'abord que j'explique qu'à l'époque où on était amis, j'avais un peu plus d'argent de poche que lui et j'achetais presque tous les jours une barre de *Caramilk* qu'on se partageait.

Et là, Kamal s'est détourné et a ramassé la barre pour la mettre sur la table. Les gardiens l'avaient coupée en deux pour s'assurer qu'on n'avait rien caché dedans. Sauf qu'il a cru que c'était moi qui l'avais fait exprès, comme une allusion codée à notre passé composé – et c'est à cause de ce détail de trois fois rien qu'il a craqué.

Il a brusquement levé la tête et m'a regardé en face. Ce que j'ai lu dans ses yeux m'a anéanti: c'était une terreur du genre sans issue avec un désespoir sans fond. J'ai compris comme si ça m'arrivait à moi qu'il était plein d'images qui ne voulaient pas s'effacer et qui l'empêchaient de voir qu'il avait un avenir plus loin que tout de suite. Il m'a dit ensuite quelque chose d'épouvantable – vu que c'était sa vérité à lui:

— Je suis déjà mort, David. Laisse tomber.

Il est allé vers la porte et, pour qu'on vienne lui ouvrir, il s'est mis à cogner avec son crâne contre le battant, de toutes ses forces. Deux gardiens sont entrés pour le maîtriser. Quand ils l'ont emmené, il avait le visage et la poitrine couverts de sang.

Moi, si on veut savoir, j'étais hors service et j'ai été vachement reconnaissant à Jeanne d'Arc de venir me chercher.

C'est comme quand le dentiste creuse dans une dent qui a été gelée, on sait que ça fait mal, mais on ne ressent rien. Là, c'était pareil, sauf que ça ne m'empêchait pas de continuer à penser. J'ai compris alors que je n'avais rien compris – ou en tout cas que je me retrouvais dans ma vie avec de plus en plus de questions et de moins en moins de réponses.

Et aussi, que Guillaume avait raison : je n'étais pas doué pour la haine.

À MESURE QUE LE TEMPS PASSAIT, mes scrupules à puiser dans le fric de M. de Bonneville ont diminué et se sont transformés en hésitations. J'aimais mieux ça, c'était plus facile à manier.

C'est ainsi que j'ai pu aider Guillaume à aller rencontrer le dalaï-lama à Londres. Il y est resté une semaine et, tous les soirs, je recevais un message qui me racontait ses aventures et surtout ses réflexions. Il m'a expliqué que la zone crépusculaire entre le sommeil et le réveil reste le meilleur moment pour se rapprocher d'Orphée, mais qu'il commence à pouvoir reproduire cette zone n'importe quand par la méditation. Le dalaï-lama l'a aussi mis en garde contre les excès de spiritualité, en lui disant que ça pouvait devenir une forme de fuite.

Guillaume a alors décidé de partager son temps entre la Voie royale et l'action.

À son retour, les médias parlaient justement de la poursuite que sa mère avait intentée contre la secte des *Disciples du Christ en croix*. Il en a profité pour organiser des rencontres avec des groupes de jeunes, afin de les convaincre de ne pas se laisser entuber par ceux qui voulaient décider à leur place tout ce qu'ils devraient croire et penser.

Il a aussi créé un site Internet qui s'appelle *fymfroc.com,* ce qui veut dire *Free Your Mind From Crap.* Je lui ai reproché d'avoir choisi un slogan en anglais, mais il croit que ça aidera les francophones à le prendre au sérieux. Je dois avouer que *Libérez votre esprit de ses chiures,* ça ne sonne pas génial.

De toute façon, je n'étais pas du tout convaincu que *fymfroc.com* allait marcher, mais je me suis foutu dedans une fois de plus. Le nombre de visiteurs et de messages n'a pas cessé d'augmenter. Je n'aurais jamais cru qu'il y avait autant d'ados qui se posaient des questions difficiles et ça m'a fait espérer que le renouvellement de l'Alliance était peut-être plus proche que je le pensais.

Ma relation avec Guillaume est au beau fixe et on finit souvent la phrase de l'autre à sa place, tellement on est sur la même longueur d'onde. (Lui, bien sûr, il parle de «langueur d'onde», pour me provoquer.) On se téléphone deux ou trois fois par jour et, chaque soir, un courriel de lui m'attend à la maison.

Un jour, il m'a posté une carte du *Chat* de Philippe Geluck qui disait: «Je n'avais rien de spécial à vous dire… mais je tenais à vous le faire savoir.» Je l'ai épinglée sur mon mur, vu que ça décrit parfaitement notre amitié.

Je pense parfois que c'est dommage que je sois majoritairement attiré par les filles, parce qu'un amoureux passionné comme lui, ça se présente une fois par siècle, et encore.

Rayon sexe, Mélanie Patenaude m'a choisi pour que je sois sa «première fois» et il m'a fallu lui avouer que je ne me sentais pas prêt. Ce que je ne lui ai pas dit, c'est que je ne pense jamais à elle dans mes fantasmes, et que même quand on se tripote sur un banc du parc, c'est l'image de Gwen qui m'apparaît.

Pour en revenir au fric, j'ai aussi acheté une paire de jumelles super puissantes, en racontant chez moi que Max Dutil me les avait prêtées pour observer les oiseaux dans le parc, parce que je m'étais découvert une fascination pour l'ornithologie. Sig a demandé comment s'appelait la colombe que je voulais voir de plus près. Elle est toujours aussi chiante, mais je reconnais que son cas n'est pas forcément désespéré.

Ce qui fait que de temps en temps, je suis allé me cacher dans un bosquet pour regarder passer Gwen quand elle rentre chez elle. Elle se pointait des fois avec une heure ou deux de retard, mais ça ne fait rien, ça valait la peine, même pour l'observer seulement quelques minutes. Je la voyais comme si je marchais à côté d'elle et je tripais sur l'expression de son beau visage et tout le reste. Il m'arrivait de la perdre en faisant un geste brusque et là, je ne pouvais plus la retrouver dans les images qui défilaient à toute vitesse. Mon cœur se mettait à cogner, j'avais peur qu'elle soit disparue pour toujours.

(À l'école, le Dr Gélinas nous avait tout expliqué sur le sexe, en long et en large, comme dirait Alain Robichaud qui n'en manque pas une, mais il ne nous avait jamais prévenus que l'amour peut vous rendre complètement abruti.)

Gwen avait décidé que c'était impossible entre nous, mais moi, j'étais sûr qu'on se retrouverait ensemble tôt ou tard. D'abord, ce n'est pas parce qu'on affirme quelque chose que ça devient vrai, ensuite j'avais gardé un as de cœur dans ma manche – sans savoir que j'allais le jouer plus tôt que prévu.

HEUREUSEMENT que je ne me laisse pas facilement décourager, autrement je n'aurais jamais réussi à contacter le professeur Rochefort. J'ai eu beau expliquer à sa secrétaire que je l'avais rencontré dernièrement et qu'il accepterait sûrement de me parler quand elle lui aurait dit mon nom, elle n'a rien voulu entendre. Je lui ai dit que j'allais rappeler toutes les cinq minutes jusqu'à ce qu'elle se décide à lui faire le message, et elle a abandonné le combat après la cinquième tentative.

Comme il fallait s'y attendre, le professeur n'a pas été très aimable quand il a pris la communication et m'a demandé tout de suite si Gwenaëlle avait été informée de mon appel. Je lui ai répondu qu'à part lui, moi et sa secrétaire, personne n'était au courant de ma démarche.

Curieusement, ça l'a un peu calmé et il m'a demandé de lui expliquer rapidement ce que je lui voulais.

— J'ai un marché à vous proposer, monsieur. Vous me passez de nouveau un EEG et un IRM pour voir ce qui se passe dans mon cerveau, et moi, je vous explique ensuite pourquoi vos chercheurs ont fait un flop et comment un amalgame peut ouvrir et fermer une porte en même temps.

J'avais préparé mon coup et ça lui en a bouché un coin. Après un silence, il m'a dit de venir à son laboratoire à dix heures le lendemain matin.

J'y suis allé avec cinq minutes d'avance. Après m'avoir soumis aux mêmes examens que la première fois, son assistant m'a conduit au bureau du professeur en refusant de répondre à mes questions. Franchement, je m'en fichais. Il ne pouvait pas s'empêcher de me regarder comme si j'étais un extra-terrestre et j'ai deviné que mon rythme bêta continuait à faire des ondulations à contre-courant. Je ne peux pas dire la joie que cette nouvelle m'a causée, vu qu'elle me confirmait que mon projet au sujet de Gwen était réalisable.

Le professeur Rochefort m'a fait poireauter un long moment avant de me rejoindre, mais ça valait la peine parce qu'il m'a invité à déjeuner.

Nous sommes allés dans une sorte de club privé, avec du bois foncé partout, et des tables couvertes de vraies nappes et des assiettes bordées d'argent aussi massif que mon Montblanc. En plus de ça, j'étais assis sur une chaise en cuir vernis où mon derrière glissait dès que je ne me tenais pas droit.

J'ai regardé le menu pendant que le professeur discutait le coup avec le maître d'hôtel qui me faisait penser à un pingouin, mais j'ai eu de la peine à choisir, parce qu'ils avaient oublié d'indiquer les prix. Je savais bien que j'étais invité, mais justement, je ne voulais pas passer pour un pique-assiette.

Finalement j'ai choisi une sole meunière, parce que ma mère nous répète que le poisson est excellent pour la mémoire, à part qu'elle oublie de nous en servir à la maison.

M. Rochefort a goûté le vin en faisant l'important, puis il a dit au sommelier que c'était OK. Il ne se doutait pas que c'était la seule gorgée qu'il allait boire de tout le repas. Il a commandé une entrecôte béarnaise, avec de la salade au lieu des frites, ce qui est une hérésie si on veut mon avis.

On a d'abord échangé des propos pour rien dire, ensuite il a déclaré, en mettant ses demi-lunettes pour mieux m'écouter :

— Avant de te donner les résultats des examens, David, j'attends que tu m'expliques pourquoi le fonctionnement de ton cerveau ne ressemble à rien de ce que j'ai vu en quarante-cinq ans de pratique.

— D'accord, mais ça va prendre du temps, je vous avertis.

— Si ce que tu racontes est la vérité, tu peux prendre tout le temps que tu veux. J'avoue que je n'ai aucune idée à quoi m'attendre, et pourtant, ce n'est pas faute d'y avoir réfléchi.

— Vous avez lu dans les journaux la tentative de suicide du chanoine Dijan, dans un ascenseur du centre-ville ?

— Ça me dit vaguement quelque chose, oui. Quel rapport ?

— Parce que c'est là que tout a commencé.

J'ai parlé pendant une demi-heure au moins. Au début, il m'a interrompu plusieurs fois pour me poser des questions de détails, mais plus ça allait, plus il se taisait, même quand je me suis arrêté pour m'occuper de ma sole meunière qui refroidissait.

À un moment donné, il a sorti de sa veste le tracé de mon EEG et la photo de mon hémisphère droit, où j'ai vu la même tache rouge qu'à mon premier examen. Il les a posés sur la table et les regardait du coin de l'œil chaque fois qu'il semblait douter de mon histoire. Ça l'encourageait à ne pas décrocher.

Il était tellement sous le choc qu'il n'a pas touché à son entrecôte, et quand le maître d'hôtel est venu demander si tout allait bien, il a commandé un double whisky. Moi, j'avais fini de parler et c'était à son tour, mais il n'y arrivait pas et m'observait fixement, sauf que je ne suis même pas sûr qu'il me voyait vraiment. Ça a duré un long moment et j'ai regardé passer une table roulante pleine de desserts terribles, en craignant qu'on soit obligés de partir avant d'en arriver là.

Finalement, il a dit:

— Je ne puis me résoudre à croire à ton histoire, mais je suis tout aussi incapable de la réfuter. L'existence d'une intelligence parasitaire offre une explication effroyablement séduisante à une foule de phénomènes psychiques et neuro-logiques. D'ailleurs, je connais Gwenaëlle, elle n'aurait jamais participé à un canular aussi... Mais enfin, te rends-tu compte des conséquences de cette révélation, si elle devait être confirmée?

Il a repris les papiers sur la table et les a regardés en secouant la tête et en murmurant: «Oh mon Dieu... Mon Dieu, est-ce possible?» Il a levé les yeux vers moi et j'ai eu l'impression qu'il avait peur tout à coup. Sa voix s'est coincée quand il a ajouté:

— Je suis trop vieux, David. Quel dommage! Je vais man-quer ça.

J'ai sursauté dans ma poitrine et j'ai eu envie de lui pren-dre la main, parce que je savais exactement ce qu'il ressentait. C'est vrai qu'avec un demi-siècle de plus que moi, il n'avait pas beaucoup de chances d'assister à la réconciliation des symbiotes avec leurs totems.

ÉPILOGUE

Iris Bazinet est morte tôt le matin, le jour de Noël. C'était tout à fait son genre de choisir la date la moins convenable de l'année. J'ai su la nouvelle avant tout le monde, parce que j'étais là.

C'est l'infirmière Sansregret qui m'a réveillé en m'appelant sur mon Nokia. Elle m'a dit que l'état de Sylphide avait subitement empiré et que je ferais mieux de venir tout de suite. (Les infirmières à l'hôpital connaissaient maintenant son vrai nom, mais elles avaient gardé l'habitude de l'appeler comme ça, ce qui ne faisait de mal à personne.)

Quand je suis arrivé, il y avait deux infirmières dans la chambre avec deux médecins qui me tournaient le dos en regardant les écrans des appareils branchés sur Iris. Je m'attendais au pire, mais elle n'avait pas l'air plus mal que la veille, à part que son teint était presque aussi blanc que son oreiller.

Un des docteurs s'est retourné et a murmuré en me voyant: «Ah, le voilà! Il a fait vite.» On avait dû lui raconter qui j'étais et tout le reste, parce que son expression s'est réchauffée quand il m'a dit:

— C'est le moment de lui faire tes adieux, mon garçon.

J'ai avancé de deux pas pour poser ma main sur le poignet d'Iris. Je ne voulais pas lui parler à haute voix, d'abord parce que je lui avais déjà demandé pardon plusieurs fois d'être en bonne santé, et puis tous ces gens autour de nous n'avaient rien à cirer de notre histoire.

Par la fenêtre, je voyais la neige tomber dans le halo des lampadaires du mont Royal. C'était féerique et j'ai trouvé ça cruellement injuste.

Ils se taisaient tous et je me suis demandé s'ils attendaient que je fasse quelque chose de spécial, un signe de croix ou un machin exotique. Finalement, l'autre docteur s'est retourné et a dit:

— Cinq heures douze.

L'infirmière l'a écrit sur une tablette et je me suis demandé pourquoi il lui avait dit ça. Ensuite, j'ai vu que les lignes sur les moniteurs étaient plates et là, j'ai compris. N'empêche que je n'arrivais pas à y croire, parce qu'Iris avait arrêté d'être vivante sans le moindre bruit, pas même un soupir, comme si elle avait pensé jusqu'au bout qu'elle ne valait pas la peine.

Le premier docteur a fait signe aux autres et ils sont tous sortis de la chambre en silence. La plus jeune des infirmières m'a regardé avant de refermer la porte, elle avait des larmes dans les yeux. C'est absurde, mais je crois que c'est pour moi qu'elle avait du chagrin. Comme elle n'avait jamais vu ma copine faire le gag du lapin qui louche avec deux sucres coincés contre ses dents, elle ne pouvait pas savoir. Pour elle, c'était juste sa première morte de la journée.

Moi, j'ai continué à regarder Iris en cherchant quelque chose à penser qui serait grand et noble, genre Victor Hugo, mais rien ne m'est venu à part de me répéter: «C'est con, merde. C'est vraiment trop con.»

HEUREUSEMENT, LA PORTE S'EST OUVERTE et Gwen est entrée, essoufflée. Ça devait faire quelques semaines qu'elle n'avait pas revu Iris, parce qu'elle a secoué la tête comme pour dire: «Non, ce n'est pas elle, ils se sont trompés.»

Ensuite elle a fait le tour du lit et m'a pris dans ses bras pour me serrer d'abord, puis pour me bercer. On savait tous les deux qu'on ne risquait rien, parce que le chagrin nous protégeait contre l'envie d'aller plus loin. On s'est quand même lâchés, vu que c'était mieux de ne pas nous mettre trop longtemps à l'épreuve. Elle avait couru en espérant arriver à temps, mais ce n'était pas seulement pour ça qu'elle avait du mal à reprendre son souffle. Elle m'a demandé:

— Ça va? Tu tiens le coup?

— Oui. À part que je ne sais même pas ce qui s'est passé.

— J'ai croisé le médecin en venant. Il dit que c'est assez fréquent dans ce genre de coma. Ça prend tout à coup un tournant pour le pire, on ne s'explique pas pourquoi.

— Est-ce qu'il t'a dit à quelle heure elle est morte?

Elle a tressailli:

— C'est vrai, je t'ai permis de me tutoyer. J'avais oublié – mais pas toi à ce que je vois.

— C'est parce que je te parle tous les jours dans ma tête.

— Je ne veux pas le savoir. Pourquoi cette question sur l'heure de son décès ?

— Il y a six mois, le chanoine Dijan est mort à cinq heures douze – exactement à la même heure qu'Iris.

— En es-tu certain ? Comment tu sais ça ?

— Après que Divad et moi on s'est quittés, j'ai regardé ma montre.

Elle n'en revenait pas et a fait un pas en arrière comme si elle voulait s'éloigner de moi, mais je crois plutôt qu'elle n'avait aucune envie de se poser des questions sur le passé, et encore moins sur des coïncidences qui n'en sont pas. Elle a dit :

— Accompagne-moi, veux-tu. J'ai quelque chose d'important à t'annoncer.

— Ça tombe bien, moi aussi.

On est sortis pour se rendre dans le petit salon au bout de l'étage et, en passant, elle a acheté un Pepsi dans une machine distributrice. Je lui ai fait remarquer que ça me rappelait des souvenirs, mais elle n'a pas compris que je pensais à notre première rencontre dans son bureau, quand je n'étais encore personne de spécial pour elle.

On s'est assis et elle a commencé à parler tout de suite, comme si elle avait peur de manquer de temps. Bien sûr, c'était une technique pour empêcher que le silence s'étale entre nous. Déjà, en marchant dans le corridor, on s'était tus ensemble et ça m'avait mis à l'envers rien que de la sentir à côté de moi. Il m'aurait suffi de bouger un peu le bras pour lui prendre la main et la serrer pour qu'elle sache que je l'aimais pour toujours. Et en plus de l'aimer, je la désirais tellement que j'avais la trouille que ça paraisse. Par chance, elle évitait de regarder de mon côté.

— Comment ?

— Tu ne m'as pas écoutée. Je te disais que je vais changer d'emploi. J'ai obtenu un détachement. Luigi a appuyé ma demande en haut lieu. Et puis, ça arrange bien du monde de me savoir loin d'ici. D'autant que mon contrat là-bas est d'une durée de cinq ans.

— C'est loin d'ici, «là-bas» ?

— Je vais travailler dans un centre de recherche en psychosynergie à Davos, en Suisse.

— Je sais où c'est. Guillaume m'a parlé des théories de Jorge d'Aquino sur Sedna et la conscience collective. Ça veut dire que tu as l'intention de suivre la Voie royale, toi aussi.

Elle s'est levée brusquement en disant qu'elle s'était imaginé que son intoxication avait diminué au cours des derniers mois, mais elle se rendait compte en me retrouvant aujourd'hui qu'elle était loin d'être guérie.

— Je n'aurais pas dû venir. Mais quand on m'a téléphoné... Alors, tu avais quelque chose à me dire. C'est quoi?

— Juste avant de me quitter, Divad m'a remis un message de la part de Siddharta.

— Oui, tu y as déjà fait allusion. Vas-y, maintenant je t'écoute.

— Pas ici. Il faut que je te montre.

— Me montrer quoi? Ne joue pas avec moi, s'il te plaît David.

— C'est ici dans l'hôpital, au troisième étage. Viens, tu vas voir.

On a appelé l'ascenseur et pendant qu'on attendait, j'ai senti que quelque chose la tracassait, mais qu'elle faisait l'impossible pour empêcher que ça paraisse. Elle a finalement perdu contre elle-même et m'a demandé en rougissant pourquoi je n'avais pas réagi quand elle m'a annoncé qu'elle allait vivre en Suisse.

Il n'y avait personne dans la cabine et, alors qu'on descendait, je lui ai répondu qu'elle pouvait partir aussi loin qu'elle voulait, ça ne changeait rien pour moi: le jour de mes dix-huit ans, je viendrais la rejoindre où qu'elle soit et elle ne pourrait plus me dire non. Ça l'a rendue furieuse:

— Pour qui tu te prends? Je ne veux pas te voir arriver là-bas, il n'en est pas question. Tu auras trente mois de plus qu'aujourd'hui, la belle affaire! Tu t'imagines que ça va faire une différence?

— Peut-être pas pour toi, mais pour moi, oui. Je ne me sens pas encore prêt.

— Toi, pas prêt? Tu vas me jouer le numéro du puceau effarouché, maintenant?

— Attends de voir, Gwen.

On est sortis au troisième, à l'étage de la maternité. Je l'ai amenée devant la grande paroi vitrée de la pouponnière. Au passage, une infirmière m'a salué en m'appelant par mon nom. Gwen a froncé les sourcils et m'a demandé si je venais souvent ici.

— Oui, chaque fois que je rends visite à Iris, je fais un crochet pour voir le nouvel arrivage.

— Pourquoi ?

— Pour m'habituer. Avant, pour moi, tous les bébés étaient pareils, surtout que je n'y faisais pas tellement attention. Mais regarde, quand on les observe comme ça en rang d'oignons, c'est fou les différences qu'y a entre eux.

Elle m'a dévisagé avec des yeux ronds :

— Tu essaies de dire quoi, là, exactement ? Que Siddharta t'a conseillé d'étudier la morphologie des nouveau-nés ?

— Pas vraiment, non. Mais il croit que pour donner sa chance à la nouvelle Alliance, toi et moi on doit faire un enfant.

Elle a pigé du premier coup, même si elle a dû y réfléchir une deuxième et une troisième fois – et plus elle y repensait, plus elle comprenait la totalité de ce que ça impliquait. Elle a dû s'appuyer des deux mains au châssis de la vitre pour garder son équilibre et je n'ai rien fait pour l'aider, vu qu'elle n'aurait pas supporté que je la touche à cet instant. Les yeux ailleurs, elle a dit avec une voix qui s'égarait :

— Le mythe des origines... l'enfant rédempteur... tu n'as pas pu inventer un truc pareil.

— Non. J'aurais trop peur de te perdre.

— C'est donc pour ça que tu es allé consulter le Dr Rochefort.

— Oui. Je voulais savoir s'il voyait encore dans mon cerveau le serpent qui ondule et la pluie d'étoiles rouges, même si mon jumelage avec Divad a été interrompu. J'ai eu la réponse que j'espérais : le Léviathan est toujours là, chez toi comme chez moi – et ce n'est pas un monstre, tout au contraire.

— Comment peux-tu savoir ce que j'ai dans la tête ?

— Parce que je sens chaque fois que Newg et Divad font un amalgame. Pas toi ?

Elle a pâli et fait oui de la tête au ralenti, en évitant de me regarder.

— Laisse-moi récupérer, David. Je te le demande de tout mon cœur. Retourne vers Iris en haut et prends le temps qu'il te faut pour bien la quitter. Dis-moi oui.

— Oui.

— Je ne serai plus là quand tu sortiras. Ne cherche pas à me revoir avant mon départ.

— Tu t'en vas quand ?

— Dans trois jours. Promets-moi.

Ça m'a pris un peu plus de temps.

— Je te promets.

Elle n'avait pas besoin de le savoir, mais j'ai décidé à ce moment-là que je serais à l'aéroport incognito avec mes super jumelles, pour l'observer jusqu'à la dernière seconde.

Je suis parti dans le corridor sans me retourner, sauf en entrant dans l'ascenseur. Elle n'avait pas bougé, à part qu'elle avait relevé la tête et regardait les bébés derrière la vitre comme si elle se demandait lequel choisir.

Elle ne se doutait pas encore à quel point j'allais la rendre heureuse.

Mais cela est une autre histoire.

PETIT GLOSSAIRE DE FRANÇAIS QUÉBÉCOIS
À L'USAGE DES LECTEURS DE LA FRANCOPHONIE
Les définitions proposées sont circonscrites au récit de David.

Accoter (s')	S'appuyer. *Je me suis accoté contre lui.*
Achaler	Déranger; agacer; importuner. *Arrête de m'achaler!*
Au plus sacrant	Au plus vite; au plus pressé.
Bâdrer	Importuner; embêter.
Bardasser	Bousculer dans tous les sens; ballotter. Remuer; faire du bruit.
Barré (mal)	Être mal loti, mal équipé; défavorisé. *Il est mal barré.*
Bavasser	Bavarder; dénoncer; parler dans le dos de quelqu'un.
Bec	Baiser (en général sur la joue); bisou. *Donne-moi un bec.*
Beurrée	Beaucoup; cher. *Ça m'a coûté une beurrée.*
Bingo	Jeu de hasard apparenté au loto. *Bingo! J'ai gagné!*
Brailler	Pleurer.
Braque	*Fou braque:* complètement, incurablement fou.
Brasser	Secouer; malmener; sermonner.
Calvaire	Juron («sacre») québécois. *Tu vas-tu te décider, calvaire!*
Camisole	Maillot de corps.
Capotant	D'une grande exubérance; renversant.
Capoter	Perdre la tête; perdre le contrôle de soi; s'énerver.

Cash	Argent comptant. *Prendre ça pour du cash :* pour une vérité.
Cave (adj.)	Stupide ; idiot.
Cerise sur le sundae (la)	La touche finale. Équivalent de : *C'est le pompon !*
Change (petit)	Menue monnaie. Expression : *Ça lui a pris tout son petit change :* tout son courage, sa détermination, ses dernières ressources.
Chatter	Converser par écrit en temps réel, par clavier et écran interposés, avec un ou plusieurs autres utilisateurs d'un réseau informatique.
Cheap *(Emprunt à l'anglais)*	Mesquin, petit. Radin, avare.
Chicos et poche	Kitch dispendieux.
Chicoter	Causer du tracas ; agacer.
Chienne (avoir la)	Avoir peur ; être effrayé
Clean cut	Bon chic, bon genre.
Cliquer	Comprendre soudainement ; saisir. Expression : *Ça clique :* ça marche, ça fonctionne.
Cointer	Piéger ; acculer.
Colle (faire une)	Faire un câlin : *Fais-moi une colle !*
Courriel	Contraction de *courrier électronique.* Équivalent de « mail ».
Crampé (adj.)	Tordu de rire.
Crinquer	Remonter avec une manivelle. *Ça m'a crinqué :* ça m'a remonté.
Crisse	Juron (« sacre ») québécois. Allitération de *Christ.*
Culottes à terre (les)	Être pris au dépourvu, en flagrant délit.
Cute (adj.)	Mignon, joli, gentil, charmant, sympathique : *Elle est cute, ta sœur.* (Prononcer « kioute »)
D'abord	Puisque c'est comme ça ; alors. *OK, je m'en vais, d'abord !*
Déniaiser (se)	Se décider ; se hâter ; se dépêcher.
Descendre un chapelet	Proférer des sacres en série : *Ostie de calice de tabarnak de saint ciboire.*
Drabe (adj.)	Ennuyeux.
Écœurant (adj.)	Formidable. *Au boutte, buzzant, capotant.*

Enfirouaper	Tromper par de belles paroles, duper.
Épeurant (adj.)	Qui fait peur; effrayant; terrifiant.
Épivarder (s')	Bouger de façon excitée. Perdre son temps à des riens.
Fesse gauche (de la)	Lien de parenté illicite ou contestable: *Elles sont cousines de la fesse gauche. Elle a eu un fils de la fesse gauche.*
Fif	Homosexuel; efféminé; maniéré.
Filer	Aller; se porter; se sentir. *Je file pas bien ce matin.*
Fin (adj.)	Gentil; aimable. *Je le trouve fin, ton ami.*
Fix	Prise de drogue, plus spécifiquement: injection de drogue.
Flabbergaster	Stupéfier, impressionner.
Flo	Enfant. Gamin. *Ti-cul.*
Fourrer bien raide	Se faire avoir; leurrer. *Il s'est fait fourrer bien raide.*
Frais chié	Prétentieux, arrogant, snob.
Frencher	Embrasser sur la bouche avec une langue agile.
Fun	Plaisir; amusement. *On a eu du fun. C'est pas le fun, ça?*
Fusibles (péter les)	Perdre la tête; les pédales. Prendre les nerfs.
Gay	Homosexuel.
Geler	Insensibiliser: *Le dentiste lui a gelé la dent.* Se droguer: *Elle se gèle à la morphine.*
Gougoune	Femme écervelée, très naïve.
Granola	Personne qui vit simplement, dont le style de vie est basé sur une alimentation naturelle et des valeurs écologiques. Hippie.
Greluche	Femme habillée et maquillée avec mauvais goût. Femme facile.
Gricher	Émettre un bruit de friture: *Ta radio griche.*
Grouiller	Se dépêcher; s'activer. *Se grouiller les puces.*
Jaser	Parler. *Causer avec, mémérer, placoter.*
Jongler	Penser, réfléchir. Être perdu dans ses pensées.

Joual	Variété du français québécois identifiée aux classes populaires. *En beau joual vert :* en colère, furieux. Allitération de *cheval*.
Lift	Transport gratuit dans un véhicule. *Avoir un lift pour Québec.*
Limite (adj.)	Borné ; *sans dessein.*
Maganer	Abîmer ; maltraiter. Se maganer : *causer du tort à sa santé.*
Maudit (être en)	Être fâché, furieux : *Cette nouvelle l'a mis en beau maudit.*
Méchant (adj.)	Surprenant ; dérangeant. *Une méchante sensation.*
Mettre le paquet	Mettre la gomme.
Mix	Mélange.
Motton	Grumeau, petit morceau de matière compacte. Dans le sens d'avoir envie de pleurer : *J'ai le motton.*
Mur à mur	Absolu, total, sans restriction : *une garantie mur à mur. C'est un crétin mur à mur.* Moquette : *un tapis mur à mur.*
Niaiser	Taquiner, faire marcher : *Es-tu en train de me niaiser ?*
	Perdre son temps : *Va jouer au lieu de niaiser devant la télé.*
Niaiseux (adj.)	Idiot ; sans intérêt ; peu dégourdi ; maladroit.
Nono (adj.)	Niais ; stupide ; innocent.
Nounoune	Nono ; niaiseux (s'emploie au masculin comme au féminin).
Oiseaux (aux)	Être aux oiseaux : *être aux anges.*
Ostie	Juron (« sacre ») québécois. Allitération de *hostie.*
Pantoute	Pas du tout.
Parler pointu	Parler avec l'accent parisien.
Patins (vite sur)	Penser, agir vite ; être perspicace. *Il est pas mal vite sur ses patins.*
Péter la gueule	Donner une sévère raclée à quelqu'un.
Péter les bretelles (se)	Se vanter ; afficher de l'autosatisfaction.
Péter une fuse	Perdre le contrôle. Aussi : péter les fusibles, les plombs.

Pinotte	Arachide; bagatelle. Presque rien. *Ça m'a coûté des pinottes.*
Pitoune	Belle femme attirante (offensant). Partenaire sexuelle.
Placoter	Bavarder de choses sans grande importance.
Plein son casque	En avoir assez. *J'en ai plein mon casque de tes niaiseries.*
Poche (adj.)	Médiocre; nul; moche; sans intérêt.
Poque	Bosse ou marque laissée par un coup.
Pousser (se)	S'enfuir, partir rapidement.
Raccommoder	Faire la paix; se réconcilier.
Ratoureux (adj.)	Rusé, sournois. Qui a plusieurs tours dans son sac.
Sacrament	Juron («sacre») québécois. Allitération de *sacrement.*
Sacrant (adj.)	Fâcheux, embêtant.
Sacrant (préposition)	Au plus vite. Et que ça saute! *Sors d'ici au plus sacrant.*
Seconde main (de)	D'occasion. *Une robe de seconde main.*
Shoote	Dire ce qu'on a à dire: *Vas-y, shoote, qu'on en finisse.*
Smatte (adj.)	Gentil; aimable; sympathique. Malin; intelligent; rusé.
Sucre à la crème	Friandise très sucrée à base de sucre d'érable et de crème fraîche.
Tabarnak	Juron («sacre») québécois. Allitération de *tabernacle.*
Tarlais (adj.)	Niais; stupide.
Tourner de bord	Faire demi-tour. Retourner.
Trappe (se fermer la)	Se taire: *Il aurait dû fermer sa grande trappe.*
Trente sous (un)	Une pièce de 25 cents (un quart de dollar).
Triper	Se passionner pour; éprouver un vif plaisir.
Twit	Personne stupide, idiote.